SI
PIERDUTA

SPERANȚA PIERDUTĂ

COLLEEN
HOOVER

Traducere din limba engleză și note de
ADRIAN DELIU

EPICLOVE

Editura Epica, București, 2018

Editor: Anca EFTIME

DTP: Simona RĂDULESCU

Losing Hope, Colleen Hoover

ISBN: 978-606-8754-55-0

București, 2018

La prețul de vânzare se adaugă 2%,
reprezentând valoarea timbrului literar ce se virează
Uniunii Scriitorilor din România
cont nr. RO44 RNCB 5101 0000 0171 0001,
BCR Unirea, București

Descrierea CIP a Bibliotecii Naționale a României

HOOVER, COLLEEN

Speranța pierdută / Colleen Hoover; trad.: Adrian Deliu. – București : Epica, 2018.

ISBN 978-606-8754-55-0

I. Deliu, Adrian (trad.)

821.111(73)-31 = 135.1

Cartea aceasta le-o dedic soțului și fiilor mei,
pentru altruismul cu care mă sprijină permanent.

Capitolul unu

Bătăile inimii îmi dau de înțeles că ar trebui să plec, pur și simplu. Les mi-a atras atenția, nu o dată, că nu e treaba mea. Totuși, ea n-a fost niciodată în rolul de frate. Habar n-are cât e de greu să stai deoparte și să *nu* fie treaba ta. Tocmai de-asta, în clipa de față, afurisitul ăsta e prioritatea mea numărul unu.

Îmi strecor mâinile în buzunarele de la spate ale blugilor și sper al naibii de strașnic să le pot ține acolo. Stau în picioare, în spatele canapelei, privindu-l de deasupra. Nu-mi dau seama cât timp îi va trebui ca să observe că sunt aici. Dacă mă iau după cât de strâns o ține pe gagica din poala lui, mă îndoiesc c-o să observe prea curând. Rămân așa, în spatele lor, timp de câteva minute, în vreme ce petrecerea se derulează mai departe în jurul nostru, toți ceilalți ignorând total faptul că sunt la un milimetru de a-mi ieși din minți. Mă tentează să-mi scot telefonul, ca să am o dovadă, dar nu pot să-i fac una ca asta lui Les. Ea n-are nevoie de imagini.

— Hei, rostesc în cele din urmă, neputând să mai păstrez tăcerea nici măcar pentru o clipă.

Dacă-l mai văd o dată pipăind sânii gagicii ăsteia, fără măcar un dram de respect față de relația lui cu Les, îi rup naibii mâna.

Grayson își dezlipește gura de a ei și-și lasă capul pe spate, ridicând spre mine o privire indiferentă. Observ cum se instalează frica în el când îi pică fisa, când își dă seama, în sfârșit, că ultima persoană din lumea asta la care s-ar fi așteptat să fie aici, în seara asta, chiar și-a făcut apariția.

— Holder, zice dând-o jos pe fată din poala lui.

Se străduiește să se pună pe picioare, dar nu prea poate să stea drept. Mă privește rugător, arătând spre fata care tocmai încearcă să-și aranjeze fusta aproape inexistentă.

— Nu e... nu e ceea ce pare, bălmăjește el.

Îmi scot mâinile din buzunare și-mi încrucișez brațele pe piept. Pumnul mi-e mai aproape acum de el și sunt nevoit să-l încleștez, știind cât de bine m-aș simți dacă i l-aș repezi în plină față.

Îmi las privirea spre podea și trag aer în piept. Apoi, încă o dată. Și încă o dată, doar pentru impresia artistică, fiindcă îmi face o reală plăcere să-l văd foindu-se neliniștit. Scutur din cap și-mi ridic iar privirea spre el.

— Dă-mi telefonul tău.

Deruta de pe fața lui mi s-ar părea comică, dacă n-aș fi atât de enervat. El râde și încearcă să facă un pas înapoi, dar se izbește de o măsuță. Își recapătă echilibrul proptindu-se cu mâna de geamul care o acoperă și-și îndreaptă din nou spinarea.

— Ia-ți-l naibii pe-al tău, bombăne.

Încearcă să-și facă loc pe lângă măsuță, fără să mă privească. Ocolesc canapeaua, calm, și-i tai calea, întinzând mâna.

— Dă-mi telefonul tău, Grayson. *Imediat.*

Nu sunt tocmai avantajat din punct de vedere fizic, din moment ce avem cam aceeași statură. Totuși, sunt categoric în avantaj, dacă-mi iau în calcul furia, iar Grayson clar observă asta. Face un pas înapoi, ceea ce, probabil, nu e o mișcare prea inteligentă, având în vedere faptul că se retrage drept spre colțul livingului. Bâjbâie prin buzunar și, în cele din urmă, scoate la iveală telefonul.

— La ce naiba îți trebuie telefonul meu? mă întreabă.

I-l smulg din mână și formez numărul lui Les, fără să apăs pe apelare. I-l întind înapoi.

— Sun-o. Spune-i ce nemernic ești și pune capăt relației.

Grayson lasă capul în jos spre telefon, apoi îl ridică iar spre mine.

— Du-te naibii, se stropșește.

Trag aer în piept, ca să mă calmez, apoi îmi rotesc gâtul și-mi trosnesc maxilarul. Când văd că asta nu-mi domolește imboldul de a-l umple de sânge, întind mâinile, îl apuc de gulerul bluzei și-l trântesc cu putere de perete, țintuindu-i gâtul cu antebrațul. Îmi spun în sinea mea că, dacă-l rup în bătaie, rămășițele mele de calm din ultimele zece minute vor fi fost inutile.

Am dinții încleștați, maxilarul încordat și-mi simt pulsul în timpane. N-am urât niciodată pe cineva mai aprig decât acum. Violența a ceea ce-mi doresc să-i fac în clipa asta mă sperie până și pe *mine*.

Îl privesc intens în ochi, ca să-i dau de înțeles cum se vor derula următoarele minute.

— Grayson, îi zic printre dinții încleștați, dacă nu vrei să fac ceea ce chiar îmi doresc să-ți fac în momentul ăsta, o să duci telefonul la ureche, o s-o suni pe soră-mea și-o să pui capăt relației. După care închizi telefonul și nu mai vorbești niciodată cu ea.

Îmi apăs brațul mai tare pe gâtul lui, remarcând faptul că e mai roșu la față decât cămașa, din cauza lipsei de oxigen.

— Bine, mormăie, încercând să se elibereze din strânsoarea mea.

Aștept până când îl văd că-și mută privirea spre telefon și apasă pe apelare și abia apoi îmi retrag brațul și-i dau drumul cămășii. Duce telefonul la ureche, fără să-și desprindă privirea de a mea, și așteptăm amândoi, nemișcați, ca Les să răspundă.

Știu ce efect o să aibă asta asupra ei, dar habar n-are ce face ăsta pe la spatele ei. Indiferent de câte ori ar auzi-o de la alții, tipul reușește cumva să se fofileze înapoi în viața ei de fiecare dată.

Dar nu și de data asta. Nu și dacă am eu ceva de zis. N-o să mai stau deoparte și să-l las să-i facă de-astea surioarei mele.

— Bună, rostește el în telefon.

Încearcă să-mi întoarcă spatele ca să stea de vorbă cu ea, dar îi împing din nou umărul în perete. Tresare de durere.

— Nu, drăguță, zice el agitat. Sunt acasă la Jaxon.

Urmează o pauză lungă, timp în care o ascultă ce spune.

— Știu că asta am zis, dar am mințit. De-asta te-am sunat. Les, eu... eu cred că avem nevoie de o pauză.

Scutur din cap, dându-i de înțeles că trebuie să provoace o ruptură definitivă. Nu mă interesează ca el să-i dea o pauză. Mă interesează ca el să-i dea surorii mele libertatea permanentă.

Își dă ochii peste cap și-mi dă cu tifla, cu mâna liberă.

— Mă despart de tine, zice pe un ton categoric.

Tace, lăsând-o pe ea să vorbească. Faptul că nu arată niciun fel de remușcare îmi dovedește ce jigodie insensibilă este. Îmi tremură mâinile și simt că mi se strânge pieptul, știind precis ce efect au cuvintele lui asupra lui Les în clipa asta. Mă urăsc pe mine însumi pentru că am forțat despărțirea, dar Les merită ceva mai bun, chiar dacă ea n-o crede.

— Hai că trebuie să închid, zice el la telefon.

Îl trântesc iar cu capul de perete și-l silesc să mă privească.

— Cere-i iertare, îi zic încet, fiindcă nu vreau să mă audă ea.

Grayson închide ochii și oftează, apoi lasă capul în jos.

— Iartă-mă, Lesslie. N-am vrut să fac una ca asta.

Își ia telefonul de la ureche și pune brusc capăt convorbirii. Fixează ecranul cu privirea timp de mai multe secunde.

— Sper că ești mulțumit, zice ridicându-și ochii spre mine. Pentru că tocmai i-ai frânt inima surorii tale.

Sunt ultimele cuvinte pe care mi le mai spune Grayson. Pumnul meu îi izbește falca de două ori, trântindu-l pe podea. Îmi scutur mâna, mă dau înapoi și pornesc spre ieșire. Chiar înainte să ajung la mașină, simt telefonul vibrând în buzunarul de la spate. Îl scot și răspund fără ca măcar să privesc ecranul.

— Bună, zic, străduindu-mă să-mi stăpânesc tremurul de furie când o aud în difuzor plângând. Vin spre tine, Les. O să fie bine. Sunt în drum spre tine.

*

A trecut o zi întreagă de când a sunat-o Grayson, dar încă mă simt vinovat, așa că parcurg încă trei kilometri în alergarea mea de seară, ca o pedeapsă pe care mi-o impun singur. S-o văd pe Les atât de sfâșiată, cum a fost aseară, nu era ceva la care să mă fi așteptat. Acum îmi dau seama că să-l pun s-o sune așa n-a fost, probabil, cea mai bună metodă de a rezolva problema, dar n-aveam cum să stau deoparte și să-l las să-și bată joc de ea, cum a făcut-o atât timp.

Cel mai neașteptat lucru privitor la reacția lui Les a fost că furia ei n-a fost îndreptată numai spre Grayson. Parcă s-ar fi supărat pe întreaga populație masculină. Îi numea întruna pe bărbați „nemernici descreierați", patrulând încoace și-ncolo prin camera ei, în timp ce eu doar stăteam pe loc și-o priveam cum se descarcă. Până la urmă, a cedat nervos, s-a suit în pat și a plâns până când a adormit. Eu am stat treaz, știind că sunt implicat în nefericirea ei. Am rămas toată noaptea în camera ei, pe de-o parte ca să mă asigur că nu pățește nimic, dar mai ales fiindcă nu voiam să pună mâna pe telefon și să-l sune pe Grayson, într-un moment de disperare.

Totuși, e mai puternică decât o crezusem. N-a încercat să-l sune aseară și n-a avut nicio tentativă de a-l suna azi. N-a dormit cine știe ce azi-noapte, așa că, înainte de prânz, s-a dus în cameră, ca să tragă un pui de somn. Cu toate astea, am zăbovit toată ziua lângă ușa dormitorului ei, doar ca să mă asigur că n-o aud vorbind la telefon, așa că știu că n-a încercat să-l sune. Cel puțin, cât timp am fost eu acasă. De fapt, sunt destul de convins că nemilosul lui apel telefonic de aseară a fost exact ceea ce-i trebuia ei ca să-l vadă, în sfârșit, așa cum e în realitate.

Îmi arunc pantofii din picioare la ușă și mă duc în bucătărie ca să-mi umplu sticla cu apă. E sâmbătă seara și, în mod normal, aș fi ieșit cu Daniel, dar deja i-am trimis un SMS ca să-l anunț că rămân acasă în seara asta. Les m-a pus să-i promit c-o să stau acasă cu ea, fiindcă nu voia să iasă și să dea întâmplător peste Grayson, cel puțin deocamdată. Noroc că e o tipă faină, fiindcă nu știu câți băieți de șaptesprezece ani ar renunța la o seară de sâmbătă în oraș, ca să vadă filme siropoase împreună cu nefericita lor soră. Dar, în definitiv, nu sunt mulți frați care să aibă o relație așa cum am eu cu Les. Nu știu dacă apropierea dintre noi o avea ceva de-a face cu faptul că suntem gemeni. Ea e singura mea rudă, așa că n-am cu cine să ne compar. Ea ar putea protesta, spunând că sunt excesiv de protector, și poate că există un oarecare adevăr în afirmația asta, dar n-am de gând să mă schimb prea curând. Sau vreodată.

Urc scara în fugă, îmi scot tricoul și împing ușa de la baie. Deschid robinetul, după care traversez holul și bat în ușa camerei ei.

— Fac un duș repede, comanzi tu pizza?

Mă proptesc cu mâna de ușa ei și mă aplec să-mi scot ciorapii. Fac stânga împrejur și-i arunc în baie, după care bat din nou în ușă.

— Les!

Văzând că nu răspunde, oftez și-mi ridic privirea spre tavan. Dacă vorbește la telefon cu el, o să mă enervez. Dar, dacă vorbește la telefon cu el, asta înseamnă probabil că el îi spune că despărțirea a fost numai din vina mea și atunci *ea* o să fie cea care se enervează. Îmi șterg palmele de șort și deschid ușa de la camera ei, pregătit sufletește pentru o nouă predică înfierbântată despre faptul că ar trebui să-mi văd de ale mele.

*

O văd pe Les întinsă pe pat după ce intru în camera ei și, imediat, mă duc cu gândul la vremea în care eram băiețel. La momentul care m-a schimbat. A schimbat totul la mine. Totul la lumea din *jurul* meu. Întregul meu univers s-a transformat, dintr-o lume plină de culori vibrante, într-un cenușiu anost, fără viață. Cerul, iarba, copacii... toate lucrurile care fuseseră frumoase odinioară au fost despuiate de splendoarea lor în clipa în care am înțeles că sunt răspunzător pentru dispariția celei mai bune prietene a noastre, Hope.

Niciodată n-am mai privit oamenii la fel. Niciodată n-am mai privit natura la fel. Niciodată nu mi-am mai privit viitorul la fel. Tot ceea ce avea până atunci un sens, un scop și o rațiune a devenit pur și simplu o versiune de mâna a doua a ceea ce se *presupunea* că ar trebui să fie viața. Lumea mea, odinioară efervescentă, a devenit deodată o fotocopie neclară, cenușie, fără culoare.

Exact ca ochii lui Les.

Nu sunt ochii ei. Sunt deschiși. Privesc drept spre mine, din poziția ei, de pe pat.

Numai că nu sunt ai ei.

Culoarea din ochii ei a dispărut. Fata asta e o fotocopie cenușie, fără culoare, a surioarei mele.

Les a mea.

Sunt incapabil să fac o mișcare. O aștept să clipească, să râdă, să se distreze, într-un deznodământ ciudat al farsei tâmpite, afurisite, pe care mi-o face acum. Aștept ca inima să-și reînceapă bătăile, ca plămânii să reînceapă să-mi funcționeze. Aștept să-mi recapăt stăpânirea asupra corpului meu, fiindcă nu știu cine-l stăpânește în clipa asta. Sunt al naibii de sigur că eu nu. Aștept și iar aștept, întrebându-mă cât timp poate s-o mai țină așa. Oare cât timp pot să-și țină oamenii ochii deschiși în felul ăsta? Cât timp pot oamenii să nu respire, înainte ca trupul lor să se convulsioneze de acea nevoie disperată de o gură de aer?

Cât timp poate să treacă, naibii, până când o să fac ceva ca s-o *ajut*?

Mâinile mele îi ating fața, o apucă de braț, îi scutură tot corpul, până când ajunge în brațele mele și o trag pe genunchi. Flaconul gol de medicamente îi cade din mână și aterizează pe podea, dar refuz să-l privesc. Ochii ei sunt încă lipsiți de viață și nu mai privesc spre mine, deoarece capul pe care-l țin între mâini cade pe spate ori de câte ori încerc să-l ridic.

Nu se clintește când îi urlu numele, nu tresare când îi trag o palmă și nu reacționează când încep să plâng.

Nu face absolut nimic, naibii.

Nici măcar nu-mi spune c-o să fie bine atunci când absolut fiecare dram din ceea ce mi-o mai fi rămas în piept țâșnește afară din corpul meu, în clipa în care îmi dau seama că exact cea mai bună parte din mine a murit.

Capitolul doi

— N-ai vrea să-i cauți tu bluza roz și pantalonii negri plisați? mă întreabă mama.

Stă cu ochii pe hârtiile întinse în fața ei. Tipul de la firma de servicii funerare se apleacă peste masă și-i arată un loc de pe formular.

— Mai sunt doar câteva pagini, Beth, îi zice.

Mama semnează mecanic formularele, fără să pună întrebări. Încearcă să se stăpânească până la plecarea lor, dar eu știu că, de îndată ce vor ieși pe ușă, va izbucni iar în plâns. Au trecut doar patruzeci și opt de ore, dar îmi dau seama, doar privind-o, că e pe cale să retrăiască totul de la început.

Ai crede că un om poate să moară numai o dată. Ai crede că numai o dată ai putea să găsești trupul neînsuflețit al surorii tale. Ai crede că numai o dată ai fi nevoit să vezi reacția mamei tale, după ce a aflat că singura ei fiică a murit.

O dată e foarte departe de adevăr.

Se tot repetă.

Ori de câte ori închid ochii, văd ochii lui Les. Ori de câte ori se uită mama la mine, mă privește spunându-mi pentru a doua oară că fata ei a murit. Pentru a treia oară. Pentru a mia oară. Ori de câte ori respir, sau clipesc, sau vorbesc, retrăiesc moartea ei, iar și iar. Nu stau să mă întreb dacă voi conștientiza vreodată faptul că ea a murit. Stau să mă întreb când o să încetez s-o văd murind.

— Holder, e nevoie de haine pentru ea, zice iar mama, după ce observă că nu m-am clintit. Du-te în camera ei și ia bluza roz cu mânecă lungă. E preferata ei, și-ar fi dorit s-o poarte.

Știe că nu-mi doresc mai mult decât ea să intru în camera lui Les. Îmi îndepărtez scaunul de masă și mă duc spre scară.

— Les e moartă, bombăn ca pentru mine. I se rupe de ce-o să poarte.

Mă opresc în fața ușii ei, știind că voi fi nevoit s-o văd din nou cum moare, în clipa în care o s-o deschid. N-am mai fost aici de când am găsit-o și chiar n-am nici cea mai mică intenție de a mai intra *vreodată* aici.

Intru și închid ușa după mine, apoi mă îndrept spre dressing. Fac tot posibilul să nu mă gândesc la asta.

Bluza roz.

Nu te gândi la ea.

Mâneci lungi.

Nu te mai gândi că ai face orice să te întorci la seara de sâmbătă.

Pantalonii negri plisați.

Nu te gândi la cât de mult te urăști, naibii, în clipa asta, pentru faptul că n-ai avut grijă de ea.

Dar mă gândesc. Mă gândesc și mă simt din nou rănit și furios. Înșfac o mână de bluze atârnate în șifonier și le smulg cât pot de tare de pe umerașe, până când cad pe podeaua dressingului. Apuc bara din partea de sus a ușii și închid ochii strâns, ascultând sunetele scoase de umerașele acum goale, în timp ce se leagănă într-o parte și-n cealaltă. Încerc să mă concentrez asupra faptului că sunt aici ca să iau două lucruri și să plec, dar nu pot să mă mișc. Nu pot înceta să-mi derulez în minte momentul în care am intrat în camera asta și am găsit-o.

Cad în genunchi pe podea, întorc capul spre patul ei și o văd murind încă o dată.

Mă sprijin cu spatele de ușa dressingului și închid ochii, rămânând în poziția asta atât timp cât îmi trebuie ca să-mi dau seama că nu vreau să fiu aici. Mă întorc și scotocesc printre bluzele acum căzute, până când o găsesc pe cea roz, cu mâneci lungi. Ridic privirea spre pantalonii agățați pe umerașele lor și iau o pereche, negri, plisați. Îi arunc deoparte și dau să mă ridic de pe podea, dar mă las să cad la loc imediat cum văd un caiet gros, legat în piele, pe raftul de jos al șifonierului.

Îl iau și mi-l așez pe genunchi, după care mă reazem din nou de perete și fixez cu privirea coperta. Am mai văzut caietul ăsta. I l-a dăruit tata acum vreo trei ani, dar Les mi-a zis că n-o să-l folosească niciodată, fiindcă știe că, de fapt, caietul a fost doar o cerință a psihoterapeutului. Les detesta terapia și n-am știut niciodată de ce o tot îmboldea mama să se ducă. Ne-am dus amândoi, pentru un timp, după ce s-a despărțit mama de tata, dar eu am încetat să particip la ședințe atunci când au început să se suprapună cu antrenamentele pentru echipa de fotbal pentru juniori a liceului. Pe mama n-a părut s-o deranjeze că nu m-am mai dus, însă Les a continuat să participe la ședințele săptămânale, până acum două zile... când faptele ei au arătat limpede că terapia n-a prea ajutat-o.

Deschid caietul la prima pagină și nu mă mir când văd că e goală. Asta mă face să mă întreb: dacă ea l-ar fi folosit, așa cum a propus psihoterapeutul, s-ar fi schimbat ceva?

Mă îndoiesc. Nu știu ce anume ar fi putut s-o salveze pe Les de ea însăși. În mod sigur, nu un pix și o foaie de hârtie.

Scot pixul din spirala caietului, apoi apăs cu vârful minei hârtia și încep să-i scriu o scrisoare. Nici măcar nu știu de ce-i scriu. Nu știu dac-o fi într-un loc din care să mă poată vedea în clipa asta sau dac-o fi într-un loc *pur și simplu*, dar în eventualitatea în care ar putea să vadă asta... aș vrea să știe cât m-a afectat hotărârea ei egoistă. Cât de lipsit de speranță m-a lăsat. *Literalmente* lipsit de speranță. Și complet singur. Și foarte, foarte, incredibil de întristat.

Capitolul doi și jumătate

Les,

Ți-ai lăsat blugii în mijlocul camerei, pe podea. Arată de parcă tocmai i-ai fi dezbrăcat. E ciudat. De ce ți-ai fi lăsat blugii pe podea, când știai ce aveai să faci? Nu trebuia măcar să-i arunci în coșul pentru rufe? Nu te-ai gândit la ce s-ar întâmpla după ce-o să te găsesc și că, până la urmă, cineva o să trebuiască să-i ia de jos și să facă ceva cu ei? Păi, să știi că eu n-o să-i iau de jos. Și n-o să-ți agăț nici bluzele la loc pe umerașe.

În fine. Sunt în dressingul tău. Stau pe podeaua lui. Pur și simplu, nu știu cu adevărat ce-aș vrea să-ți spun în clipa asta sau ce-aș vrea să te întreb. Evident, unica întrebare din mintea oricărui altcuiva, în clipa de față, este „De ce-a făcut-o?" Dar eu n-o să te întreb de ce-ai făcut-o, din două motive.

1) Tu n-ai cum să-mi răspunzi. Ești moartă.

2) Nu știu dacă mă interesează cu adevărat de ce-ai făcut-o. Nu există nimic din viața ta care să-ți dea un motiv suficient de temeinic ca să faci ceea ce-ai făcut. Și probabil că știi asta deja, dacă poți s-o vezi pe mama acum. E complet distrusă.

Știi, eu nu mi-am dat niciodată seama ce înseamnă să fii într-adevăr distrus. Am crezut că noi am fost distruși, după ce-am pierdut-o pe Hope. Ceea ce i s-a întâmplat ei a fost, fără îndoială, tragic pentru noi, dar ceea ce am simțit nu e nimic în comparație cu felul în care ai făcut-o pe mama să se simtă. E incredibil de distrusă; ea îi dă cuvântului ăstuia un înțeles cu totul nou. Aș vrea ca întrebuințarea cuvântului ăstuia să fie limitată doar pentru situații ca asta. E absurd să li se permită oamenilor folosirea lui ca să descrie orice altceva decât ceea ce simte o mamă atunci când își pierde copilul. Pentru că asta e singura situație din întreaga lume cu adevărat demnă de termenul ăsta.

Fir-ar să fie, îmi lipsești atât de mult! Îmi pare foarte rău că n-am avut grijă de tine. Îmi pare rău că n-am fost în stare să văd ce se întâmpla în realitate în mintea ta, de fiecare dată când îmi spuneai că te simți bine.

Așadar, da. De ce, Les? De ce-ai făcut-o?

H

Capitolul doi și trei sferturi

Les,

Ei bine, felicitări. Ești foarte populară. Nu numai că ai umplut de mașini parcarea firmei de servicii funerare, dar ai umplut și parcarea alăturată și ale ambelor biserici de pe stradă. O mulțime de mașini.

Totuși, m-am stăpânit; în principal, de dragul mamei. Tata arăta aproape la fel de rău ca mama. Întreaga înmormântare a fost de-a dreptul bizară. M-a făcut să mă întreb: dacă ai fi murit într-un accident de mașină sau dintr-un alt motiv mai obișnuit, reacțiile oamenilor ar fi fost diferite? Dacă nu ți-ai fi administrat cu intenție o supradoză (e exprimarea preferată de mama), atunci cred că oamenii ar fi putut să fie ceva mai puțin ciudați. A fost de parcă s-ar fi temut de noi sau poate s-au gândit că supradoza administrată cu intenție o fi contagioasă. Discutau despre asta de parcă nici n-am fi fost în aceeași încăpere. Prea multe priviri insistente și șușoteli și zâmbete pline de milă. Nu-mi doream decât s-o iau de mână pe mama și s-o scot de-acolo, s-o apăr de faptul că știam că-ți retrăiește moartea odată cu fiecare îmbrățișare, cu fiecare lacrimă și cu fiecare zâmbet.

Evident, nu m-am putut abține să mă gândesc că toată lumea se comporta așa din cauză că ne învinuia într-un fel. Puteam să-mi dau seama la ce se gândeau.

Cum e posibil ca o familie să nu știe c-o să se întâmple una ca asta?

Cum e posibil să nu fi observat indiciile?

Ce fel de mamă o fi asta?

Ce fel de frate o fi ăsta, de nu observă cât de deprimată e propria soră geamănă?

Din fericire, de îndată ce a început ceremonia funerară, atenția tuturor a fost abătută pe moment de la noi, mutându-se pe proiecția diapozitivelor. Au fost foarte multe poze cu tine și cu mine. Erai fericită în toate. Au fost foarte multe poze cu tine și cu prietenele tale și erai fericită și în astea. Poze cu tine, cu mama și tata, înainte să divorțeze; poze cu tine, cu mama și Brian, după ce ea s-a recăsătorit; poze cu tine, cu tata și Pamela, după ce el s-a recăsătorit.

Dar abia când a apărut pe ecran ultima fotografie mi-a picat fisa. Era cu noi doi, în fața fostei noastre case. Mai știi poza aia făcută la vreo șase luni după ce a dispărut Hope? Încă aveai brățara identică celei pe care i-ai dat-o ei, în ziua în care a fost luată de acolo. Am observat că ai încetat s-o porți acum vreo doi ani, dar nu te-am întrebat niciodată despre asta. Știu că nu prea-ți prea place să vorbești despre ea.

În fine, să ne întoarcem la poză. Te țineam cu brațul pe după gât și amândoi râdeam și zâmbeam spre cameră. E același zâmbet pe care l-ai avut în toate celelalte fotografii. Asta m-a făcut să mă gândesc la faptul că, în toate fotografiile în care te-am văzut, aveai exact același zâmbet, identic. Nu există nici măcar o poză de-ale tale în care să ai vreo cută pe frunte. Sau să fii încruntată. Sau inexpresivă. De parcă întreaga viață te-ai fi străduit să întreții aparența asta falsă. Pentru cine, nu știu. Poate ți-era teamă că o cameră ar putea să capteze pentru eternitate un sentiment sincer al tău. Pentru că, hai s-o spunem drept, tu n-ai fost fericită chiar tot timpul. În câte seri ai plâns până ai adormit? În câte seri ai avut nevoie să te țin în brațe în timp ce plângeai, dar refuzai să-mi spui ce ai? Nimeni, cu un zâmbet autentic, n-ar plânge așa în singurătate. Și-mi dau seama că ai avut probleme, Les. Știu că viața noastră și tot ceea ce ni s-a întâmplat te-au afectat altfel decât pe mine. Dar de unde puteam să știu că problemele astea erau atât de grave, dacă n-ai arătat asta niciodată? Dacă nu mi-ai spus niciodată?

Poate că... și urăsc să mă gândesc la asta. Dar poate că nu te-am cunoscut. Am crezut că te cunosc, dar n-a fost așa. Cred că nu te-am cunoscut deloc. Am cunoscut-o pe fata care plângea seara. Am cunoscut-o pe fata care zâmbea în fotografii. Dar n-am cunoscut-o pe fata în care se legau zâmbetul ăla cu lacrimile alea. Habar n-am de ce afișai zâmbete false, dar plângeai cu lacrimi adevărate. Atunci când un băiat iubește o fată, mai ales când e sora lui, ar trebui să știe ce anume o face să zâmbească și ce anume o face să plângă.

Numai că eu n-am știut. Și nu știu. Așa că, îmi pare rău, Les. Îmi pare foarte rău că te-am lăsat să te prefaci că ți-e bine, când, evident, erai atât de departe de așa ceva...

H

Capitolul trei

— Beth, de ce nu te duci la culcare? îi zice Brian mamei. Ești istovită. Du-te să dormi.

Mama clatină din cap și continuă să amestece în mâncare, în ciuda rugăminților tatălui meu vitreg de a se odihni. Avem în frigider mâncare destulă cât să hrănească o armată, dar ea insistă să gătească pentru toți, ca să nu fim nevoiți să apelăm la *mâncarea de compasiune*, așa cum o numește ea. Mi s-a acrit de friptură de pui. Pare să fie felul standard pentru toți cei care vin să aducă mâncare în casa cuiva decedat. Am avut friptură de pui la toate mesele, din dimineața următoare morții lui Les, iar asta a fost acum patru zile.

Mă duc spre aragaz și-i iau lingura din mână, apoi o mângâi pe umăr cu mâna liberă, amestecând cu cealaltă. Ea se sprijină de mine și oftează. Și nu e un oftat de bine. E un oftat care nu spune decât „sunt terminată".

— Te rog, du-te să stai pe canapea. Pot s-o termin eu, îi zic.

Ea încuviințează și se duce, absentă, în living. O privesc din bucătărie cum se așază și-și lasă capul pe spate pe canapea, cu ochii spre tavan. Brian se așază lângă ea și o trage spre el. Nici n-am nevoie s-o aud, ca să știu că plânge iar. Se vede după cum se lasă moale pe el și-l apucă de cămașă.

Întorc capul în altă parte.

— Poate c-ar fi mai bine să vii să stai cu noi, Dean, îmi spune tata, sprijinindu-se de masa de lucru. Doar pentru puțin timp. O plecare ar putea să-ți prindă bine.

El e singurul care încă îmi zice Dean. Am preferat să mi se spună Holder încă de când aveam opt ani, însă faptul că am fost numit după el poate fi motivul pentru care nu-mi spune altfel decât Dean. Nu-l văd decât de vreo două ori pe an, așa că nu mă deranjează prea tare că încă îmi spune Dean. Totuși, detest în continuare prenumele ăsta.

Îl privesc, apoi întorc capul spre mama, care se află încă în brațele lui Brian, în living.

— Nu pot, tată. N-o s-o părăsesc. Mai ales acum.

A tot încercat să mă convingă să mă mut în Austin, cu el, încă de când au divorțat. Adevărul e că-mi place aici. Nu mi-a făcut plăcere să-mi vizitez orașul natal de când m-am mutat de acolo. Când sunt acolo, prea multe lucruri îmi amintesc de Hope.

Pe de altă parte, cred că prea multe lucruri vor începe să-mi amintească aici de Les.

— Ei bine, oferta mea rămâne valabilă, îmi zice. Știi asta.

Încuviințez și sting focul.

— E gata, îi anunț.

Brian vine în bucătărie împreună cu Pam și ne așezăm toți la masă, însă mama rămâne în living, continuând să plângă încet pe canapea, pe toată durata cinei.

*

În timp ce le fac semne cu mâna la plecare tatălui meu și lui Pam, mașina lui Amy apare în fața casei noastre. Așteaptă ca mașina tatălui meu să-i facă loc, apoi intră pe alee. Mă duc spre portiera din dreptul ei și i-o deschid.

Zâmbește cu jumătate de gură și lasă parasolarul în jos, ștergându-și în oglinda lui rimelul pe sub rama ochelarilor. S-a întunecat de mai bine de o oră, dar ea încă poartă ochelari de soare. Asta nu poate să însemne decât că a plâns.

N-am prea vorbit cu ea în ultimele patru zile, dar n-am nevoie s-o întreb cum suportă situația. Les i-a fost cea mai bună prietenă de șapte ani încoace. Dacă există cineva care să se simtă așa, ca mine, în clipa de față, atunci ea e. Și nici măcar nu știu sigur dacă *eu* rezist cât de cât bine.

— Unde e Thomas? o întreb, în timp ce coboară din mașină.

Amy își dă deoparte șuvițele de păr blond căzute peste față, ajutându-se de ochelarii de soare, pe care și-i potrivește apoi pe creștet.

— E acasă la el. A trebuit să se ducă să-l ajute pe taică-său la ceva treburi prin curte, după școală.

Nu știu de când s-au cuplat ei doi, dar erau împreună chiar dinainte ca eu și Les să ne mutăm aici. Și când ne-am mutat eram în clasa a patra, așa că a cam trecut ceva.

— Cum se simte mama ta? mă întreabă, dar, de îndată ce pronunță cuvintele, clatină din cap, în semn de scuză. Iartă-mă, Holder. A fost o întrebare de-a dreptul prostească. Mi-am promis mie însămi că n-o să fiu ca oamenii ăia.

— Crede-mă, nu ești, o asigur, după care fac un gest spre casa din spatele meu. Intri?

Ea face semn din cap că da și privește spre casă, apoi spre mine.

— Te superi dacă urc în camera ei? Nu-i problemă dacă nu vrei să intru acolo deocamdată. Doar că avea vreo câteva fotografii pe care chiar aș vrea să le am.

— Nu, nu-i nicio problemă, îi răspund.

Judecând după relația care a fost între ea și Les, Amy are tot atâtea drepturi ca mine să intre în camera surorii mele. Știu că Les ar fi vrut ca Amy să ia tot ce-i poftește inima.

Mă urmează în casă și pe scară. Observ că mama nu mai e pe canapea. Înseamnă că Brian a convins-o, în sfârșit, să se ducă la culcare. O conduc pe Amy până în capătul scării, dar n-am niciun chef să intru cu ea în camera lui Les. Îi fac semn cu capul spre dormitorul surioarei mele.

— Mă găsești în camera mea, dacă ai nevoie de ceva.

Trage aer adânc în piept, neliniștită, și încuviințează în timp ce expiră.

— Mersi, răspunde, privind cu teamă ușa camerei lui Les.

Face un pas ezitant spre dormitor, așa că mă întorc și mă duc în camera mea. Închid ușa după mine și mă așez pe pat, sprijinindu-mă de tăblie, și iau caietul lui Les. I-am mai scris deja o dată pe ziua de azi, dar apuc pixul, fiindcă n-am altceva mai bun de făcut decât să-i scriu din nou. Sau, cel puțin, n-am altceva din ceea ce *aș vrea* să fac, fiindcă totul, oricum, mă face să mă gândesc la ea.

Capitolul trei și jumătate

Les,

A venit Amy. E în camera ta, îți caută prin lucruri.

Oare ea o fi avut vreo idee despre ce urma să faci? Știu că uneori fetele le împărtășesc prietenelor apropiate tot felul de lucruri, lucruri pe care nu le-ar spune nimănui altcuiva... nici măcar fraților gemeni. I-ai spus vreodată ce simțeai tu de fapt? I-ai dat măcar vreun indiciu? Eu chiar sper că nu, fiindcă asta ar însemna că și ea, probabil, se simte al naibii de vinovată acum. Ea nu merită să se simtă vinovată din cauza a ceea ce ai făcut, Les. Ți-a fost cea mai bună prietenă timp de șapte ani, așa că sper să te fi gândit la asta, înainte de a lua o hotărâre atât de egoistă.

Eu mă simt vinovat pentru ceea ce ai făcut, dar merit să mă simt așa. E o răspundere care decurge din rolul meu de frate, dar nu decurge neapărat și din calitatea de a fi cea mai bună prietenă. Era datoria mea să te protejez, nu a lui Amy. Așa că ea nu merită să se simtă vinovată.

Poate că asta a fost problema mea. Poate că mi-am pierdut prea mult timp încercând să te apăr de Grayson, fără să-mi treacă vreodată prin cap că, în realitate, trebuia să te apăr de tine însăți.

H

★

Aud o bătaie înceată în ușă, așa că închid caietul și-l așez pe noptieră. Amy deschide ușa. Mă ridic în capul oaselor pe pat și-i fac semn să intre, așa că se strecoară înăuntru și închide ușa după ea. Se duce până la măsuța mea de toaletă și pune pe ea fotografiile pe care le-a ales, plimbându-și degetul peste cea de deasupra. Lacrimile îi șiroiesc, în tăcere, pe obraji.

— Vino încoace, îi zic întinzându-i mâna.

Ea se apropie și mă ia de mână, după care izbucnește în plâns, în clipa în care-mi întâlnește privirea. O trag în continuare spre mine, până când o fac să se așeze pe pat și-o cuprind în brațe. Se ghemuiește la pieptul meu, hohotind necontrolat. Se zguduie amarnic și e un plâns aproape de om distrus, dar, cum am zis și mai devreme, termenul de *distrus* ar trebui să fie rezervat doar pentru mame.

Închid ochii strâns și mă străduiesc să nu mă las afectat de toate astea, așa cum o afectează pe Amy în clipa de față, dar e greu. Pot să mă stăpânesc față de mama, fiindcă are nevoie să fiu tare pentru ea. Amy nu are, totuși. Dacă Amy se simte cât de cât așa cum mă simt eu, atunci are nevoie să știe că mai e cineva pe-aici exact la fel de lovit și de zdrobit ca ea.

— Șșt, îi zic mângâind-o pe păr.

Știu că nu vrea s-o consolez cu vorbe goale, tocite. Are nevoie doar de cineva care să înțeleagă ceea ce simte și e posibil ca eu să fiu singurul din câți cunoaște care o înțelege cu adevărat. Nu-i spun să nu mai plângă, fiindcă știu că e imposibil. Îmi lipesc obrazul de fruntea ei, detestând faptul că plâng acum și eu. M-am descurcat al naibii de bine cât a trebuit să țin totul în interior, dar acum nu mai pot. O țin tot în brațe, iar ea se agață în continuare de mine, pentru că e plăcut să poți găsi alinare într-o astfel de situație urâtă, de însingurare.

Auzind plânsul lui Amy, îmi amintesc toate serile în care eram în aceeași situație cu Les. Ea nu voia să vorbesc, nici s-o ajut să înceteze cu plânsul. Les avea nevoie doar s-o țin în brațe și s-o las să plângă, chiar dacă n-aveam habar de ce simțea nevoia asta. Simplul fapt că pot să fiu aici pentru Amy, în felul acesta mărunt, îmi oferă familiara senzație că există cineva care are nevoie de mine, senzație pe care o aveam cu Les. N-am mai simțit că ar avea cineva nevoie de mine de când a hotărât Les că n-are nevoie de *nimeni*.

— Îmi pare foarte rău, zice Amy, și vocea îi sună înfundată în cămașa mea.

— Pentru ce?

Încearcă să respire din nou normal și să se oprească din plâns, dar eforturile îi sunt zădărnicite de noile lacrimi care urmează.

— Ar fi trebuit să știu, Holder. Dar eu habar n-am avut. I-am fost cea mai bună prietenă și simt că toți mă învinovățesc și... nu știu. Poate că au dreptate. Nu știu. Poate că am fost atât de absorbită de relația mea cu Thomas, încât n-am fost atentă la ceva din ce-o fi încercat ea să-mi spună.

O mângâi în continuare pe păr, empatizând cu fiecare cuvânt care-i iese de pe buze.

— Și tu, și eu, îi zic oftând și ștergându-mi ochii cu dosul palmei. Știi, eu tot încerc să identific momentele care ar fi putut schimba deznodământul. Lucruri pe care poate i le-am spus sau lucruri pe care poate mi le-o fi spus ea. Dar chiar dac-aș putea să mă întorc în trecut și să schimb ceva din el, nu sunt convins că aș fi putut schimba deznodământul. Și nici tu nu știi asta. Les e singura care știe precis de ce a mers până la capăt și, din nefericire, nu e aici ca să ne lămurească.

Amy chicotește ușor, nu știu de ce. Se îndepărtează încet și mă privește cu o înfățișare solemnă.

— Ar fi cazul să se bucure că nu e aici, fiindcă sunt foarte supărată pe ea, Holder.

Seriozitatea ei lasă locul unui nou hohot de plâns. Își duce mâna la ochi.

— Sunt foarte, foarte supărată pe ea, pentru că n-a avut încredere în mine și simt că nu pot să spun asta decât față de tine, îmi mărturisește în șoaptă.

Îi iau mâna din dreptul feței și o privesc în ochi, pentru că nu vreau să aibă impresia c-o judec pentru remarca asta.

— N-ai de ce să te simți vinovată, Amy. Ai înțeles?

Face semn din cap că da și-mi adresează un zâmbet înțelegător, după care-și coboară privirea spre mâinile noastre, pe perna dintre noi. Îmi pun mâna peste a ei și o mângâi cu mișcări liniștitoare ale degetelor. Știu ce simte ea, și ea știe ce simt eu, iar asta ne face bine, chiar dacă numai pe moment.

Aș vrea să-i mulțumesc pentru că i-a fost alături lui Les în toți anii aceștia, dar mi se pare nepotrivit să-i mulțumesc pentru că i-a fost aproape, într-un moment în care ea simte exact contrariul. Așa că tac și-mi apropii mâna de fața ei. Nu știu dacă de vină o fi importanța momentului sau faptul că m-a făcut să simt din nou că există cineva care are nevoie de mine ori, pur și simplu, că mintea și inima mi-au fost paralizate timp de atâtea zile. Indiferent care ar fi cauza, ea există și nu vreau să dispară încă. O las doar să pună cu totul stăpânire pe mine, mă aplec încetișor și-mi lipesc buzele de ale ei.

Intenția mea n-a fost s-o sărut. De fapt, mă așteptam să mă desprind dintr-o clipă în alta, doar că n-o fac. Mă așteptam ca ea să mă respingă, doar că n-o face. În clipa în care gurile ni se întâlnesc, ea își depărtează buzele și suspină, ca și cum exact de asta ar fi avut nevoie din partea mea. Ciudat lucru, asta mă incită s-o sărut iar. Și o sărut, conștient de faptul că e cea mai bună prietenă a surioarei mele. O sărut, conștient de faptul că are un iubit. O sărut, conștient de faptul că nu asta aș vrea să fac cu ea, în oricare alte condiții decât cele prezente.

Își strecoară mâna de-a lungul brațului meu și-și vâră degetele pe sub tricou, urmărindu-mi ușor contururile musculaturii. O trag mai aproape de mijlocul patului și-o sărut mai apăsat. Cu cât ne sărutăm mai mult, cu atât recunoaștem amândoi că dorința și necesitatea ar putea fi singurele lucruri care să ne mai aline mâhnirea. Simultan, amândoi devenim din ce în ce mai nerăbdători, făcând tot posibilul ca să alungăm complet mâhnirea. Fiecare mângâiere a ei mă scoate tot mai mult din minți și mă adâncește tot mai mult în ardoarea momentului cu ea, așa că o sărut cu și mai multă disperare, simțind nevoia ca ea să-mi abată *complet* mintea de la viața mea, chiar acum. Mâna îmi urcă spre bluza ei și, în clipa în care-i cuprind sânul, ea geme și-și înfige unghiile în antebrațul meu, arcuindu-și spinarea.

Dacă ăsta n-o fi un „da" non-verbal, atunci nu mai știu ce-o fi.

Doar două lucruri mai am în minte atunci când ea începe să-mi scoată tricoul, iar mâinile mele bâjbâie nerăbdătoare pe fermoarul blugilor ei.

1. *Trebuie să scot hainele astea de pe ea.*
2. *Thomas.*

În mod normal, nu obișnuiesc să mă gândesc la alți băieți atunci când îmi fac de cap cu fetele, dar, tot în mod normal, nu obișnuiesc să-mi fac de cap cu fetele *altora*. Amy nu e a mea, n-ar trebui s-o sărut, dar uite că o fac, chiar și-așa. Hainele ei nu-mi aparțin, ca s-o ajut să le scoată de pe ea, dar uite că o fac, chiar și-așa. Chiloții ei nu sunt cei în care ar trebui să-mi strecor mâna, dar uite că o fac, chiar și-așa.

Îmi desprind buzele de ale ei când o ating acolo și o privesc cum geme și-și apasă capul de perna mea. Îmi văd în continuare de ceea ce fac, cu o mână, în timp ce mă aplec peste pat și scot, cu cealaltă, un prezervativ din sertar. Sfâșii ambalajul cu dinții, privind-o insistent în tot acest timp. Știu că niciunul din noi nu e în deplinătatea facultăților mintale în clipa asta, fiindcă altfel nu s-ar fi întâmplat așa ceva. Dar, indiferent dacă suntem în deplinătatea facultăților mintale sau nu, măcar suntem în *aceeași* stare a facultăților mintale. Sau, cel puțin, așa sper.

Știu cât de extraordinar și de total greșit e să întrebi o fată despre iubitul ei atunci când e la treizeci de secunde distanță de a uita complet de el, dar trebuie s-o fac. Nu vreau ca ea să regrete mai mult decât știu deja că va regreta. Că vom regreta *amândoi.*

— Amy? șoptesc. Dar Thomas?

Ea scâncește ușor, cu ochii închiși, ridicându-și palmele spre pieptul meu.

— E acasă la el, murmură, fără să dea vreun semn că, auzindu-i numele, ar vrea să se oprească din ceea ce facem. A trebuit să se ducă să-l ajute pe taică-său la ceva treburi prin curte, după școală.

Faptul că a repetat exact răspunsul pe care mi l-a dat în fața casei, când am întrebat-o despre el, mă face să râd. Ea deschide ochii și se uită la mine, probabil nedumerită de motivul pentru care râd într-un astfel de moment. Totuși, zâmbește. Îi sunt recunoscător pentru asta, fiindcă m-am săturat până peste cap de lacrimile tuturor. M-am săturat al naibii de toate lacrimile.

Și *mama mă-sii de treabă.* Dacă ea nu se simte vinovată în clipa asta, atunci sunt al naibii de *sigur* că nu e cazul să mă simt vinovat nici eu. N-avem decât să regretăm cât vrem pe urmă.

Îmi cobor gura spre a ei, exact în clipa în care icnește, apoi geme tare... uitând complet și din toată inima de iubitul ei. Fiecare dram din atenția ei se concentrează sută la sută asupra mișcărilor mâinii mele, iar fiecare dram din atenția mea se concentrează sută la sută asupra punerii prezervativului, până nu i se întorc gândurile la iubitul ei.

Mă urc ușor deasupra, îmi lipesc ușor gura de a ei, pătrund ușor în ea și profit total de situație, conștient de cât de mult o să regret asta mai târziu. Conștient de cât de mult o regret *deja.*

Dar iată că o fac, chiar și-așa.

*

Amy e acum îmbrăcată și stă pe marginea patului, încălțându-și pantofii. Eu deja mi-am pus blugii pe mine și tocmai mă duc spre ușa camerei, neștiind ce să spun. Habar n-am cum și de ce s-au întâmplat toate astea și, judecând după înfățișarea ei, nici ea nu știe. Se ridică și pornește spre ușă, culegând din mers, de pe măsuța de toaletă, fotografiile luate din camera lui Les. Deschid ușa, fără să-mi dau seama precis dacă ar fi cazul s-o însoțesc, sau s-o sărut de rămas-bun, sau să-i spun c-o s-o sun.

Ce naiba am făcut?

Iese pe hol și se oprește, apoi se întoarce cu fața spre mine. Totuși, evită contactul vizual. Privește doar spre fotografiile din mâna ei.

— Am venit doar pentru fotografii, da? îmi zice cu prudență.

O cută de îngrijorare îi brăzdează fruntea și-mi dau seama de ce anume se teme. Că mi-aș putea închipui că ceea ce tocmai s-a petrecut între noi ar însemna mai mult decât a fost în realitate.

Simt nevoia s-o liniștesc și s-o asigur că n-o să spun nimic. O apuc de bărbie și-i ridic capul, astfel încât să mă privească în ochi, și-i zâmbesc.

— Ai venit pentru fotografii. Asta-i tot, Amy. Iar Thomas e acasă la el și-l ajută pe taică-său la treburi prin curte.

Ea râde, dacă se poate spune așa, aruncându-mi o privire admirativă. Pentru câteva clipe, se lasă o tăcere stânjenitoare, după care, în sfârșit, râde iar.

— *Asta* ce naiba a mai fost, la urma urmei? întreabă gesticulând spre dormitorul meu. Noi nu suntem așa, Holder. Nu suntem genul ăla de oameni.

Așa e, *nu* suntem genul ăla de oameni. Cu asta sunt de acord. Îmi reazem capul de tocul ușii, simțind deja cum pătrund regretele în mine. Nu știu ce m-o fi apucat și nici de ce faptul că ea nu e nici pe departe a mea nu m-a făcut să mă opresc de la bun început. Singura scuză pe care pot s-o invoc e că orice s-ar fi întâmplat acum între noi n-a fost decât rezultatul direct al mâhnirii noastre. Iar mâhnirea noastră e rezultatul direct al hotărârii egoiste luate de Les.

— Hai să dăm vina pe Les, zic, glumind doar pe jumătate. Nu s-ar fi întâmplat nimic, dac-ar fi fost și ea aici.

Amy zâmbește.

— Da, zice mijindu-și ochii cu un aer jucăuș. Ce afurisită, să ne împingă la o faptă mârșavă ca asta! Cum de-a îndrăznit?!

— Păi, nu? o aprob râzând.

Ea ridică mâna în care ține fotografiile.

— Mersi pentru...

Se oprește pentru o clipă, privind fotografiile, după care se uită din nou la mine.

— Mulțumesc... și-atât, Holder. Pentru că m-ai ascultat.

Îi răspund printr-o singură înclinare a capului și o urmăresc din ochi cum coboară scara. Închid ușa și mă întorc în pat, luând și caietul în drum. Îl deschid la scrisoarea la care rămăsesem acum o oră, înainte ca Amy să intre în dormitorul meu.

Capitolul trei și trei sferturi

Les,

Ceea ce s-a întâmplat adineaori între mine și Amy a fost numai din vina ta. Asta ca să fie clar.

H

Capitolul patru

Les,

Morțiversare plăcută, la două săptămâni. Sună dur? Poate că da, dar nu-mi cer iertare. Luni va trebui să mă întorc la școală și nu pot deloc să spun că abia aștept. Daniel m-a ținut la curent cu toate bârfele, în ciuda faptului că-i tot spun că mi se rupe de ele. Evident, toată lumea crede că te-ai sinucis din cauza lui Grayson, dar eu știu că nu e adevărat. Tu te prefăceai că ești vie cu mult timp înainte ca măcar să-l cunoști pe Grayson.

Și mai e toată întâmplarea aia despre care încă nu ți-am povestit. Cea în care l-am forțat pe Grayson să se despartă de tine. E o poveste complicată, dar din cauza serii ăleia, toți spun acum că am fost răspunzător indirect pentru sinuciderea ta. Daniel zice că unii chiar sunt de partea lui Grayson, iar nemernicul ăsta savurează situația.

Partea cea mai tare la zvonul ăsta e că, după toate aparențele, enormul meu sentiment de vinovăție pentru rolul jucat în sinuciderea ta îmi provoacă și mie tendințe suicidale. Și dacă așa susține gloata, atunci trebuie să fie adevărat, nu?

Sincer să fiu, sunt mult prea fricos ca să mă omor singur. Dar să nu spui asta nimănui. (Nu că ai putea s-o faci acum, chiar și dac-ai vrea.) Totuși, e adevărat. Sunt un pămpălău când vine vorba despre faptul că n-am habar la ce-aș putea să mă aștept după viața asta. Dacă viața de după o fi și mai rea decât asta de care fugim? Să te arunci de bunăvoie cu capul înainte în necunoscut necesită curaj, nu glumă. Trebuie să-ți recunosc meritul, Les, ești mult mai curajoasă decât mine.

Bun, hai că închei. Nu sunt obișnuit să scriu atât de mult. Mesajele pe telefon ar fi mult mai convenabile, dar ție îți place să faci totul pe calea cea mai grea, nu?

Dacă luni dau ochii cu Grayson la școală, îi smulg ouăle și ți le trimit prin poștă. Care e noua ta adresă?

H

*

Când ajung în parcare, îl găsesc pe Daniel așteptându-mă lângă mașina lui.

— Care-i planul de bătaie? mă întreabă de îndată ce deschid portiera.

Îmi scormonesc creierul după vreo chestie care poate că mi-a scăpat. Nu-mi amintesc nimic semnificativ pentru astăzi, care să necesite un plan de bătaie.

— Plan de bătaie pentru ce? îl întreb.

— Planul de bătaie pentru azi, rahat cu ochi ce ești!

Își îndreaptă telecomanda spre mașina lui și încuie portierele, apoi pornește împreună cu mine spre clădirea liceului.

— Știu că n-ai fi vrut să mai vii, așa că poate avem nevoie de un plan ca să contracarăm toată atenția. Vrei să joc tristețea și mâhnirea alături de tine, ca să nu mai vrea alții să intre în vorbă cu noi? Mă îndoiesc, își răspunde singur. Asta i-ar putea îndemna să te abordeze cu vorbe de consolare care să semene a condoleanțe și știu că ești sătul de porcării din astea. Dacă vrei, pot să fac pe surescitatul și să abat toată atenția de la tine. Oricât ți-ai dori să n-o recunoști, tu ești singurul subiect despre care a vorbit toată lumea de două săptămâni încoace. Mi s-a acrit, naibii, de asta!

Detest faptul că lumea n-a găsit alt subiect mai bun de discuție, dar îmi place că asta îl sâcâie pe Daniel la fel de mult ca pe mine.

— Sau am putea doar să ne comportăm normal și să sperăm că lumea o să aibă altceva mai bun de comentat decât ceea ce s-a întâmplat cu Les. Ooo! Ooo! exclamă deodată, pe un ton sprințar, întorcându-se cu fața spre mine și mergând de-a îndăratelea. Aș putea să fac pe nervosul și să merg în fața ta ca un bodyguard, chiar dacă ești mai mare decât mine. Și dacă încearcă cineva să te abordeze, să-i trag un pumn în față. Ai vrea? Te rog? Ai vrea să joci rolul fratelui supărat și îndurerat? Pentru mine? Te rog?

Izbucnesc în râs.

— Eu cred c-o să ne descurcăm foarte bine și fără un plan de bătaie.

Se încruntă, văzând că nu sunt dispus să cooperez.

— Subestimezi bucuria pe care le-o produc celorlalți bârfele și speculațiile. Tu doar ține-ți gura și, dacă e nevoie să se spună ceva azi, o să spun eu. De două săptămâni mor de nerăbdare să urlu la ăștia.

Îi sunt recunoscător pentru grijă, dar chiar anticipez că ziua de azi va fi exact ca oricare alta. Măcar pentru simplul fapt că, zic eu, ar fi prea stânjenitor pentru ceilalți să aducă vorba despre asta chiar în prezența mea. Le-ar fi prea incomod să-mi spună ceva, orice, și exact așa prefer să fie.

Încă nu s-a sunat de intrare pentru prima oră, așa că toată lumea e încă pe-afară. E prima oară când intru în școală fără Les lângă mine. Numai gândul la ea mă duce imediat înapoi la momentul în care am intrat în cameră și am găsit-o. Nu vreau să mai retrăiesc momentul ăla. Nu și acum. Îmi scot telefonul din buzunar și mă prefac interesat de el, doar ca să-mi abat gândurile de la faptul că s-ar putea ca Daniel să aibă dreptate. Toți cei din jurul nostru sunt mult prea tăcuți și sper al naibii de tare ca totul să revină cât de curând la normal.

Eu și Daniel avem abia a treia oră împreună, așa că după ce intrăm în clădire el îmi face un semn de rămas-bun cu mâna și pornește în direcția opusă. Deschid ușa clasei mele și, aproape imediat, o tăcere subită se așterne peste toată sala. Absolut toate perechile de ochi sunt îndreptate spre mine, urmărindu-mă în tăcere cum mă îndrept spre banca mea.

Rămân cu telefonul în mână și mă prefac în continuare atent la el, dar sunt cât se poate de conștient de prezența tuturor în jurul meu. Totuși, aparatul mă ajută să evit contactul vizual cu altcineva. Dacă nu am contact vizual, e mai puțin probabil să mă abordeze vreunul. Mă întreb în sinea mea dacă nu cumva îmi imaginez doar că ar exista o diferență între felul în care se comportă toți azi și felul cum se purtau înainte ca Les să se sinucidă. Poate că e doar o impresie a mea. Dar nu vreau să cred că e așa. Și, dacă ăsta o fi cazul, atunci cât poate să dureze? Cât timp va trebui să parcurg fiecare secundă a zilei gândindu-mă la moartea ei și la cât de mult îmi afectează fiecare aspect al vieții?

Compar pierderea lui Les cu pierderea lui Hope, de acum atâția ani. Pe atunci, aveam impresia că orice se întâmpla, luni întregi după ce Hope a fost luată de-acolo, mă ducea cumva cu gândul la ea. Mă trezeam dimineața și mă întrebam unde și dacă *ea* s-o fi trezit. Mă spălam pe dinți și mă întrebam dacă persoana care o fi luat-o i-o fi cumpărat o periuță de dinți nouă, din moment ce nu apucase să-și ia nimic cu ea. La micul dejun, în timp ce mâncam, mă întrebam dacă persoana care o fi luat-o o știi că lui Hope nu-i place sucul de portocale și dacă o lăsa să bea lapte simplu sau nu, fiindcă era preferatul ei. Mă duceam seara la culcare și priveam, pe fereastra camerei mele, fereastra care fusese a ei, și mă întrebam dacă, acolo unde o fi, o avea măcar fereastră la dormitor.

Încerc să-mi aduc aminte când au încetat toate gândurile astea, dar nu sunt prea convins că ar fi încetat. Încă mă gândesc la ea mai mult decât ar fi cazul. Au trecut ani deja, dar ori de câte ori îmi ridic privirea spre cer, mă gândesc la ea. Ori de câte ori îmi spune cineva Dean, în loc de Holder, mă gândesc la ea și la cum râdeam de felul în care-mi pronunța numele atunci când eram copii. Ori de câte ori văd o brățară la mâna unei fete, mă gândesc la brățara pe care i-a dăruit-o Les, cu doar câteva minute înainte să fie luată de lângă noi.

Sunt atâtea lucruri care-mi amintesc de ea și detest gândul că de-acum o să fie și mai rău, când nici Les nu mai e. Absolut fiecare lucru pe care-l văd, sau la care mă gândesc, sau pe care-l fac îmi amintește de Les. Apoi, absolut de fiecare dată când ceva îmi amintește de Les, mă duc cu gândul la Hope. După care, absolut de fiecare dată când mă gândesc la Hope, mi se amintește faptul că n-am avut grijă de ele. Am dat greș față de amândouă. E ca și cum, în ziua în care le-am poreclit, m-aș fi poreclit cumva la fel pe mine însumi. Pentru că sunt al naibii de sigur că, în clipa asta, mă simt al naibii de fără speranță[1].

*

Am reușit cumva să trec de primele două ore fără să vorbească nimeni cu mine. Nu zic că n-ar discuta între ei, totuși. E ca și cum ar avea impresia că nici n-aș fi acolo, după cum șușotesc și se zgâiesc și fac speculații despre ce-o fi în mintea mea.

Mă așez lângă Daniel, după ce ajung în sala de clasă a domnului Mulligan. Daniel mă întreabă din priviri cum merge. De-a lungul ultimilor câțiva ani, se pare că s-a format un soi de comunicare non-verbală între noi. Ridic din umeri, dându-i de înțeles că merge. Evident că e naspa și că aș prefera să nici nu fiu aici, dar ce pot să fac? Tac și înghit. Asta e.

— Am auzit că Holder nu mai vorbește cu nimeni, șoptește fata din fața mea către cea din fața ei. La modul, *deloc*. Și asta de când a găsit-o.

---

[1] *Hopeless* în original, în limba engleză

E limpede, după cât de tare vorbește: habar n-are că stau chiar în spatele ei. Daniel își ridică ochii ca să le privească și-i văd dezgustul pe chip, știind că le aud conversația.

— Poate c-o fi făcut un jurământ al tăcerii, își dă cu presupusul cealaltă.

— Da, posibil. Nu i-ar fi stricat nici lui Lesslie să facă un jurământ al tăcerii, măcar din când în când. Râsetele ei erau al naibii de enervante.

Instantaneu, văd roșu în fața ochilor. Îmi încleștez pumnii și mă pomenesc dorindu-mi pentru prima oară în viață să nu fie ceva urât ca un băiat să lovească o fată. Nu mă supără atât c-o vorbesc pe la spate, mă așteptam să fie așa. Nici măcar c-o bârfesc când e în mormânt nu mă supără atât. Ceea ce mă supără este că ceea ce iubeam *cel mai mult* la Les era tocmai râsul ei. Dacă tot e să spună ceva despre ea, ar face bine să nu mai pomenească vreodată despre râsul ei, naibii.

Daniel se prinde cu mâinile de marginile băncii, după care izbește cu toată puterea cu piciorul banca fetei, făcând-o să zboare până la vreo treizeci de centimetri deasupra podelei. Ea chițăie și se întoarce imediat cu fața spre el.

— Ce naiba te-a apucat, Daniel?

— Ce naiba m-a *apucat*? repetă el, ridicând tonul.

Se apleacă în față și-i aruncă o privire fioroasă.

— Îți spun eu ce m-a apucat. Mă enervez că ești fată, pentru că, dac-ai fi avut puță, ți-aș fi tras chiar acum un pumn în gura aia grasă și lipsită de respect!

Fata rămâne cu gura căscată, evident nedumerită de faptul că e ținta lui. Dar nedumerirea i se risipește în clipa în care observă că sunt chiar în spatele ei. Cască ochii, iar eu îi zâmbesc, ridicând mâna într-un fel de salut fără chef.

Totuși, nu spun nimic. Chiar nu simt nevoia să adaug ceva la ceea ce tocmai a spus Daniel și, din moment ce se presupune că aș fi depus un jurământ de tăcere, îmi țin gura închisă. Pe lângă asta, Daniel zisese că de două săptămâni murea de nerăbdare să urle la ăștia. Azi e posibil să fie singura lui șansă, așa că-l las să-și facă pofta. Fata se întoarce imediat cu fața spre catedră, fără ca măcar să dea cel mai mic semn că ar vrea să-și ceară iertare.

Ușa se deschide și domnul Mulligan intră în clasă, risipind tensiunea existentă și înlocuind-o în mod firesc cu cea provocată de el. Anul trecut, eu și Les am făcut tot posibilul să-l evităm ca profesor în anul ăsta, dar n-am prea avut noroc. Mă rog, eu n-am avut, în orice caz. Les nu mai trebuie să-și facă griji că ar fi nevoită să-i suporte prelegerile plictisitoare, de ore întregi.

— Dean Holder, zice el de îndată ce ajunge la catedră. Încă aștept lucrarea dumitale de cercetare, care a avut termen săptămâna trecută. Sper c-o ai la dumneata, fiindcă astăzi se vor expune.

Pe naiba. Nici măcar nu m-am gândit la ce-aș fi putut avea de predat în ultimele două săptămâni.

— Nu, n-o am la mine.

Își ridică privirea de la cine știe ce o citi pe catedră și mă studiază.

— Atunci ne vedem după oră.

Încuviințez din cap și poate chiar îmi dau un pic ochii peste cap. Datul ochilor peste cap e ceva inevitabil la orele lui. E un dobitoc obsedat să se delecteze cu puterea pe care crede că ar avea-o asupra unei clase. E clar că e un frustrat și acum nu face decât să se răzbune.

Ignor expunerile din restul orei, încercând să-mi fac o listă cu toate temele pe care s-ar putea să le am de predat. Les era cea organizată dintre noi doi. Ea mă anunța mereu ce și când avem de predat și pentru care materie.

După o oră care mi s-a părut nesfârșită, se aude în sfârșit clopoțelul. Rămân în banca mea până când se golește sala, astfel încât domnul Mulligan să-și poată exersa spiritul răzbunător pe mine. Imediat cum rămânem doar noi doi în clasă, el se duce în fața catedrei și se sprijină de ea, încrucișându-și brațele pe piept.

— Știu că familia dumitale a trecut printr-o încercare grea și-mi pare rău pentru pierderea suferită.

Hai că începe.

— Sper doar să înțelegi că de astfel de întâmplări nefericite vei avea parte pe tot parcursul vieții, ceea ce însă nu te scutește de datoria de a te ridica la nivelul așteptat din partea dumitale.

Doamne, Dumnezeule! Nu e decât o blestemată de lucrare de *cercetare.* Doar nu trebuia să rescriu Constituția. Știu că ar trebui doar să înclin capul în semn de încuviințare și să-mi exprim acordul față de spusele lui, numai că și-a ales ziua nepotrivită în care să se joace de-a predicatorul.

— Domnule Mulligan, Les a fost singura mea soră, așa că, la drept vorbind, *nu* întrevăd posibilitatea ca asta să se mai întâmple vreodată. Oricât ar părea că întâmplarea se repetă întruna, ea nu poate să se sinucidă decât o dată.

După felul în care i se împreunează sprâncenele și i se subțiază buzele într-o linie crispată, e evident că nu mă socotește deloc amuzant. Ceea ce e bine, pentru că nici nu încercasem să fiu amuzant.

— Unele situații ar trebui să rămână dincolo de granițele sarcasmului dumitale, remarcă el pe un ton categoric. Sper că ai putea avea un pic mai mult respect față de propria soră.

Oricât de mult aș detesta faptul că azi nu pot să iau vreo fată la pumni, detest și mai mult că nu-i pot lua la pumni nici pe profesori. Mă ridic imediat și mă îndrept iute spre el, oprindu-mă la doar câțiva centimetri în fața lui, cu pumnii strânși pe lângă corp. Apropierea mea îl face să înțepenească și nu-mi pot stăpâni satisfacția la gândul că i-am provocat spaima. Îl privesc drept în ochi și încep să vorbesc, printre dinții încleștați, pe un ton scăzut:

— Mi se rupe dacă ești profesor, elev sau vreun popă afurisit. Dar să nu mai pomenești niciodată de sora mea.

Îl mai țintuiesc cu privirea timp de câteva secunde, fierbând, așteptându-i reacția. Când văd că nu spune nimic, îi întorc spatele și-mi iau ghiozdanul.

— Veți primi mâine lucrarea, îi zic ieșind din clasă.

*

Eram convins că sunt la câteva minute distanță de exmatriculare. Cu toate astea, se pare că domnul Mulligan a preferat să nu raporteze mica noastră altercație, pentru că nu s-a spus și nu s-a întâmplat nimic, iar acum e pauza de prânz.

Mergem mai departe.

— Holder, mă strigă cineva din spate, pe coridor.

Mă întorc și-o văd pe Amy străduindu-se să mă prindă din urmă.

— Bună, Amy, îi zic.

Mi-aș fi dorit ca prezența ei să-mi ofere chiar și cea mai mică urmă de alinare, dar nu se întâmplă așa. Vederea ei nu face decât să-mi aducă aminte de ceea ce s-a întâmplat acum două săptămâni, ceea ce îmi amintește apoi de fotografiile pentru care a venit acasă la mine, ceea ce îmi amintește apoi de Les, ceea ce îmi amintește apoi de Hope. După care, firește, sunt iarăși mistuit de sentimentul de vinovăție.

— Ce faci? mă întreabă pe un ton șovăielnic. Nu mai știu nimic de tine de când...

Nu-și mai sfârșește fraza, așa că mă grăbesc să-i răspund, pentru că nu vreau să se simtă nevoită să intre în mai multe amănunte.

— Bine, îi zic, simțindu-mă vinovat pentru dezamăgirea pe care i-am provocat-o evitând s-o sun.

Dar am crezut că s-a exprimat suficient de clar în legătură cu ceea ce s-a petrecut între noi. În orice caz, așa sper.

— Ai fi vrut să... ăăă...

Îmi las privirea în jos și oftez, neștiind prea bine cum să deschid subiectul fără să par un nemernic desăvârșit. Îmi mut greutatea de pe un picior pe celălalt, apoi ridic din nou capul spre ea.

— Ai fi *vrut* să te sun? Eu am crezut că ceea ce s-a întâmplat...

— Nu, zice ea repede. Nu. Te-ai gândit bine. Doar că... nu știu.

Ridică din umeri, dând impresia că deja regretă discuția asta.

— Holder, am vrut doar să mă asigur că ești bine. Am auzit tot felul de zvonuri și aș minți dacă aș spune că nu m-au pus pe gânduri. Am avut impresia că în ziua aia, acasă la tine, am făcut ca totul să graviteze în jurul meu, fără ca măcar să-mi treacă prin minte să te întreb cum te descurci.

Pare vinovată pentru simplul fapt că aduce în discuție zvonurile, dar n-ar trebui să se simtă așa. E singura pe toată ziua de azi care chiar face un efort ca să se asigure că zvonurile nu sunt adevărate.

— Sunt bine, o asigur. Zvonurile sunt zvonuri, Amy.

Zâmbește, dar nu pare să creadă cuvintele ieșite din gura mea. Ultimul lucru pe care mi l-aș dori ar fi ca ea să fie îngrijorată pentru mine. O cuprind în brațe și-i șoptesc la ureche:

— Îți garantez, Amy, că nu trebuie să fii îngrijorată pentru mine, da?

Ea încuviințează, după care se desprinde din brațele mele, privind agitată pe hol, spre stânga, apoi spre dreapta.

— Thomas, șoptește ea, scuzându-se pentru faptul că s-a îndepărtat de mine.

Îi răspund cu un zâmbet liniștitor.

— Thomas, repet dând aprobator din cap. Acum nu mai e acasă la el, ca să-l ajute pe taică-său la treburi prin curte, nu?

Ea își țuguie buzele și clatină din cap.

— Ai grijă, Holder, îmi zice întorcându-se să plece.

Îmi pun lucrurile în dulap, după care pornesc spre cantină. Intru în sala de mese la câteva minute după ce s-a umplut și, la început, e ca oricare altă zi, la prânz. Dar de îndată ce lumea începe să mă observe, în timp ce-mi croiesc drum spre masa la care stă Daniel, vocile coboară cu octave întregi și ochii nu par să-și vadă de treburile lor.

Volumul de dramă pe care l-am văzut azi e chiar comic, pe bune. Toți cei pe lângă care trec, până și unii cu care sunt prieten de ani întregi, par să creadă că, dacă nu-mi urmăresc în tăcere fiecare mișcare, ar putea să rateze momentul în care o să cedez nervos și-o să-mi pierd mințile. Detest să-i dezamăgesc, dar azi sunt destul de stăpân pe situație. Nimeni n-o să-și piardă mințile, așa că ar putea foarte bine să se întoarcă la programul lor obișnuit.

Până să ajung la masă, tot sunetul din sala de mese a scăzut la nivelul unui murmur înfundat. Toți ochii sunt îndreptați spre mine și îmi doresc la modul cel mai serios să le pot spune tuturor să se ducă unde și-a înțărcat mutu' iapa. Dar asta ar însemna să le ofer exact declanșatorul pe care și-l doresc, așa că mai bine îmi țin gura.

Un lucru pe care totuși nu-l fac e să-l opresc pe Daniel să spună *el* ce-aș fi vrut eu să spun. Îl privesc drept în ochi când mă apropii de masă și începe să se deruleze una dintre rapidele noastre conversații non-verbale. O conversație non-verbală în care îi dau permisiunea de a-și elibera orice frustrare reprimată pe care s-ar putea s-o fi acumulat.

Pe chip îi apare un zâmbet ștrengăresc. Plesnește zgomotos cu palmele în masă.

— 'Tu-i mama mă-sii astăzi și mâine! zbiară urcându-se pe scaun și gesticulând frenetic spre mine. Priviți, oameni buni! E Dean Holder!

Începe să se urce pe masă, abătând toată atenția de la mine și atrăgând-o asupra lui.

— De ce vă holbați toți la *mine*? urlă el făcând gesturi foarte largi, exagerate, spre mine. Îl avem aici pe Dean Holder *însuși*! Unicul și irepetabilul!

Când constată că doar câteva persoane își mută privirile de la el spre mine, își azvârle brațele spre tavan, ca și cum ar fi dezamăgit de reacția celorlalți.

— Haideți, fraților! Tot așteptăm momentul ăsta de două *săptămâni* deja! Iar acum, când în sfârșit îl avem aici, preferați cu toții să vă închideți, naibii, pliscurile? Ce mai e și asta?

Își îndreaptă privirea spre mine și se încruntă, cocârjându-și umerii în semn de înfrângere.

— Îmi pare rău, Holder. Am crezut că ziua de azi o să fie mai interesantă pentru tine. Speram c-o să fie un fel de conferință de presă, ca să mai destindă atmosfera, dar nu mi-am dat seama că absolut toți cei din școala asta sunt niște rahați cu ochi fără coloană vertebrală.

Dă să coboare de pe masă, dar deodată își aruncă iar brațele în sus și ridică un deget.

— Ia stați! exclamă răsucindu-se, ca să fie cu fața la toți cei prezenți. În definitiv, asta e chiar o idee foarte bună!

Mă uit în jur, așteptându-mă ca vreunul dintre supraveghetorii cantinei să vină spre el ca să-i oprească spectacolul, dar singurul supraveghetor prezent în clipa asta nu face decât să-l privească, așteptând să vadă ce pune la cale.

Daniel sare de pe masa noastră pe cea de lângă, călcând în vreo câteva tăvi cu ocazia asta. Varsă cacao cu lapte pe toată masa și e cât pe ce să alunece, dar se proptește cu palma de creștetul unuia și-și recapătă echilibrul. Întregul spectacol e al naibii de distractiv, așa că mă așez la masa noastră și-l urmăresc, ca și cum nici măcar n-aș fi motivul izbucnirii lui.

Privește în jos spre o fată care stă la masa de sub picioarele lui și întinde brațul, arătând-o cu degetul.

— Tu ce zici, Natalie? Acum, că-l avem aici pe Dean Holder, în carne și oase, n-ai vrea să-l întrebi dacă teoria ta despre motivul sinuciderii lui Les e corectă?

Natalie se face roșie la față și se ridică de pe scaun.

— Ești un nemernic, Daniel!

Își ia tava și pleacă de la masă. Daniel rămâne cocoțat pe masă, însă arătătorul lui întins o urmărește prin toată sala.

— Stai, Natalie! Dar dacă Lesslie s-a sinucis *într-adevăr* din cauză că Grayson i-a dat papucii în aceeași săptămână în care i-a luat virginitatea? Nu vrei să știi dacă ai avut dreptate? Nu vrei să afli ce premiu ai câștigat?

Natalie iese din sală, așa că Daniel își mută imediat atenția asupra lui Thomas, care stă lângă Amy, cu câteva mese mai încolo. Ea și-a acoperit gura cu palma și-l privește șocată pe Daniel, ca toți ceilalți prezenți în cantină. Daniel arată cu degetul spre Thomas, după care sare pe alte trei mese ca să ajungă la el.

— Thomas! țipă Daniel surescitat. Tu ce zici? Nu vrei să participi la conferința de presă? Ți-am auzit teoria azi-dimineață, la prima oră, și mi s-a părut memorabilă!

Thomas se ridică în picioare și-și ia tava, exact cum făcuse și Natalie.

— Daniel, ești un bulangiu, zice el făcând semn cu capul spre mine. Lui nu-i trebuie așa ceva acum.

Nu spun nimic, dar sper în sinea mea că Thomas o să scape nevătămat. Nu știu ce zvon o fi lansat, dar oricum. Sunt destul de convins că ceea ce am făcut eu cu Amy înseamnă o răzbunare suficient de satisfăcătoare, chiar dacă, probabil, el n-o să afle niciodată despre asta.

— A, da? zice Daniel ducându-și mâna la gură, într-o prefăcută expresie șocată, după care întoarce capul spre mine. Holder? Nu-ți trebuie așa ceva acum? Ce, ești în *doliu* sau cum? Ar trebui să respectăm chestia asta?

Încerc să-mi stăpânesc zâmbetul, însă Daniel se descurcă al naibii de bine în încercarea lui de a întoarce cu fundul în sus toată ziua asta de rahat. Trece de pe o masă pe alta, întorcându-se spre cea a noastră.

— Tu nu vrei să participi la conferința de presă, Holder? Mă gândeam că poate ai vrea să pui lucrurile la punct.

Se răsucește pe călcâie și se adresează tuturor celor din sala de mese, fără să mai aștepte vreun răspuns din partea mea. Mai mulți elevi încep să-și strângă tăvile și să iasă din sală, de teamă să nu fie următorii arătați cu degetul.

— Unde plecați cu toții? Niciunul dintre voi nu pare să fie deranjat de amânarea discuției. De ce să nu fie acum, când chiar putem să obținem niște răspunsuri sincere? Poate că Holder ne-ar spune de ce-a făcut-o Les, de fapt. Sau, și mai bine, *cum* a făcut-o. Poate chiar am reuși să aflăm adevărul din spatele speculației că și el ar fi un sinucigaș?!

Daniel mă privește din nou, proptindu-și mâinile în șolduri.

— Holder? Sunt adevărate zvonurile? Ți-ai stabilit deja data la care plănuiești să te sinucizi?

Acum chiar că toate privirile sunt îndreptate spre mine. Înainte să pot răspunde, nu că aș fi avut de gând s-o fac, Daniel își ridică brațele și-și întoarce palmele desfăcute spre mine.

— Stai! Nu răspunde, Holder.

Se răsucește iar pe călcâie, adresându-se din nou publicului care se împuținează văzând cu ochii.

— Cred că ar trebui să deschidem pariurile! Să-mi facă rost cineva de un pix și de o foaie! Am exclusivitate până joia viitoare, declară el scoțându-și portofelul din buzunar.

Din câte se pare, supraveghetorul cantinei consideră că s-a trecut granița când s-a ajuns la pariuri ilegale, fiindcă-l văd apropiindu-se cu pași hotărâți de Daniel. Prietenul meu îl observă, așa că-și îndeasă la loc portofelul în buzunar.

— Atunci o să primim pariurile după ore, anunță el repede și sare jos de pe masă.

Mă ridic și pornesc spre ieșirea din sala de mese, iar el mă urmează îndeaproape. De îndată ce se închid ușile după noi, murmurul din sală revine, dar mai sonor de data asta. Imediat cum ajungem amândoi pe coridor, lângă dulapurile noastre, mă întorc spre el.

Nu reușesc să mă hotărăsc dacă aș vrea să-i trag una pentru ceea ce a făcut sau să mă înclin în fața lui.

— Ești dus cu pluta, frate, îi zic râzând.

Își șterge fața cu palmele și se lasă să cadă peste dulapuri, oftând din rărunchi.

— Da. N-am vrut de fapt să iasă așa. Dar pur și simplu n-am mai putut să înghit porcăriile astea, nici măcar pentru o clipă. Nu știu cum de poți tu.

— Nici eu, îi zic descuindu-mi dulapul și luându-mi cheile mașinii. Cred că-mi ajunge pe ziua de azi. Chiar nu mai vreau să pierd vremea acum pe-aici.

Daniel deschide gura ca să-mi răspundă, dar e întrerupt de cineva care-și drege glasul în spatele meu. Mă întorc și-l văd pe directorul Joiner, care-l privește furios pe Daniel. Întorc iar capul spre Daniel, care ridică din umeri cu un aer nevinovat.

— Atunci cred că ne vedem mâine. Se pare că am programată o întâlnire pentru prânz cu domnul director Joiner.

— Mai degrabă o întâlnire pentru detenție, îl corectează cu fermitate directorul Joiner, din spatele meu.

Daniel își dă ochii peste cap și-l urmează pe director spre cancelarie.

Îmi iau cartea de care am nevoie ca să termin lucrarea de cercetare pentru domnul Mulligan și-mi încui dulapul, după care pornesc pe coridor spre ieșire. Dar, înainte să trec de un colț, aud pe cineva rostind numele lui Les, ceea ce mă face să încremenesc. Arunc o privire pe după colț și văd un mic grup de patru persoane rezemate de dulapurile lor. Unul dintre băieți are un telefon în mână, iar ceilalți sunt aplecați spre el, urmărind fișierul video pe care-l redă. Din difuzor se aude vocea lui Daniel. Se pare că s-a gândit cineva să-i înregistreze spectacolul de la prânz, iar acum filmarea e deja în circulație. *Grozav*. Și mai mult combustibil pentru bârfe.

— Nu înțeleg de ce-a făcut Daniel atât caz din asta, zice tipul cu telefonul. Chiar se aștepta ca noi să *nu* vorbim despre asta? Când cineva e atât de penibil încât să se sinucidă, era evident c-o să vorbim despre asta. Dacă vreți părerea mea, Les ar fi trebuit să se lupte mai departe, nu să aleagă calea ușoa...

Nu mai aștept să-și termine fraza. Telefonul i se face țăndări când îl izbesc de dulap, dar zgomotul nu e nici pe departe pe măsura celui scos la prima întâlnire dintre pumnul meu și falca lui. Nu știu dacă totuși loviturile de pumn au fost mai sonore după asta, fiindcă totul din jurul meu a amuțit instantaneu. El e acum cu spatele pe podeaua coridorului, iar eu sunt deasupra lui, izbindu-l cu suficientă putere ca să sper că n-o să-și mai poată deschide gura afurisită și altă dată. Simt că sunt tras de umeri și de cămașă și de brațe, dar îl lovesc în continuare. Simt cum furia se revarsă din mine și văd cum pumnii mi se înroșesc din ce în ce mai tare, de la sângele care-mi mânjește mâinile de fiecare dată când le reped spre el.

Cred că, până la urmă, li s-a îndeplinit dorința. Am cedat nervos.

Îmi ies din minți.

Și chiar mi se rupe de asta.

Capitolul cinci

Les,

Morțiversare plăcută, la cinci săptămâni.

Iartă-mă că nu te-am mai ținut la curent cu noutățile în ultima vreme, dar s-au întâmplat multe. O să-ți placă la nebunie. Eu, Dean Holder, am fost arestat.

Acum două săptămâni am fost implicat într-o încăierare la școală, ca să-ți apăr onoarea. Mă rog, presupun că nu pot s-o numesc chiar o încăierare, în sens propriu. Cred că pentru existența unei încăierări e nevoie să fie implicate două persoane, iar incidentul în cauză a fost, categoric, unilateral.

În orice caz, am fost reținut. Am stat acolo doar trei ore, până a venit mama să mă scoată pe cauțiune totuși, așa că sună mai periculos decât a fost în realitate. Trebuie să recunosc, a fost prima dată în viață când mi-a părut bine că e avocată.

Acum sunt ceva mai mult decât necăjit și chiar nu știu ce să fac în privința asta. Mama a suferit foarte mult în ultima vreme, iar micul meu incident de la școală chiar n-a contribuit la ameliorarea situației. Ea are impresia că a dat greș față de noi. Sinuciderea ta a făcut-o să se îndoiască pe deplin de calitățile ei de mamă, ceea ce e greu de privit pentru mine. Iar acum, că am dat-o și eu în bară, se îndoiește și mai abitir. Într-atât încât mă forțează să mă duc să locuiesc cu tata pentru un timp.

Cred că e prea mult pentru ea. După ce l-am bătut măr pe nemernicul ăla de la școală, a recunoscut față de mine că, din ceea ce crede, eu aș avea nevoie de mai mult ajutor decât poate ea să-mi ofere în clipa de față. Am făcut tot posibilul ca s-o determin să se răzgândească, dar după audierea mea de azi-dimineață, de la tribunal, se pare că judecătorul e de aceeași părere cu ea. Tata e acum în drum spre noi, ca să mă ia. Mai sunt cinci ore, după care o să pornesc înapoi spre orașul nostru natal.

Înapoi spre locul din care a început panta descendentă.

Îți mai aduci aminte cum era în copilăria noastră? Înainte ca eu s-o las pe Hope să se urce în mașina aia?

Era bine. Chiar bine. Mama și tata erau fericiți. Noi eram fericiți. Ne iubeam cartierul, casa, motanul care tot sărea în fântâna aia afurisită din spatele casei. Nici măcar nu-mi mai amintesc numele lui, dar îmi amintesc că era cel mai prostănac dintre toți motanii pe care i-am văzut în viața mea.

Abia în ziua în care am plecat de lângă Hope, lăsând-o să plângă în curtea din față, viețile noastre au început s-o ia la vale. După ziua aia, totul s-a schimbat. Reporterii și-au făcut apariția, stresul s-a amplificat, iar inocenta noastră încredere în ceilalți oameni a dispărut complet.

Mama a vrut să se mute din oraș, dar tata n-a vrut să-și lase serviciul. Ei nu-i plăcea faptul că locuiam în continuare lângă casa în care s-a întâmplat totul. Ți-aduci aminte că nu voia să ne lase afară, ani de-a rândul după ce-a fost răpită Hope? Îi era frică să nu ni se întâmple și nouă același lucru.

Ei au încercat să nu lase stresul să le afecteze căsnicia, dar până la urmă problemele au ajuns să fie prea numeroase. Îmi amintesc ziua în care ne-au spus că divorțează și că vând casa și că mama o să se mute împreună cu noi aici, ca să fie mai aproape de familia ei. N-o s-o uit niciodată, pentru că, în afara celei în care a fost răpită Hope, a fost cea mai rea zi din viața mea.

Pentru tine, în schimb, parcă a fost cea mai bună.

Erai foarte entuziasmată că ne mutăm. De ce, Les? Ce bine-ar fi fost dacă-mi trecea prin gând să te întreb, cât timp ai fost în viață! Vreau să știu ce ai urât atât de mult la locurile alea, pentru că eu chiar nu vreau să mă întorc în Austin. Nu vreau să fiu nevoit s-o las pe mama. Nu vreau să fiu nevoit să locuiesc cu tata și să mă prefac împăcat cu faptul că a renunțat la familia lui acum atâția ani. Nu vreau să mă întorc într-un oraș în care, de fiecare dată când trec de un colț, mă pomenesc căutând-o pe Hope.

Îmi lipsești al naibii de mult, Les, dar altfel decât îmi lipsește Hope. În cazul tău, știu că nu există nicio posibilitate de a ne revedea vreodată. Știu că tu nu mai ești și că nu mai suferi acum. Dar în cazul lui Hope nu am sentimentul ăsta de finalitate. Pentru că nu știu dacă ea o mai suferi sau nu. Nu știu dacă e vie sau moartă. Creierul meu face chestiile astea îngrozitoare, imaginându-și cele mai urâte scenarii cu putință în ceea ce o privește, și-l urăsc pentru asta.

Ce șanse ar fi ca pe singurele două fete pe care le-am iubit în viața mea... să le fi pierdut? Gândul ăsta mă omoară, încetul cu încetul, în fiecare zi. Știu că ar trebui, probabil, să găsesc o cale de a încerca să trec peste asta... să alung vinovăția. Dar, sincer să fiu, nu vreau să trec peste asta. Nu vreau să uit că nepriceperea mea de a vă apăra, pe amândouă, e motivul pentru care am rămas singurul dintre noi trei. Merit să mi se amintească în fiecare secundă în care mai sunt viu că am dat greș față de voi, astfel încât să pot fi conștient că nu trebuie să-mi permit să-i mai fac și altcuiva una ca asta.

Da, categoric am nevoie de ceva care să-mi amintească. Poate c-ar trebui să-mi fac un tatuaj.

H

Capitolul cinci și jumătate

Les,

Ce mai an a fost! Aproape c-am uitat de caietul ăsta. Probabil că l-am lăsat acasă, în graba cu care mi-am făcut bagajele, anul trecut, în septembrie. L-am găsit tot pe măsuța pentru toaletă și, judecând după stratul de praf de pe copertă, bănuiesc că mama nu și-a vârât nasul în el. Dacă mama a reacționat la faptul că m-am mutat la tata în ultimul an la fel cum a reacționat la moartea ta, sunt sigur că n-a pus piciorul în camera mea din ziua în care am plecat. I se pare că totul e mai ușor dacă închide ușile și nu se mai gândește la nemișcarea din camerele de dincolo de ele.

Sunt destul de sigur că planul a fost să rămân în Austin până la terminarea liceului, dar l-am zădărnicit din cauza talentului meu magic de a împlini optsprezece ani. Tata chiar nu mai putea să mă rețină acolo împotriva voinței mele. Și, apropo de împlinirea a optsprezece ani... a fost ciudat să nu pot împărți sărbătoarea cu tine. Dar a fost și frumos, pentru că tata mi-a cumpărat o mașină nouă. Sunt destul de sigur că, dac-ai mai fi trăit acum, ne-ar fi pus să împărțim mașina, dar tu nu mai trăiești, așa că pot s-o păstrez numai pentru mine. Și nici nu m-a obligat s-o las în Austin când am plecat înapoi acasă, acum câteva zile, așa că ăsta e un plus.

Mi-a fost dor de mama, ceea ce a fost motivul principal pentru care m-am întors. Și, oricât de mult aș detesta să recunosc, mi-a fost dor de Daniel. De fapt, tocmai mă pregătesc să ies cu el, peste câteva minute. Trebuie să reiau legătura cu vechea gașcă. E sâmbătă seara, deci sunt sigur c-o să găsim un loc în care să-mi fac apariția și să le dau celorlalți un alt subiect de discuție.

Daniel spune că au apărut unele zvonuri, destul de îndepărtate de adevăr, despre unde am fost în anul care a trecut. Zice că nu și-a pierdut timpul ca să le risipească. El e singurul care știe unde am plecat în realitate, motiv pentru care apreciez că n-a simțit nevoia să corecteze pe cineva. Îi face plăcere, am impresia, că e singurul care știe adevărul.

Încă un flecuștet ar putea să fie răspunzător pentru întoarcerea mea. Uriașa mea ceartă cu tata. Să-mi aduci aminte să-ți povestesc altă dată despre asta.

A, stai. Presupun că nu poți să-mi aduci aminte. Asta e, o să-mi aduc singur.

Holder, nu uita să-i povestești lui Les despre cearta cu tata.

H

Capitolul șase

Nu-mi vine să cred că m-a convins să particip la vreo formă de întrunire socială în prima mea săptămână de la întoarcere. Jurasem că n-o să mai umblu cu oamenii ăștia, dar, în definitiv, a trecut un an întreg. Am avut ceva timp ca să mă adaptez, așa că, poate, au avut și ei.

Merg spre casa necunoscută, cu câțiva pași înaintea lui Daniel, dar mă opresc imediat în fața intrării. Dintre toți cei de la școală, pe care nu i-am mai văzut de un an, ultima persoană peste care mă așteptam să dau e Grayson. Dar, firește, ultimul lucru la care mă aștept e, totdeauna, primul care se întâmplă.

Nu l-am mai văzut din seara de dinaintea morții lui Les, când l-am lăsat plin de sânge pe podeaua livingului din casa celui mai bun prieten al lui. Acum, când să intru, el tocmai iese și, timp de câteva secunde, suntem față în față, fixându-ne cu priviri aprige. Nu m-am gândit prea mult la el de când am plecat, dar acum, faptul că-l văd îmi readuce la suprafață fiecare fărâmă de ură față de el, ca și cum aceasta ar fi fost mereu acolo.

Îmi dau seama din expresia ochilor lui că n-are absolut deloc habar despre ce-ar putea să-mi spună. Îi blochez ieșirea, el îmi blochează intrarea, dar niciunul din noi nu pare dispus să facă pasul în lateral. Am amândoi pumnii strânși, în defensivă, pregătiți pentru orice ar avea el de zis. Ar putea să urle la mine, ar putea să se răstească, ar putea chiar să-și ceară iertare. Dar, indiferent ce cuvinte i-ar ieși din gură, n-ar avea importanță. Dorința mea presantă din clipa asta nu e să-l ascult vorbind: e să-i închid gura.

Daniel vine imediat în urma mea și observă înfruntarea mută dintre noi. Se strecoară pe lângă mine, oprindu-se în fața mea și acoperindu-mi imaginea lui Grayson. Mă plesnește peste obraji cu ambele palme, până când mă determină să-i întâlnesc privirea.

— N-avem timp de frecții! răcnește, străduindu-se să se facă auzit pe deasupra muzicii. Avem beri care trebuie băute!

Mă apucă de umeri, continuând să-mi acopere imaginea lui Grayson, și mă trage spre dreapta. Eu continui să mă împotrivesc, fiindcă nu vreau să fiu primul care să se retragă din înfruntarea noastră vizuală.

Apare Jaxon și-l apucă de braț pe Grayson, trăgându-l în direcția opusă.

— Hai să vedem ce gânduri au Six și Sky! răcnește la el.

Grayson încuviințează din cap, aruncându-mi priviri crunte în timp ce se îndepărtează.

— Da, îi răspunde lui Jaxon. Petrecerea asta tocmai a devenit penibilă.

Dacă asta s-ar fi întâmplat anul trecut, el ar fi fost acum pe jos, cu genunchiul meu sprijinit confortabil de gâtul lui. Dar nu suntem în anul trecut, iar gâtul lui nu e demn de așa ceva. Îi zâmbesc doar, lăsându-l pe Daniel să mă tragă deoparte și să mă ghideze spre bucătărie. De îndată ce-i văd pe Jaxon și pe Grayson ieșind pe ușă, dau drumul aerului ținut până acum în piept. Mă simt ușurat pentru faptul că s-au hotărât să plece de la petrecere, în căutarea cine știe căror fete suficient de disperate ca să le ofere o distracție.

Ultimul gând îmi provoacă o grimasă, dându-mi seama că, din greșeală, am îngrămădit-o și pe Les în categoria fetelor ăstora. Dar, din fericire, acum nu mai trebuie să-mi fac griji pentru coardele cu care-și face Grayson de cap. Les nu mai e pe lumea asta, ca s-o înșele, așa că, în ceea ce mă privește, Grayson n-are decât să-și facă de cap cu orice gagică îndeajuns de disperată încât să-l accepte.

— Lipește-ți buzele de pahar, lasă capul pe spate, dă-l pe gât și fii fericit, mă îndeamnă Daniel, întinzându-mi un țoi cu ceva.

Nu-l mai întreb ce e, doar fac ce m-a sfătuit și-l dau pe gât.

*

După încă o dușcă, două beri și o jumătate de oră, am reușit să ajung, împreună cu Daniel, în living. Stau pe canapea, cu picioarele cocoțate pe o măsuță, iar Daniel e lângă mine, luând la rând prietenii din lista noastră și povestindu-mi ce-a mai învârtit fiecare în anul care a trecut. Am uitat cât de vorbăreț îl face alcoolul și mi-e greu să-l urmăresc. Îmi apuc rădăcina nasului între degete, strângând ca să-mi alung durerea de cap. Chiar nu cunosc pe nimeni la petrecerea asta. Daniel mi-a zis că, în majoritate, sunt prietenii băiatului care locuiește aici, dar eu nici măcar nu știu cine e băiatul care locuiește aici. Îl întreb pe Daniel ce naiba căutăm în casa asta, dacă tot nu cunoaște pe nimeni, iar întrebarea mea, în mod miraculos, îl reduce la tăcere. Privește peste umărul meu spre bucătărie și face semn cu capul într-acolo.

— Pe ea, răspunde.

Întorc capul și văd două fete care stau rezemate de bar. Una din ele îl privește fix pe Daniel, învârtindu-și cochet paharul.

— Dacă ea e motivul pentru care suntem aici, de ce nu ești acolo?

Daniel se întoarce spre mine, privind drept înainte și încrucișându-și brațele pe piept.

— Nici nu mă gândesc, ce naiba, frate! N-am mai vorbit de când am rupt relația, acum două săptămâni. Dacă vrea să-mi ceară iertare, poa' să-și miște fundulețul drăguț până aici.

Mă uit din nou la fată și remarc că, poate, nu-l privește cu cochetărie, cum mi s-a părut la început. Fiindcă ocheadele cochete și rânjetele răutăcioase sunt delimitate de o graniță extrem de subțire și nu știu sigur de care parte a ei o fi tipa acum, când îi văd privirea.

— Cât timp ai fost cuplat cu ea?

— Câteva luni. Suficient ca să-mi dau seama că e nebună, naibii, îmi răspunde, dându-și ochii peste cap cu un gest exagerat. Și suficient ca să-mi dau seama că *motivul* pentru care o iubesc e că e nebună, naibii.

Observă că mă holbez la ea și mijește ochii spre mine.

— Nu te mai uita, frate. O să-și dea seama că vorbim despre ea.

Izbucnesc în râs și-mi întorc privirea în altă parte, dar nu îndeajuns de repede ca să nu remarc cuplul care pătrunde prin ușa din față. Grayson vine imediat în urma lui Jaxon și amândoi se îndreaptă spre bucătărie. Îmi las capul pe spătarul canapelei, dorindu-mi să mai fi dat pe gât câteva pahare. Chiar nu-mi doresc să-mi bat capul cu el pentru restul nopții.

Daniel reîncepe să vorbească neîntrerupt. Nu mai sunt atent la el după ce-mi povestește, pentru a doua oară în seara asta, despre noile lui cauciucuri și reușesc destul de bine să rămân concentrat la gândurile mele până când îi văd pe Jaxon și pe Grayson apropiindu-se de living. Habar n-au de faptul că eu sunt pe canapea și chiar așa vreau să rămână. Măcar de i-ar tăcea fleanca lui Daniel doar cât să-i pot spune că am chef să plec.

— M-am săturat, naibii, de asta, îl aud zicând pe Grayson. În fiecare sâmbătă, aceeași chestie. Să mă bată Dumnezeu, dacă nu cedează în weekendul viitor, am terminat-o.

Jaxon izbucnește în râs.

— Sunt destul de convins că lui Sky nu-i trebuie decât o respingere zdravănă. Fetelor le place să fie respinse.

Habar n-am cine-o fi Sky, dar îmi place că refuză să-i cedeze lui Grayson. Deșteaptă fată.

— Mă îndoiesc că asta ar merge la ea, zice Grayson, râzând la rândul lui. E al naibii de încăpățânată.

— Da, e, îl aprobă Jaxon. Ai zice că, după tot ce am auzit despre ea, ar fi mai puțin inabordabilă. Fata asta sigur e cea mai mare panaramă dintre *virginele* pe care le-am văzut la viața mea.

Remarca lui Jaxon îi stârnește râsul lui Grayson, iar eu am nevoie de un efort suplimentar ca să nu-i bag în seamă. Felul în care vorbesc despre fata aia mă enervează, știind că, foarte probabil, așa a vorbit Grayson și despre Les, în vremea în care umbla cu ea.

Grayson continuă să îndruge porcării despre ea și, cu cât stau să-l ascult, cu atât sunt silit să-i aud râsetele penibile. Iar toate astea îmi provoacă numai dorința de a-l reduce la tăcere.

Îmi las jos picioarele și dau să mă întorc, ca să le zic să se ducă naibii, însă Daniel îmi pune o mână pe umăr și clatină din cap.

— Dă-mi voie, îmi zice cu un zâmbet ștrengăresc, urcându-se cu picioarele peste canapea și răsucindu-se pe călcâie, astfel încât să fie cu fața spre Grayson și spre Jaxon. Nu vă supărați, li se adresează ridicând mâna, de parcă ar fi la oră.

El mereu e foarte vioi, chiar și când știe că e pe cale s-o încaseze. Eu poate că sunt capabil să-i fac față lui Grayson, însă Daniel știe că nu e în stare; și totuși, asta nu pare să-l împiedice.

Atât Grayson, cât și Jaxon se întorc spre el, însă ochii lui Grayson îngheață când se intersectează cu ai mei. Îi susțin privirea respingătoare, în timp ce Daniel ia în brațe perna de pe spătarul canapelei și continuă să li se adreseze.

— Fără să vreau, v-am auzit discuția de adineaori. Oricât de mult aș vrea să fiu de acord cu voi, cum că Sky ar fi cea mai mare panaramă dintre virginele pe care le-ați văzut la viața voastră amândoi, simt nevoia să precizez că remarca asta e total incorectă. Știți, după ce mi-am petrecut noaptea de ieri împreună cu ea, nu prea mai poate fi considerată virgină. Așa că, poate nu *virginitatea* încearcă ea să și-o apere refuzând să se culce cu tine, Grayson. Mult mai degrabă, își apără demnitatea.

În câteva clipe, Grayson ajunge în spatele canapelei și-l țintuiește pe Daniel de podea. Eu, într-un oarecare acces de luciditate, îi acord lui Daniel cele zece secunde necesare pentru răsturnarea situației, înainte să intervin. Totuși, mă pomenesc dezamăgit de lipsa mea de încredere în Daniel, pentru că el îl răstoarnă pe Grayson și ajunge călare pe el în mai puțin de cinci secunde. Probabil că s-a mai antrenat cât timp am lipsit.

Mă ridic cu încetineală când îl văd pe Jaxon apropiindu-se de canapea, ca să-l ajute pe Grayson. Îl apucă de umăr pe Daniel ca să-l tragă de pe Grayson, dar îl apuc și eu pe el de poalele cămășii și-l trag spre mine, până când îl fac să se așeze pe canapea. Fac un pas spre combatanți, tocmai în timp ce Grayson își repede pumnul în falca lui Daniel. Prietenul meu e pe cale să-i răspundă întocmai, dar îl apuc de braț și-l trag în sus, înainte să aibă ocazia.

De-a lungul anilor, ăsta a devenit un joc pentru Daniel. Îi provoacă pe alții și contează pe mine să intervin și să pun capăt încăierărilor înainte ca el s-o încaseze rău. Din nefericire, de vreme ce sunt mereu prin preajmă atunci când se întâmplă astfel de incidente, numele meu a ajuns să fie asociat cu încăierările lui și cu iuțeala lui la mânie. În realitate, n-am lovit decât trei persoane în viața mea.

1) Pe nemernicul care a spus porcării despre Les.

2) Pe Grayson.

3) Pe tatăl meu.

Și nu regret decât ultimul caz.

Lumea năvălește pe ușa din față ca să vizioneze spectacolul, dar va avea parte de o dezamăgire, pentru că-l scot pe Daniel din casă înainte ca el să mai poată face sau spune ceva. Ultimul lucru care mi-ar trebui în clipa asta ar fi un pretext ca să mă bat cu Grayson.

M-am întors de mai puțin de-o săptămână. Și sunt al naibii de sigur că nu vreau să-i mai dau mamei vreun alt motiv pentru care să mă expedieze forțat din nou în Austin.

Daniel își șterge sângele de pe buză. Îl țin în continuare de braț, până când ajungem la mașina lui. Atunci și-l smulge și-și ridică poalele cămășii până la gură.

— Fir-ar a naibii, exclamă îndepărtându-și cămașa și examinând sângele. De ce-mi tot vâr nasul în porcării pentru care risc să-mi stric fața asta frumoasă?

Zâmbește și-și șterge sângele de pe buză pentru a doua oară.

— Eu nu mi-aș face griji în privința asta, îi zic râzând de îngrijorarea pe care o manifestă în legătură cu înfățișarea lui. Tot arăți mai bine decât mine.

Daniel zâmbește cu gura până la urechi.

— Mersi, iubire, îmi răspunde în glumă.

Aud pașii cuiva venind în urma lui Daniel și, pentru o clipă, îmi încleștez pumnii, gândindu-mă că ar putea să fie Grayson. Mă destind când observ că nu e decât fata despre care vorbea Daniel mai adineaori, cea care se tot uita la el. Și totuși, nu știu de ce mă destind, fiindcă fata are o înfățișare categoric ucigătoare. Daniel încă se șterge de sânge când ea ajunge lângă el.

— Cine naiba e *Sky*?

Daniel întoarce brusc capul spre ea și face ochii mari de mirare.

— *Cine*? Ce naiba spui acolo, Val?

Ea își dă ochii peste cap și ridică mâna, arătând spre casă.

— Te-am auzit acolo, înăuntru, spunându-i lui Grayson că i-ai tras-o azi-noapte!

Daniel aruncă o privire spre casă, apoi spre Val și, deodată, îi pică fisa.

— Nu, Val! exclamă el făcând un pas în față și apucând-o de mâini. Nu, nu, nu! Ăla spunea porcării, iar eu n-am vrut decât să-l enervez. Nici măcar n-o cunosc pe fata despre care vorbea. Jur că...

Val îi întoarce spatele și pleacă, iar el se duce după ea, implorând-o să-l asculte. Iar eu ajung la concluzia că e momentul cel mai potrivit ca s-o iau spre casă. Aici m-a adus Daniel cu mașina, dar se pare că el va fi ocupat pentru o vreme. Sunt la doar șase kilometri de casă, așa că-i trimit un SMS, scriindu-i că am plecat acasă, după care pornesc în direcția potrivită.

Întreaga seară mi-a adus aminte de toate chestiile pe care nu mi le doresc în preajma mea. Dramatism. Testosteron. Grayson. La drept vorbind, tot ceea ce ține de liceu, în general. Ar trebui ca luni să-mi completez actele de transfer, numai că, sincer, nu sunt convins c-aș vrea să mă întorc. Știu că există modalități prin care aș putea să dau teste ca să nu mai merg la ore. Doar că nici de-a naibii mama nu m-ar lăsa să fac una ca asta.

Capitolul șase și jumătate

Les,

Bun, uite cum stă treaba.

Săptămâna trecută, Pamela, draga noastră mamă vitregă, a dat peste mine în timp ce eram cu o fată. Și nu era doar o fată oarecare. Se numește Makenna și am ieșit cu ea de câteva ori. E faină, dar nu-i nimic serios între noi, iar asta e tot ce am de spus pe tema asta. În orice caz, Pamela a ajuns mai devreme acasă, iar eu și Makenna eram într-o poziție oarecum compromițătoare pe divanul din living. Ți-aduci aminte de divanul ăla pe care l-a ținut Pamela timp de trei ani în plastic, temându-se că l-ar putea păta cineva?

Mda. N-a fost plăcut.

Mai ales că eu și Makenna am ajuns în living după ce ne-am lăsat hainele pe jos, de la piscină, prin hol, până spre canapea. În consecință, nu doar că eram amândoi complet despuiați, dar a mai și trebuit să mă duc până pe hol și chiar afară ca să-mi găsesc chiloții și hainele ei. Pamela a țipat la mine tot timpul, până am ajuns afară, până m-am întors în casă și până am condus-o pe Makenna la mașină.

Povestea asta a stânjenit-o al naibii de rău pe Makenna și a cam terminat-o cu mine după asta. Dar nu-i nimic, pentru că am acum tatuajul ăsta fain, pe care scrie Hopeless (îți amintești cum v-am poreclit, pe tine și pe Hope?) și care-mi amintește că nu trebuie să mă apropii prea tare de nicio fată, ca să nu ajung să am sentimente adevărate pentru ea. În realitate, aici n-a fost vorba decât despre sex.

Nu-mi vine să cred că am putut să-i spun una ca asta tocmai soră-mii. Scuze.

În orice caz, după cum poți să-ți dai seama, tata era furios când a ajuns acasă. El are o singură regulă în casa lui.

Să n-o calci pe bătături pe Pamela.

Iar eu am încălcat regula. Rău de tot.

El chiar a încercat să mă pedepsească, să-mi spună c-o să stau închis în casă, și poate că am râs un pic când l-am auzit cu asta. N-am vrut să fiu lipsit de respect, pentru că, știi tu, oricât m-ar fi dezamăgit de-a lungul anilor ăstora, tot n-aș vrea să fac ceva prin care să-l desconsider fățiș. Însă faptul că a vrut să mă pedepsească închizându-mă în casă, la patru zile după ce am împlinit optsprezece ani, chiar mi-a atins o coardă sensibilă și, ce mama naibii... am râs.

Lui nu i s-a părut deloc amuzant, ba chiar s-a enervat. A început să urle la mine, spunând că sunt necuviincios și nerecunoscător, ceea ce m-a călcat pe nervi, fiindcă, ce naiba, Les! Am optsprezece ani! Sunt bărbat! Bărbații fac chestii din astea, cum ar fi să aibă relații sexuale cu fetele în casele părinților, când au optsprezece ani. Dar să mă bată Dumnezeu dacă el nu s-a purtat de parc-aș fi omorât pe cineva! Așa că, da. M-a scos din sărite și e posibil să-mi fi pierdut cumpătul.

Dar nu asta a fost partea cea mai rea. Partea cea mai rea a fost după ce-am urlat și eu la el, iar el s-a umflat la mine. Chiar a avut tupeul să se umfle la mine. Nu c-ar fi mai solid, dar, oricum, sunt fiul lui, iar el s-a umflat la mine, ca și cum ar fi vrut să ne batem.

Și-atunci, ce-am făcut?

I-am tras una.

Nu i-am tras-o prea tare, dar a fost suficient ca să-l lovesc în locul cel mai sensibil cu putință. În orgoliul lui.

N-a ripostat. Nici măcar n-a urlat la mine. Doar și-a dus mâna la falcă și mi-a aruncat o privire dezamăgită, după care mi-a întors spatele și a plecat. După o oră, m-am cărat, pornind cu mașina înapoi încoace. De atunci n-am mai vorbit cu el.

Știu că, probabil, ar trebui să-l sun și să-i cer iertare, dar nu el a început, umflându-se la mine? Măcar așa, un pic? Ce tată e ăsta, care face una ca asta cu propriul fiu?

Dar, dacă stăm să ne gândim, ce fiu e ăsta, care dă în propriul tată?

Dumnezeule, Les. Mă simt ca naiba. N-ar fi trebuit să fac una ca asta. Știu că ar trebui să-l sun, dar... nu știu. Pe naiba.

Din câte știu, nu i-a spus mamei ce s-a întâmplat, fiindcă ea n-a pomenit deloc despre asta. S-a mirat când m-a văzut intrând pe ușă acum câteva zile. S-a bucurat, dar s-a și mirat. Nu m-a întrebat ce m-a îndemnat să mă întorc, iar eu nu m-am oferit s-o informez. Pare schimbată acum. Încă îi zăresc suferința în ochi, dar nu tot atât de pregnantă pe cât era anul trecut, când am plecat. Acum chiar zâmbește, ceea ce e bine.

Bucuria ei n-o să aibă viață prea lungă, totuși. E luni, și azi a început școala. Prima zi a ultimului an de liceu. Ea a plecat la serviciu înainte să mă trezesc. Chiar mi-am pus alarma și mi-am pregătit toate lucrurile. Am ajuns la școală și mi-am făcut antrenamentul de dimineață, dar în tot timpul în care am alergat pe pistă nu m-am gândit decât la cât de mult n-aș vrea să fiu acolo.

Nu vreau să fiu acolo fără tine. Nu vreau să dau ochii cu tot ceea ce urăsc la școala aia și la majoritatea persoanelor din ea.

Prin urmare, ce-am făcut după ce-am terminat de alergat? M-am întors în parcare, m-am urcat în mașină, m-am dus acasă și m-am culcat la loc. Acum e aproape trei după-amiaza și mama o să se întoarcă peste vreo două ore. Eu mă pregătesc să mă duc până la magazin, ca să iau câte ceva, fiindcă o să-i gătesc astă-seară. Am de gând să-i dau vestea despre intenția mea de a mă retrage de la școală. Știu că n-o să se bucure auzind că vreau să mă las, în loc să-mi obțin tradiționala diplomă, așa că trec pe listă și prăjiturele. Femeile adoră prăjiturelele, nu?

Nu-mi vine să cred că n-o să mă mai întorc la școală. Pur și simplu, nu m-am gândit niciodată c-o să se ajungă la așa ceva. Și pentru asta tot pe tine te consider vinovată.

H

Capitolul șapte

— Asta-i tot pe ziua de azi? mă întreabă casierul.

Îmi parcurg mintal lista, încheind cu prăjiturelele.

— Mhî, răspund, scoțând portofelul din buzunar ca să plătesc.

Pur și simplu, mă simt ușurat că am intrat și că o să ies din magazin fără să văd pe nimeni cunoscut.

— Bună, Holder.

M-am grăbit.

Îmi ridic ochii și o văd pe casiera de alături, fixându-mă cu privirea. La cum se uită, practic mi se oferă pe tavă. Oricine ar fi, prin înfățișarea ei, fata asta implorá atenție. Îmi cam pare rău pentru ea, mai ales că a început să se pisicească și să devină supărător. Arunc o privire spre ecusonul ei, fiindcă, sincer vorbind, nu-i recunosc chipul nici să mă omori.

— Bună... *Shayla*, îi zic, făcând repede un semn de salut cu capul, după care îmi întorc privirea spre casierul meu, sperând că răspunsul meu rezervat va fi suficient ca să-i dea de știre că nu sunt în dispoziția necesară ca să-i alimentez orgoliul.

— Mă cheamă *Shayna*, se răstește ea.

Hopa.

Arunc o nouă privire spre ecusonul ei, dezamăgit de faptul că-i ofer chiar mai multe motive de a vorbi în continuare. Și totuși, pe ecuson scrie clar *Shayla*. Îmi vine să râd, dar acum simt chiar mai multă compasiune pentru ea.

— Scuze. Dar știi că pe ecusonul tău scrie Shayla, da?

Fata își răsucește imediat ecusonul de pe bluză și se încruntă. Sper în sinea mea că situația e îndeajuns de jenantă ca să nu mă mai privească, numai că pe ea nici măcar n-o descumpănește.

— Când te-ai întors? mă întreabă.

Habar n-am cine-o fi gagica, dar, cumva, mă cunoaște. Și nu numai că mă cunoaște, dar mai și știe că a trebuit să *plec* ca să am de unde să mă *întorc*. Oftez, dezamăgit de faptul că încă subestimez înclinația tuturor spre bârfă.

— Săptămâna trecută, zic, fără să-i mai dau și alte amănunte.

— Și te-or lăsa să te întorci la școală? mă întreabă ea.

Care o fi treaba cu „te-or lăsa" din întrebarea ei? De când se pune problema să nu mi se permită revenirea în școală? Chestia asta sigur e legată de vreun alt zvon.

— Nu contează. Nu mă întorc eu.

Încă nu m-am hotărât de-a binelea dac-o să mă înscriu mâine sau nu, din moment ce n-am făcut-o azi. De fapt, totul depinde de discuția mea cu mama din seara asta, numai că pare mai simplu să le dai oamenilor ceea ce-și doresc, adică și mai mult combustibil pentru bârfele lor. Pe lângă asta, dac-aș sta să dezmint tot ce s-a spus despre mine în ultimul an, i-aș lăsa pe toți fără nimeni căruia să-i comunice zvonurile.

— Ești nașpa, frate, îmi zice în șoaptă casierul în timp ce-mi ia cardul de debit din mână. Am făcut pariuri despre când o să-și dea seama că are numele scris greșit pe ecuson. Îl poartă de două luni, iar eu am pariat pe trei. Așa că m-ai făcut să pierd douăzeci de mardei.

Izbucnesc în râs. Îmi restituie cardul de debit, pe care-l pun la loc în portofel.

— Greșeala mea, îi zic scoțând o bancnotă de douăzeci de dolari și întinzându-i-o. Ia-o, fiindcă sunt destul de convins că ai fi câștigat.

El scutură din cap, refuzând să ia banii.

Tocmai îmi vâr bancnota înapoi în portofel, când remarc cu coada ochiului pe cineva de la casa de alături. Fata s-a întors de tot și se holbează la mine, străduindu-se mai mult ca sigur să-mi atragă atenția la fel cum încercase Shayna/Shayla. Tot ce sper e că gagica asta n-o să înceapă cu aceeași voce de copil mic.

Îmi ridic privirea spre ea, examinând-o la repezeală. Chiar aș fi vrut să evit s-o privesc, dar când se holbează cineva la tine e greu să nu ajungi la un contact vizual, fie și numai pentru o secundă. Numai că, în secunda în care chiar ajung să am contact vizual cu ea, înghet.

Acum nu mai pot să-mi abat privirea, chiar dacă mă străduiesc al naibii de aprig să alung imaginea din fața ochilor.

Inima îmi încremenește.

Timpul încremenește.

Lumea *întreagă* încremenește.

Ocheada mea rapidă se preface într-o privire de-a dreptul stăruitoare, involuntară.

Recunosc ochii ăștia.

Ăștia sunt ochii lui *Hope*.

Are nasul ei, gura ei, buzele ei, părul ei. Totul la fata asta e al lui Hope. Dintre toate momentele din trecut, când mi s-a părut c-o văd privind o fată de vârsta mea, niciodată n-am fost mai sigur ca în clipa asta. Atât de sigur sunt, încât capacitatea de a vorbi îmi paralizează total. Nu cred c-aș fi în stare să-i rostesc numele, nici să mă roage.

Atâtea sentimente mă străbat în clipa de față, încât nu-mi dau seama dacă sunt enervat, sau entuziasmat, sau al naibii de înfricoșat.

Oare și ea m-o recunoaște?

Ne fixăm în continuare din priviri și nu mă pot abține să mă întreb dacă fața mea i s-o părea cunoscută. Nu zâmbește. Mi-aș fi dorit să zâmbească, fiindcă zâmbetul lui Hope l-aș putea recunoaște oriunde.

Își lasă bărbia în piept, își abate privirea și se întoarce repede spre casiera ei. E evident tulburată, dar nu la modul în care obișnuiesc să le tulbur pe fetele ca Shayna/Shayla. E o reacție total diferită, care mă face doar să fiu și mai curios dacă și-o aminti de mine.

— Bună, zic.

Cuvântul îmi iese involuntar și sonor de pe buze și observ că tresare auzindu-l. Acum deja o zorește pe casieră, adunându-și pungile în mare grabă. Aproape de parcă ar vrea să fugă de mine.

De ce încearcă să fugă de mine? Dacă nu m-a recunoscut... de ce-ar fi atât de tulburată? Și, dacă m-a recunoscut, de ce nu se bucură?

Iese grăbită din magazin, așa că-mi înhaț sacoșele și plec, fără să mai iau bonul. Trebuie să ajung afară înainte ca ea să plece. Nu pot s-o las să dispară iar. Mă duc direct spre ieșire și cercetez din ochi parcarea magazinului, până când o descopăr. Spre norocul meu, încă e ocupată să-și pună plasele pe bancheta din spate. Ezit puțin înainte de a mă apropia, sperând să nu dau impresia unui nebun, fiindcă exact așa mă simt în clipa asta.

Tocmai se pregătește să închidă portiera, așa că mai fac câțiva pași spre ea.

Nu cred că mi-a mai fost vreodată atât de teamă să vorbesc.

Ce să zic? Ce naiba să zic?

De treisprezece ani mi-am imaginat momentul ăsta, dar acum habar n-am cum naiba s-o abordez.

— Bună.

Bună? Dumnezeule, Holder. Frumos. Foarte frumos.

O văd că încremenește în plină mișcare. Îmi dau seama după cum i se ridică și-i coboară umerii că respiră adânc, ca să se calmeze. Simte nevoia să se calmeze din cauza mea? Inima îmi bate cu o viteză nebunească, iar adrenalina acumulată și stăpânită timp de treisprezece ani îmi străbate tot corpul.

Treisprezece ani. De treisprezece ani am tot căutat-o, iar acum e foarte posibil să o fi găsit. *Vie*. Și în același *oraș* cu mine. Ar trebui să fiu în culmea entuziasmului, dar nu mă pot abține să mă gândesc la Les și la cum se ruga ea în absolut fiecare zi să vină momentul ăsta. Toată viața, Les și-a dorit s-o găsim pe Hope, iar acum, când am găsit-o, Les e moartă. Dacă fata asta e, într-adevăr, Hope, mă distruge gândul că a apărut cu treisprezece luni prea târziu.

Mă rog, poate nu chiar *distruge*. Am uitat că termenul ăsta e rezervat. Dar, în orice caz, mă enervează ca naiba.

Acum e cu fața spre mine. Privește drept spre mine, și asta mă omoară, fiindcă îmi doresc să pun mâna pe ea și s-o iau în brațe și să-i spun cât de rău îmi pare pentru că-i distrug viața, dar nu pot să fac nimic din toate astea, fiindcă mă privește de parcă n-ar avea habar cine sunt. Îmi vine, pur și simplu, să strig: „Hope! Eu sunt! Sunt Dean!"

Îmi duc mâna la ceafă, încercând să analizez întreaga situație. Nu așa mi-am imaginat c-o s-o găsesc. Poate c-am literaturizat totul și mi-am derulat scena în minte atâția ani, dar am crezut că regăsirea ei va fi mult mai palpitantă. Am crezut că ea o să lăcrimeze mult mai mult și-o să fie mult mai emoționată și că n-o să pară nici pe departe atât de... *deranjată*?

Expresia de pe fața ei din clipa asta nu seamănă câtuși de puțin a recunoaștere. Pare îngrozită. Poate că ea *chiar* nu mă recunoaște. Poate că pare stânjenită din cauza felului tâmpit în care o privesc. Poate că pare îngrozită acum din cauză că, practic, am urmărit-o și nu-i ofer absolut nicio explicație pentru asta. Nu fac decât să stau în fața ei ca un hărțuitor sinistru și să n-am habar cum s-o întreb dacă ea e fata pe care am pierdut-o cu atâția ani în urmă.

Mă privește, prudentă, din cap până-n picioare. Îi întind mâna, sperând c-o să-i mai domolesc teama printr-o încercare de prezentare.

— Eu sunt Holder.

Își coboară ochii spre mâna mea întinsă și, în loc să mi-o strângă, face chiar un pas înapoi.

— Și ce vrei? mă întreabă pe un ton tăios, ridicându-și privirea precaută spre fața mea.

Categoric, nu e reacția la care mă așteptasem.

— Hm, zic eu, nevrând să par descumpănit.

Dar, sincer să fiu, întâlnirea nu merge în direcția în care sperasem. Nici măcar nu-mi dau seama în ce direcție merge, în clipa asta. Încep să mă îndoiesc de propriile facultăți mintale.

Arunc o privire spre mașina mea, dorindu-mi să-mi fi văzut mai bine de drum, dar știu că, dacă aș fi făcut-o, aș fi regretat că n-am abordat-o.

— Poate că sună penibil, o previn, întorcând din nou capul spre ea, dar zău că-mi pari cunoscută. Te superi dacă te întreb cum te cheamă?

Expiră și-și dă ochii peste cap, după care bâjbâie cu mâna în spate, ca să apuce mânerul portierei.

— Am un iubit, îmi zice, după care se întoarce, deschide portiera și se urcă repede în mașină.

Dă să închidă, dar prind portiera cu mâna.

Nu pot s-o las să plece până nu mă asigur că nu e Hope. Niciodată în viața mea n-am mai fost atât de sigur de ceva și n-am de gând să las treisprezece ani de remușcări și de obsesii și de analiză a dispariției ei să se risipească, doar de teamă că aș putea s-o supăr.

— Numele. E tot ce vreau de la tine.

Privește fix spre mâna mea, care ține portiera deschisă.

— Îmi dai voie? zice printre dinți.

Dă cu ochii de tatuajul de pe brațul meu și adrenalina mi se intensifică un pic când văd că-l citește, sperând că astfel s-ar putea declanșa o amintire din partea ei. Dacă nu-și amintește chipul meu, sunt aproape convins că-și va aduce aminte porecla pe care le-am dat-o ei și lui Les.

Dar nici măcar cea mai mică scânteie de emoție nu i se aprinde în ochi.

Încearcă încă o dată să închidă portiera, dar refuz să-i dau drumul, până când nu obțin ceea ce-mi trebuie de la ea.

— Spune-mi numele tău. *Te rog.*

De data asta, când spun *te rog*, încrâncenarea i se mai domolește puțin. Ridică ochii spre mine. Abia când mă privește astfel, fără toată furia de până acum, îmi dau seama de ce sunt atât de fâstâcit. E pentru că țin la fata asta mai mult decât la oricare de pe lume, cu excepția lui Les. Am iubit-o pe Hope ca pe o soră în copilărie, și revederea ei mi-a readus toate acele sentimente. Toate astea îmi fac mâinile să tremure și inima să bată cu putere și pieptul să mă doară, pentru că tot ce-mi doresc e să-mi încolăcesc brațele în jurul ei și s-o țin așa, mulțumindu-I lui Dumnezeu că, în sfârșit, ne-am regăsit unul pe celălalt.

Dar toate sentimentele astea frânează brusc când de pe buzele ei aud răspunsul nepotrivit.

— Sky, îmi zice încetișor.

— Sky, repet eu cu voce tare, încercând să înțeleg ceva din asta.

Fiindcă ea *nu* e Sky. Ea e Hope. Nu se poate să nu fie Hope a mea.

Sky.

Sky, Sky, Sky.

N-a spus că ar fi Hope, dar numele de *Sky* tot îmi sună straniu de familiar. Ce-o fi atât de semnificativ la numele ăsta?

Și deodată mi se face lumină.

Sky.

Asta-i fata despre care vorbea Grayson sâmbătă seara.

— Ești sigură? o întreb, sperând într-o minune, c-o fi la fel de toantă ca Shayna și mi-o fi dat un nume greșit.

Pentru că, dacă ea chiar nu e Hope, atunci îi înțeleg pe deplin reacția la aparenta mea purtare nelalocul ei.

Oftează și-și scoate permisul de conducere din buzunarul de la spate.

— Sunt destul de sigură că știu cum mă cheamă, îmi zice, fluturându-mi actul prin fața ochilor.

I-l iau din mână.

Linden Sky Davis.

Un val de dezamăgire mă izbește în plin, înghițindu-mă cu totul. *Înecându-mă.* Mă simt de parcă sunt pe cale s-o pierd iar.

— Scuze, îi zic bătând în retragere de lângă mașina ei. Am făcut o confuzie.

Mă privește până când mă îndepărtez și mai mult, ca să poată închide portiera. Într-un fel, pare dezamăgită. Nici măcar nu vreau să mă gândesc la ce fel de expresie mi-o vedea pe chip în clipa asta. Sunt convins că e un amestec de furie, dezamăgire, jenă... dar, mai mult decât orice, *frică*. O urmăresc cu privirea cum demarează și simt că tocmai am lăsat-o încă o dată pe Hope să plece.

Știu că ea nu e Hope. Mi-a dovedit că nu e Hope.

Și-atunci de ce instinctul meu visceral m-a îndemnat s-o opresc?

— Mama mă-sii, mormăi înfigându-mi degetele în păr.

Sunt dus rău cu pluta. Nu pot să trec peste ceea ce s-a întâmplat cu Hope. Nu pot să trec peste ceea ce s-a întâmplat cu Les. Și totul să fi devenit atât de grav, încât am ajuns să hărțuiesc fete oarecare în blestemata de parcare a magazinului?

Mă răsucesc pe călcâie și-mi trântesc pumnul pe capota mașinii de alături, furios pe mine însumi pentru că am crezut că, în sfârșit, sunt în toate mințile. Nu sunt în toate mințile. Nici pe departe.

*

Nici n-apuc să cobor de-a binelea din mașină, că și intru pe Facebook de pe telefon. Introduc numele lui Sky, dar nu obțin niciun rezultat. Deschid ușa casei și mă duc imediat sus, ca să-mi iau laptopul.

Nu pot să las chestia asta așa. Dacă nu mă conving că ea nu e Hope, înnebunesc. Pornesc laptopul și-i introduc iar datele, dar tot nimic nu găsesc. Caut pe toate site-urile care-mi trec prin cap, timp de peste o jumătate de oră, dar numele ei nu-mi apare în niciun rezultat. Încerc s-o caut după data nașterii, dar tot nimic.

Introduc datele lui Hope și imediat îmi apare un ecran plin de articole de presă și alte rezultate. Dar n-am nevoie să mă uit pe ele. Mi-am petrecut ultimii câțiva ani citind toate articolele și examinând toate pistele consemnate în legătură cu dispariția lui Hope. Le știu pe dinafară. Închid capacul laptopului cu o mișcare violentă.

Simt nevoia să alerg.

Capitolul opt

Din câte-mi aduc aminte, n-are niciun semn particular. Niciun semn din naștere. Faptul că am văzut o fată șatenă cu ochii căprui și am simțit că ar fi aceeași fată șatenă cu ochii căprui de acum treisprezece ani e, foarte posibil, ceva vecin cu obsesia.

Dar oare *sunt* obsedat? Nu cumva mă simt de parcă n-aș putea să trec niciodată peste moartea lui Les, dacă nu reușesc să repar măcar una dintre chestiile cu care am dat-o în bară la viața mea?

Devin penibil. Trebuie s-o las baltă. Trebuie să mă împac cu ideea că n-o s-o mai am niciodată pe Les înapoi și că n-o s-o mai găsesc niciodată pe Hope.

Gândurile astea mă bântuie pe tot parcursul celor trei kilometri de alergare. Greutatea din piept se mai atenuează, puțin câte puțin, odată cu fiecare pas. La fiecare pas îmi spun că Sky e Sky, că Hope e Hope, că Les a murit, că numai eu am mai rămas și că e cazul să-mi bag mințile-n cap.

Alergarea începe să-mi mai risipească tensiunea acumulată în urma incidentului de la magazin. Am reușit să mă conving pe mine însumi că Sky nu e Hope, dar, dintr-un oarecare motiv, chiar dacă sunt aproape sigur că ea nu e Hope, tot mă pomenesc gândindu-mă la Sky. Nu pot să mi-o scot din cap, ceea ce mă face să mă întreb dacă n-o fi cumva vina lui Grayson. Dacă nu l-aș fi auzit alaltăseară vorbind despre ea la petrecere, probabil c-aș fi trecut destul de repede peste incidentul de la magazin și nu m-aș mai fi gândit deloc la ea.

Dar nu-mi pot stăpâni imboldul ăsta din ce în ce mai puternic de a o apăra. Știu câte parale face Grayson și, cumva, văzând-o pe fata asta chiar și numai câteva minute, îmi dau seama că nu merită ceea ce ar putea s-o aștepte din partea lui. Nu există fată pe lumea asta care să merite un individ de genul lui Grayson.

Sky mi-a zis atunci, la magazin, că are un iubit, iar posibilitatea ca ea să-l poată considera pe Grayson iubitul ei îmi zbârlește pielea. Nu știu de ce, dar așa se-ntâmplă. Simplul gând că ea ar fi Hope, chiar dacă a durat doar câteva minute, mă face deja să mă simt extrem de protector față de ea.

Mai ales acum, când trec de colțul străzii și-o văd stând în fața casei mele.

E aici. *Ce naiba caută ea aici?*

Mă opresc din alergare și-mi proptesc palmele de genunchi, rămânând cu privirea ațintită pe spinarea ei, cât timp îmi recapăt respirația. *Ce naiba caută în fața casei mele?*

E la marginea aleii, rezemată de cutia mea poștală. Și-a băut ultima picătură de apă din sticlă, iar acum o scutură deasupra gurii, încercând să mai scurgă ceva, dar nu mai are ce. Când își dă seama, își lasă umerii în jos și-și ridică fruntea spre cer.

Cu picioarele astea, se vede clar că le are cu alergatul.

Mama mă-sii, nu pot să respir.

Încerc să-mi amintesc tot ce scria pe permisul ei de conducere și tot ce-a zis Grayson despre ea sâmbătă seara, fiindcă deodată vreau să știu tot ce e de știut despre ea. Și nu deoarece am crezut că ar fi Hope, ci pentru că, oricine ar fi... e al naibii de frumoasă. Nu știu dacă la magazin am remarcat măcar cât e de atrăgătoare, fiindcă nu eram cu gândul la asta. Dar acum, când o văd în fața mea? Gândul mi-e *numai* la asta.

Inspiră adânc, după care începe să meargă la pas. Imediat îmi reiau alergarea și ajung în spatele ei.

— Hei.

Se oprește auzindu-mi vocea și imediat văd cum i se încordează umerii. Se întoarce lent spre mine și nu-mi pot stăpâni zâmbetul când îi remarc expresia circumspectă zugrăvită pe tot chipul.

— Hei, îmi răspunde, șocată de faptul că mă vede în fața ei.

De fapt, de data asta pare să fie mai în largul ei. Nu mai e atât de îngrozită de mine ca atunci, în parcare, ceea ce e bine. Își coboară încet privirea spre pieptul meu, apoi spre șort. O ridică pentru o clipă spre fața mea, dar o abate repede spre pământ.

Mă sprijin nonșalant de cutia poștală, prefăcându-mă că nu iau în seamă faptul că tocmai m-a examinat de-a binelea din ochi. N-o să-l iau în seamă, ca să nu se simtă jenată, dar categoric n-o să-l uit. La drept vorbind, probabil c-o să mă gândesc la felul în care privirea ei mi-a parcurs trupul în tot restul zilei ăsteia afurisite.

— Alergi? o întreb.

Este, probabil, întrebarea cu cel mai evident răspuns din univers în clipa asta, dar am rămas complet fără material.

Face semn din cap că da, încă răsuflând greu ca urmare a efortului.

— De obicei, dimineața, îmi confirmă și prin viu grai. Am uitat cât e de cald după-amiaza.

Își duce mâna la ochi ca să și-i apere de soare în timp ce mă privește. E roșie la față și are buzele uscate. Îi întind sticla mea cu apă și tresare iar. Îmi stăpânesc hohotul de râs, dar mă simt al naibii de penibil pentru că am speriat-o atât de tare la magazin, încât se teme că s-ar putea chiar să-i fac vreun *rău*.

— Bea, o îndemn, împingând sticla spre ea. Arăți ruptă de oboseală.

Ia sticla fără să șovăie și-și lipește buzele de gura ei, luând câteva înghițituri.

— Mersi, îmi zice întinzându-mi înapoi sticla.

Își șterge buza de sus cu dosul palmei și aruncă o privire în spatele ei.

— Ei, eu mai am vreo doi kilometri și jumătate până acasă, așa că aș face bine s-o iau din loc.

— Mai degrabă, patru, o corectez eu.

Mă străduiesc să n-o privesc prea insistent, dar îmi vine greu, din moment ce n-are aproape nimic pe ea și absolut toate curburile gurii ei, ale gâtului, ale umerilor, ale pieptului și ale abdomenului par să fi fost desenate special pentru mine. Dac-aș avea posibilitatea să fac o precomandă pentru fata perfectă, n-aș fi în stare nici pe departe să descriu versiunea pe care o am acum în fața ochilor.

Îmi lipesc sticla cu apă de buze, conștient de faptul că e foarte probabil să nu ajung vreodată mai aproape de-atât de gura ei. Nu pot să-mi dezlipesc privirea de ea nici măcar cât să iau o înghițitură ca lumea.

— Ha? exclamă ea clătinând din cap.

Pare tulburată. Doamne, *Te rog*, fă să fie tulburată.

— Am zis că sunt, mai degrabă, patru. Tu stai pe Conroe și sunt mai mult de trei kilometri până acolo. Asta înseamnă un drum total, dus-întors, de aproape opt kilometri.

Nu cunosc multe fete care să alerge, darămite pe o distanță de opt kilometri. Impresionant.

Își îngustează privirea și-și ridică brațele, încrucișându-le peste abdomen.

— Tu știi pe ce stradă stau?

— Mda.

Privirea îi rămâne indiferentă, dar atentă la mine. Tace. Până la urmă, își mai îngustează puțin ochii, părând că începe s-o enerveze faptul că tac în continuare.

— Linden Sky Davis, născută pe 29 septembrie. Domiciliată pe strada Conroe, la numărul 1455. Un metru șaizeci. Donator de sânge.

De îndată ce cuvintele „donator de sânge"îmi ies de pe buze, ea face un pas înapoi, înfățișarea iritată prefăcându-se într-un amestec de șoc și oroare.

— Permisul, mă grăbesc să-i explic de unde știu atâtea despre ea. Mi-ai arătat permisul mai devreme. La magazin.

— Te-ai uitat la el doar două secunde, remarcă ea precaută.

— Am memorie bună, răspund ridicând din umeri.

— Mă hărțuiești.

Izbucnesc în râs.

— *Eu* te hărțuiesc? Tu ești cea care s-a oprit în fața casei mele.

Arăt spre casa din spatele meu, după care ciocănesc cu degetele în cutia poștală, ca să-i arăt că ea e cea care încalcă proprietatea privată. Nu eu.

Face ochii mari, stânjenită, în timp ce examinează casa din spatele meu. Se înroșește din ce în ce mai mult la față, pe măsură ce-și dă seama cam ce impresie putea să creeze, oprită în fața casei mele.

— Atunci mersi pentru apă, îmi zice grăbită.

Îmi face un semn cu mâna și-mi întoarce spatele, pornind cu pași mari.

— Stai o clipă, strig după ea.

O depășesc și mă întorc cu fața, străduindu-mă să găsesc un pretext ca s-o determin să nu plece încă.

— Așteaptă să ți-o umplu, îi zic, aplecându-mă și luându-i sticla de apă. Vin imediat!

O iau la fugă spre casă, sperând c-o să mai câștig puțin timp cu ea. E clar că am multe de recuperat în domeniul primei impresii.

— Cine e fata? mă întreabă mama, imediat cum ajung în bucătărie.

Deschid robinetul și-i umplu sticla lui Sky, după care mă întorc spre mama.

— O cheamă Sky, îi zic zâmbind. Ne-am cunoscut mai devreme, la magazin.

Mama îi aruncă o privire pe fereastră, apoi întoarce capul spre mine, înclinându-l într-o parte.

— Și deja o aduci acasă la noi? Te cam grăbești, nu ți se pare?

Ridic sticla cu apă la nivelul ochilor.

— Întâmplarea a făcut ca ea să alerge pe-aici și să rămână fără apă.

Pornesc spre ușă, dar întorc capul spre mama și-i fac cu ochiul.

— Spre norocul meu, întâmplarea face ca noi să avem apă.

Râde. Zâmbetele mamei sunt plăcute, pentru că sunt foarte rare.

— Atunci baftă, Casanova, strigă ea după mine.

Dau fuga afară cu apa pentru Sky, iar ea imediat mai bea câteva guri. Încerc să găsesc o modalitate de a-i îndrepta prima impresie despre mine.

— Știi... ceva mai devreme... încep ezitant. La magazin? Dacă te-am deranjat, îmi cer iertare.

Mă privește drept în ochi.

— Nu m-ai deranjat, îmi zice.

Minte. Am deranjat-o *de-a binelea*. Ba chiar am îngrozit-o. Dar acum mă privește cu atâta încredere...

Mă dezorientează. Mă dezorientează *total*.

O examinez din ochi timp de un minut, străduindu-mă din răsputeri s-o descifrez, dar nu-mi iese nimic. Dac-ar fi să mă dau la ea în clipa asta, nu știu dacă m-ar săruta sau mi-ar trage un pumn. În momentul de față sunt destul de convins că aș fi mai mult decât mulțumit cu oricare din variante.

— Și să știi că n-am încercat nici să mă dau la tine, îi zic, vrând să obțin vreo reacție din partea ei. Doar am avut impresia că ai fi altcineva.

— Nu-i nimic, îmi răspunde cu blândețe.

Doar că zâmbetul îi e crispat, iar urma de dezamăgire din voce e limpede. Asta mă determină să zâmbesc, știind că am dezamăgit-o un pic.

— Nu că nu *m-ar tenta* să mă dau la tine, adaug, vrând să clarific situația. Doar că nu despre asta era vorba la momentul respectiv.

Zâmbește. E prima dată când chiar obțin un zâmbet autentic de la ea și mă simt de parcă tocmai aș fi câștigat un triatlon.

— Vrei să alerg cu tine? mă ofer, arătând în direcția casei ei.

— Nu, stai liniștit.

Încuviințez din cap, cu toate că nu-mi face plăcere răspunsul.

— Păi, oricum aveam drum încolo. Eu alerg de două ori pe zi și mai am vreo câțiva...

Mă apropii cu un pas de ea și atunci îi observ vânătaia proaspătă, proeminentă, de sub ochi. O apuc de bărbie și-i ridic capul, ca să văd mai bine. Mă pomenesc distras de la gândurile mele de adineaori și, dintr-odată, copleșit de dorința de a-i rupe oasele cui s-a atins de ea.

— Cine ți-a făcut asta? Mai devreme n-aveai ochiul așa.

Se desprinde din mâna mea.

— A fost un accident. Niciodată să nu-i strici somnul unei adolescente.

Încearcă s-o dea pe glumă, dar nu mă las dus. Am văzut în trecut destule vânătăi inexplicabile la Les, ca să știu că fetele se pricep să ascundă astfel de porcării mai bine decât ar vrea oricine să recunoască.

Îmi trec degetul mare peste vânătaie, străduindu-mă să-mi domolesc furia care mă străbate.

— Dar ai spune, nu-i așa? Dacă ți-ar fi făcut-o cineva?

Nu face decât să mă privească fix. Fără niciun răspuns. Niciun „Da, normal că aș spune”. Nici măcar un „Poate”. Lipsa recunoașterii mă duce cu gândul drept la situațiile alea, cu Les. Ea n-a recunoscut niciodată că Grayson o agresa fizic, însă vânătăile pe care le-am văzut pe brațul ei, în săptămâna de dinainte să-l oblig să se despartă de ea, m-au dus până în pragul crimei. Dacă aflu că el i-a făcut asta lui Sky, n-o să mai aibă mâini cu care să se atingă de ea.

— Alerg cu tine, declar hotărât.

Îmi las mâinile cu fermitate pe umerii ei și-o fac să se întoarcă, fără să-i dau vreo posibilitate de împotrivire.

Totuși, ea nici nu încearcă să se împotrivească. Începe să alerge, așa că-mi potrivesc fuleul după al ei. Pe tot drumul ei de întoarcere, spumeg de furie. Enervat de faptul că n-am aflat niciodată cu adevărat ce s-a întâmplat cu Les și că e posibil ca și Sky să aibă de-a face cu aceeași porcărie.

Nu vorbim până când ajungem acasă la ea și se întoarce să-și ia rămas-bun în capătul aleii.

— Ne mai vedem, presupun? mă întreabă, pornind cu spatele spre casă.

— Fără îndoială, confirm eu, pe deplin conștient de faptul c-o s-o mai văd.

Mai ales acum, când știu unde stă.

Zâmbește și se întoarce cu fața spre casă, dar când ajunge pe la jumătatea aleii îmi dau seama că n-am cum să iau legătura cu ea. N-are cont de Facebook, așa că nu se poate pe calea asta. Nu-i știu numărul de telefon. Doar n-o să-mi fac apariția acasă la ea neanunțat.

Și nu vreau să plece până nu știu sigur c-o să mai vorbesc cu ea.

Desfac imediat capacul sticlei mele cu apă și vărs conținutul pe iarbă, apoi pun capacul la loc.

— Sky, așteaptă, strig.

Se oprește și se întoarce spre mine.

— Îmi faci un serviciu?

— Ce anume?

Îi arunc sticla de apă, convenabil de goală. O prinde, face un semn de încuviințare și fuge înăuntru ca s-o umple. Îmi scot imediat telefonul din buzunar și-i scriu lui Daniel.

Sky Davis. Fata despre care vorbea Grayson sâmbătă seara. Are vreun iubit?

Sky deschide ușa și pornește înapoi spre mine până răspunde el.

Are mai mulți, din ce-am auzit.

Încă mă holbez la mesajul lui când ea ajunge cu apa la mine. Iau sticla și dau pe gât câteva înghițituri, neștiind precis de ce-mi vine greu să găsesc vreo urmă de adevăr în mesajul lui Daniel. Chiar dacă ea e încă o enigmă pentru mine, îmi dau seama, după cât e de prudentă, că nu-i lasă pe alții să se apropie cu prea mare ușurință. După interacțiunea mea cu ea, pot să spun că, pur și simplu, nu se potrivește cu descrierea pe care i-o zugrăvesc pe frunte toți ceilalți.

Pun capacul sticlei și fac tot posibilul să-mi concentrez privirea spre ochii ei, dar naiba să mă ia dacă bustierul ăla nu e ca un magnet în clipa de față.

— Faci atletism? o întreb, străduindu-mă să rămân concentrat.

Își acoperă abdomenul cu brațele, mișcarea ei făcându-mă să-mi trag palme în sinea mea, pentru că m-am holbat atât de vizibil. Ultimul lucru pe care mi l-aș dori ar fi s-o fac să se simtă stânjenită.

— Nu, îmi răspunde. Dar mă gândesc să încerc.

— Ai face bine. Nu prea ți-ai pierdut suflul, deși tocmai ai alergat aproape opt kilometri. Ești în ultimul an?

Zâmbește. E a doua oară când îmi zâmbește așa, și asta chiar începe să mă zăpăcească de cap.

— N-ar trebui să fi știut deja dacă sunt în ultimul an? întreabă zâmbind în continuare. Ți-au cam slăbit aptitudinile de hărțuitor.

Izbucnesc în râs.

— Păi, tu cam îngreunezi hărțuirea. N-am reușit să te găsesc nici măcar pe Facebook.

Zâmbește iar. Mă enervează că țin socoteala zâmbetelor. *Trei.*

— N-am cont pe Facebook, îmi zice. N-am acces la internet.

Nu reușesc să-mi dau seama dacă mă minte, ca să scape de mine mai ușor, sau dacă vorbește serios și chiar nu are internet. Nu știu care din variantele astea ar fi mai greu de crezut.

— Dar pe telefon? Nu poți să intri pe internet de pe telefon?

Își ridică brațele ca să-și strângă părul în coadă și simt că *eu* sunt acum cel cu respirația tăiată.

— N-am telefon. Mama nu se numără printre fanii tehnologiei moderne. N-am nici televizor.

Aștept să izbucnească în râs, dar după doar câteva secunde îmi devine limpede că a vorbit întru totul serios. Ceea ce nu e bine. Cum naiba să iau legătura cu ea? Nu că aș avea nevoie. Sunt doar destul de convins că *vreau*.

— Pe naiba! exclam râzând. Vorbești serios? Și cum te distrezi?

— Alerg, răspunde ridicând din umeri.

Da, clar că aleargă. Și, dacă am un cuvânt de spus în privința asta, n-o să mai alerge singură de-acum încolo.

— Ei bine, în cazul ăsta, zic aplecându-mă spre ea, nu cumva știi la ce oră se trezește o anumită persoană, ca să-și facă alergarea de dimineață?

Icnește scurt, dar încearcă să mascheze printr-un zâmbet. *Trei și jumătate.*

— Nu știu dacă ți-ai dori să te trezești atât de devreme, îmi zice.

Dac-ar ști măcar că aș fi în stare să nu mai dorm *niciodată*, numai să fie de acord să alerge împreună cu mine. Mă aplec încă un pic mai aproape și cobor tonul.

— Habar *n-ai* cât de mult îmi doresc să mă trezesc atât de devreme.

De îndată ce al patrulea ei zâmbet apare, ea *dispare*. Se întâmplă atât de repede, încât nici măcar n-am timp să reacționez. Sunetul pe care-l scoate când se izbește de asfalt mă face să tresar de durere. Mă las repede în genunchi și-o întorc cu fața.

— Sky? o strig, zgâlțâind-o.

A leșinat. Privesc spre casa ei, după care o ridic în brațe și alerg cu ea spre intrare. Nu mă mai sinchisesc să bat cum se cuvine, din moment ce n-am mâini disponibile. Ridic piciorul și izbesc ușa, sperând că e cineva acasă care să-mi deschidă.

În câteva secunde, ușa se deschide și apare o femeie. Mă privește complet derutată, până când o vede pe Sky în brațele mele.

— Dumnezeule! strigă deschizând imediat ușa larg, ca să pot intra.

— A leșinat afară, pe alee, îi explic. Cred că e deshidratată.

Femeia dă imediat fuga la bucătărie, în timp ce eu o așez pe Sky pe canapeaua din living. Imediat cum atinge cu capul brațul canapelei, geme și flutură din pleoape. Răsuflu ușurat, apoi fac câțiva pași deoparte când revine mama ei.

— Sky, bea puțină apă, o îndeamnă ea.

O ajută să bea, apoi lasă jos paharul.

— Mă duc să-ți aduc o compresă rece, zice pornind spre hol.

Sky își ridică privirea spre mine și tresare. Îngenunchez lângă ea, simțindu-mă groaznic pentru faptul că am lăsat-o să cadă în halul ăsta. Totuși, s-a întâmplat atât de repede... Acum era în fața mea și, în clipa imediat următoare, nu mai era.

— Ești sigură că te simți bine? o întreb, după ce iese mama ei din cameră. A fost o căzătură destul de urâtă.

Pe obraz are urme de pietriș și de nisip, așa că o șterg cât pot de bine. Închide ochii strâns și-și acoperă fața cu brațul.

— Of, Dumnezeule! exclamă gemând. Îmi pare foarte rău. E cât se poate de jenant.

O apuc de încheietură și-i îndepărtez brațul de pe față. În niciun caz nu vreau să se simtă jenată. Sunt mulțumit doar că se simte bine. Și chiar mai mulțumit pentru că așa am avut un pretext ca s-o car în brațe înăuntru. Acum sunt în casa ei și am un pretext ca să mai vin săptămâna asta și să văd cum se mai simte. Nici nu se putea să se aranjeze lucrurile mai bine pentru mine.

— Șșt, șoptesc eu. Mie îmi cam place.

Buzele i se arcuiesc într-un zâmbet. *Cinci.*

— Uite-ți compresa, scumpo. Vrei să-ți dau ceva împotriva durerii? Ți-e greață?

Mama ei îmi întinde prosopul și pleacă iar spre bucătărie.

— S-ar putea să am ceva gălbenele sau rădăcină de brusture, zice ea din mers.

Sky își dă ochii peste cap.

— N-am nevoie, mamă. Nu mă doare nimic.

Iau prosopul și-i șterg și restul de murdărie de pe obraz.

— Poate că nu te-o durea acum, dar o să te doară, îi zic încet.

Ea n-a văzut cât de tare s-a izbit de sol. Mai mult ca sigur o s-o simtă mâine.

— Ar fi bine să iei ceva, pentru orice eventualitate, o sfătuiesc.

Încuviințează și încearcă să se ridice în capul oaselor, așa că o ajut. Mama ei se întoarce, aducându-i un păhărel cu suc.

— Îmi cer iertare, zice ea întinzându-mi mâna. Eu sunt Karen Davis.

Mă ridic în picioare și-i strâng mâna.

— Dean Holder, mă prezint, aruncând o privire rapidă spre Sky. Dar prietenii îmi spun Holder.

Karen zâmbește.

— De unde vă cunoașteți tu și Sky?

— La drept vorbind, nu ne cunoaștem, îi răspund. Doar că am fost în locul potrivit, la momentul potrivit, am impresia.

— Ei bine, îți mulțumesc pentru că ai ajutat-o. Nu știu de ce-o fi leșinat. N-a mai leșinat niciodată, zice ea întorcându-se spre Sky. Ai mâncat ceva azi?

— O bucățică de pui, la prânz, răspunde Sky. Mâncarea de la cantină e nașpa rău.

Mâncarea de la cantină. Așadar, e la școala de stat. S-ar putea, la urma urmei, să-mi reconsider hotărârea privitoare la învățământ.

Karen își dă ochii peste cap și-și ridică brațele spre tavan.

— De ce te duci să alergi fără să mănânci mai întâi?

— Am uitat, se apără Sky. De obicei, nu alerg după-amiaza.

Karen se duce înapoi în bucătărie cu paharul, oftând din rărunchi.

— Nu vreau să mai alergi, Sky. Ce s-ar fi întâmplat dac-ai fi fost singură? Și, oricum, alergi prea mult.

Expresia feței lui Sky e neprețuită. Din câte se pare, alergatul e pentru ea la fel de vital ca respiratul.

— Auziți, intervin, socotind că am găsit ocazia de a împăca toate părțile implicate, mai ales pe mine. Eu stau chiar aproape, pe Ricker, și alerg în fiecare după-amiază pe-aici. Dacă asta vă face să vă simțiți mai liniștită, aș alerga bucuros împreună cu ea, diminețile, săptămâna asta sau mai mult. De obicei alerg la școală, pe pista de atletism, dar n-ar fi o problemă. Știți, doar ca să fim siguri că n-o să se mai întâmple ca azi.

Karen revine în living și ne măsoară din ochi pe amândoi.

— Eu n-am nimic împotrivă, zice, apoi întoarce capul spre Sky. Dacă Sky e de părere că e o idee bună.

Te rog, fii de părere că e o idee bună.

— Da, bine, răspunde Sky ridicând din umeri.

Eu sperasem la un „Sigur că da", însă și „da, bine" îmi ajunge.

Încearcă din nou să se ridice, dar se clatină spre stânga. Sar imediat și o apuc de braț, după care o ajut să se așeze la loc pe canapea.

— Ușurel, o sfătuiesc, apoi îmi ridic privirea spre Karen. Aveți ceva biscuiți să-i dați? Ar putea să-i facă bine.

Karen se duce la bucătărie, iar eu îi dăruiesc iar întreaga atenție lui Sky.

— Ești sigură că n-ai nimic?

Îmi trec degetul mare peste obrazul ei, fără vreun alt motiv decât simplul fapt că vreau să-i mai ating o dată obrazul. De îndată ce simte mângâierea degetului meu, i se face pielea de găină. Își încolăcește brațele pe piept și le freacă. Nu-mi pot stăpâni zâmbetul, știind că mâna mea a avut un asemenea efect asupra pielii ei. Cea. Mai. Grozavă. Senzație.

Arunc o privire peste umăr, ca să mă asigur că încă nu se întoarce Karen în living, după care mă aplec spre Sky.

— La ce oră să vin mâine ca să te hărțuiesc?

— Șase jumate? întreabă, cu răsuflarea tăiată.

— Șase jumate sună bine.

Șase și jumătate e acum noua mea oră preferată a zilei.

— Holder, nu ești obligat să faci asta, îmi zice privindu-mă drept în ochi, vrând parcă să-mi ofere șansa de a da înapoi.

Dar de ce naiba să vreau să dau înapoi?

— Știu că nu sunt obligat să fac asta, Sky. Eu fac ceea ce vreau.

Mă aplec și mai aproape, sperând să văd din nou că i se face pielea de găină.

— Iar ceea ce vreau eu e să alerg cu tine.

Mă retrag chiar în clipa în care se întoarce Karen în încăpere. Sky își menține privirea intens concentrată asupra mea, făcându-mă să-mi doresc mai mult decât orice să fi fost deja dimineață.

— Hai, mănâncă, o îndeamnă Karen, punându-i biscuiții în mână.

Mă ridic și-mi iau rămas-bun de la Karen.

— Ai grijă de tine, îi zic lui Sky în timp ce merg cu spatele spre ieșire. Ne vedem dimineață?

Ea dă afirmativ din cap, iar asta e singura confirmare care-mi trebuie. Închid ușa după mine când ies, încântat că am reușit, cumva, să mă reabilitez. Imediat cum ies de pe aleea ei și ajung pe trotuar, scot telefonul din buzunar și-l sun pe Daniel.

— Salut, Hopeless, îmi răspunde el.

— Ți-am zis să nu-mi mai spui așa, bulangiule.

— Trebuia să te fi gândit la asta înainte să-ți faci tatuajul, mă înțeapă el. Care-i treaba?

— Sky Davis, îi răspund repede. Cine e, de unde vine, dacă merge la o școală de-aici și dacă e cuplată cu Grayson.

Daniel izbucnește în râs.

— Frână, amice. Cătinel. Mai întâi de toate, eu nu m-am întâlnit niciodată cu ea. În al doilea rând, dacă e aceeași Sky pe care m-am lăudat față de Val că am deflorat-o, la petrecerea de alaltăseară, n-am cum să mă apuc să întreb pe-aici despre ea. Încă mă chinuiesc s-o conving pe Val că, în realitate, nu m-am culcat niciodată cu gagica. Dacă-i întreb pe alții despre ea, nu fac decât să-mi înrăutățesc situația, frate.

Scot un geamăt.

— Daniel, te rog. Am nevoie să știu, iar tu te pricepi mai bine decât mine la rahaturile astea.

Urmează o tăcere prelungită din partea lui.

— Bine, zice într-un târziu. Dar cu o condiție.

Știam c-o să existe o condiție. Mereu există câte o condiție atunci când e vorba despre Daniel.

— Ce condiție?

— Vii mâine la școală. Doar pentru o zi. Te înscrii mâine și încerci pentru o zi, iar dacă tot o să-ți displacă profund, poți să te retragi oficial, cu binecuvântarea mea.

— Ne-am înțeles, îi răspund imediat.

O zi pot să îndur. Mai ales dac-o să fie și Sky pe-acolo.

Capitolul opt și jumătate

Les,

Mama mă-sii, Les. MAMA. MĂ-SII.

Parc-ar fi o veșnicie de când nu ți-am mai scris, deși a fost doar azi-dimineață. Atât de multe s-au întâmplat, încât îmi tremură mâinile și abia mai pot să scriu.

Încă n-am vorbit cu mama despre renunțarea la școală, dar asta numai fiindcă nu prea mai sunt sigur că aș vrea să renunț. O să mai vedem, după ziua de mâine.

Stai jos, ca să-ți dau o veste? Pune-ți fundul jos, Les.

Am.

Găsit-o.

Pe.

Hope.

Dar n-am găsit-o.

Mă rog, încă nu sunt foarte sigur că n-am găsit-o, dar sunt mai sigur că ea nu e Hope decât că e. Are măcar vreo noimă ce spun? Adică, în clipa în care am văzut-o, am fost convins că e ea. Dar când mi-am dat seama că nu mă recunoaște, m-am gândit că, poate, am confundat-o, sau că se preface, sau... nu știu. Pur și simplu, am început să am îndoieli. Pe urmă, am început să mă port cam ca un fel de hărțuitor și un nebun, așa că ea mi-a arătat permisul ei de conducere, chestie total tâmpită din partea ei, dacă stai să te gândești la cât de mult semănam cu un hărțuitor. Însă permisul ei de conducere mi-a dovedit că nu e Hope, ceea ce m-a dărâmat, dar numai pentru vreo două ore. Pentru că, atunci când am ieșit să alerg, am dat iar peste ea, mulțumită sorții, sau unei coincidențe, sau unei intervenții divine... sau poate că ai avut tu vreun amestec în asta. Dar, indiferent cine sau ce a provocat întâmplarea, am găsit-o acolo, stând în fața casei noastre, peste măsură de frumoasă și așa mai departe. Dumnezeule, că bine mai arăta, Les.

Sunt convins că vrei să afli ce-a fost mai departe, este?

În orice caz, prin urmare, acum sunt convins că, dacă ar fi fost într-adevăr Hope, și-ar fi adus aminte de mine. Mai ales după ce i-am spus maică-sii că mă numesc Dean Holder. Am aruncat o privire spre Sky, ca să văd dacă prenumele meu îi aprinde vreun beculeț, dar după lipsa ei de reacție, se pare că n-a aprins nimic, așa că nici gând să poată fi una și aceeași fată.

Și vrei să afli care-i partea cea mai ciudată, Les? Partea din toată ziua asta care m-a dat total peste cap?

Nici măcar nu vreau să fie Hope.

Dac-ar fi Hope, tot dramatismul și stresul și atenția presei ne-ar înconjura iar și nu-mi doresc așa ceva pentru ea. Fata asta pare fericită și sănătoasă și nicidecum așa cum m-aș fi așteptat să arate Hope a noastră, dac-am găsi-o vreodată. În consecință, mă bucur că Sky nu e Hope și că Hope nu e Sky.

L-am pus pe Daniel să facă unele investigații și am aflat câte ceva despre ea. Locuiește în zona asta de mai mulți ani și a făcut școala în particular, cu mama ei, care pare să fie chiar drăguță, apropo.

Daniel mi-a mai spus că, oficial, ea nu e cuplată cu Grayson, ceea ce e un plus. Încă nu știu precis ce legătură o avea cu el, pentru că, din ce spune Daniel, categoric e legată de el în vreun fel. Sper să pot împiedica asta, înainte să devină ceva semnificativ, totuși.

Iartă-mă că bat câmpii. Numai că a fost una din zilele alea la care nu te aștepți câtuși de puțin când te trezești dimineața. O să-ți povestesc cum o să decurgă ziua de mâine. Îi sunt dator lui Daniel cu o zi de stat la școală.

P.S. Sky avea azi un ochi vânăt. N-a vrut să-mi spună ce s-a întâmplat de fapt, dar tu știi cât de paranoic sunt când vine vorba despre ceva legat, fie și pe departe, de Grayson. N-o să uit niciodată ziua aia, când ai venit acasă cu vânătăi pe braț, Les. M-ai implorat să nu-l omor, pentru că, ți-o jur, asta aș fi făcut, dacă nu mi-ai fi jurat că n-a fost el de vină.

Nu știu dacă mi-ai spus adevărul, cum că s-ar fi întâmplat în timpul orei tale de sport. Nu știu dacă Grayson o fi capabil de așa ceva. Dar când am văzut-o pe Sky cu vânătaia aia sub ochi m-am ambalat la fel de tare ca atunci când am crezut că te-a învinețit Grayson. Și tu nu mai ești aici, ca să te protejez, așa că simt nevoia asta nestăvilită de a o proteja pe Sky, iar tu nici măcar n-o cunoști.

Să nu-i spui asta lui Daniel, nu că ai putea, dar eu oricum m-aș fi dus mâine la școală, fie că-mi punea el condiția, fie că nu. Am nevoie să văd cu ochii mei cum interacționează Sky și Grayson, ca să-mi pot da seama dacă de data asta chiar e cazul să-l omor.

H

Capitolul nouă

Ajung acasă la ea cu zece minute mai devreme, așa că mă așez pe bordură și încep să fac exerciții de întindere. Ieri, după ce-am plecat de-aici, am avut senzația că oferta de a alerga împreună cu ea s-ar putea să fi fost un pic deplasată. Nu mi-e în drum și nici nu obișnuiesc să alerg atât de mult într-o singură zi, dar nu știam cum să fac altfel ca s-o mai văd.

O aud apropiindu-se din spatele meu, așa că mă răsucesc și mă ridic.

— Bună.

Mă așteptam să zâmbească sau să-mi răspundă cu vreun salut de orice fel, numai că, în loc de asta, mă examinează de sus și până jos cu o încruntare stânjenitoare. Încerc să-mi alung senzația, sperând să fie vorba doar despre faptul că nu e o persoană matinală.

— Ai nevoie să-ți faci mai întâi încălzirea? o întreb.

Scutură din cap.

— Am făcut-o deja.

Sunt curios dacă atitudinea ei sobră o fi din cauza durerilor de pe urma căzăturii de ieri. Vinețeala de la ochi se etalează încă proeminentă, însă obrazul nu arată atât de rău pe cât m-aș fi așteptat. Întind mâna și trec cu degetul peste juliturile de pe fața ei.

— Nu arată chiar atât de rău. Te doare?

Clatină din cap.

— Bun. Ești gata?

— Da.

Cinci cuvinte, doar cu atât mă aleg din partea ei în materie de conversație? Face stânga împrejur și începem amândoi să alergăm în tăcere. N-am mai alergat până acum împreună cu o fată, dar mă așteptam să fie o chestie ceva mai animată. Nu-mi dau seama, după prudența salutului de adineaori, din fața casei ei, dacă se simte incomodată de prezența mea sau dacă tăcerea o fi, de fapt, un *semn* că se simte comod. Ar putea fi oricare din astea.

Încordarea scade imediat ce trec în spatele ei. Îți e mai ușor să nu vorbești atunci când nu alergi umăr la umăr. Pur și simplu, habar n-am ce-aș putea să spun. În primul rând, nu prea sunt vorbăreț de fel, dar faptul că mă aflu în prezența ei îmi reprimă și mai mult latura conversațională. Presupun că, dacă vreau într-adevăr să ajung undeva cu ea, trebuie să tac și să înghit. Accelerez și ajung din nou lângă ea.

— Ar fi bine să dai o probă pentru atletism, îi zic. Ai mai multă rezistență decât majoritatea băieților din lotul de anul trecut.

Clatină din cap și se concentrează în continuare asupra trotuarului din fața noastră.

— Nu știu dacă aș vrea, îmi răspunde. Nu prea cunosc pe nimeni la școală. Am avut de gând să încerc, dar până acum cei mai mulți au fost cam... răutăcioși. Nu prea vreau să am de-a face cu ei pentru perioade mai lungi, sub pretextul unui lot.

Detest faptul că e la școală de o zi și deja știe cât de răi sunt toți. Oare ce naiba i-au făcut de i s-a părut atât de rea prima zi?

— Ai fost doar o zi la școală. Mai lasă timpul să treacă. Nu te poți aștepta să înveți acasă toată viața și, din prima zi de școală, să te trezești cu o puzderie de prieteni.

Mă simt aiurea pentru că-i spun exact contrariul a ceea ce simt în realitate. Dac-ar fi să fiu întru totul sincer, i-aș spune să se întoarcă la școlarizarea la domiciliu, pentru că asta a făcut înainte de a veni la școala de stat. Întorc capul s-o privesc, dar nu mai aleargă alături de mine. Mă răsucesc pe călcâie și o văd că s-a oprit la câțiva pași în urmă, cu mâinile în șolduri. Mă reped spre ea.

— Ai pățit ceva? Ai amețit?

O prind de umeri, ca nu cumva să-i vină iar să leșine. M-aș simți ca ultimul nemernic dac-aș lăsa-o să se izbească de asfalt, ca ieri.

Face semn din cap că nu, după care îmi împinge mâinile de pe umerii ei.

— N-am nimic, îmi răspunde.

E enervată dintr-un anume motiv. Încerc să-mi dau seama dac-am spus ceva, dar nu mi se pare să fi fost ceva ofensator.

— Am spus ceva nepotrivit?

Își lasă ochii în jos și pornește la pas, așa că o urmez.

— Un pic, zice pe un ton îmbufnat. Ieri am glumit și nu prea apropo de hărțuire, dar ai recunoscut că m-ai căutat pe Facebook imediat după ce ne-am cunoscut. Pe urmă, insiști să alergi cu mine, chiar dacă nu ți-e în drum. Acum văd că știi, habar n-am cum, de când sunt eu la școala de stat! Și că am învățat până acum acasă! N-o să te mint, mi se pare cam deconcertant.

Rahat. Ce naiba am? Cum să recunosc că am aflat cea mai mare parte din ceea ce știu despre ea din două surse, auzind ce spunea Grayson la o petrecere și din zvonurile bazate pe presupuneri culese de Daniel? Ea nu trebuie să știe așa ceva. Nu *vreau* să știe așa ceva.

Oftez și continui s-o conduc spre casa ei.

— Am întrebat lumea, îi zic. Stau aici de la zece ani, așa că am o grămadă de prieteni. Eram curios să aflu ce e cu tine.

Mă privește cu atenție, ca și cum ar încerca să-și dea seama cât de multe știu despre ea. N-am de gând să-i mărturisesc ce am auzit de la Grayson, pentru că nu vreau s-o jignesc. Dar, în același timp, nu vreau să-i mărturisesc nici că m-am rugat de Daniel să-mi dea mai multe informații, fiindcă nu vreau s-o sperii. Dar, dacă mă iau după expresia sceptică de pe chipul ei, deja s-a acumulat destulă neîncredere față de mine.

O apuc de cot și se oprește din mers. O întorc cu fața spre mine.

— Sky, am impresia că n-am pornit-o deloc bine ieri, la magazin. Iar discuția despre hărțuit, îți jur, a fost o glumă. Nu vreau să te simți incomodată de prezența mea. Te-ai simți mai în largul tău dac-ai ști mai multe despre mine? Întreabă-mă ce vrei și-o să-ți răspund. Orice.

— Dac-o să te întreb ceva, o să-mi răspunzi sincer?

O privesc în ochi, cu intensitate.

— Numai așa o să fiu totdeauna, îi zic.

Și chiar am de gând să fiu total sincer cu ea, în afară de cazul în care aș avea impresia că-i fac vreun rău.

— De ce te-ai lăsat de școală?

Oftez, dorindu-mi să-mi fi pus o întrebare ceva mai puțin complicată. Cu toate astea, trebuia să știu că n-o să fie simplu cu ea.

Încep din nou să merg.

— Practic vorbind, încă nu m-am lăsat.

— Păi, e clar că n-ai mai fost de mai mult de un an. Aș zice că asta înseamnă lăsat.

Remarca asta mă face curios să știu dac-a auzit zvonurile despre *mine*. Sigur că am fost la școală în anul care a trecut, doar că n-am fost la *asta*. Dar nu m-a întrebat despre zvonul referitor la detenția în penitenciarul pentru minori, așa că n-am de gând să-i furnizez informații inutile.

— M-am întors acasă doar acum câteva zile, îi zic. Eu și mama am avut un an destul de prost, așa că m-am mutat în Austin, la tata, pentru o perioadă. Am mers acolo la școală, dar am simțit că e vremea să revin acasă. Așa că, iată-mă.

Mijește ochii, ca și cum ar vrea să se încrunte la mine, dar expresia rezultată e prea adorabilă ca să mi se pară intimidantă.

Totuși, îmi rețin zâmbetul, fiindcă îmi dau seama că ia chestia asta cu școala în serios.

— Nimic din astea nu explică de ce te-ai hotărât să te lași, în loc să te transferi înapoi și gata.

Are dreptate, dar numai din cauză că eu chiar nu știu răspunsul la întrebarea ei.

— Habar n-am. Cinstit să fiu, încă încerc să-mi dau seama ce vreau să fac. A fost un an destul de tâmpit. Nu mai spun că urăsc școala asta. Sunt sătul de porcării din astea și uneori mă gândesc că ar fi mai simplu dacă m-aș retrage.

Se oprește iar, brusc, și-mi aruncă o privire aspră.

— Ăsta-i un pretext de rahat.

— E de rahat că urăsc liceul?

— Nu. E de rahat că permiți ca un singur an prost să-ți hotărască soarta pentru tot restul vieții. Mai ai doar nouă luni până la absolvire, și tu te lași? E, pur și simplu... ridicol.

Chiar ia chestia asta în serios. Râd, cu toate că mă străduiesc din greu să nu.

— Mă rog, dacă te exprimi în termeni atât de elocvenți...

Își încrucișează brațele, pufnind.

— N-ai decât să râzi cât vrei. Renunțarea ta la școală înseamnă capitulare. Le dovedești tuturor că au avut dreptate să se îndoiască de tine.

Privirea îi cade pe tatuajul de pe brațul meu. Niciodată nu mi-am dorit să mi-l ascund până în momentul ăsta, dar ceva din felul în care-l citește mi se pare, oarecum, ca o invadare a intimității. Poate din cauză că ieri am fost foarte sigur că ea reprezintă jumătate din motivul apariției tatuajului. Dar acum, când știu că nu e, chiar n-aș vrea să mă întrebe despre el.

— Ai de gând să te lași și să-i arăți lumii cât de incurabil ești cu adevărat? Bună treabă, ca să fii în rând cu ea!

Îmi las și eu ochii în jos, spre tatuaj. Ea habar n-are de semnificația lui, îmi dau seama de asta. Dar presupunerea că înseamnă altceva decât înseamnă, de fapt, mă cam enervează. Nu vreau să i-o explic și clar nu vreau să fiu judecat de cineva care pare să aibă parte de o porție zdravănă de judecăți. Dar, decât să stau acolo și să-i permit să mă descifreze și mai mult, prefer să fac semn cu capul spre casa ei.

— Ai ajuns, îi spun pe un ton categoric.

După care fac stânga împrejur și pornesc spre propria casă, fără s-o mai privesc. Nu e cazul să intru prea mult în amănunte cu ea, în orice caz, până când nu aflu mai multe despre relația dintre ea și Grayson. Și, pentru asta, trebuie să mă grăbesc și să ajung acasă, după care să fac un duș și să mă schimb în timp util pentru prima și, posibil, *unica* mea zi din ultimul an de liceu.

*

Școala e una mare, iată de ce nu m-am așteptat chiar să am oră împreună cu ea, cu atât mai puțin pe prima. Și cu domnul Mulligan, colac peste pupăză.

Nici ea nu pare prea bucuroasă că mă vede. Iar faptul că, la finalul orei, practic, fuge pe lângă mine ca să iasă din clasă nu pare prevestitor de bine. Îmi iau manualul și ies din clasă. În loc să caut sala pentru următoarea oră, mă duc direct s-o caut pe ea.

E în vestiar, cu fața la dulăpiorul ei, schimbându-și cărțile. Mă duc până în spatele ei, dar mă opresc pentru câteva clipe înainte de a spune ceva. Vreau s-o las să-și ia ce-i trebuie din dulap, sperând c-o voi conduce la ora următoare.

— Hei, tu, zic pe un ton optimist.

Urmează câteva secunde de tăcere.

— Ai venit, zice cu o voce calmă.

Se întoarce cu fața spre mine și doar faptul că-i văd din nou ochii mă face să zâmbesc. Mă sprijin de dulapul de lângă al ei și-mi aplec capul pe metalul rece. Îi studiez pentru o clipă vestimentația, conștientizând faptul că ea, cumva, arată chiar și mai bine după ce face duș.

— Frumos te-ai dichisit. Deși n-arătai deloc rău nici transpirată, îi zic zâmbindu-i.

Încerc să mai risipesc ceva din tensiunea pe care o emană, dar nimic nu pare să aibă efect în favoarea mea.

— Ai venit ca să mă hărțuiești pe mine sau chiar te-ai reînscris? mă întreabă.

O glumă. A făcut o glumă.

— Ambele, răspund ciocănind cu degetele în metal.

Îi zâmbesc în continuare, însă ea nu vrea să-mi susțină privirea pentru mai mult de două secunde. Își mută greutatea de pe un picior pe celălalt și privește agitată în jur.

— Ei, eu trebuie să mă duc la oră, mă anunță cu o voce inexpresivă. Bine ai revenit.

E ciudată.

— Ești ciudată.

Își dă ochii peste cap și se întoarce iar spre dulăpiorul ei.

— Doar sunt surprinsă că te văd aici, răspunde pe un ton neconvingător.

— Nț, insist eu. E altceva. Care-i problema?

Perseverența mea pare să dea roade, fiindcă oftează, se lipește cu spinarea de dulap și-și ridică privirea spre mine.

— Vrei să fiu sinceră?

— Numai așa vreau să fii totdeauna.

— Perfect, zice țuguindu-și buzele. Nu vreau să-ți las o impresie greșită. Tu cochetezi și-mi spui tot felul de lucruri, de parcă ai avea față de mine anumite intenții la care eu nu sunt dispusă să răspund. Și ești...

Nu vrea să-mi lase o impresie greșită? Cine mai e și asta și ce naiba a făcut cu fata care cocheta fățiș cu mine aseară? Mijesc ochii spre ea.

— Sunt *cum*? o întreb, provocând-o să-și termine ideea.

— Ești... *înfocat*. Prea înfocat. Și schimbător. Și mă înfricoșezi un pic. Și mai e și cealaltă chestie... pur și simplu, nu vreau să-ți faci o impresie greșită.

Și *iată*. A fost alimentată cu minciuni, iar acum sunt nevoit să mă apăr în fața singurei persoane despre care presupusesem, în mod eronat, că ar putea să empatizeze cu mine.

— *Care* e cealaltă chestie?

— Știi tu, răspunde lăsându-și repede privirea în jos.

Mă apropii cu un pas și-mi sprijin mâna de dulăpior, chiar lângă capul lui Sky.

— Eu *nu* știu, din cauză că tu ocolești să vorbești despre cine știe ce probleme ai avea cu mine, de parcă ți-ar fi prea frică s-o spui. Spune și gata.

Face ochii mari și imediat mă simt vinovat pentru că am fost atât de aspru cu ea. Doar că mă enervează peste măsură faptul că a înghițit pe nemestecate toate bazaconiile. *Aceleași* bazaconii care o înconjoară și pe *ea*.

— Am auzit ce-ai făcut, răspunde pe nerăsuflate. Știu despre tipul pe care l-ai rupt în bătaie. Știu că ai fost trimis la penitenciarul pentru minori. Știu că, în cele două zile de când te cunosc, m-ai înfricoșat al naibii de tare în cel puțin trei ocazii. Și, dacă tot e să fim sinceri, mai știu și că, dacă te-ai interesat despre mine, probabil că ai aflat ce reputație am și mai mult ca sigur că e singurul motiv pentru care-ți dai osteneala cu mine. Detest să te dezamăgesc, dar n-o să mi-o trag cu tine. Nu vreau să-ți imaginezi că se va întâmpla ceva între noi, în afară de ceea ce se întâmplă deja. Alergăm împreună. Asta-i tot.

Uau.

Mă așteptasem să afle bârfele despre mine, dar nu mă așteptasem să-și închipuie c-o să cred bârfele despre ea. Și-atunci de ce ține garda sus? Din cauză că-și închipuie că am aflat bârfele, iar acum nu vreau decât să i-o *trag*?

Cum să spun, nu vreau să fiu înțeles greșit, nu zic că nu mi-a trecut gândul ăsta prin minte. Dar, *Dumnezeule*, nu *așa*. Simplul fapt că ea simte asta nu-mi provoacă decât dorința de a o lua în brațe. Ideea că ar intenționa oricine să se apropie de ea numai și numai din motivul ăsta mă enervează. Și nu mă ajută nici faptul că Grayson e acum lângă ea.

De unde naiba a apărut? Și de ce naiba o ține așa cu brațul, de parcă ar fi proprietatea lui?

— Holder, zice Grayson. N-am știut că te mai întorci.

Sunt primele cuvinte pe care mi le adresează direct încă din noaptea în care a murit Les. Mi-e teamă că, dacă-l privesc, o să-mi ies din minți, așa că rămân cu ochii îndreptați spre Sky. Din nefericire, ochii mei parcă nu se pot abține să privească mâna care o ține de mijloc. Mâna pe care Sky n-a respins-o. Mâna care e clar c-a mai fost și altă dată pe același mijloc. Aceeași mână care altădată era pe mijlocul lui Les.

În toată situația asta este prea multă ironie. Atât de multă, încât schițez un zâmbet. *Bafta mea.*

Îmi îndrept spinarea, rămânând cu privirea fixată pe mâna din jurul taliei lui Sky.

— Ei bine, uite că m-am întors.

Nu mai pot să privesc imaginea asta nici măcar o secundă în plus. Senzația familiară a dorinței de a-i rupe mâna asta blestemată s-a întors, înzecită.

Mă răsucesc să plec și fac câțiva pași pe coridor, dar apoi întorc iar capul spre Sky.

— Selecția pentru atletism se ține joi, după ore. Du-te.

Nu mai aștept să-mi răspundă. Mă duc la dulapul meu, îmi schimb cărțile, apoi mă îndrept spre următoarea oră. Totuși, nu știu de ce o fac. Sunt destul de convins că mâine n-o să mai vin.

*

— Hei, arătare. Ce-i cu dragostea asta subită pentru Sky? mă întreabă Daniel, în timp ce ne ducem spre cantină.

— Nu e nimic, răspund, încercând să minimalizez subiectul. Am cunoscut-o ieri și eram doar curios să știu mai multe despre ea. Dar se pare că e cu Grayson, așa că... nu contează.

Daniel înalță o sprânceană, dar nu comentează nimic referitor la Grayson. Împinge ușile cantinei și ne ducem la masa noastră. Mă așez și cercetez prin jur, în căutarea ei.

— Azi mănânci? mă întreabă Daniel, iar eu scutur din cap.

— Nu. Nu prea am chef.

Mi-am pierdut pofta de mâncare în dimineața asta, de îndată ce am văzut mâna lui Grayson pe mijlocul lui Sky.

Daniel ridică din umeri și pleacă să-și ia de mâncare. Eu mai cercetez pentru o vreme sala, până când, în sfârșit, o descopăr la câteva mese mai încolo, stând cu un tip. Totuși, nu e Grayson. Mă uit prin mulțime după Grayson și-l găsesc așezat la o masă în celălalt capăt al sălii. Nu stau împreună. De ce n-ar sta împreună, dac-ar fi cuplați? Și, dacă n-ar fi cuplați, el de ce-ar ține așa mâna pe ea?

— Ți-am adus o apă, îmi zice Daniel, împingând sticla pe masă spre mine.

— Mersi.

Își lasă jos tava și se așază vizavi de mine.

— De ce ești labă tristă?

Apa îmi țâșnește afară din gură. Îmi trântesc palmele pe masă și hohotesc, apoi mă șterg la gură.

— *Labă tristă?*

Dă afirmativ din cap și desface capacul dozei lui de suc.

— E ceva ciudat la tine. Te-ai holbat la fata aia tot timpul cât am stat la rând la mâncare. Nu vrei să-mi spui nimic despre ea. Ești cu nervii întinși de când ai ajuns aici azi-dimineață, iar asta n-are nimic de-a face cu faptul că e prima ta zi de școală de la... mă rog... de la *ultima* ta zi de școală. Și nici măcar n-ai comentat despre faptul că pe toți pare să-i doară undeva de simpla ta prezență pe ziua de azi. Nu te entuziasmează nici măcar un pic că toată lumea a încetat cu bârfele?

M-ar fi entuziasmat dac-aș fi fost convins că au încetat bârfele. Numai că n-au încetat, doar s-au mutat într-o altă direcție. Am auzit pomenit numele lui Sky în absolut toate clasele în care am fost azi. Ca să nu mai pun la socoteală porcăria pe care am văzut-o lipită pe dulăpiorul ei, sub forma unor bilețele adezive.

— N-au încetat cu bârfele, Daniel. Doar că și-au găsit o nouă țintă.

Daniel dă să-mi răspundă, dar e întrerupt de zgomotul câtorva tăvi trântite pe masă. Mai mulți băieți se așază pe scaune și câțiva îmi urează bun-venit înapoi, adăugând că am ajuns taman la timp pentru campionatul de fotbal american. Asta ne duce spre o conversație despre antrenamente și despre Riley, antrenorul nostru, dar nimic nu reușește să-mi absoarbă atenția la fel ca ea. Îi ignor pe toți cei din jurul meu și-o privesc, încă străduindu-mă s-o descifrez.

Sincer, nu vreau să mă amestec, dacă o fi cuplată cu Grayson. Dacă e fericită cu el, bine. Treaba lor. Dar naiba să mă ia dacă nu aflu ce s-a întâmplat cu ochiul ei. Am nevoie de o explicație precisă din partea ei, înainte s-o las în pace. Altminteri, o să mă duc la Grayson ca să aflu ce s-a întâmplat cu ochiul ei și știu cum o să se sfârșească povestea.

Tipul cu care stă la masă face un semn din cap spre mine când observă că mă zgâiesc la ei. În mod intenționat, nu-mi abat privirea, deoarece chiar vreau să-i atrag atenția. Când o văd că întoarce ochii spre mine, îi arăt cu capul spre ieșirea sălii de mese, după care mă ridic și pornesc spre ei.

Ies pe hol, sperând c-o să vină după mine. Știu că nu e treaba mea, dar dacă vreau să treacă și restul zilei fără să-l asasinez pe Grayson, trebuie să cunosc adevărul. Mă duc după colț, pentru mai multă intimitate, și mă reazem cu spatele de un șir de dulăpioare. Apare și ea de după colț, mă observă și se oprește.

— Ești cuplată cu Grayson? o întreb, luând-o direct.

După toate aparențele, nu-i place să converseze cu mine, așa că nu vreau s-o forțez să facă ceea ce nu vrea. Nu mă interesează decât să aflu adevărul, ca să-mi pot justifica următoarea mișcare.

Își dă ochii peste cap și se duce spre dulapurile de vizavi, rezemându-se de ele ca să fie cu fața spre mine.

— Are importanță?

Hmm. Ar trebui să nu aibă, dar are. Habar n-am ce fel de om o fi ea, dar știu sigur că Grayson n-o merită. Așa că, da, are importanță.

— E o canalie, îi zic.

— Uneori, și tu ești la fel, ripostează ea.

— Nu e pentru tine.

Râde și-și dă ochii peste cap, ridicându-i spre tavan și clătinând din cap.

— Și tu *ești*?

Scot un geamăt. Nu înțelege absolut deloc unde bat. Mă întorc cu fața spre dulapuri și lovesc unul dintre ele cu palma desfăcută, eliberându-mă de o parte din frustrarea provocată de încăpățânarea ei. Când se aud ecourile zgomotului pe tot coridorul, mă crispez. Gestul a ieșit ceva mai dur decât intenționasem.

Dar sunt furios și detest faptul că sunt furios, pentru că n-ar trebui nici măcar să-mi pese. Les nu mai e pe-aici, ca să-și facă Grayson mendrele cu ea, așa că *de ce* îmi pasă?

Pentru că nu vreau ca ea să fie cu el. De-asta.

Mă întorc la loc, cu fața spre ea.

— Nu mă amesteca pe mine aici. Eu vorbesc despre Grayson, nu despre mine. N-ai ce să cauți cu el. Habar n-ai ce gen de individ este.

Își lasă capul pe spate, lipindu-l de dulap, sătulă de mine.

— Două zile, Holder. De atât timp te știu, de două zile, îmi zice.

Se desprinde de dulapuri și vine spre mine, privindu-mă mânioasă.

— În astea două zile ți-am văzut cinci laturi diferite, și numai una dintre ele mi s-a părut atrăgătoare. Faptul că-ți închipui că ai avea dreptul să-ți exprimi chiar și o părere despre mine sau despre hotărârile mele e absurd. E ridicol.

Inspir pe nas și expir printre dinții încleștați, pentru că sunt nervos. Mă enervează că are *dreptate*. M-a văzut nu o dată trecând de la înflăcărare la răceală în astea două zile și nu i-am oferit nici măcar o explicație. Iar ea merită o explicație pentru comportamentul meu neobișnuit de protector, așa că încerc să-i ofer una.

Fac un pas spre ea.

— Nu-mi place individul. Iar dacă văd și chestii ca asta... adaug, ridicându-mi degetele și urmărind cu ele contururile vânătăii de sub ochiul ei. După care, când îl văd cu brațul petrecut în jurul tău... iartă-mă dacă devin un pic *ridicol*.

După ce termin de trasat cu degetele marginile vânătăii, uit să le mai iau de pe obrazul ei. I se taie răsuflarea și face ochii mari, iar eu nu pot să nu observ evidenta ei reacție la atingerile mele. Simt un impuls copleșitor de a-i strecura degetele prin păr și de a-i trage gura spre a mea, însă ea face un pas înapoi, desprinzându-se de mine.

— Ești de părere că ar trebui să stau departe de Grayson, fiindcă te temi că ar fi iute la mânie? zice îngustându-și privirea și înclinându-și capul. E un pic de ipocrizie aici, nu crezi?

Îi susțin în continuare privirea, în timp ce mă gândesc la remarca ei. Ea mă compară pe mine cu *Grayson*?

Sunt nevoit să întorc capul, ca să nu-mi observe dezamăgirea de pe față. Mă apuc cu ambele mâini de ceafă, după care mă întorc, lent, din nou cu fața spre ea, dar tot cu ochii în jos.

— A dat în tine? o întreb, însoțindu-mi cuvintele cu un oftat de înfrângere, după care ridic capul și o privesc drept în ochi. A dat *vreodată* în tine?

Nu tresare, nici nu-și abate privirea. Doar clatină din cap.

— Nu, îmi răspunde încet. Și iar nu. Ți-am spus... a fost un accident.

Îmi dau seama, după reacția ei, că spune adevărul. El n-a lovit-o. N-a dat în ea niciodată, ceea ce mă face să mă simt mai mult decât ușurat. Dar tot nedumerit. Dacă nu e cuplată cu el, iar el chiar n-a lovit-o, atunci care e legătura dintre ei? Oare ea *vrea* să fie cu el? Fiindcă sunt al naibii de sigur că eu nu vreau.

Soneria se aude exact când deschid gura ca s-o întreb care e relația dintre ea și Grayson. Coridorul se umple de elevi, așa că ea își desprinde privirea de a mea și pornește înapoi, în direcția cantinei.

*

Nu l-am mai văzut pe Daniel. Nici n-am mai avut vreo oră comună cu Sky, ceea ce mi-a produs o dezamăgire. Totuși, nu știu de ce. Din câte se pare, noi doi nu putem să purtăm o conversație care să nu se sfârșească printr-o ceartă, numai că asta nu mă împiedică să-mi doresc ocazia unei noi conversații cu ea.

Îmi las cărțile în dulăpior, nefiind încă sigur dac-o să mă mai întorc și mâine. Îmi iau cheile și pornesc către parcare. Mai am câțiva pași până la mașină, când îmi ridic privirea și-l văd pe Grayson rezemat de ea. Mă opresc și evaluez situația. Mă privește cu răceală, dar e singur. Nu-mi dau seama ce-o vrea sau de ce se atinge de mașina mea.

— Grayson, indiferent ce-ar fi, nu mă interesează. Las-o baltă, îi zic.

N-am chef de el în clipa asta și chiar ar fi cazul să se dea naibii la o parte de pe mașina mea.

— Știi ceva, îmi răspunde, împingându-se cu piciorul și desprinzându-se de mașină.

Își încrucișează brațele pe piept și pornește spre mine.

— Chiar aș vrea să *pot* s-o las baltă, Holder. Dar, nu știu din ce motiv, pari să fii atât de atent la treburile mele, încât chiar faci să-mi fie imposibil s-o las baltă.

Între timp, a ajuns în bătaia pumnului meu, ceea ce nu reprezintă o mișcare prea inteligentă din partea lui. Continui să-l privesc în ochi, dar sunt atent și la mâinile lui, cu ajutorul vederii periferice.

— Te-ai întors de nici măcar o zi și deja ai luat-o de la capăt, zice el apropiindu-se, prostește, și mai mult de mine. Sky e tabu pentru tine, Holder. N-ai de ce să vorbești cu ea. N-ai de ce să te uiți la ea.

Nu-mi vine să cred că încă îi permit să vorbească.

— N-ai de ce naiba să te *apropii* de ea. Ultimul lucru de care am nevoie e ca încă una dintre iubitele mele să se sinucidă din cauza ta.

Am ajuns în momentul acela.

Momentul în care gândirea rațională e înecată de enervare.

Momentul în care conștiința cuiva e sufocată de furie.

Momentul în care imaginea eliberării tuturor sentimentelor reprimate timp de treisprezece ani iese la suprafață, iar asta chiar mă face să mă simt *bine*. Ce bine i-aș simți fața cu pumnul în clipa asta! Simplul gând la așa ceva mă face să zâmbesc, în timp ce strâng din pumni și trag aer în piept.

Numai că Grayson trece repede în planul secund când privesc peste umărul lui și-o văd pe Sky traversând parcarea și suindu-se în mașina ei. Nici măcar nu-și plimbă privirea prin parcare ca să-l caute pe Grayson. Doar se urcă în mașină, închide portiera și pleacă.

Abia în momentul acela îmi dau seama că el mănâncă rahat.

Ei doi n-au stat împreună la masa de prânz.

Ea n-a fost cu el sâmbătă seara la petrecere.

Ea nu l-a așteptat după ore.

Nici măcar nu s-a uitat după el adineaori în parcare.

Toate piesele de puzzle se îmbină în timp ce Grayson face un pas înapoi, evaluându-mi reacția, așteptând să-i înghit momeala. Lui Sky nici nu-i pasă de el. Asta l-a enervat atât de tare când a văzut că vorbeam cu ea, pe coridor. Ea nu dă o para chioară pe el, iar el nu vrea ca eu să știu asta.

Prostul ăsta nu merită, îmi repet în sinea mea.

O urmăresc cu privirea pe Sky până când iese din parcare, apoi îmi concentrez iar, încetul cu încetul, atenția asupra lui Grayson. Sunt neobișnuit de calm după ce am ajuns la revelația asta, în schimb, el are fălcile și mai încleștate decât pumnii. Vrea să mă bat cu el. Vrea să fiu dat afară din școală.

Nu merită să obțină nici măcar o fărâmă afurisită din ceea ce-și dorește.

Ridic brațul. Privirea îi săgetează spre mâna mea în timp ce-și ridică propriile mâini, în poziție de apărare. Îndrept telecomanda spre mașină și apăs pe buton, descuind portierele. Îl ocolesc în tăcere și mă urc în mașină, după care demarez, fără să-i ofer reacția pe care o spera el.

Mai dă-l naibii. Nu merită.

Capitolul zece

Deschid ușa frigiderului, pentru că sunt lihnit de foame, dar n-am avut niciun chef de mâncare de mai bine de treisprezece luni. N-am mai luat nici măcar o înghițitură care să-mi tihnească de când a murit Les și e chiar ciudat că mai trăiesc, după atât timp.

Becul frigiderului are nevoie de o secundă ca să se aprindă, chiar și după ce am deschis ușa. De îndată ce interiorul frigiderului devine luminat, sunt imediat cuprins de dezamăgire. Absolut toate rafturile sunt ticsite cu blugii lui Les. Sunt împăturiți frumos pe rafturile frigiderului, iar asta mă calcă pe nervi, fiindcă în locurile alea ar fi trebuit să se găsească mâncarea, iar mie mi-e foame, naibii.

Trag de una dintre cutiile pentru legume, sperând să fie ascunsă acolo mâncarea, dar nu e nici urmă de așa ceva. Doar o altă pereche de blugi, frumos împăturită. O închid și o deschid pe cealaltă, dar și acolo sunt blugii ei.

Ce naiba, de câte perechi de blugi are *nevoie*? Și ce caută ele în frigider, acolo unde trebuia să fie mâncarea?

Închid ușa frigiderului și deschid congelatorul, dar mă întâmpină același lucru, doar că de data asta blugii sunt înghețați. Sunt ambalați în pungi pentru congelator, etichetate „Blugii lui Les". Trântesc ușa congelatorului și mă duc spre cămară, sperând să găsesc ceva de mâncare acolo.

Ocolesc masa din bucătărie și privesc în jos.

Și o văd.

Închid ochii strâns și-i deschid la loc, dar ea e tot acolo.

Les e ghemuită pe podeaua bucătăriei, în poziția fătului, cu spinarea lipită de ușa cămării.

N-are nicio logică.

Cum de e ea aici?

Ea e moartă de treisprezece luni.

Iar mie mi-e foame.

— Dean, șoptește ea.

Deschide ochii și imediat simt nevoia să întind mâna ca să mă sprijin de masă. Trupul îmi devine deodată prea greu ca să mai poată fi susținut, așa că fac un pas mic înapoi, exact cu o clipă înainte ca picioarele să mi se înmoaie și să cad în genunchi în fața ei.

Acum are ochii larg deschiși și sunt complet cenușii. Fără pupile, fără irisuri. Doar ochi de un cenușiu spălăcit, care mă caută, incapabili să mă găsească.

— Dean, rostește ea din nou, într-o șoaptă răgușită.

Întinde orbește brațul spre mine și bâjbâie cu degetele prin fața ei.

Aș vrea s-o ajut. Aș vrea să mă întind și s-o apuc de mână, dar sunt prea slăbit ca să mă pot mișca. Sau poate că trupul meu cântărește prea mult. Nu știu ce anume mă împiedică, dar sunt la numai doi pași de ea și fac tot ce-mi stă în puteri ca să ridic brațul și s-o iau de mână, însă brațul nu vrea să se miște, naibii. Cu cât mă zbat mai mult să-mi recapăt controlul asupra mișcărilor, cu atât mai greu îmi e să respir. Acum plânge, rostindu-mi numele. Mi se strânge pieptul și încep să mă simt gâtuit. Nici măcar s-o liniștesc prin vorbe nu mai pot, fiindcă nu sunt în stare să scot un sunet. Încerc să-mi pun în mișcare mușchii maxilarelor, însă dinții îmi sunt încleștați și gura nu vrea să se deschidă.

Se ridică într-un cot și începe să se apropie încet de mine. Încearcă să întindă mâna după mine, însă ochii ei lipsiți de viață nu pot să mă găsească. Plânge și mai tare acum.

— Ajută-mă, Dean, îmi zice.

Nu mi-a mai spus Dean de când eram copii și nu știu de ce mi-o spune acum așa. Nu-mi place.

Închid iar ochii, încercând să mă concentrez ca să-mi pot recăpăta vocea sau să-mi pun în mișcare brațele, dar toată concentrarea din lume nu mă poate ajuta în clipa asta.

— Dean, *te rog*, se aude vocea care plânge, numai că, de data asta, nu e vocea ei. E o voce de copil. Nu pleca, mă imploră vocea asta.

Deschid ochii și Les nu mai e acolo, însă altcineva i-a luat locul. O fetiță stă cu spinarea lipită de ușa cămării, cu capul între brațele cu care-și înfășoară strâns genunchii.

Hope.

Eu tot nu pot să mă mișc, nici să respir, și pieptul îmi e din ce în ce mai strâns odată cu fiecare hohot de plâns care zguduie chinuitor trupul fetiței. Tot ce pot e să stau și s-o privesc cum plânge, fiindcă sunt incapabil, fizic, să întorc măcar capul sau să închid ochii.

— Dean, zice cu vocea înfundată de brațele ei și de lacrimi.

E prima dată când o aud pronunțându-mi numele din ziua în care ne-a fost luată, iar asta îmi elimină și puținul aer rămas în mine. Își ridică încet capul dintre brațe și face ochii mari. Și ei sunt de un cenușiu dens, la fel ca ai lui Les. Își reazemă capul de ușa cămării și-și șterge o lacrimă cu dosul palmei.

— M-ai găsit, șoptește.

Doar că, de data asta, nu mai e vocea fetiței. Nu e nici măcar vocea lui Les.

E a lui Sky.

Capitolul unsprezece

Deschid ochii și văd că nu mai sunt pe podeaua bucătăriei.
Sunt în pat.
Sunt leoarcă de transpirație.
Și horcăi după aer.

Capitolul doisprezece

N-am mai putut să adorm după coșmarul de azi-noapte. Sunt treaz de la două, iar acum e trecut de șase.

Mă așez pe trotuar când ajung în dreptul casei ei. Îmi întind picioarele în fața mea și mă aplec, prinzându-mi pantofii cu degetele, în timp ce-mi întind mușchii spatelui. Tot sunt încordat de zile în șir și nimic din ceea ce fac nu pare să-mi fie de ajutor.

Aseară, înainte de culcare, n-aveam nici cea mai mică intenție să alerg azi cu ea. Numai că am stat de unul singur timp de peste patru ore, pe deplin treaz, și singurul lucru care m-a atras, oricât de puțin, a fost gândul de a o revedea pe Sky.

De asemenea, n-am avut nici cea mai mică intenție să merg azi la școală, dar mi s-a părut mult mai ispititor decât să stau toată ziua acasă. De săptămâna trecută, din momentul în care m-am întors din Austin, parcă trăiesc de pe un minut pe altul. Niciodată nu știu precis ce-o să fac peste un minut, sau unde o să fiu, sau măcar ce stare de spirit o să am.

Nu-mi place instabilitatea asta.

Nu-mi place nici faptul că sunt acum în fața casei ei, așteptând-o să iasă ca să-și facă alergarea de dimineață. Nu-mi place că încă simt nevoia de a fi în preajma ei. Nu-mi place gândul că nu vreau să creadă bârfele despre mine. Mi se rupe dacă le crede oricine altcineva. De ce nu mi se rupe dacă le crede *ea*?

N-ar trebui să fac toate astea. Ar trebui doar să plec înapoi acasă și s-o las să creadă orice vrea.

Mă ridic în picioare, într-o încercare de a mă convinge pe mine însumi să plec, dar nu reușesc decât să rămân pe loc, așteptând-o. Știu că ar trebui să plec și mai știu că nu vreau să am de-a face cu nimeni care manifestă un cât de mic interes față de Grayson, dar nu pot. Nu pot să plec, fiindcă îmi doresc mult mai mult s-o văd decât să plec.

Se aude un zgomot dinspre o latură a casei, așa că fac câțiva pași, ca să văd ce se întâmplă. Ea iese cu capul pe fereastră.

Simpla vedere a ei, chiar și de la distanță, îmi aduce aminte motivul pentru care tânjesc atât de mult să fiu în preajma ei. Au trecut doar câteva zile, dar din momentul în care am cunoscut-o, indiferent unde aș fi, mă gândesc permanent la ea. Atenția mea e îndreptată constant spre ea, ca și cum aș fi o busolă, iar ea ar fi nordul meu.

Imediat cum iese afară, se oprește și-și ridică privirea spre cer, trăgând adânc aer în piept. Fac câțiva pași șovăielnici spre ea.

— Ieși mereu pe fereastră sau doar sperai c-o să mă poți evita?

Se răsucește pe călcâie, făcând ochii mari. Mă străduiesc să nu-mi las ochii să coboare mai jos de gâtul ei, dar echipamentul în care am văzut-o alergând îmi îngreunează încercările de a nu mă holba.

Privește numai fața, Holder. Hai că poți.

Îmi aruncă o privire, dar evită contactul vizual. Se oprește cu ochii pe abdomenul meu și sunt curios dacă o face fiindcă îi place că n-am tricou pe mine sau din cauză că nu mă poate suporta, în asemenea grad încât îi e greu să mă privească în ochi.

— Dac-aș fi vrut să te evit, aș fi rămas în pat și gata, îmi zice trecând pe lângă mine și așezându-se pe bordură.

Urăsc faptul că vocea ei îi provoacă organismului meu reacții de care nicio altă voce n-ar fi capabilă. Dar îl și iubesc și vreau ca ea să vorbească în continuare, chiar dacă în cea mai mare parte a timpului spune lucruri aspre.

O privesc cum își întinde picioarele în fața ei și-și începe exercițiile de încălzire. Pare destul de calmă azi, în ciuda faptului că mi-am făcut apariția. Mă cam așteptam să-mi spună să mă duc naibii, la cum am lăsat lucrurile după întâlnirea de ieri, de pe coridor.

— Nu știam sigur dac-o să apari, îi zic așezându-mă pe trotuar, în fața ei.

Își ridică fruntea și, de data asta, mă privește în ochi.

— De ce nu? Nu eu sunt aia cu țâfna. Pe lângă asta, niciunul din noi nu e proprietarul străzilor.

Țâfnă?

Ea crede că eu sunt *țâfnos*?

Nu eu sunt cel care înghite pe nemestecate bârfele, ca ea. Nici persoana care-i lipește bilețele pe dulap nu sunt, nici nu mă număr printre cei mulți de la școală care s-au purtat ca naiba cu ea. Dacă e s-o spunem pe-a dreaptă, eu am fost unul dintre puținii care s-au purtat frumos cu ea.

Și ea crede că *eu* sunt cel țâfnos?

— Dă-mi mâinile, îi zic așezându-mă în oglindă în fața ei. Am nevoie și eu să mă încălzesc.

Îmi aruncă o privire intrigată, dar mă prinde de mâini și se lasă pe spate, trăgându-mă în față.

— Ca fapt divers, îi zic, nu eu am fost cu țâfna ieri.

O simt cum se lasă pe spate și mai mult, strângându-mă mai tare de încheieturi.

— Insinuezi că *eu* aș fi cea țâfnoasă?

— Și nu e așa?

— Clarifică, îmi cere ea. Nu-mi plac exprimările vagi.

Nu-i plac exprimările vagi.

Nostim, fiindcă nici mie nu-mi plac. Mie îmi place adevărul și exact asta încerc să-i arăt fetei ăsteia.

— Sky, dacă există un lucru pe care ar trebui să-l știi despre mine, acela e că exprimările vagi nu sunt de mine. Ți-am spus că numai sincer o să fiu totdeauna cu tine, iar, pentru mine, exprimările vagi sunt totuna cu lipsa sincerității.

Îmi schimb poziția și încep să mă las pe spate, trăgând-o pe ea spre mine.

— Ceea ce mi-ai spus acum e un răspuns destul de vag, zice ea.

— Dar nu mi-ai pus nicio întrebare. Ți-am mai zis deja: dacă vrei să afli ceva, n-ai decât să întrebi. Pari să-ți închipui că mă cunoști, dar, cu toate astea, niciodată nu m-ai întrebat personal ceva, cu adevărat.

— *Nu* te cunosc, se răstește ea.

Izbucnesc în râs, fiindcă are dreptate absolută. Nu mă cunoaște deloc, dar se vede clar că e genul care se grăbește să-i judece pe alții.

Nici măcar nu știu de ce-mi mai bat capul cu ea. E evident că nu *vrea* să-mi bat capul cu ea. Ar trebui să plec și s-o las să creadă ce naiba preferă ea să creadă.

Îi dau drumul la mâini și mă ridic.

— Las-o baltă, mormăi întorcându-mă să plec.

Oricât de mult mi-ar plăcea să fiu cu ea, mai mult de-atât nu sunt dispus să înghit.

— Stai, zice, venind după mine.

Sincer, mă așteptam să mă lase să plec. Auzind cuvântul „stai" ieșit de pe buzele ei și știind că vine după mine, simt cum se produce o reacție în pieptul meu care-l face să se simtă din nou viu, și asta mă calcă pe nervi, fiindcă nu vreau ca ea să aibă efectul ăsta asupra mea.

— Dar ce-am spus? mă întreabă, prinzându-mă din urmă. Că *nu* te cunosc. De ce faci iar pe țâfnosul cu mine?

Țâfnosul?

Alegerea ei lexicală mă ispitește să zâmbesc, însă faptul că nu recunoaște că ea a fost cea *țâfnoasă* în cele două zile mă irită al naibii de rău. Mă opresc și mă întorc spre ea, apropiindu-mă cu doi pași.

— Cred că, după cât timp am petrecut cu tine în ultimele câteva zile, m-aș fi așteptat la o reacție puțintel mai altfel din partea ta la școală. Ți-am dat destule ocazii să mă întrebi orice vrei, numai că, din cine știe ce motiv, tu preferi să crezi orice auzi, în ciuda faptului că nimic din toate astea n-ai auzit de la *mine*. Și, fiind și tu o persoană despre care circulă destule bârfe, mi-aș fi închipuit că ai fi mai puțin înclinată să-i judeci pe alții.

Își îngustează ochii și-și pune mâinile în șolduri.

— Și care-i treaba? Ți-ai închipuit că fata cea nouă și desfrânată ar fi solidară cu derbedeul care-i rupe în bătaie pe homosexuali?

Scot un geamăt de frustrare. Detest s-o aud referindu-se așa la propria persoană.

— Nu-mi face una ca asta, Sky.

Se apropie cu încă un pas de mine.

— Ce să nu-ți fac? Să nu-ți mai spun derbedeu care-i rupe în bătaie pe homosexuali? Bine. Hai să vedem cum stă treaba cu declarația ta de sinceritate. L-ai bătut sau nu atât de rău pe băiatul ăla, anul trecut, încât să fi petrecut un an întreg în penitenciarul pentru minori?

Îmi vine s-o apuc de umeri și s-o zgâlțâi, de-atâta frustrare absolută. De ce nu-și dă seama că se comportă exact ca toți ceilalți? Știu că nu e ca ei, așa că nu-i înțeleg deloc atitudinea. Oricine e capabil să trateze cu indiferență bârfele despre propria persoană nu e genul care să le colporteze. Și atunci de ce naiba le *crede*?

O privesc concentrat în ochi.

— Când am spus *nu-mi face una ca asta*, nu mă refeream la faptul că m-ai insulta pe mine. Mă refeream la faptul că te insulți pe *tine însăți*.

Fac un pas înainte, anulând distanța dintre noi, moment în care ea inspiră scurt și brusc, după care închide gura. Cobor tonul și-i confirm singura parte adevărată din toate bârfele.

— Și, da. L-am bătut până când viața i-a mai atârnat doar de un fir de păr, iar dacă nemernicul ar fi acum în fața mea, aș face la fel.

Ne fixăm reciproc din ochi, în tăcere. Ea mă privește cu un amestec de furie și teamă și nu suport gândul că poate avea oricare din sentimentele astea două. Face un pas înapoi cu încetineală, mărind distanța dintre noi, dar nu-și abate privirea fermă.

— Nu vreau să alerg azi cu tine, îmi zice pe un ton categoric.

— Nici eu n-am chef să alerg cu tine.

Fac stânga împrejur în același timp cu ea, dar imediat nu mai simt altceva decât regret. N-am realizat nimic venind aici în dimineața asta. Mai degrabă, doar am înrăutățit relația cu ea. N-ar fi trebuit să mă apuc să-i spun că, în majoritate, lucrurile pe care crede că le știe despre mine sunt false. N-ar trebui să fiu nevoit să mă explic față de oricine altcineva, și nici ea.

Și totuși, regret faptul că *nu* m-am explicat, fiindcă am nevoie ca ea să știe că nu sunt cine crede.

Doar că nu știu de ce am nevoie să știe asta.

Capitolul doisprezece și jumătate

Les,

Ți-aduci aminte de când aveam paisprezece ani și m-am îndrăgostit de Ava? Tu abia dac-o cunoșteai, dar te-am forțat să te împrietenești cu ea, ca să poată veni acasă la noi și să-și petreacă noaptea cu tine. Ea a fost prima fată pe care am sărutat-o în viața mea și relația dintre noi a durat doar două săptămâni, până când a început să mă calce pe nervi rău de tot. Din nefericire, până să ne despărțim, ajunsese să-ți placă de-a binelea. Atunci am fost silit s-o văd în repetate rânduri, timp de un an întreg, până când s-a mutat.

Știu că tu ai fost tristă când s-a mutat, dar eu am simțit o mare ușurare. Era mult prea stânjenitor să fiu obligat să interacționez cu ea cu regularitate, după ce-a fost între noi.

Mai știu și că a fost o cruzime din partea mea să te oblig să te împrietenești cu ea, doar ca să poată rămâne nopțile acasă la noi. Atunci am crezut că m-am învățat minte și nu te-am mai rugat niciodată să faci așa ceva.

Ei bine, nu m-am învățat minte. Azi mi-am tot dorit ca tu să fi fost încă aici, din motive pur egoiste, fiindcă aș fi dat orice ca să fii prietenă cu Sky. După ce-am fost să alerg cu ea azi-dimineață, îmi dau seama clar că e enervantă și irațională și încăpățânată și al naibii de superbă și că-mi doresc foarte mult să nu mă mai gândesc la ea, dar nu pot. Dac-ai fi fost aici, te-aș fi putut ruga să-i fii prietenă, ca să poată avea motiv să vină acasă la noi, chiar dacă avem acum optsprezece ani, nu paisprezece. Dar îmi doresc un pretext ca să mai vorbesc cu ea.

Vreau să-i mai dau posibilitatea să mă asculte, dar nu știu cum să procedez. Nu vreau să fac asta la școală, și nu mai alergăm împreună. În afară de ipoteza în care m-aș duce acasă la ea și i-aș bate în ușă, nu-mi dau seama în ce alt mod aș putea s-o fac să discute cu mine.

Ia stai. La drept vorbind, nu e o idee rea.

Mersi, Les.

H

Capitolul treisprezece

— Ieșim undeva diseară? îl întreb pe Daniel în timp ce ne îndreptăm spre parcarea școlii.

De obicei, facem câte ceva în serile de vineri, numai că pentru seara asta sper, de fapt, să spună nu. Acum câteva zile m-am hotărât să mă duc în seara asta acasă la Sky, într-o încercare de a sta de vorbă cu ea. Nu știu dacă o fi o idee bună, dar știu că, dacă nu încerc măcar, o să înnebunesc întrebându-mă dacă nu cumva asta ar fi putut schimba situația.

— N-am cum, răspunde Daniel. O scot în oraș pe Val. Am putea totuși să facem ceva mâine-seară. Te sun eu.

Fac un semn de încuviințare, iar el se întoarce și pleacă spre mașina lui. Deschid portiera, dar mă opresc când zăresc cu coada ochiului mașina lui Sky. Ea stă rezemată de mașină și vorbește cu Grayson.

După cum arată, e posibil să facă mai mult decât doar să vorbească.

Aș minți dacă n-aș recunoaște că vederea mâinilor lui pe ea face ca toți mușchii din corpul meu să se încordeze aprig. Mă proptesc cu brațul de portieră și-i urmăresc cu privirea, din cine știe ce motiv tâmpit, dintr-o tendință de autoflagelare.

Din locul în care sunt eu, nu pare fericită. Îl împinge de lângă ea și se îndepărtează cu un pas de el. Îl privește în timp ce el îi spune ceva, apoi el se apropie și o cuprinde iar în brațe. Fac un pas în lateral de lângă mașină, pregătit să traversez parcarea și să-l zbor de lângă ea. E clar că ea nu vrea ca el s-o atingă, dar mă opresc și fac un pas înapoi când am impresia că ea cedează și se lasă în voia lui. Iar atunci când el se apleacă s-o sărute, sunt nevoit să întorc capul.

Mi-e imposibil să privesc, fizic. N-o înțeleg. Nu înțeleg ce-o vedea la el și chiar nu înțeleg de ce pare să nu mă suporte, când, în realitate, el e nemernicul.

Poate că m-am înșelat în privința ei. Poate că ea chiar e exact ca toate celelalte. Poate că doar am sperat să fie altfel, de dragul meu.

Sau poate că *nu*.

Îi privesc din nou, căutând să-i văd reacția la ceea ce-i face el. Încă o ține în brațe și am impresia că o sărută pe gât, sau pe umăr, sau pe unde mama naibii i-o fi umblând gura. Dar aș putea să jur că tocmai am văzut-o dându-și ochii peste cap.

Acum o văd că-și privește ceasul, fără să răspundă deloc la avansurile lui. Își lasă brațul să cadă și rămâne așa, cu mâinile pe lângă corp, arătând mai degrabă deranjată de el decât interesată.

Continui să-i privesc și să devin din ce în ce mai derutat de lipsa ei de interes. Expresia îi e aproape lipsită de viață, până în clipa în care-mi întâlnește privirea. Atunci se încordează toată și face ochii mari. Imediat întoarce capul în altă parte și-l împinge pe Grayson de pe ea, după care îi întoarce spatele și se urcă în mașină. Sunt prea departe ca să aud ce-i spune, dar faptul că pleacă, iar el îi dă cu tifla cu amândouă mâinile îmi dă de înțeles că, indiferent ce i-o fi spus, n-a fost nicidecum ceea ce ar fi vrut el să audă.

Zâmbesc.

Încă sunt derutat, încă sunt supărat, încă sunt intrigat și încă am de gând să-mi fac apariția diseară la ușa ei. Mai ales după ce-am fost martor la cine știe ce s-o fi întâmplat aici.

⋆

Apăs pe sonerie și aștept.

În clipa asta, sunt un pachet de nervi, dar numai din cauză că habar n-am cum o să reacționeze când mă va vedea la ușa ei. În același timp, nu știu ce naiba o să-i spun atunci când, în sfârșit, o să deschidă ușa.

Mai sun o dată, după ce aștept mai multe secunde. În mod sigur, sunt ultima persoană pe care s-ar aștepta s-o vadă într-o seară de vineri.

Pe naiba. E vineri seara. Probabil că nici măcar nu e acasă.

Aud pași apropiindu-se de ușa care, apoi, se deschide. Apare în fața mea, ca o imagine a oboselii și a neorânduielii. Și-a legat părul lejer la spate, dar mai multe șuvițe i-au căzut peste toată fața. Pe nas, pe obraji și chiar pe câteva dintre șuvițele răzlețe care-i încadrează chipul are presărată o pudră albă. E adorabilă. Și șocată.

Trec mai multe secunde în care doar stăm așa și-mi dau seama că, probabil, eu ar trebui să spun ceva, din moment ce eu sunt cel care a apărut la ușa ei.

Dumnezeule, de ce absolut totul la ea mă zăpăcește în halul ăsta?

— Bună, zice ea.

Vocea ei calmă e ca o adiere de aer proaspăt. Nu pare supărată pentru că am venit aici neanunțat.

— Bună, răspund, întorcându-i salutul.

Urmează o nouă rundă de tăcere stânjenitoare, după care ea își înclină capul într-o parte.

— Hm, zice, apoi mijește ochii și strâmbă din nas, și-mi dau seama că nu prea știe ce să spună sau să facă mai departe.

— Ești ocupată? o întreb, dându-mi seama numai după haosul din înfățișarea ei că, indiferent ce făcea, se implica intens în asta.

Întoarce capul și privește spre interiorul casei, apoi din nou spre mine.

— Cam așa ceva.

Cam așa ceva.

Îi iau răspunsul ca atare. În mod evident, încearcă să nu fie nepoliticoasă, dar văd limpede că ideea asta tâmpită a mea, de a-mi face apariția așa, neanunțat, a fost exact asta... o idee tâmpită.

Arunc o privire spre mașina din spatele meu, încercând să estimez cam cât va dura drumul rușinii pe care urmează să-l parcurg.

— Mda, zic arătând peste umăr spre mașină. Cred c-o să... plec.

Cobor o treaptă și dau să mă întorc spre mașină, dorindu-mi să fi fost oriunde, numai în situația asta jenantă, nu.

— Nu, zice ea repede, după care face un pas înapoi și-mi deschide ușa. Poți să intri, dar s-ar putea să te pun la muncă.

Instantaneu, mă simt copleșit de ușurare și dau afirmativ din cap, în timp ce intru. O privire rapidă prin living îmi dă impresia că s-ar putea să fie singură acasă în acel moment. Sper să fie așa, fiindcă totul ar fi mult mai simplu dacă am fi doar noi doi.

Trece pe lângă mine și intră în bucătărie. Ia o cană gradată și începe să se ocupe din nou de ceea ce făcea înainte să-i apar eu la ușă. E cu spatele la mine și tace. Intru și eu agale în bucătărie și examinez bunătățile aliniate pe bar.

— Pregătești prăjituri pentru vreo licitație? o întreb, făcându-mi loc pe lângă bar, astfel încât să nu mai fie complet cu spatele la mine.

— Mama e plecată tot weekendul din oraș, îmi răspunde, ridicându-și privirea spre mine. Ea e împotriva zaharurilor, așa că mă cam apucă nebunia când nu e aici.

Mama ei e plecată din oraș, așa că ea se apucă să facă prăjituri? Chiar că nu pot s-o înțeleg pe fata asta. Întind mâna spre platoul cu fursecuri dintre noi și iau unul, cerându-i din ochi permisiunea de a gusta.

— Servește-te, îmi zice. Dar te previn, dacă-mi place să fac prăjituri, asta nu înseamnă că mă și pricep.

Și imediat își îndreaptă atenția din nou spre castronul din fața ei.

— Așadar, ai toată casa la dispoziție și-ți petreci seara de vineri făcând prăjituri? Adolescentă tipică, o tachinez eu.

Mușc din fursec și *mamă Doamne*. Se cam pricepe. Începe să-mi placă și mai mult de ea.

— Ce-aș putea să spun? replică ea ridicând din umeri. Sunt o rebelă.

Zâmbesc, după care examinez din nou platoul cu fursecuri. Probabil că sunt vreo douăsprezece acolo și am de gând să înfulec cel puțin jumătate, înainte să mă dea afară din casa ei. O să am nevoie de lapte.

Ea e în continuare foarte concentrată asupra castronului din față, așa că iau în seama mea sarcina de a-mi găsi un pahar.

— Ai cumva lapte? o întreb, îndreptându-mă spre frigider.

Ea nu-mi răspunde, așa că deschid frigiderul și scot laptele, apoi îmi torn în pahar. Înfulec și restul de fursec, după care beau o înghițitură. Tresar, fiindcă, indiferent ce naiba o fi, ăsta nu e lapte adevărat. Sau e stricat. Arunc o privire etichetei înainte de a închide ușa frigiderului și constat că e lapte din migdale. Nu vreau să fiu nepoliticos, așa că mai iau o gură și mă întorc spre ea.

Privește drept spre mine, cu o sprânceană arcuită. Zâmbesc.

— N-ar trebui să-ți tratezi oaspeții cu fursecuri fără să le oferi și lapte, să știi. Ești o gazdă de-a dreptul lamentabilă.

Șterpelesc încă un fursec și mă așez pe un scaun la bar.

Ea zâmbește, înainte de a se întoarce iar spre masa de lucru.

— Încerc să-mi păstrez ospitalitatea pentru musafirii *poftiți*.

— Aoleu! exclam râzând.

Sarcasmul din tonul ei e plăcut totuși, pentru că mă ajută să mai scap de încordare. Pornește mixerul și continuă să rămână atentă la castronul din fața ei. Îmi place că n-a întrebat de ce-am venit. Știu că se întreabă ce caut aici, dar mai știu, din precedentele interacțiuni cu ea, și că e incredibil de încăpățânată și că, foarte probabil, n-o să mă întrebe ce caut aici, oricât de mult și-ar dori să afle.

Oprește mixerul și-i scoate bătătoarele, după care duce unul la gură și-l linge.

Mama mă-sii de viață.

Înghit în sec.

— Vrei? mă întreabă, ridicând celălalt bătător spre mine. E ciocolată nemțească.

— Câtă ospitalitate din partea ta!

— Ține-ți gura și linge-l, altfel îl păstrez pentru mine, mă apostrofează, glumeață.

Zâmbește și se duce spre bufet, de unde ia un pahar pe care și-l umple cu apă.

— Vrei și tu apă sau preferi să te prefaci în continuare că suporți porcăria aia vegană?

Râd, dar împing imediat paharul spre ea.

— Încercam să fiu amabil, dar n-aș putea să mai sorb o picătură din ce mama naibii o fi asta. Da, vreau apă. *Te rog*.

Râde și ea și-mi umple paharul cu apă, după care se așază față-n față cu mine. Ia o negresă și mușcă din ea, privindu-mă în ochi. Nu spune nimic, dar îmi dau seama că ar vrea să știe de ce-am venit. Faptul că încă n-a întrebat, totuși, mă face să-i admir încăpățânarea.

Știu că ar trebui să-i furnizez motivul apariției mele din senin, dar și eu sunt un pic încăpățânat și am chef să mai prelungesc puțin povestea asta. Mă cam distrează.

Ne privim reciproc în tăcere până când aproape că-și termină de mâncat negresa. Felul în care îmi zâmbește pe jumătate în timp ce mănâncă îmi accelerează pulsul și mă tem că, dacă nu-mi întorc privirea de la ea, o să-i spun imediat, pe nerăsuflate, tot ce am de spus.

Ca să evit asta, mă ridic și mă duc în living, unde privesc în jur. Nu mai pot îndura să stau nici măcar o clipă ca s-o privesc cum mănâncă și simt nevoia să-mi concentrez din nou atenția asupra motivului vizitei mele, pentru că încep să uit chiar și *eu*.

Mai multe fotografii sunt agățate pe pereți, așa că mă apropii de ele, ca să le privesc. Sunt poze cu ea făcute în urmă cu doar câțiva ani, dar e sfâșietor să o văd mai tânără decât acum. Ea chiar arată exact ca Hope.

Mi se pare ireal să privesc în ochii aceia mari și căprui ai fetiței din poză. Dacă n-ar apărea în alte câteva fotografii împreună cu mama ei, aș fi convins că e, într-adevăr, Hope.

Numai că n-are cum să fie Hope, pentru că mama lui Hope a murit când ea era foarte mică. Doar dacă nu cumva Karen n-o fi mama adevărată a lui Sky.

Detest faptul că gândurile mele încă se îndreaptă într-acolo.

— Mama ta pare foarte tânără, zic, observând diferența mică de vârstă dintre ele.

— Chiar *e* tânără.

— Nu semeni cu ea. Semeni cu tatăl tău?

Ea ridică din umeri.

— Nu știu. Nu-mi aduc aminte cum arăta.

Pare să se întristeze când spune asta, dar sunt curios să aflu de ce nu-și amintește cum arăta.

— Tatăl tău a murit?

Oftează. Îmi dau seama că nu se simte în largul ei să vorbească despre așa ceva.

— Nu știu. Nu l-am mai văzut de când aveam trei ani.

E clar că n-are chef să dezvolte subiectul. Mă duc înapoi în bucătărie și-mi reiau locul.

— Doar cu atât mă aleg? Nicio poveste, nimic?

— A, ba există o poveste. Doar că nu vreau eu s-o spun.

Mă conving că n-o să obțin de la ea mai multe informații deocamdată, așa că schimb subiectul.

— Fursecurile tale sunt bune. N-ar trebui să-ți subestimezi talentul în domeniu.

Ea zâmbește, dar zâmbetul îi piere de pe chip în clipa în care telefonul de pe masa de lucru dintre noi piuie, indicând sosirea unui mesaj. Îmi cobor privirea spre el, exact în timp ce ea sare de pe scaun și se repede la cuptor. Deschide ușa ca să examineze prăjitura și atunci îmi dau seama: i se păruse că sunetul venise de la cuptor, nu de la telefon.

Ridic telefonul în timp ce ea închide ușa cuptorului și se întoarce spre mine.

— Ai un mesaj, o anunț râzând. N-ai probleme cu prăjitura.

Își dă ochii peste cap și azvârle pe masă mănușa pentru cuptor, apoi se întoarce pe scaunul ei. Totuși, telefonul mobil îmi stârnește curiozitatea, mai ales după ce ea mi-a spus, pe la începutul săptămânii ăsteia, că n-are așa ceva.

— Credeam că nu ți se permite să ai telefon, îi zic, parcurgând cu privirea toate mesajele în timp ce le derulez cu degetul pe ecran. Sau a fost un pretext de-a dreptul penibil ca să nu-mi dai numărul?

— Nu mi se permite, răspunde ea. Mi l-a dat alaltăieri cea mai bună prietenă a mea. Nu pot să fac nimic cu el, numai să dau mesaje.

Întorc telefonul cu ecranul spre ea.

— Astea ce naiba de mesaje mai *sunt*?

Citesc cu voce tare unul dintre ele.

— *Sky, ești superbă. E posibil să fii cea mai minunată ființă din univers, iar dacă-ți spune cineva contrariul, îi iau gâtul.*

Ridic capul spre ea, fiindcă mesajele mă fac să devin chiar și mai curios în privința ei decât până acum.

— O, Dumnezeule! exclam. Toate sunt așa. Te rog, spune-mi că nu ți le scrii singură, ca să-ți ridici zilnic moralul.

Izbucnește în râs și-mi smulge telefonul din mână.

— Încetează. Strici toată plăcerea.

— O, Doamne, chiar așa e? Astea toate sunt scrise de tine?

— Nu! se apără ea. Sunt de la Six. Ea e cea mai bună prietenă a mea și acum e la celălalt capăt al lumii și-mi simte lipsa. Vrea să nu mă întristez, așa că-mi trimite în fiecare zi câte un mesaj drăguț. Mi se pare un gest frumos.

— A, ba nu e așa, îi zic. Ți se par enervante și probabil că nici măcar nu le citești.

— Ea are intenții bune, ripostează, încrucișându-și brațele pe piept într-un gest defensiv.

— Or să te distrugă, o tachinez eu. Mesajele astea or să-ți umfle într-atât orgoliul, încât o să explodezi!

Caut printre setările telefonului ei, apoi tastez numărul pe al meu. Nici nu mă gândesc să plec de-aici fără să-i am numărul, iar asta e ocazia perfectă ca să-l obțin.

— Trebuie să rectificăm situația asta, înainte de a începe să suferi de mania grandorii.

Îi dau înapoi telefonul și-i scriu un mesaj.

Fursecurile tale sunt niște porcării. Și nu ești chiar atât de drăguță.

— E mai bine? o întreb, după ce citește. Ți s-a dezumflat suficient orgoliul?

Izbucnește în râs și pune telefonul pe bar, cu ecranul în jos.

— Te pricepi să le spui fetelor exact ce trebuie, zice, ducându-se în living și întorcându-se cu fața spre mine. Vrei să-ți arăt casa?

N-am nici cea mai mică ezitare. Normal că vreau să văd casa. O urmez și ascult ce-mi spune. Mă prefac interesat de tot ce-mi arată, dar în realitate nu pot să mă concentrez decât la sunetul vocii ei. Ar putea să vorbească toată noaptea și tot nu m-aș sătura s-o ascult.

— Camera mea, mă anunță deschizând larg ușa. N-ai decât să privești tot ce vrei, însă dat fiind faptul că nu sunt prezente aici persoane în vârstă de optsprezece ani sau mai mult, nu te apropia de pat. N-am voie să rămân însărcinată în weekendul ăsta.

Mă opresc în prag și-o măsor din ochi.

— Numai în weekendul *ăsta*? o întreb intrând în jocul ei. Ți-ai planificat s-o faci în weekendul viitor, să înțeleg?

Ea zâmbește, așa că intru de-a binelea în camera ei.

— Nooo, zice, probabil o să mai aștept câteva săptămâni.

N-ar trebui să fiu aici. Fiecare minut petrecut cu ea mă face să-mi placă din ce în ce mai mult. Acum sunt în camera ei și nu mai e nimeni altcineva în casă, în afară de mine și de ea, ca să nu mai pun la socoteală că între noi mai e și patul ăsta, de care m-a avertizat să nu mă apropii.

N-ar trebui să fiu aici.

Am venit încoace ca să-i arăt că sunt băiatul bun, nu băiatul rău. Și-atunci de ce stau cu ochii pe patul ei și nu am gânduri bune în clipa asta?

— Eu am optsprezece ani, îi zic, neputând înceta să-mi imaginez cum arată ea întinsă pe patul ăsta.

— Ce să zic? Bravo ție? ripostează ea, nedumerită.

Îi zâmbesc, apoi fac un semn cu capul spre pat, în chip de explicație.

— Ai zis să nu mă apropii de pat, din cauză că n-am optsprezece ani. Am ținut doar să precizez că am.

Umerii i se încordează. Inspiră precipitat.

— A, zice ușor tulburată. Bine atunci. De fapt, voiam să zic nouăsprezece.

Reacția ei mi-a plăcut un pic cam prea mult, așa că mă străduiesc să-mi limpezesc mintea și să mă concentrez pe motivul prezenței mele aici.

De ce *sunt* aici? Pentru că tot ce-mi trece prin minte în clipa asta e *pat, pat, pat*.

Sunt aici ca să fac o demonstrație. O foarte necesară și temeinică demonstrație. Mă îndepărtez de pat cât pot de mult și ajung la fereastră.

Aceeași fereastră despre care am auzit atâtea în decursul ultimei săptămâni, la școală. E uimitor câte poți să afli dacă doar taci și asculți.

Scot capul pe fereastră și privesc în jur, după care îl vâr la loc. Nu-mi place c-o ține deschisă. Nu e prudent.

— Așadar, asta e rău-famata fereastră, hm?

Dacă remarca asta n-o să îndrepte discuția în direcția sperată de mine, atunci nu știu ce-ar putea s-o facă.

— Ce vrei, Holder? se răstește ea.

Mă întorc cu fața spre ea și constat că mă privește aprig.

— Am spus ceva nepotrivit, Sky? Sau neadevărat? Neîntemeiat, poate?

Se duce imediat la ușa camerei și-o deschide larg.

— Știi exact ce-ai spus și ai obținut reacția pe care ți-ai dorit-o. Mulțumit? Acum poți să pleci.

Detest faptul c-o enervez, dar nu-i iau în seamă cererea de a pleca. Îmi desprind privirea de a ei, mă duc la marginea patului și iau o carte de pe noptieră. Mă prefac c-o răsfoiesc, în timp ce reflectez la modul în care ar trebui să încep discuția.

— Holder, te rog cât de frumos te-aș putea ruga vreodată. Te rog, pleacă.

Pun jos cartea și mă așez pe patul ei, în ciuda faptului că mi-a cerut să n-o fac. Și-așa e enervată pe mine. Ce mai contează un motiv în plus?

Se repede spre pat, călcând apăsat, și chiar mă apucă de picioare, încercând să mă tragă cu forța de pe el. Apoi se întinde, mă prinde de încheieturile mâinilor și smucește, vrând să mă ridice, însă eu o trag pe pat și-o răstorn pe spate, țintuindu-i brațele de saltea.

Acum, dacă tot am scos-o din sărite de-a binelea, ar fi momentul potrivit să-i spun tot ce m-a determinat să vin aici. Că *nu* sunt cine crede ea. Că n-am fost închis timp de un an în penitenciarul pentru minori. Că nu l-am bătut pe băiatul ăla pentru că era homosexual.

Și totuși, iată-mă, țintuind-o de saltea și neavând habar nici măcar cum am ajuns în punctul ăsta, dar naiba să mă ia dacă pot să-mi formulez vreun gând coerent. Ea nu se zbate câtuși de puțin să scape de sub mine și ne fixăm reciproc cu privirea de parcă ne-am provoca, să vedem care face primul o mișcare.

Inima îmi bate cu putere în piept și știu că, dacă nu mă retrag în clipa asta, o să fac ceva cu buzele astea ale ei, ceea ce sigur va duce la primirea unei palme.

Sau a unui sărut de răspuns.

Ideea e ispititoare, dar nu risc. Îi dau drumul și-i șterg vârful nasului cu degetul mare.

— Făină. Mă tot sâcâie, de când am văzut-o, îi explic, după care mă trag înapoi și-mi reazem spinarea de tăblia patului.

Ea nu se mișcă. Respiră greoi și privește fix tavanul. Nu știu precis ce-ar putea să aibă acum în minte, dar nu mai încearcă să mă dea afară din camera ei, ceea ce e bine.

— N-am știut că e gay, îi zic.

Întoarce capul spre mine, rămânând în continuare întinsă pe spate. Nu spune nimic, așa că profit de ocazie ca să-i explic mai în amănunt, cât timp beneficiez de întreaga ei atenție.

— L-am bătut din cauză că era un nemernic. Habar n-aveam că e gay.

Mă studiază cu o privire inexpresivă, după care întoarce lent capul spre tavan. Îi las un răgaz ca să-mi cântărească vorbele. Ori o să mă creadă și-o să se simtă vinovată, ori *n-o* să mă creadă și-o să rămână supărată. Indiferent care ar fi varianta, nu vreau să se simtă vinovată, *nici* supărată. Numai că, în situația asta, nu ne-au mai rămas alte opțiuni sentimentale.

Rămân tăcut, dorindu-mi să reacționeze *cumva*, măcar.

Se aude un sunet dinspre bucătărie și, de data asta, chiar seamănă cu alarma cuptorului, nu cu cea a telefonului.

— Prăjitura! țipă deodată.

Sare jos din pat și țâșnește pe ușa camerei, iar eu mă pomenesc singur, în dormitorul ei, pe patul ei. Închid ochii și-mi las capul pe tăblie.

Îmi doresc să mă creadă. Îmi doresc să aibă încredere în mine și vreau să știe adevărul despre trecutul meu. Există ceva la ea care-mi spune că nu e ca toți ceilalți oameni pe care i-am întâlnit și care m-au dezamăgit. Sper numai să nu mă fi înșelat în privința ei, fiindcă îmi place când suntem împreună. Chiar mă face să simt că aș avea un rost în viață. N-am mai simțit că aș avea un rost în viață de peste treisprezece luni.

Îmi ridic privirea când intră în cameră, cu un zâmbet rușinat pe față. Are un fursec în gură și un altul în mână. Mi-l întinde și se lasă să cadă lângă mine pe pat. Mâinile îi aterizează pe pernă. Oftează.

— Să înțeleg că remarca aia cu derbedeul care-i rupe în bătaie pe homosexuali a fost chiar o judecată nedreaptă din partea mea, hm? Tu nu ești, de fapt, un homofob ignorant care și-a petrecut ultimul an de viață în penitenciarul pentru minori?

Misiune îndeplinită.

Și mult mai ușor decât crezusem c-o să fie.

Zâmbesc și mă las în jos, până când ajung să fiu întins pe pat lângă ea.

— Nț, răspund, ridicându-mi privirea spre stelele lipite pe tot tavanul. Nicidecum. Ultimul an mi l-am petrecut în întregime acasă la tatăl meu, în Austin. Nici măcar nu știu de unde-o fi apărut pe firmament povestea asta, cum că aș fi fost trimis în penitenciarul pentru minori.

— Și atunci de ce nu te aperi împotriva bârfelor, dacă nu sunt adevărate?

Ce întrebare ciudată din partea cuiva care nu s-a apărat câtuși de puțin toată săptămâna asta! Arunc o privire spre ea.

— Tu de ce nu te aperi?

— *Touché*, răspunde dând aprobator din cap.

Privim iarăși amândoi tavanul. Îmi face plăcere că a fost atât de ușor de convins. Îmi face plăcere că nu m-a contrazis, mai ales când o știu cât e de încăpățânată.

Îmi face plăcere că nu m-am înșelat în privința ei.

— Dar remarca ta despre fereastră, de mai devreme? zice. Voiai doar să-mi demonstrezi cum e cu bârfele? Nu voiai în realitate să fii răutăcios?

Îmi pare nespus de rău pentru că ea chiar m-a crezut vinovat de cruzime, fie și numai pentru un minut. Nu vreau să creadă niciodată așa ceva despre mine.

— Nu sunt răutăcios, Sky.

— Dar ești înfocat. Măcar în privința asta am nimerit-o.

— Poate că sunt înfocat, dar nu răutăcios.

— Ei bine, eu nu sunt curvă.

— Eu nu sunt un derbedeu care-i rupe în bătaie pe homosexuali.

— Așadar, ne-am lămurit?

Izbucnesc în râs.

— Mda, așa cred.

Se lasă tăcerea timp de alte câteva clipe, până când ea inspiră adânc, prelung.

— Îmi pare rău, Holder.

— Știu, Sky, zic.

N-am venit la ea pentru scuze. Nu vreau să se simtă vinovată pentru că m-a înțeles greșit.

— Știu, repet apoi.

Ea nu mai spune nimic altceva și continuăm să privim în sus, spre stele. Starea mea de spirit e împărțită acum, fiindcă suntem amândoi pe patul ei și, oricât aș încerca să-mi ignor atracția față de ea, mi-e cam greu când distanța dintre noi e de numai câțiva centimetri.

Sunt curios dacă *ei* îi par cât de cât atrăgător. Sunt aproape convins că da, bazându-mă pe gesturile mărunte pe care le face când sunt în preajma ei, chiar dacă încearcă să le ascundă. Ca atunci când am prins-o că se holba la pieptul meu, când am alergat împreună. Sau felul în care inspiră brusc când mă aplec spre ea, în timp ce vorbesc. Sau cum parcă se luptă mereu să nu zâmbească, în timp ce se străduiește din greu să fie supărată pe mine.

Nu știu precis ce crede despre mine sau ce simte, dar un lucru îl știu sigur... categoric, nu se poartă cu indiferență față de mine, așa cum s-a purtat cu Grayson.

Gândul la acel incident și la faptul că, doar cu câteva ore în urmă, îl săruta mă face să mă strâmb. Poate că nu e potrivit s-o întreb despre asta, dar știu al naibii de sigur că n-o să încetez să mă gândesc la cât de mult urăsc gândul că ea ar săruta pe oricine altcineva, *mai ales* pe Grayson. Și, dac-o fi să existe vreodată o șansă ca eu să fiu cel care o sărută, am nevoie să știu că pe el n-o să-l mai sărute.

Niciodată.

— Am nevoie să te întreb ceva, îi zic.

Mă pregătesc să abordez subiectul, știind că, foarte probabil, nu vrea să discute despre asta. Dar trebuie să știu ce simte pentru el. Trag adânc aer în piept și mă întorc cu fața spre ea.

— De ce l-ai lăsat pe Grayson să-ți facă tot ce ți-a făcut atunci, în parcare?

Tresare și clatină din cap aproape imperceptibil.

— Ți-am spus deja. Nu e iubitul meu și nu el mi-a învinețit ochiul.

— Nu de-asta te-am întrebat, îi zic, cu toate că, de fapt, ăsta era motivul. Te întreb pentru că am văzut cum ai reacționat. Erai iritată din cauza lui. Ba chiar păreai un pic plictisită. Vreau doar să știu de ce-i permiți să-ți facă toate alea, când e evident că nu-ți place să te atingă.

Rămâne tăcută pentru o clipă.

— Lipsa mea de interes era chiar atât de vizibilă?

— Mhî. Și asta de la cincizeci de metri. Chiar mă mir că el n-a priceput aluzia.

Imediat se întoarce pe o parte, sprijinindu-se în cot.

— Știu, crezi că nu? Nici nu pot să număr de câte ori l-am refuzat, dar el pur și simplu nu vrea să înceteze. E de-a dreptul penibil. Și neatrăgător.

Nici măcar nu pot să descriu cât de bine mă simt când o aud spunând asta.

— Și-atunci de ce-l mai lași?

Continuă să-mi susțină privirea, dar nu-mi răspunde. Suntem la câțiva centimetri unul de celălalt. Pe patul ei. Gura ei e chiar aici. Atât de aproape.

Ne trântim amândoi pe spate aproape simultan.

— E mai complicat, îmi zice, iar vocea îi sună întristată.

Or, eu categoric n-am venit aici ca s-o întristez.

— Nu ești obligată să-mi explici. Eram doar curios. De fapt, nu e treaba mea.

Își strecoară brațele sub cap, sprijinindu-l în palme.

— Ai avut vreodată o iubită, la modul serios?

Habar n-am unde vrea să ajungă, dar măcar vorbește cu mine, așa că intru în joc.

— Mhî, îi răspund. Dar sper că n-ai de gând să-mi ceri amănunte, fiindcă așa ceva nu spun.

— Nu de-asta te întreb, zice clătinând din cap. Când o sărutai, ce simțeai?

Categoric nu-mi dau seama unde vrea să ajungă. Totuși, îi fac pe plac. Măcar atât pot să fac, ca să compensez faptul că am venit neanunțat, după care, practic, i-am insultat reputația, înainte de a-mi expune punctul de vedere.

— Vrei sinceritate, nu?

— Numai asta vreau mereu, îmi răspunde, imitându-mi propriile cuvinte.

Zâmbesc.

— Bine atunci. Cred că mă simțeam... încins.

Atunci când am pronunțat cuvântul „încins", jur că a icnit. Totuși, își revine foarte repede.

— Așadar, ai avut parte de fluturi în stomac și de palme transpirate și de bătăi iuți ale inimii și de tot restul?

— Mda. Nu la toate fetele cu care am fost, dar la majoritatea.

Își înclină capul spre mine, arcuind o sprânceană, ceea ce mă face să zâmbesc.

— N-au fost chiar *atâtea*, îi zic.

Sau, cel puțin, nu *cred* că au fost atât de multe. Nu știu sigur cam câte ar însemna foarte multe și, oricum, oamenii măsoară lucrurile cu unități diferite.

— Unde vrei să ajungi? o întreb, simțindu-mă ușurat pentru că nu-mi cere să clarific exact câte au fost.

— Vreau să ajung la faptul că eu nu. Nu simt nimic din toate astea. Când îmi fac de cap cu băieții, nu simt absolut nimic. Doar o amorțeală. Așa că, uneori, îl las pe Grayson să-mi facă tot ce-mi face, nu pentru că mi-ar plăcea, ci din cauză că nu simt absolut nimic.

Nu mă așteptasem absolut deloc la un asemenea răspuns. Nici nu știu sigur dacă-mi *place* un asemenea răspuns. Adică, îmi face plăcere să știu că ea chiar nu simte nimic pentru Grayson, dar îmi displace că asta n-a împiedicat-o să-i permită încercările de a obține ceea ce voia.

În același timp, nu-mi place mărturisirea ei, că n-a simțit nimic niciodată, fiindcă pot să declar cu toată sinceritatea că, atunci când sunt în preajma ei, simt *mai mult* decât am simțit vreodată.

— Știu că nu pare normal; și, nu, nu sunt lesbiană. Doar că n-am mai fost atrasă de nimeni, până la tine, și nu știu de ce.

Mă întorc repede și mă uit la ea, nefiind sigur că am auzit bine. Dar, dacă mă iau după reacția ei și după viteza cu care-și acoperă fața cu brațul, știu cu certitudine că am auzit bine.

E atrasă de mine.

Și n-a avut de gând să recunoască asta cu voce tare.

Și sunt destul de convins că mărturisirea asta accidentală tocmai m-a făcut fericit cât pentru tot anul.

Întind mâna și-mi strecor degetele pe încheietura ei, trăgând-o de brațul care-i acoperă fața. Știu că se simte rușinată în clipa asta, dar al naibii să fiu dacă las momentul să treacă.

— Ești atrasă de mine?

— Of, Doamne, se vaită ea. E ultimul lucru care-i mai lipsea orgoliului tău.

— Probabil că așa e, admit eu râzând. Ai face bine să te grăbești să mă insulți, până nu-mi ajunge orgoliul la fel de umflat ca al tău.

— Ai cam avea nevoie de o tunsoare, mi-o trântește imediat. Rău de tot. Îți cade părul peste față și mijești ochii și în permanență trebuie să ți-l dai într-o parte, de parcă ai fi Justin Bieber, și devine de-a dreptul deranjant.

Știu că ea nu are acces la cuceririle tehnologiei, așa că las deoparte informația că Justin Bieber s-a tuns de mult. Mă dezamăgește însuși faptul că știu asta. Mă trag de păr și mă las să cad la loc pe pernă.

— Mamă! Asta chiar a durut. Am impresia că o gândești de ceva vreme.

— Numai de luni încoace, zice ea.

— De luni mă *cunoști*. Așa că, practic, te-ai tot gândit la cât de mult îți displace părul meu încă din clipa în care ne-am cunoscut?

— Nu chiar în *fiecare* clipă.

Râd. Mă întreb în sinea mea dacă e posibil ca un om să se îndrăgostească de cineva pentru câte o însușire pe rând sau dacă te îndrăgostești de acea persoană în totalitate, dintr-odată. Fiindcă am impresia că tocmai m-am îndrăgostit de spiritul ei. Și de franchețea ei. Și, poate, chiar de gura ei, dar nu-mi permit s-o privesc îndeajuns de mult timp, ca să-mi confirm impresia asta.

Hait! Înseamnă deja trei însușiri și sunt aici doar de o oră.

— Nu-mi vine să cred că mă consideri atrăgător, zic întrerupând tăcerea.

— Gura!

— Probabil te-ai prefăcut că leșini alaltăieri, doar ca să fii purtată în brațele mele înfierbântate, transpirate, bărbătești.

— Taci, zice ea din nou.

— Pun pariu că ai fantezii cu mine, nopțile, chiar în patul ăsta.

— Taci odată, Holder.

— Probabil chiar...

Îmi astupă gura cu palma.

— Ești mult mai atrăgător când nu vorbești.

Tac, dar numai fiindcă vreau să savurez faptul că seara deja s-a dovedit mai favorabilă decât m-aș fi așteptat vreodată. Cu fiecare clipă petrecută împreună cu ea îmi place din ce în ce mai mult. Îmi place că are simțul umorului și-mi place că-mi înțelege simțul umorului. E prima fată, în afară de Les, care chiar ține pasul cu mine în privința asta și parcă nu mă mai satur de așa ceva.

— M-am plictisit, îi zic deodată, sperând să propună o sesiune interesantă de pupături, în locul privitului în tavan.

Cu toate că, dacă variantele mele s-ar limita la privitul în tavan toată noaptea sau la plecatul acasă, i-aș privi bucuros tavanul.

— Atunci du-te acasă.

— Nu vreau, răspund hotărât, fiindcă mă distrez mult prea bine ca să mă gândesc la plecarea acasă. Tu ce faci când te plictisești? o întreb. Nu ai internet, nici televizor. Nu faci altceva decât să stai toată ziua și să te gândești la cât sunt eu de atrăgător?

— Citesc, îmi răspunde. Foarte mult. Uneori fac prăjituri. Alteori alerg.

— Citit, gătit și alergat. Și fantezii cu mine. Ce viață minunată poți să duci!

— Mie îmi place.

— Și mie îmi cam place, îi zic.

Și chiar îmi place. Deja avem în comun alergatul. Și, chiar dacă poate ea nu-și dă seama, avem în comun și fanteziile. Eu prăjituri nu fac, dar îmi plac prăjiturile făcute de ea.

Mai rămâne cititul. Citesc și eu, când e nevoie, adică nu foarte mult. Dar, brusc, îmi doresc să știu totul despre tot ce-o interesează, iar dacă cititul o interesează, atunci mă interesează și pe mine. Întind mâna și iau cartea de pe noptiera din dreptul meu.

— Uite, citește din asta.

— Vrei să citesc cu voce tare? Chiar atât de plictisit ești?

— Al naibii de plictisit.

— E de dragoste, îmi spune, ca un avertisment.

— Așa cum ți-am spus. Al naibii de plictisit. Citește.

Ridică din umeri, își potrivește perna, după care începe să citească.

„Împlinisem aproape trei zile când cei de la spital i-au forțat să se hotărască. Au convenit să ia primele trei litere din ambele nume și au căzut de acord pentru Layken...”[1]

Continuă să citească, iar eu continui s-o las. După câteva capitole, nu-mi mai dau seama dacă pulsul meu accelerat e rezultatul

---

[1] Citat din cartea *Slam. Din dragoste pentru Layken*, scrisă tot de Colleen Hoover

faptului că i-am ascultat vocea atât de mult timp sau al tensiunii sexuale din carte. Poate că amândouă, combinate, sunt de vină. Sky chiar ar trebui să se gândească la o carieră de voice-over, sau pentru audiobooks, sau vreo altă chestie din astea, pentru că vocea ei e...

„El înaintează pe nesimțite prin încăpere..."

Vocea începe să i se piardă.

„...și se apleacă, înșfăcând..."

Și... gata. Cartea îi cade pe piept, iar eu râd fără zgomot, dar nu mă ridic, pentru că, dacă ea a adormit, nu înseamnă și că sunt pregătit să plec.

Rămân întins lângă ea timp de vreo jumătate de oră, confirmându-mi ipoteza că, da, sunt fără doar și poate îndrăgostit de gura ei. O privesc cum doarme până când îmi sună telefonul. O împing ușurel mai încolo și-o întorc pe spate, după care îmi scot telefonul din buzunar.

Frate. Sunt Daniel, eu. Val e nebună naibii și cre' că mi-s la Burker Ging ăla și vino să mă iei nu pot conduce. Am băut și o urăsc.

Îi răspund imediat.

Bună idee. Stai pe loc. Ajung în juma de oră.

Strecor la loc telefonul în buzunar, dar se aude iar sunetul pentru mesaj primit.

Holder?

Clatin din cap și trimit un mesaj de genul *Ce e?*, iar el răspunde imediat.

O, ce bine. Doar m vru să știu că ești tu, frate.

Isuse. E mai mult decât doar *beat.*

Mă ridic și iau cartea din mâinile lui Sky, după care o așez pe noptieră și-i pun semn la pagina la care s-a oprit, având astfel un pretext ca să mă întorc mâine. Mă duc în bucătărie și-mi petrec următoarele zece minute făcând curat după ea. Ai putea crede, jur, că nutrește un resentiment față de făină, dată fiind cantitatea pe care sunt nevoit s-o mătur. După ce acopăr toate prăjiturile cu folie de plastic (minus vreo câteva fursecuri pe care e posibil să le fi șterpelit), mă întorc în camera ei și mă așez pe marginea patului.

Sforăie.

Ador asta.

Hait! Sunt deja patru lucruri.

Chiar e cazul să plec.

Dar, înainte să mă ridic și să plec, mă aplec ușor înainte, șovăind, nevrând s-o trezesc. Dar nu pot să plec de-aici fără o mică avanpremieră. Mă apropii în continuare, centimetru cu centimetru, până când îi ating buzele cu ale mele și o sărut.

Capitolul treisprezece și jumătate

Les,

Sky, Sky, Sky, Sky, Sky, Sky, Sky, Sky, Sky.

Iată. Obișnuiește-te cu asta, fiindcă presimt că numai despre ea o să vorbesc pentru o vreme. Of, Doamne, Les. Nici nu pot să-ți explic cât de perfectă e fata asta. Iar când spun perfectă, înțeleg imperfectă, pentru că sunt atâtea în neregulă la ea. Dar tot ce e în neregulă la ea reprezintă tot ce mă atrage spre ea și o face să fie perfectă.

E de-a dreptul impertinentă cu mine și-mi place la nebunie. E încăpățânată și-mi place la nebunie. Face pe deșteapta și e sarcastică și orice cuvânt spiritual care-i iese din gură e ca o muzică pentru urechile mele, fiindcă e exact ceea ce-mi doresc. Ea e cea care-mi trebuie și nu vreau să se schimbe nicicum. Nu există absolut nimic la ea din ce-aș vrea să schimb.

Cu toate astea, ceva mă îngrijorează la ea, și anume faptul că pare un pic detașată emoțional. Dar, oricât de vizibilă a fost chestia asta atunci când am văzut-o cu Grayson, n-o sesizez deloc când e cu mine. Sunt aproape convins că se simte altfel cu mine, dar aș minți dacă n-aș spune că mă îngrijorează posibilitatea ca ea să nu simtă nimic dac-o sărut. Pentru că, fir-ar să fie, Les, vreau al naibii de mult s-o sărut, dar mi-e prea teamă. Mi-e teamă că, dac-o sărut prea devreme, o să i se pară la fel ca oricare alt sărut de care a avut parte. N-o să simtă nimic.

Nu vreau să nu simtă nimic când o s-o sărut. Vreau să simtă totul.

H

Capitolul paisprezece

Ce vrei să faci diseară?

Citesc mesajul lui Daniel și-i răspund.

Scuze. Program.

Ce, pămpălăule?! Nu! Eu. Tu. Program.

Nu pot. Sigur am aranjament.

Sky?

Mhî.

Pot să vin?

Nț.

Atunci pot să fiu partenera ta sâmbăta viitoare?

Sigur, iubito.

Abia aștept, dulceață.

Râd de mesajul lui Daniel, apoi închid aplicația și caut numărul lui Sky. N-am primit niciun semn de la ea de când mi-a adormit în brațe azi-noapte, așa că nici nu sunt sigur că m-ar vrea prezent diseară în casa ei.

Pe la ce oră pot să vin? Nu zic că abia aștept sau mai știu eu ce. Ești foarte, foarte plictisitoare.

După ce apăs pe „trimite", primesc un mesaj de la un număr necunoscut.

Dacă umbli cu fata mea, încarcă-i singur creditul și nu mi-l mai irosi pe-al meu, boule.

Singura persoană cunoscută care are cartelă preplătită e Sky. Iar ea mi-a zis că telefonul i-a fost cumpărat de cea mai bună prietenă a ei, așa că sper din toată inima ca mesajul să fie de la prietena ei, și nu de la altcineva. Răspund imediat, sperând să aflu mai multe.

Cum procedez ca să-l încarc?

Imediat cum trimit mesajul, vine și răspunsul lui Sky.

Să fii aici la șapte. Și adu-mi ceva de mâncare. Doar nu stau să-ți gătesc.

Impertinentă.

Ce-mi mai place!

*

Mi-a mai trimis un mesaj în timp ce eram în magazin, cerându-mi să mă grăbesc. Zău, chiar mi-a făcut plăcere să aflu că vrea să ajung la ea cât mai repede. Mi-a plăcut mult. *Ea* îmi place mult. Tot *weekendul* ăsta îmi place mult.

Ușa de la intrarea casei ei se deschide la numai câteva secunde după ce am apăsat pe sonerie. Zâmbește de cum mă vede, iar eu înjur în sinea mea, fiindcă e încă o însușire de-ale ei de care tocmai m-am îndrăgostit. Își coboară privirea spre sacoșele din mâinile mele și-și arcuiește o sprânceană. Ridic din umeri.

— Unul din noi trebuie să fie cel ospitalier, îi zic, urcând treptele și făcându-mi loc pe lângă ea, apoi ducându-mă direct în bucătărie. Sper că-ți plac spaghetele și chiftelele, pentru că asta o să ai la masă.

— Ai de gând să gătești pentru mine? mă întreabă pe un ton sceptic.

— La drept vorbind, gătesc pentru *mine*, dar ești bine-venită să mănânci și tu, dacă vrei, îi răspund, privind-o peste umăr și zâmbind, ca să știe că glumesc.

— Mereu ești atât de sarcastic?

Ridic din umeri.

— Dar tu?

— Mereu răspunzi la întrebări cu alte întrebări?

— Dar *tu*?

Înșfacă un șervet pentru mâini de pe bar și-l azvârle spre mine, dar mă feresc la timp.

— Vrei ceva de băut? o întreb.

— Tu îmi oferi mie ceva de băut la mine acasă?

Mă duc la frigider și examinez rafturile, însă variantele sunt limitate.

— Vrei lapte din ăla cu gust de rahat sau suc?

— Dar avem suc?

Mă zgâiesc la rafturile de pe ușa frigiderului și-i zâmbesc.

— N-ar putea vreunul din noi să spună și ceva care să nu fie o întrebare?

— Nu știu, am putea?

— Cât crezi c-o s-o mai ținem așa? o întreb, scoțând din frigider ultima cutie cu suc. Vrei gheață?

— Ai *tu* gheață?

Fir-ar să fie, e isteață foc!

— Tu crezi că ar trebui să am eu gheață?

— Ție îți *place* cu gheață?

E iute de minte. Sunt impresionat.

— Gheața ta o fi bună de ceva?

— Păi, o preferi pisată sau cuburi?

Cât pe ce să spun cuburi, dar îmi dau seama că n-ar mai fi o întrebare. Mijesc ochii spre ea și-i arunc o privire furioasă.

— Pentru tine n-am gheață.

— Ha! Am câștigat, strigă ea bucuroasă.

— Te-am lăsat să câștigi, pentru că mi-e milă de tine, îi zic, ducându-mă spre aragaz. Cine sforăie în asemenea hal ca tine merită puțină îngăduință din când în când.

— Știi ceva, insultele tale nu sunt amuzante decât scrise și trimise prin SMS, ripostează ea.

Se ridică și se duce spre frigider, în același timp în care eu pornesc tot spre frigider, ca să iau usturoiul pisat. E cu spatele la mine și-și umple paharul cu gheață. Se întoarce exact când ajung în dreptul frigiderului. Mă privește cu ochii ăia mari și căprui, îi văd buzele alea bosumflate și fac încă un pas spre ea, sperând s-o tulbur din nou. Ador s-o tulbur.

Ridic brațul și-mi lipesc palma de frigider, privind-o în ochi.

— Îți dai seama că glumesc, nu?

Imediat, o văd că inspiră precipitat și dă afirmativ din cap. Zâmbesc și mă mai apropii cu câțiva centimetri.

— Bun. Pentru că tu *nu* sforăi. La drept vorbind, ești chiar al naibii de adorabilă când dormi.

Nu-mi dau seama de ce i-am spus că nu sforăie. Poate că n-am vrut să știe cât am mai zăbovit de fapt în patul ei, privind-o, după ce a adormit azi-noapte.

Își răsfrânge buza de jos, privindu-mă cu speranță. Pieptul îi tresaltă și i s-a făcut pielea de găină pe brațe, iar eu îmi doresc mai mult decât orice să-i pot cuprinde fața între palme și s-o sărut. Îmi doresc s-o sărut mai mult decât îmi doresc să respir.

Numai că deja mi-am impus să n-o fac, așa că n-o fac.

Totuși, asta nu înseamnă că nu pot să mă distrez un pic cu ea. Îmi apropii foarte mult buzele de urechea ei, gata s-o ating.

— Sky. Te *vreau*... — mă opresc pentru o clipă, așteptând să-și recapete suflul — dată la o parte. Am nevoie să umblu în frigider.

Fac un pas înapoi, așteptându-i reacția. Își ține palmele la spate, lipite de frigider, ca și cum s-ar lupta să-și păstreze poziția verticală.

Văzându-i reacția fizică la apropierea mea, îmi vine să zâmbesc. Iar când zâmbesc și vede că o tachinam cu intenție, mijește ochii, făcându-mă să râd de-a binelea.

Își proptește palmele în pieptul meu și mă îmbrâncește.

— Mare șmecher mai ești! mă apostrofează, ducându-se spre bar.

— Scuză-mă, dar, ce naiba! Ești scandalos de atrasă de mine, așa că mi-e greu să nu te tachinez.

Încă râd în timp ce mă întorc cu usturoiul la aragaz. Presar o parte în tigaie și arunc o privire spre ea. Și-a acoperit fața cu palmele, rușinată, ceea ce mă face instantaneu să mă simt vinovat. Nu vreau să creadă că nu sunt interesat de ea, deoarece sunt convins că sunt interesat de ea mai mult decât e ea de mine. Bănuiesc că nu i-am dat de înțeles foarte clar chestia asta totuși, ceea ce e un pic cam nedrept.

— Vrei să-ți spun ceva? o întreb.

Își ridică privirea spre mine și scutură din cap.

— Probabil că nu.

— Poate că te-ar face să te simți mai bine, îi zic.

— Mă îndoiesc.

O privesc și văd că nu zâmbește, ceea ce nu-mi place deloc. Am vrut să fie o joacă, n-am avut de gând s-o ofensez.

— S-ar putea să fiu și eu atras de tine, un pic de tot, mărturisesc, sperând că prin asta o voi ajuta să-și dea seama că n-am vrut s-o stânjenesc.

— Doar un pic de tot? mă întreabă, glumeață.

Nu. Nu doar un pic de tot. Ci al naibii de foarte mult.

Îmi văd mai departe de gătit și fac tot posibilul să termin mai repede pregătirile, ca să pot să stau cu ea și să discutăm până când e gata mâncarea. Ea stă la bar, tăcută, urmărindu-mă cum îmi fac de lucru prin bucătărie. Îmi place că nu se sfiește când e vorba să mă urmărească din ochi. Mă fixează cu privirea ca și cum nici n-ar vrea să mai vadă altceva, ceea ce-mi place.

— Ce înseamnă *lol*?

— Pe bune?

— Da, pe bune. Mi-ai scris mai devreme în mesaj.

— Înseamnă că râd în gura mare. Se folosește când ți se pare că e ceva amuzant.

— Hm, mormăie ea. Ce tâmpenie.

— Mda, e destul de tâmpită faza. Doar că a intrat în obișnuință, iar expresiile prescurtate te ajută să scrii mult mai repede, odată ce le prinzi sensul. Cam ca OMG, sau WTF, sau IDK, sau...

— O, pentru numele lui Dumnezeu, oprește-te, mă întrerupe grăbită. Vorbirea ta prescurtată e de-a dreptul neatrăgătoare.

Îi fac cu ochiul.

— Atunci n-o să mai scriu niciodată așa.

Mă duc la masa de lucru și scot legumele din sacoșă. Le trec pe sub un jet de apă și mă mut cu tocătorul la bar, în fața ei.

— Cum preferi sosul pentru spaghete, mai cu bucățele sau piure? o întreb, luând o roșie și așezând-o în fața mea.

Sky privește parcă prin mine, dusă pe gânduri. Aștept să văd dacă-mi va răspunde când se va trezi la realitate, dar ea stă în continuare și privește în gol.

— Te simți bine? o întreb, fluturându-i mâna prin fața ochilor.

În sfârșit, își revine și mă privește.

— Unde-ai plecat? Ai cam dispărut pentru o vreme de-aici.

— N-am nimic, îmi răspunde, scuturându-se de starea letargică.

Totuși, nu-mi place cum îi sună vocea. Nu pare că s-ar simți bine.

— Unde-ai plecat, Sky? o întreb din nou, vrând să știu la ce se gândea.

Sau poate că nu vreau să știu, pentru că, dacă se gândea că ar vrea să plec, atunci e mai bine să se prefacă în continuare că se simte bine.

— Promiți că n-o să râzi? mă întreabă.

Un val de ușurare mă inundă, deoarece nu cred că m-ar întreba asta dac-ar spera să plec. Dar n-am de gând să-i promit că n-o să râd, așa că scutur din cap în semn de dezacord.

— Ți-am spus că totdeauna o să fiu numai sincer cu tine, așa că, nu. Nu pot să-ți promit că n-o să râd, pentru că ești destul de nostimă și cu asta n-aș face decât să-mi pregătesc singur încălcarea cuvântului.

— Totdeauna ești atât de dificil?

Zâmbesc, fără să-i răspund. Îmi place la nebunie când se enervează pe mine, așa că dinadins nu-i răspund.

— Bine, fie, zice îndreptându-și spinarea pe scaun.

Trage adânc aer în piept, ca și cum s-ar pregăti pentru un discurs lung.

Am emoții.

— Eu chiar nu mă pricep deloc la toate chestiile astea care țin de cuplu și nici măcar nu știu dacă suntem acum ca un cuplu, dar știu că, oricum ar fi, e ceva mai mult decât o seară petrecută între doi prieteni, și faptul că știu asta mă face să mă gândesc la ce-o să fie mai târziu, când o să vină vremea ca tu să pleci, și dacă ai de gând să mă săruți sau nu, și cum eu sunt genul de persoană care detestă surprizele, nu mă pot stăpâni să mă simt stânjenită în privința asta, pentru că eu vreau ca tu să mă săruți și poate c-o fi o dovadă de îngâmfare din partea mea, dar oarecum îmi imaginez că și tu vrei să mă săruți, așa că mă gândeam cât de simplu ar fi dacă i-am da drumul și ne-am săruta odată, ca tu să te poți întoarce la gătit, iar eu să încetez cu încercările de a crea scenarii despre cum s-ar putea derula seara noastră.

Sunt destul de convins că e prea devreme ca să spun că m-am îndrăgostit de ea, dar *ce mama naibii*. Ar fi cazul să nu mai facă și să nu mai spună chestii din astea neașteptate, care mă determină să accelerez ceea ce se petrece între noi. Pentru că îmi doresc s-o sărut și să fac dragoste cu ea și să mă însor cu ea și să-i fac copii și-mi doresc ca totul să se întâmple *în seara asta*.

Dar atunci am termina de bifat premierele, iar premierele sunt tot ce e mai bun. Mare noroc că sunt răbdător din fire.

Las jos cuțitul și o privesc în ochi.

— Asta, îi zic, a fost cea mai lungă frază neîntreruptă din câte am auzit.

Remarca mea nu-i face plăcere. Pufnește și se lasă să cadă pe spătarul scaunului, îmbufnată.

— Stai liniștită, îi zic râzând.

Mai zăbovesc câteva secunde ca să termin sosul și să pun pastele la fiert și să fac tot ce e necesar ca să ajung în punctul în care să pot discuta în toată regula cu ea, fără să mă ocup și de gătit în același timp. După ce reușesc, în sfârșit, să pun spaghetele la fiert, iau o cârpă, îmi șterg mâinile și-o las pe masă. Apoi ocolesc barul și mă duc spre locul în care stă ea.

— Ridică-te, îi zic.

Se ridică încetișor, îmi pun mâinile pe umerii ei, apoi îmi rotesc privirea prin încăpere, în căutarea unui loc potrivit în care să-i dau vestea că n-am de gând s-o sărut în seara asta. Oricât de mult aș vrea s-o fac și oricât de mult aș ști acum că vrea și ea, tot îmi doresc să aștept.

Și, știu bine, i-am spus că nu sunt răutăcios, dar n-am afirmat niciodată că n-aș avea porniri de cruzime. Și, pur și simplu, mă distrez prea bine când o văd tulburată, și zău că vreau s-o văd tulburată din nou.

— Hmm, zic, încă prefăcându-mă că aș căuta locul perfect pentru un sărut.

Arunc o privire spre bucătărie, după care o apuc de încheieturile mâinilor și-o trag după mine.

— Îmi cam plăcea frigiderul, ca fundal, îi declar.

O împing spre frigider, și ea se lasă condusă de mine. Tot timpul m-a privit atentă, fără încetare, ceea ce-mi place. Îmi ridic brațele până la nivelul capului ei, de-o parte și de cealaltă, și încep să mă aplec spre ea. Închide ochii.

Eu îi țin deschiși pe-ai mei.

Timp de câteva clipe, îi privesc buzele. Mulțumită pupicului furat în timp ce dormea, azi-noapte, cam am idee cum sunt. Acum însă nu mă pot stăpâni să mă întreb ce gust au. Mă ispitește rău să mă mai aplec cu câțiva centimetri și să mă lămuresc, dar mă abțin.

Sunt stăpân pe mine.

Sunt doar buze și-atât.

Mai stau s-o privesc pentru câteva secunde, până când deschide ochii, mirată că încă n-am sărutat-o. Tresare din tot corpul când vede cât sunt de aproape, făcându-mă să râd.

Oare de ce-mi place atât de mult s-o tachinez?

— Sky? îi zic privind-o. Nu încerc să te torturez sau altceva, dar deja am luat o hotărâre înainte de a veni aici. Nu te sărut în seara asta.

Speranța din ochii ei se evaporă aproape imediat.

— De ce? mă întreabă.

Privirea îi e plină de durerea respingerii, ceea ce mă doare, dar tot n-o sărut. În schimb, vreau să știe cât de mult *îmi doresc* s-o sărut.

Îmi apropii mâna de fața ei și-i trasez cu degetul o linie pe obraz. Senzația pe care mi-o dă pielea ei e ca mătasea. Continui în jos, pe maxilar, apoi pe gât. Tot corpul îmi este încordat, fiindcă nu știu dacă și ea simte tot ce simt eu, așa cum simt eu. Nu-mi pot imagina cum e posibil ca unul de teapa lui Grayson să aibă norocul de a-i atinge fața sau de a-i simți gustul buzelor, fără să-i pese dacă ei îi place sau nu.

Când ajung la umăr, mă opresc și-o privesc în ochi.

— Eu vreau să te sărut, îi spun. Crede-mă, vreau.

Foarte, foarte mult.

Îmi iau mâna de pe umărul ei și-o ridic la loc spre obraz. Ea își lasă capul în palma mea și mă privește cu ochii plini de dezamăgire.

— Și-atunci, dacă vrei într-adevăr, de ce n-o faci?

Pfff. Detest privirea asta. Dacă mă mai privește mult așa, o să-mi pierd și ultima fărâmă de voință care mi-a mai rămas. Și nu mai am prea multă.

Îi ridic fața spre mine.

— Pentru că, îi spun în șoaptă, mi-e teamă că n-o să-l simți.

La auzul cuvintelor mele, pe chip îi apare un amestec de înțelegere și de regret. Își dă seama că mă refer la lipsa ei de reacție față de alți băieți și că nu sunt sigur dacă știe cum să răspundă. Tace, deși aș prefera să mă contrazică. Aș vrea să-mi spună cât de mult mă înșel. Aș vrea să-mi spună că deja simte ceea ce simt și eu. Numai că, în loc de toate astea, ea doar dă aprobator din cap și-și pune mâna peste a mea.

Închid ochii, dorindu-mi să fi reacționat oricum altfel. Însă faptul că n-a reacționat altfel dovedește doar că hotărârea mea de a nu o săruta în seara asta e exact ceea ce trebuie. Nu înțeleg de ce e atât de închisă în ea, dar o să aștept cât va fi nevoie. Nici nu mă gândesc s-o mai las acum pe fata asta.

O desprind de ușa frigiderului și-o cuprind în brațe. Cu mișcări lente, îmi încolăcește mijlocul cu brațele și se lipește de pieptul meu. Se lasă de bunăvoie în seama mea și simpla senzație că-și dorește s-o țin în brațe valorează mai mult decât orice am simțit tot anul. N-a făcut decât să-mi răspundă la îmbrățișare, dar nici nu-i trece prin minte cât de multă viață mi-a redat acum. Îmi lipesc buzele de părul ei și adulmec. Aș putea să stau așa toată noaptea.

Numai că tocmai atunci se aude blestemata de alarmă a cuptorului, amintindu-mi că răspund de pregătirea cinei pentru ea. Dac-ar trebui s-o las să plece, aș prefera să mor de foame. Dar am promis că-i gătesc, așa că-i dau drumul din brațe și fac un pas înapoi.

Expresia stânjenită și aproape deznădăjduită de pe fața ei e ultimul lucru pe care mă așteptam să-l văd. Își lasă capul în jos și-mi dau seama că tocmai am dezamăgit-o. Foarte rău, dar tot ce încerc să fac e să stabilesc ritmul cel mai bun pentru ea. Nu vreau să creadă c-o iau încet fiindcă așa am ales să fac. Pentru că, dacă n-ar avea nu știu ce problemă cu băieții, n-am mai fi acum în bucătăria asta. Am fi în patul ei, exact ca azi-noapte, numai că, de data asta, ea nu mi-ar mai citi.

O prind de amândouă mâinile și-mi strecor degetele printre ale ei.

— Uită-te la mine, îi zic.

Își ridică fața, șovăind, și mă privește.

— Sky, nu te sărut astă-seară, dar, crede-mă când îți spun, niciodată nu mi-am dorit mai mult să sărut vreo fată. Așa că nu te mai gândi că n-aș fi atras de tine, fiindcă habar n-ai cât de mult sunt. Poți să mă ții de mână, poți să-ți plimbi degetele prin părul meu, poți să stai pe genunchii mei în timp ce eu îți dau să mănânci spaghete, dar săruturi nu primești astă-seară. Și, probabil, nici mâine. Am nevoie de asta. Am nevoie să știu precis că simți absolut orice simt și eu în clipa în care buzele ni se vor atinge. Pentru că vreau ca primul tău sărut să fie cel mai grozav prim sărut din istoria primelor săruturi.

Tristețea i-a dispărut din ochi acum și chiar îmi zâmbește. Îi iau mâna și-o sărut.

— Și-acum nu mai face pe bosumflata și ajută-mă să termin chiftelele. Bine? întreb, dorindu-mi o asigurare din partea ei că mă crede. E de ajuns cât să mai reziști la vreo două întâlniri?

Încuviințează, încă zâmbind.

— Mhî. Dar te înșeli într-o privință.

— Și anume?

— Ai zis că vrei ca primul meu sărut să fie cel mai grozav prim sărut, numai că ăsta n-o să fie primul meu sărut. Și știi bine asta.

Nu știu cum să-i aduc asta la cunoștință, dar ea n-a mai fost sărutată până acum. În orice caz, nu așa cum merită. Îmi displace faptul că nu-și dă seama, așa că mă însărcinez să-i arăt exact cum e un sărut adevărat.

Îi las mâinile și-i cuprind chipul între palme, ducând-o înapoi spre frigider. Mă aplec până când îi simt răsuflarea pe buzele mele. Icnește. Ador expresia neajutorată, flămândă, prezentă acum în ochii ei, dar nu se compară cu senzația pe care mi-o dă când își mușcă buza.

— Dă-mi voie să-ți aduc ceva la cunoștință, îi zic cu o voce joasă. În clipa în care buzele mele le vor atinge pe ale tale, va *fi* primul tău sărut. Pentru că, dacă n-ai simțit niciodată nimic când te-a sărutat cineva, înseamnă că nu te-a sărutat nimeni cu adevărat. Nu așa cum am de gând să te sărut *eu*.

Expiră aerul pe care l-a ținut mult timp în ea și i se face din nou pielea de găină.

A *simțit*.

Zâmbesc triumfător și mă retrag, ducându-mă din nou la aragaz. O aud cum alunecă pe lângă frigider. Întorc capul și o văd stând pe podea și privindu-mă șocată. Izbucnesc în râs.

— Ai pățit ceva? mă interesez, făcându-i cu ochiul.

Îmi zâmbește de pe podea și-și trage genunchii la piept, apoi ridică din umeri.

— M-au lăsat picioarele, îmi explică râzând. Sigur din cauză că mă atragi foarte mult, adaugă, sarcastică.

Îmi rotesc privirea prin bucătărie.

— Crezi că mama ta o avea vreo tinctură pentru persoanele care sunt prea atrase de mine?

— Mama are tincturi pentru orice, răspunde ea.

Mă duc și o iau de mână, după care o ajut să se ridice. Îmi lipesc palma de mijlocul ei și-o trag spre mine. Își ridică spre mine o privire încețoșată și un mic icnet îi desparte buzele. Îmi apropii gura de urechea ei și-i șoptesc:

— Ei bine, orice-ai face... ai grijă să nu iei niciodată tinctura asta.

Îi simt pieptul ridicându-se, lipit de al meu, și-o văd că mă privește în ochi ca și cum tot ce-am spus în seara asta n-ar însemna nimic. Ea vrea s-o sărut și nu-i pasă că fac tot ce-mi stă în puteri ca să mă stăpânesc.

*

— OK, am una, mă anunță punându-și paharul pe masă.

Jucăm un joc propus de ea, numit Cercetarea la cină, în care nicio întrebare nu e tabu și în care n-ai voie să mănânci sau să bei până când nu răspunzi la ce te-a întrebat celălalt. N-am mai auzit de un asemenea joc, dar îmi place ideea că pot s-o întreb orice vreau.

— De ce m-ai urmărit până la mașină atunci, la magazin? mă întreabă.

Ridic din umeri.

— Așa cum ți-am spus, am crezut că ești altcineva.

— Știu, zice ea, dar cine?

Poate că nu vreau să intru în jocul ăsta. Nu sunt pregătit să-i povestesc despre Hope. Și categoric nu sunt pregătit să-i povestesc despre Les, dar n-am cale de întoarcere, fiindcă prin răspunsul meu mi-am săpat singur groapa. Mă foiesc pe scaun și mă întind după pahar, dar ea mi-l smulge din mână.

— Fără băutură. Întâi răspunzi la întrebare.

Îmi pune paharul la loc pe masă și așteaptă să-mi audă explicația. Eu chiar n-am chef să mă întorc în trecutul meu tulbure, așa că încerc să răspund cât mai simplu cu putință.

— Nu știam sigur atunci de cine mi-ai amintit, îi zic, alegând o minciună. Pur și simplu, mi-ai amintit de cineva. Nu mi-am dat seama decât pe urmă că mi-ai amintit de sora mea.

— Îți amintesc de sora ta? zice ea strâmbându-se. E cam scabros, Holder.

Of, *fir-ar să fie*. Nu e *deloc* ce am vrut să zic.

— Nu, nu așa. Nicidecum așa, nici măcar nu arăți cum arăta ea. A fost doar ceva, când te-am văzut, care m-a făcut să mă gândesc la ea. Și nici nu știu de ce-am venit după tine. Totul a fost atât de ireal! Întreaga situație a fost un pic cam bizară, după care, mai târziu, când te-am văzut oprindu-te din alergare chiar în fața casei mele...

Oare ar trebui să-i spun ce-am simțit atunci, în realitate? Cum mi-am închipuit că sigur Les a avut un amestec în asta, sau că a fost o intervenție divină, sau o minune? Fiindcă, sincer, am impresia că totul s-a potrivit prea perfect ca să cataloghez întâmplarea ca pe o coincidență.

— Mi s-a părut că așa a fost sortit să se întâmple, rostesc în cele din urmă.

Ea inspiră adânc și o privesc, temându-mă să nu fi fost prea direct. Dar îmi zâmbește și-mi arată paharul.

— Acum poți să bei, îmi zice. Și e rândul tău să-mi pui o întrebare.

— A, uite una ușoară. Vreau să știu pe cine calc pe bătături. Am primit azi un mesaj misterios de la cineva, pe telefon. Nu scria decât: *Dacă umbli cu fata mea, încarcă-i singur creditul și nu mi-l mai irosi pe-al meu, boule.*

— Asta trebuie să fi fost Six, îmi răspunde zâmbind. Autoarea dozelor mele zilnice de declarații măgulitoare.

Slavă Domnului!

— Speram că ăsta o să fie răspunsul. Pentru că sunt destul de ambițios și, dac-ar fi fost de la un tip, răspunsul meu n-ar mai fi fost atât de drăguț.

— I-ai răspuns? Ce ai scris?

— Asta e întrebarea ta? Pentru că, dacă nu, mai iau o îmbucătură de spaghete.

— Stai în banca ta și răspunde la întrebare, mă admonestează ea.

— Da, i-am răspuns la mesaj. I-am scris: *Cum procedez ca să-l încarc?*

Se înroșește la față și zâmbește.

— Am glumit, nu asta a fost întrebarea. Tot rândul meu e.

Îmi las furculița pe farfurie și oftez, sâcâit de încăpățânarea ei.

— Mi se răcește mâncarea!

Nu-mi ia în seamă izbucnirea prefăcută și se apleacă în față, privindu-mă drept în ochi.

— Vreau să-mi spui despre sora ta. Și de ce-ai vorbit despre ea la trecut.

Of, fir-ar a naibii de treabă! Chiar am vorbit despre ea la trecut? Îmi ridic privirea spre tavan și oftez.

— Uf. Tu chiar pui întrebările cele mai adânci, hm?

— Așa se joacă. N-am făcut eu regulile.

Presupun că n-am cum să ocolesc explicația asta. Dar, sincer să fiu, nu mă deranjează să-i spun. Există în trecutul meu anumite lucruri despre care prefer să nu discut, dar pe Les n-o simt de fapt ca făcând parte din trecutul meu. O simt încă, foarte mult, ca făcând parte din prezentul meu.

— Ți-aduci aminte când ți-am spus că pentru familia mea anul trecut a fost unul destul de prost?

Face semn că da și-mi displace faptul că urmează să aduc o umbră peste discuția noastră. Numai că ei nu-i plac exprimările vagi, așa că...

— Ea a murit acum treisprezece luni. S-a sinucis, chiar dacă mama preferă să folosim expresia *și-a administrat cu intenție o supradoză.*

Îi caut privirea, așteptând să aud un „Îmi pare foarte rău" sau un „Așa a fost să fie", așa cum aud ieșind de pe buzele tuturor.

— Cum o chema? mă întreabă și mi se pare neașteptat până și faptul că mă întreabă pe un ton care denotă un interes neprefăcut.

— Lesslie. Eu îi spuneam Les.

— Era mai mare decât tine?

Numai cu trei minute.

— Eram gemeni, îi răspund, după care iau imediat din spaghete.

Pupilele i se măresc ușor. Întinde mâna după pahar, dar de data asta o opresc eu.

— E rândul meu, îi zic.

Acum, când știu că orice e permis, aleg singurul lucru despre care chiar n-a vrut să vorbească ieri.

— Vreau să aud povestea despre tatăl tău.

Scoate un geamăt, dar respectă regula jocului. Știe că nu poate refuza să răspundă la întrebare, fiindcă eu tocmai mi-am deschis complet sufletul în fața ei, povestindu-i despre Les.

— Așa cum ți-am spus, nu l-am mai văzut de când aveam trei ani. N-am nicio amintire cu el. Cel puțin, nu cred că am. Nici măcar nu știu cum arăta.

— Mama ta n-are deloc fotografii cu el?

Își apleacă ușor capul într-o parte, apoi se lasă pe spătarul scaunului.

— Ți-aduci aminte când mi-ai zis că mama mea arată destul de tânără? Ei bine, chiar așa și e. Ea m-a adoptat.

Furculița îmi scapă din mână.

Adoptată.

Veritabila posibilitate ca ea să fie Hope îmi bombardează gândurile. Totuși, nu prea se leagă faptul că avea trei ani când a fost adoptată, fiindcă Hope avea cinci ani când a fost răpită. Doar dacă nu cumva a fost mințită.

Dar care să fie probabilitatea? Și ce probabilitate ar fi ca o persoană cum e Karen să fie capabilă de răpirea unui copil?

— *Ce e?* mă întreabă. N-ai mai cunoscut pe nimeni care să fi fost adoptat?

Abia acum îmi dau seama că șocul din mintea și din inima mea e vizibil și pe față. Îmi dreg glasul și încerc să mă redresez, dar încă un milion de întrebări mi se formulează în creier.

— Ai fost adoptată când aveai trei ani? De Karen?

Scutură din cap.

— Am fost dusă la orfelinat când aveam trei ani, după ce-a murit mama mea naturală. Tatăl meu n-a putut să mă crească de unul singur. Sau n-a *vrut* să mă crească de unul singur. Indiferent ce-o fi fost, îmi pare bine. Am avut noroc cu Karen și nu simt absolut deloc imboldul de a afla toată povestea. Dacă el ar fi vrut să știe unde sunt, ar fi venit să mă caute.

Mama ei a murit? Și mama lui Hope a murit!

Numai că Hope n-a fost dusă niciodată la orfelinat și nici tatăl ei n-a dat-o spre adopție. Toată povestea n-are nicio logică, numai că, în același timp, nu pot să exclud posibilitatea. Ori a fost alimentată numai cu minciuni despre trecutul ei, ori eu sunt pe cale să înnebunesc.

Cea de-a doua variantă e mai probabilă.

— Ce înseamnă tatuajul tău? mă întreabă, arătându-l cu furculița.

Îmi privesc brațul și ating literele care alcătuiesc numele lui Hope.

Dacă ea ar fi fost Hope, și-ar fi amintit numele. E singurul lucru care mă împiedică să cred în posibilitatea ca ea să fie Hope.

Hope și-ar fi amintit.

— E un memento, îi răspund. Mi l-am făcut după ce a murit Les.

— Un memento despre ce?

Și aici urmează unicul răspuns vag pe care-l va primi, pentru că sub nicio formă n-am de gând să-i explic.

— Un memento despre persoanele pe care le-am dezamăgit în viață.

Pe chip îi apare o expresie înțelegătoare.

— Jocul ăsta nu e prea distractiv, nu?

— Chiar nu, o aprob râzând. E cam porcărie. Dar trebuie să-l continuăm, pentru că eu mai am întrebări. Îți amintești ceva de dinainte să fii adoptată?

— Nu tocmai. Mici frânturi, dar, la un moment dat, neavând pe cineva care să-ți confirme amintirile, ajungi să ți le pierzi pe toate de-a binelea. Singurul lucru pe care-l am de dinainte să mă adopte Karen e o podoabă și habar n-am de unde o fi. Acum nu pot să disting între ce a fost realitate, sau vis, sau ceva văzut la televizor.

— Îți amintești de mama ta?

Șovăie pentru câteva clipe.

— Karen e mama mea, răspunde categoric.

Îmi dau seama că nu vrea să vorbească despre asta și n-am de gând să insist.

— E rândul meu, zice. Ultima întrebare, după care trecem la desert.

— Dar crezi că avem destul desert, încât să ne ajungă? întreb, încercând să mai înseninez atmosfera.

— De ce l-ai bătut? mă întreabă, întunecând-o de-a binelea.

Nu vreau să intru în subiectul ăsta. Împing castronul din fața mea. O s-o las să câștige runda asta.

— Nu vrei să afli răspunsul la asta, Sky. Aleg pedeapsa.

— Dar eu vreau să știu.

Doar gândindu-mă la ziua aia simt că mă înfurii iar. Îmi trosnesc maxilarul, ca să-i mai domolesc încordarea.

— Așa cum ți-am mai spus și altă dată, l-am bătut din cauză că era un nemernic.

— E o exprimare vagă, zice ea îngustându-și privirea. Exprimările vagi nu sunt de tine.

Știu, îmi place încăpățânarea ei, dar numai atunci când nu mă forțează să readuc trecutul la lumină. Dar, în același timp, habar n-am ce i s-o fi spus în legătură cu toată întâmplarea. Am insistat s-o determin să-și deschidă sufletul în fața mea și să-mi pună întrebări, ca să afle adevărul de la mine. Dacă refuz să-i răspund, atunci o să se închidă la loc.

— Era prima mea săptămână de școală, după ce a murit Les, încep să povestesc. Și ea fusese la același liceu, așa că toată lumea știa ce s-a întâmplat. L-am auzit pe individ spunând ceva despre Les, când treceam pe lângă el, pe coridor. Nu eram de aceeași părere cu el, ceea ce i-am și dat de înțeles. Dar am împins totul prea departe, ajungând până în punctul în care eram peste el și pur și simplu nu-mi mai păsa de nimic. Dădeam în el, iar și iar, și nici măcar nu-mi păsa. Partea cu adevărat tâmpită e că băiatul, mai mult ca sigur, o să fie surd de urechea stângă pentru tot restul vieții, dar mie *tot* nu-mi pasă.

Pumnii mi s-au încleștat pe masă. Simplul fapt că mi-am amintit cum s-a purtat toată lumea după moartea ei mă scoate iarăși din sărite.

— Ce-a zis despre ea?

Mă las pe spate și privesc masa dintre noi. Nu prea sunt în stare s-o privesc în ochi când mă gândesc numai la lucruri care m-au înfuriat.

— L-am auzit râzând, spunându-i prietenului de lângă el că Les a ales calea de scăpare egoistă ușoară. A zis că, dacă n-ar fi fost atât de lașă, ar fi putut să se împace cu asta.

— Să se împace cu ce?

— Cu viața.

— Tu nu ești de părere că ea a ales calea de scăpare ușoară.

N-a spus-o ca pe o întrebare. A spus-o ca și cum ar încerca într-adevăr să mă înțeleagă. Asta-i tot ce mi-am dorit din partea ei, toată săptămâna. Nu-mi doresc decât să mă înțeleagă. Să mă creadă pe *mine*, nu pe oricine altcineva.

Și, nu. *Nu* sunt de părere că ea a ales calea de scăpare ușoară. Nu sunt absolut deloc de părerea asta.

Mă aplec peste masă și-i prind mâna între ale mele.

— Les a fost persoana cea mai curajoasă din câte naiba am cunoscut. Ai nevoie de o grămadă de curaj ca să faci ce-a făcut ea. Să sfârșești cu totul, fără să știi ce urmează? Fără să știi dacă urmează *ceva*? Mai ușor e să duci în continuare o viață în care n-a rămas nici pic de viață decât să zici doar *dă-o naibii* și să pleci. Ea s-a numărat printre puținii care au zis *dă-o naibii*. Și o s-o laud în fiecare zi, cât timp o să mai trăiesc, prea fricos ca să fac la fel.

Abia după ce termin de vorbit îmi ridic privirea spre ea și văd că a făcut ochii mari. Mâna îi tremură, așa că le împreunez pe-ale mele în jurul ei. Ne privim reciproc timp de mai multe secunde și-mi dau seama că nu știe ce să-mi spună. Mă hotărăsc să schimb subiectul, într-o nouă încercare de a însenina atmosfera. Doar spusese că a fost ultima întrebare, după care o să trecem la desert.

Mă aplec în față și-o sărut pe creștetul capului, după care mă ridic și mă duc în bucătărie.

— Vrei negrese sau fursecuri?

În timp ce iau platourile cu deserturi, mă uit la ea din bucătărie și o văd că mă privește în continuare cu ochii mari.

Am băgat-o în sperieți.

Pur și simplu, am băgat-o rău de tot în sperieți.

Mă întorc la masă și îngenunchez în fața ei.

— Hei, n-am vrut să te sperii, îi zic cuprinzându-i fața între mâini. N-am tendințe sinucigașe, dacă de asta ți-e frică. Nu sunt paradit la cap. Nu sunt alienat mintal. Nu sufăr de tulburări de stres posttraumatic. Nu sunt decât un frate care și-a iubit sora mai mult decât însăși viața, așa că devin puțin cam înfocat când mă gândesc la ea. Și, dacă mă împac mai bine cu gândul spunându-mi că ce-a făcut ea a fost ceva nobil, chiar dacă n-a fost așa, atunci asta-i tot ceea ce fac. Doar mă împac cu gândul.

Îi las timp ca să proceseze ceea ce i-am spus, după care îmi termin explicația.

— Am iubit-o pe fata asta, Sky. Am nevoie să cred că ce-a făcut ea însemna singurul răspuns care-i mai rămăsese, pentru că, dacă nu, n-o să-mi iert niciodată vina de a nu o fi ajutat să-și găsească un altul.

Îmi lipesc fruntea de a ei și o privesc hotărât în ochi.

— E bine așa? o întreb.

Am nevoie să înțeleagă că mă străduiesc. Poate că nu sunt în toate mințile, poate că nu știu cum să trec peste moartea lui Les, dar mă străduiesc.

Strânge din buze și încuviințează, după care îmi dă mâinile deoparte.

— Trebuie să mă duc la baie, îmi zice, strecurându-se iute pe lângă mine.

Se repede la baie și închide ușa după ea.

Dumnezeule, de ce-am ajuns aici? Mă duc pe hol, pregătit să bat la ușă și să-mi cer iertare, dar mă hotărăsc s-o las timp de câteva minute, mai întâi. Știu că a fost ceva foarte greu de suportat. Poate că are nevoie de un mic răgaz.

Aștept pe hol până când ușa băii se deschide din nou. Nu pare să fi plâns.

— Probleme? o întreb făcând un pas spre ea.

Îmi zâmbește și dă drumul unei răsuflări tremurate.

— Ți-am mai zis că, după părerea mea, ești prea înfocat. Asta nu face decât s-o dovedească.

Uite că deja a redevenit ea însăși. Ador asta la ea.

Zâmbesc și o cuprind în brațe, după care îmi las bărbia pe creștetul ei, în timp ce ne îndreptăm spre dormitor.

— Acum ai voie să rămâi însărcinată?

— Nț, răspunde râzând. Nu în weekendul ăsta. Și, în plus, trebuie să le săruți pe fete, înainte să le-o tragi.

— Cineva n-a avut parte și de educație sexuală cât timp a făcut școala în particular? Pentru că aș putea foarte bine să ți-o trag fără să te sărut vreodată. Vrei să-ți demonstrez?

Se trântește pe pat și ia cartea din care mi-a citit aseară.

— Te cred pe cuvânt, îmi zice. Plus că sper să ne alegem cu o porție zdravănă de educație sexuală până să ajungem la ultima pagină.

Mă întind lângă ea și-o trag spre mine. Își pune capul pe pieptul meu și începe să-mi citească.

*

Strâng mâna cât pot de tare în pumn și o țin pe lângă corp, făcând tot ce-mi stă în puteri să nu-i ating buzele. N-am mai văzut până acum ceva atât de perfect.

Citește de mai bine de o jumătate de oră deja, dar n-am auzit niciun afurisit de cuvânt din câte a zis. Aseară mi-a fost mult mai ușor să fiu atent la povestea în sine, fiindcă nu priveam direct spre ea. Astă-seară am nevoie de fiecare dram de voință ca să nu-i iau în stăpânire gura cu a mea. Stă rezemată de mine, cu capul pe pieptul meu, folosindu-mă drept pernă. Sper că nu simte cu câtă putere îmi bate acum inima, pentru că, de fiecare dată când își ridică privirea spre mine în timp ce dă pagina, strâng pumnii încă și mai tare, străduindu-mă să-mi țin mâinile pe lângă mine, însă împotrivirea mea se repercutează în puls. Și nu e că n-aș vrea s-o ating. Vreau atât de mult s-o ating și s-o sărut, încât mă doare fizic.

Doar că nu vreau să fiu nesemnificativ pentru ea. Când o ating... vreau să simtă. Vreau ca absolut tot ce-i spun și absolut tot ce-i fac să aibă o semnificație.

Aseară, la mărturisirea ei că n-a simțit niciodată nimic când a fost sărutată, inima mea a făcut o chestie tâmpită, s-a strâns de parcă s-ar fi contractat. Am umblat cu o mulțime de fete, chiar dacă le-am redus numărul în fața ei. La nicio fată dintre cele cu care am fost inima mea n-a reacționat așa cum reacționează la ea. Și nu mă refer la *sentimentele* inimii mele pentru ea, fiindcă, sincer să fiu, de-abia am cunoscut-o. Mă refer, literalmente, la reacția *fizică* a inimii mele față de ea. Ori de câte ori vorbește, sau zâmbește, sau, Doamne păzește, *râde*... inima mea reacționează ca și cum ar fi primit o lovitură neașteptată. Detest senzația asta, dar, cumva, am devenit dependent de ea. Ori de câte ori vorbește, lovitura neașteptată din pieptul meu îmi amintește că încă e ceva acolo.

O parte uriașă din interiorul meu s-a pierdut atunci când am pierdut-o pe Hope și am fost convins că Les a luat cu ea și ultimele rămășițe din ce-mi conținea pieptul, atunci când a murit, anul trecut. Dar după ce am stat cu Sky în ultimele două zile, nu mai sunt chiar atât de sigur. Nu cred că pieptul mi-a fost gol pe dinăuntru în tot acest timp, așa cum mi-am închipuit. Ce-o mai fi rămas înăuntrul meu a hibernat doar, iar acum ea reușește cumva să-l trezească, încetul cu încetul.

Odată cu fiecare cuvânt rostit şi cu fiecare privire îndreptată spre mine, fără să-și dea seama, ea mă trage afară din coșmarul lung de treisprezece luni în care am fost captiv și vreau s-o las să mă tragă în continuare.

Ce mama naibii?

Îmi descleștez pumnul și-mi apropii degetele de părul ei, care mi s-a revărsat pe piept. Prind o șuviță răzleață și mi-o răsucesc pe deget, rămânând cu privirea fixată pe gura ei, care-mi citește. Mă mai pomenesc, din când în când, că o compar cu Hope, cu toate eforturile mele de a mă abține. Mă străduiesc să-mi amintesc exact cum arătau ochii lui Hope sau dacă avea aceiași patru pistrui ca Sky pe puntea nasului. De fiecare dată când încep să le compar, mă silesc să încetez. Nu mai are importanță și trebuie neapărat să las trecutul în pace. Sky mi-a dovedit că n-are cum să fie Hope și sunt nevoit să accept asta. Probabilitatea ca fata pe care am pierdut-o să fie chiar aici, apăsându-mi pieptul, cu șuvița ei de păr între degetele mele, nu există. Trebuie să fac distincția între ele două în mintea mea, până nu calc în străchini și fac vreo tâmpenie, cum ar fi să-i spun lui Sky pe alt nume.

Ar fi nașpa.

Deodată, observ că-și ține buzele strânse, ca o linie subțire, și că nu mai vorbește. Al naibii de mare păcat, fiindcă gura ei mă hipnotizează, fir-ar.

— De ce te-ai oprit din vorbit? o întreb, fără s-o privesc în ochi.

Rămân concentrat asupra buzelor ei, sperând că vor începe să se miște din nou.

— Din vorbit? Holder, eu *citesc*. E o diferență. Și, din câte se pare, n-ai fost atent nici atâtica.

Asprimea din replica ei îmi stârnește un zâmbet.

— O, ba am fost atent, îi răspund ridicându-mă în coate. La gura ta. Poate nu și la cuvintele care au ieșit din ea, dar la gura ta, fără îndoială.

Mă strecor de sub ea, până când ajunge să fie întinsă pe spate, apoi mă las în jos lângă ea. O trag spre mine și-i prind din nou părul între degete. Faptul că nu se împotrivește câtuși de puțin îmi dă de înțeles că va trebui să mă războiesc cu mine însumi în tot restul nopții. Deja mi-a spus clar că vrea s-o sărut și naiba să mă ia dacă să bat în retragere, după ce-am înghesuit-o de ușa frigiderului, n-a fost cel mai greu lucru din viața mea.

Fir-ar să fie. Doar gândul la asta aproape că mă înfierbântă la fel de tare ca în cazul în care s-ar întâmpla în realitate.

Dau drumul șuviței și-mi urmăresc cu privirea degetele care cad direct pe buzele ei. Nu știu ce s-a întâmplat în ultimele cinci secunde, dar îmi văd mâna cum îi mângâie gura, ca și cum n-aș mai avea niciun fel de control asupra membrelor mele. E ca și cum mâna mea ar avea un creier al ei, dar chiar nu-mi pasă... și nici nu vreau s-o opresc.

Îi simt răsuflarea în vârfurile degetelor și sunt nevoit să-mi mușc obrazul pe dinăuntru ca să-mi pot îndrepta atenția spre altceva decât spre ceea ce-mi doresc. Pentru că nu dorințele mele sunt importante în clipa asta, ci ale ei. Și mă îndoiesc foarte mult că ar vrea să știe ce gust au buzele mele, la fel de mult pe cât simt nevoia să știu eu ce gust au ale ei, chiar acum.

— Ai o gură frumoasă, îi zic, încă urmărindu-i încet contururile cu vârfurile degetelor. Nu mă pot opri din privit.

— Ar trebui să-i simți gustul, îmi răspunde. E de-a dreptul adorabil.

Mama mă-sii de viață!

Închid ochii cât pot de strâns și-mi trântesc capul lângă gâtul ei, mutându-mi atenția cu forța de la buzele alea.

— Încetează, depravată mică.

— Nici gând, ripostează ea, râzând în hohote. Asta e regula ta tâmpită; de ce-ar trebui să am eu grijă de respectarea ei?

Of, Doamne, Dumnezeule. Pentru ea e un joc. Toată chestia asta cu *nesărutatul* e un joc pentru ea și are de gând să mă sâcâie până mă ia naiba. Nu pot să fac una ca asta. Dacă abandonez și o sărut înainte de a fi pregătită, știu că n-o să mă mai pot opri. Și nu știu ce naiba se petrece în pieptul meu acum, dar zău că-mi place cum mă simt lângă ea. Dacă e posibil să prelungesc asta până când mă asigur că simte și ea la fel, atunci exact asta o să fac. Și dacă-mi vor trebui săptămâni întregi ca să am certitudinea că ajunge în punctul dorit, atunci cred că voi aștepta săptămâni întregi. Între timp, voi face tot ce-mi stă în puteri ca să mă asigur că următoarea premieră pentru ea nu va fi în niciun caz nesemnificativă.

— De-aia, fiindcă știi că am dreptate, îi zic, explicându-i exact de ce trebuie să mă ajute cu respectarea regulii. Nu pot să te sărut astă-seară, din cauză că sărutatul duce la următorul lucru, care duce la următorul de după el, și în ritmul ăsta o să terminăm toate premierele până în weekendul viitor. Nu vrei să ne întindem cu premierele un pic mai mult?

Mă ridic de lângă gâtul ei și o privesc de deasupra, pe deplin conștient de faptul că, în clipa asta, e o distanță mai mică între gurile noastre decât între trupuri.

— Premiere? repetă privindu-mă curioasă. Cam câte premiere sunt?

— Nu sunt chiar atât de multe, tocmai de-aia e necesar să le întindem mai mult. Deja am trecut de prea multe, de când ne cunoaștem.

Își înclină capul într-o parte și înfățișarea îi devine atrăgător de serioasă.

— De ce premiere am trecut deja?

— De cele ușoare, îi explic. Prima îmbrățișare, prima întâlnire, prima ceartă, prima oară când ne-am culcat în același pat, deși eu, unul, n-am dormit. Acum, de-abia dacă ne-au mai rămas câteva. Primul sărut. Prima dată când ne culcăm împreună și suntem amândoi chiar treji. Prima căsătorie. Primul copil. După asta, s-a terminat. Viețile noastre vor deveni prozaice și plictisitoare, iar eu voi fi nevoit să divorțez de tine și să-mi iau o nevastă cu douăzeci de ani mai tânără, ca să mai am o mulțime de alte premiere, în timp ce tu vei fi captiva creșterii copiilor.

Îi pun mâna pe obraz și-i zâmbesc.

— Așa că, vezi, iubito? Fac asta numai în favoarea ta. Cu cât aștept mai mult până să te sărut, cu atât mai mult va trece până când voi fi forțat să te las cu ochii-n soare.

Râde, iar hohotele ei sunt atât de contagioase, încât sunt silit să-mi înghit nodul enorm din gât ca să pot respira din nou.

— Logica ta mă îngrozește, îmi zice. Aș cam spune că nu-mi mai pari atrăgător acum.

Accept provocarea.

Mă las încet deasupra ei, având grijă să-mi susțin greutatea în mâini. Dacă trupul meu i-ar atinge în clipa asta oricare parte a corpului, ar însemna să trecem deja de la premiere la secunde și terțe.

— Ai *cam* zice că nu-ți mai par atrăgător? o întreb, privind-o drept în ochi. Asta poate să însemne și că-ți cam *par* atrăgător.

I se întunecă privirea și scutură din cap. Văd cum scobitura de la baza gâtului se mișcă foarte puțin când înghite în sec, înainte de a vorbi.

— Nu-mi pari atrăgător deloc. Îmi provoci repulsie. La drept vorbind, ai face mai bine să nu mă săruți, fiindcă sunt cât se poate de sigură că tocmai mi-am înghițit voma.

Râd, apoi mă las într-un singur cot, ca să ajung mai aproape de urechea ei, având grijă în continuare să nu-i ating nicio altă parte a corpului.

— Ești o mincinoasă, îi șoptesc. Ești *enorm* de atrasă de mine și o să ți-o demonstrez acum.

Am avut toate intențiile din lume să mă retrag, dar de îndată ce i-am simțit parfumul, n-am mai putut să mă desprind. M-am trezit cu buzele lipite de gâtul ei înainte de a avea măcar posibilitatea să cumpănesc hotărârea. Numai că, în clipa de față, pare mai degrabă mai mult o *necesitate* de a-i simți gustul decât o simplă *hotărâre*. Icnește când mă dau înapoi și nu mă pot abține să sper că icnetul ei a fost autentic. Gândul că ea chiar a simțit ceea ce am simțit și eu când i-am atins gâtul cu buzele mă face să mă simt ridicol de triumfător. Mare păcat că-mi plac provocările, fiindcă icnetul doar m-a făcut să-mi doresc trecerea la un nivel superior al jocului. Îmi cobor la loc gura spre urechea ei și-i șoptesc:

— Pe asta ai simțit-o?

Ține ochii închiși și clatină din cap că nu, răsuflând cu greutate. Îi privesc pieptul, care tresaltă primejdios de aproape de al meu.

— Vrei s-o mai fac o dată? o întreb în șoaptă.

Vreau să mă *implore* s-o mai fac o dată, numai că ea clatină din cap că nu. Respirația îi e de două ori mai rapidă decât acum un minut, ceea ce mă face să știu că ajung unde trebuie. Îmi vine să râd de îndârjirea cu care scutură din cap a negație, cu toate că, în același timp, strânge în pumn cearșaful lângă ea. Mă apropii mai mult de gura ei, fiindcă dintr-odată simt copleșitoarea nevoie de a inspira câteva din gurile de aer pe care le elimină. Mi se pare că am mai mare nevoie de ele acum decât ea, așa că inspir în același timp în care buzele mele îi întâlnesc obrazul. Nu mă opresc totuși acolo. Nu mă *pot* opri acolo. Înșir în continuare săruturi, pornind de pe obraz și până la ureche. Mă întrerup ca să-mi recapăt respirația cât să pot întreba, cu o voce sigură:

— Asta cum a fost?

Încă o dată, scutură din cap cu încăpățânare, dar și-l înclină pe spate și ușor spre stânga, lăsându-mi cale liberă. Îmi ridic mâna de pe pat și-o duc spre mijlocul ei, fără s-o pierd din ochi, în timp ce-mi strecor mâna sub bluza ei, suficient de departe cât să-i pot mângâia abdomenul cu degetul mare. Aștept orice fel de reacție din partea ei, dar nu-i văd pe față decât o expresie aspră, cu buzele strânse, ca și cum ar încerca să-și țină respirația. Nu vreau să-și țină respirația. Vreau s-o aud cum respiră.

Când îmi las gura și nasul spre maxilarul ei, dă drumul aerului reținut până acum, exact așa cum sperasem c-o să facă. Îmi plimb nasul de-a lungul maxilarului, inhalându-i parfumul, după care mă deplasez în jos, ascultând concentrat fiecare icnet care-i scapă printre buze, ca și cum ar fi ultimele sunete pe care le-aș auzi în viață. Când ajung la ureche, patru dintre simțuri îmi sunt întrebuințate până la epuizare, iar unul e într-un deficit grav: *gustul.*

Știu că nu pot să-i simt gustul buzelor în seara asta, dar trebuie să gust măcar o parte din ea. Îmi apăs buzele de urechea ei și imediat își duce mâna la gâtul meu, trăgându-mă și mai tare spre ea. Simțind-o cum își dorește buzele mele pe piele, pieptul mi se despică larg și cedez complet, vrând să simt încă și mai mult nevoia asta a ei. Imediat, deschid gura și limba începe să-mi alunece pe ea, sorbindu-i dulceața și ferecând-o în memorie. N-am simțit niciodată vreun gust care să rivalizeze în asemenea măsură cu perfecțiunea.

Deodată, geme și *naiba să mă ia.* Tot ce-am crezut până acum că știu despre dorințele sau poftele sau nevoile mele se pierde în sunetul ăsta. De aici înainte, noul și unicul meu scop în viață e să găsesc calea prin care s-o fac să scoată din nou exact același sunet.

O prind cu mâna de o parte a capului și mă dezlănțui total, sărutându-i și dezmierdându-i fiecare centimetru al gâtului, încercând să găsesc exact locul ăla care a dat-o gata acum câteva secunde. Își lasă capul să cadă pe pernă, iar eu profit de ocazie ca să-i explorez și mai mult gâtul. Imediat cum buzele mele încep să alunece spre proeminența pieptului ei, mă forțez să urc la loc spre nord, nevrând s-o împing spre punctul ăla în care m-ar ruga să mă opresc. Pentru că sunt absolut sigur că nu vreau să mă opresc din ce naiba o fi ceea ce facem acum.

Ochii îi sunt încă închiși. Mă apropii de buzele ei, sărutând-o delicat aproape de colțul gurii.

Și iată-l. Cel mai dulce și delicat sunet îi scapă iar din gât. Nu pot să ignor faptul că o altă parte a mea se trezește odată cu sunetul ăsta. O sărut în continuare, într-un oval complet pe lângă marginile buzelor ei, impresionat de mine însumi pentru că mi-am găsit, cumva, tăria de a mă reține.

Sunt nevoit să mă opresc pentru moment, fiindcă, dacă n-aș face-o, cu siguranță mi-aș încălca unica regulă stabilită pentru seara asta: adică, absolut interzis contactul gură la gură. Știu că ar fi grozav dac-aș săruta-o în clipa asta. Dar nu vreau să aibă parte de grozav. Vreau să aibă parte de incredibil. Privindu-i buzele în clipa asta, știu sigur că pentru mine va fi incredibil.

— Sunt de-a dreptul perfecte, îi zic. Ca o inimă. Aș putea, fără exagerare, să-ți privesc buzele zile de-a rândul, fără să mă plictisesc vreodată.

Deschide ochii și zâmbește.

— Nu. Asta nu. Dacă nu faci decât să le privești, atunci *eu* o să fiu cea plictisită.

Naiba să-l ia de zâmbet! E dureros că sunt nevoit să privesc gura asta zâmbind și strângându-se și bosumflându-se și râzând și vorbind, când tot ce vreau să văd e cum mă sărută.

Numai că, deodată, își linge buzele și tot ce credeam până adineaori că știu despre durere începe de fapt să pară o binecuvântare în comparație cu felul în care îmi e scobită inima din piept prin mica ei șicană. *Doamne, Dumnezeule*, ce fată!

Gem și-mi lipesc fruntea de a ei. Faptul că-i știu gura atât de aproape de a mea îmi stoarce tot autocontrolul. Mă las peste ea și e ca și cum un val de aer cald ar da buzna în încăpere, învăluindu-ne. Amândoi simțim simultan totul și gemem împreună, ne mișcăm împreună și respirăm împreună.

Pe urmă, capitulăm total împreună. Toate cele patru mâini ale noastre trag disperate de tricoul meu, ca și cum două mâini nu s-ar putea descurca îndeajuns de repede. De îndată ce-a fost scos, își înlănțuie picioarele de mijlocul meu, strângându-mă și mai mult în ea. Îmi cobor fruntea la loc peste a ei și mă apăs peste ea, găsind o nouă metodă de a-i smulge acele mici sunete care mi-au devenit repede melodia preferată. Continuăm să ne mișcăm în tandem și, cu cât o aud icnind și gemând încetișor, cu atât îmi apropii buzele de ale ei, vrând să resimt sunetele astea la prima mână. Am nevoie doar de o mică mostră a cum îi va fi sărutul. O mică avanpremieră, atât. Îmi las buzele să le atingă pe ale ei și icnim amândoi simultan.

Îl simte. Ea chiar îl simte al naibii de bine în clipa asta și am impresia că mă înec în satisfacție. Nu vreau să grăbesc lucrurile și sub nicio formă nu vreau să le încetinesc. Nu vreau decât să le păstrez exact așa cum sunt acum, pentru că e perfect așa.

Îi pun mâna pe obraz și-mi mențin fruntea lipită de a ei, buzele noastre atingându-se. Ador senzația gurilor lunecând împreună, așa că mă îndepărtez puțin și-mi ling buzele, pentru o mișcare mai lină. Îmi îndrept picioarele, preluând ceva din povara suportată de genunchi, fără să mă aștept la efectul pe care i-l produce ei mica schimbare a centrului de greutate. Își arcuiește spinarea și șoptește „O, Doamne".

Simt că ar trebui să-i răspund, fiindcă al naibii de clar dă impresia că se referă la mine în clipa asta, după felul în care-și aruncă brațele pe după gâtul meu și-și îndeasă capul în mine. Brațele îi tremură și picioarele îmi încleștează mijlocul și-mi dau seama că ea nu doar *simte* acum, ci face tot ce poate ca să se împotrivească simțirii.

— Holder, șoptește, încleștându-mi spatele.

Nu știu sigur dacă vrea să-i răspund sau nu, dar am uitat cum se vorbește, așa că nu mai are importanță. Abia dacă-mi mai amintesc până și cum se respiră, în clipa asta.

— Holder.

De data asta, îmi rostește numele cu mai multă insistență, așa că o sărut pe tâmplă și-mi încetinesc mișcările. Încă nu m-a rugat să mă opresc sau s-o iau mai încet, dar sunt destul de convins că asta urma. Fac tot ce pot ca să-i previn cererea, pentru că senzația e incredibilă și în niciun caz nu vreau să mă opresc.

— Sky, dacă o să-mi ceri să mă opresc, mă opresc. Dar sper să nu, pentru că eu chiar nu vreau să mă opresc, așa că, te rog.

Mă ridic puțin și o privesc, încă mișcându-mă, aproape imperceptibil, deasupra ei. Încă nu mi-a cerut să mă opresc și, sincer, mă tem c-o s-o facă. Mă tem că, dac-o să mă opresc, atunci orice simte ea în clipa asta o să dispară. Iar asta mă sperie, din moment ce știu că eu o s-o simt zile de-a rândul după asta. Și-mi place la nebunie să știu că tot ce-i fac eu acum are un efect suficient de puternic, încât să simtă nevoia de a mă opri, până nu va trece la o premieră neașteptată astă-seară.

Întind mâna spre obrazul ei și i-l mângâi cu dosul palmei, dorind... nu, *având nevoie* ca ea să treacă la acea premieră astă-seară.

— N-o să mergem mai departe de-atât, îți promit. Dar, te rog, nu-mi cere să mă opresc de unde am ajuns deja. Am nevoie să te văd și am nevoie să te aud, fiindcă, știind că tu chiar simți asta acum, mă simt al naibii de extraordinar. Ești incredibilă și mă simt incredibil și... *te rog*. Doar... *te rog*.

Îmi cobor gura spre a ei și o sărut ușor, retrăgându-mă imediat, înainte ca minunata conexiune să se transforme în ceva mai mult decât un pupic. Buzele ei par de o perfecțiune de neconceput, trebuie să mă ridic complet de pe ea, ca să-mi recapăt luciditatea. Altfel, n-aș mai fi în stare să mă înfrânez nici măcar pentru o secundă. O privesc și ea mă privește, căutând în ochii mei răspunsul la o întrebare căreia numai ea poate să-i răspundă. Aștept, răbdător, să hotărască încotro ne îndreptăm de aici încolo.

Începe să scuture din cap și-și pune mâinile pe pieptul meu.

— Nu. Orice-ar fi, nu te opri.

Rămân nemișcat timp de câteva secunde, repetându-mi în minte de mai multe ori ceea ce tocmai a zis, până când sunt absolut sigur că tocmai mi-a zis să *nu* mă opresc. Îmi strecor mâna la ceafa ei și-i trag fruntea spre a mea.

— Îți *mulțumesc*, îi zic pe nerăsuflate.

Îmi reiau poziția deasupra ei, încetul cu încetul, până când ne regăsim ritmul. Așa, lipită de mine, îmi dă o senzație de-a dreptul incredibilă, încât nu știu dac-o să mai fiu vreodată același. Fata asta tocmai a ridicat ștacheta cu atât de mult deasupra capetelor tuturor celorlalte fete, încât niciuna nu s-ar mai putea apropia vreodată.

O sărut peste tot unde au mai atins-o deja buzele mele în seara asta, iuțind ritmul în concordanță cu icnetele și gemetele ei. Când îi simt trupul încordându-se în jurul meu îmi desprind buzele de gâtul ei și o privesc. Își înfige mai adânc unghiile în pielea mea, apoi își lasă capul pe spate și închide ochii. E absolut superbă așa, dar am nevoie să-i văd ochii. Am nevoie s-o văd că simte.

— Deschide ochii, îi zic, iar ea tresare, dar nu mă privește. *Te rog.*

Imediat îi deschide după ce-i spun *te rog*. Își împreunează sprâncenele și-și pierde tot ritmul respirației. Acum se luptă să respire, în timp ce tremură din tot trupul sub mine, în tot acest timp susținându-mi privirea. Tot ce pot să fac e să-mi țin respirația și să urmăresc cel mai formidabil lucru pe care l-am văzut vreodată desfășurându-se sub mine. Atunci când cel mai sonor dintre gemete îi scapă de pe buze, nu mai poate să-și țină ochii deschiși. Imediat cum îi închide, îmi las buzele iar peste ale ei, având nevoie să le simt din nou cu ale mele. După ce, în sfârșit, se liniștește, îmi apropii buzele de gâtul ei și-l sărut așa cum mi-aș fi dorit să-i fi putut săruta gura în clipa asta.

Dar faptul că văd cât de mult simte nevoia s-o sărut acum pe gură face ca așteptarea să devină chiar și mai importantă pentru mine. Dat fiind ceea ce tocmai s-a întâmplat între noi, pare aproape absurd să mențin hotărârea de a n-o săruta. Numai că sunt încăpățânat și-mi place să știu că data viitoare, când vom fi, tot așa, împreună, vom putea să trăim o nouă premieră, care probabil mă va înnebuni și mai mult decât cea de astă-seară.

Îmi lipesc buzele de umărul ei și mă ridic într-un cot. Îi mângâi fruntea, la rădăcina părului, dând deoparte șuvițele care i-au căzut peste față. Pare total mulțumită și e cea mai frumoasă și mai satisfăcătoare senzație din câte am avut vreodată.

— Ești incredibilă, îi zic, conștient de faptul că e un cuvânt mult prea neînsemnat pentru ceea ce e, de fapt.

Îmi zâmbește și inspiră adânc, în același timp cu mine. Acum pieptul mi-e viu în totalitate și singurul lucru care știu că m-ar putea satisface e să mă lipesc iar de ea, cu gurile împreunate. Îmi alung imaginea din minte și încerc să mă calmez, sincronizându-mi ritmul respirației cu al ei.

După ce mi-am găsit, în tăcere, o poziție îndeajuns de stabilă ca s-o pot atinge, îmi apropii mâna, pe pat, de a ei, și-mi încolăcesc degetul mic de al ei. Senzația pe care mi-o dă unirea degetelor noastre mici mi se pare mult prea familiară. Mult prea potrivită. Mult prea așteptată. Închid ochii și încerc să-i tăgăduiesc conștiinței mele satisfacția de a fi avut dreptate.

Ea e Sky. Atât și nimic mai mult. Mă îndoiesc de asta doar din cauza felului în care o simt atât de familiară. Familiaritatea nu prea poate fi suficientă ca să mă convingă de contrariu.

Sper că instinctul meu se înșală, pentru că, dacă are dreptate, adevărul o s-o distrugă.

Te rog, fă ca ea să fie Sky.

Teama mea de a avea dreptate mă tot îmboldește, așa că mă ridic în capul oaselor pe pat, din nevoia de a mă desprinde de ea. Trebuie să-mi limpezesc mintea de toată nebunia asta.

— Trebuie să plec, îi zic privind-o. Nu mai pot să stau nici măcar o secundă pe patul ăsta cu tine.

Sunt sincer. Nu *pot* să mai stau pe patul ăsta, împreună cu ea, nici măcar o secundă în plus, deși sunt sigur că ea bănuiește alte motive. Nu motivul real pentru care simt nevoia să mă desprind de ea: faptul care mă îngrozește, acela că intuiția mea e, în sfârșit, corectă, o dată în viață.

Mă ridic și-mi trag tricoul peste cap, observând că mă privește de parcă aș respinge-o. Știu, probabil a crezut c-o să ajung s-o sărut astă-seară, dar are foarte multe de învățat dacă e să se îndoiască de cuvântul meu.

Mă aplec mai aproape de ea și-i adresez un zâmbet liniștitor.

— Când am zis că n-o să fii sărutată astă-seară, am vorbit serios. Dar, fir-ar să fie, Sky. Habar n-am avut cât de a naibii de grea o să-mi faci situația.

Îmi strecor mâna la ceafa ei și mă aplec ca s-o sărut pe obraz. Când o aud icnind, am nevoie de toată puterea voinței ca să-i dau drumul și să cobor din pat. O privesc în timp ce mă duc spre fereastră, scoțându-mi telefonul din buzunar. Îi trimit repede un mesaj, după care-i fac cu ochiul și, imediat, mă cațăr pe pervaz și ies. Împing fereastra și fac câțiva pași în spate. De îndată ce fereastra a fost închisă, ea sare din pat și iese fuga din cameră, mai mult ca sigur ca să se ducă după telefon și să citească mesajul. În mod normal, surescitarea ei m-ar fi făcut, foarte probabil, să râd. Numai că, în loc de asta, mă pomenesc privind fără țintă prin fereastra camerei ei. Îmi simt inima grea, și mintea și mai grea, în timp ce piesele puzzle-ului încep să se pună cap la cap, drept până la numele ei.

„Totdeauna cerul e frumos..."[1]

Amintirea mă face să tresar. Mă proptesc cu palma de peretele din cărămidă și inspir adânc. E aproape de râs, zău: faptul că pot să stau aici și să nutresc ideea că așa ceva s-ar putea chiar întâmpla, după treisprezece ani. Dac-ar fi adevărat... dacă ar fi chiar ea... asta ar distruge-o. Exact motivul pentru care mă încăpățânez să refuz posibilitatea, până nu am o dovadă palpabilă: ceva cu adevărat

---

[1] „The sky is always beautiful", în engleză, în original

tangibil, care s-o confirme. Fără vreo dovadă tangibilă, pentru mine ea va rămâne Sky.

Pur și simplu, vreau să fie Sky.

Capitolul cincisprezece

Les,

Ți-aduci aminte de când eram copii și le-am cerut tuturor să nu-mi mai spună Dean? N-am mărturisit nimănui adevărul despre motivul pentru care prefer să mi se spună Holder, nici măcar ție.

Aveam opt ani. A fost prima și ultima dată când ne-am dus la Disneyland. Așteptam la rând la un montagne-russe, iar tu și tata erați în fața mea, pentru că tu nu puteai să te dai de una singură. Eu eram cu câteva degete mai înalt decât tine, și asta te enerva, pentru că puteam să mă dau singur în majoritatea mașinăriilor, iar tu, nu.

Când am ajuns în față, pe tine și pe tata v-au pus în primul vagonet, iar eu a trebuit să aștept pe următorul. Am stat acolo singur, așteptând, răbdător. Am întors capul și am văzut-o pe mama, care era cam la o sută de metri, la intrarea în incinta instalației, așteptându-ne să terminăm. I-am făcut cu mâna și ea mi-a răspuns. M-am întors la loc când s-a tras următorul vagonet în fața mea.

Și atunci am auzit-o.

Am auzit-o pe Hope strigându-mi numele. M-am răsucit pe călcâie și m-am ridicat pe vârfuri, în direcția de unde i se auzise vocea.

„Dean!", a țipat ea. Părea să fi fost foarte departe, dar am știut că e ea, fiindcă îmi pronunțase numele cu accentul ei specific. Mereu îmi lungea prenumele la mijloc, făcându-l să pară că ar avea mai mult de o silabă. Totdeauna mi-a plăcut cum îmi pronunța numele, așa că,

atunci când am auzit țipătul, am știut că e ea. Probabil că mă văzuse și încerca să mă cheme ca s-o ajut.

„Dean", a țipat iar, numai că, de data asta, se auzea și mai de departe. I-am simțit panica din voce. Am început să intru și eu în panică, știind că aș avea necazuri dacă mi-aș pierde rândul. Mama și tata ne-au dădăcit toată săptămâna de dinaintea plecării că trebuie să stăm tot timpul lângă unul din ei.

Am aruncat o privire spre mama, dar ea nu se uita la mine, vă urmărea pe tine și pe tata, cum începeați cursa. Nu știam ce să fac, pentru că ea n-ar mai fi știut unde sunt, dacă aș fi ieșit din rând. Dar, când am auzit-o din nou țipând pe Hope, nu mi-a mai păsat. Trebuia s-o găsesc.

Am pornit în fugă spre celălalt capăt al rândului: în direcția din care-i auzisem vocea. Îi strigam numele, sperând că mă va auzi și va veni în întâmpinarea vocii mele.

Doamne sfinte, Les. Cât eram de surescitat! Eram îngrozit și surescitat și știam că toate rugăciunile noastre primiseră un răspuns, însă depindea de mine să mă grăbesc și s-o găsesc și mi-era teamă că n-o să pot. Hope era acolo, iar eu nu puteam să ajung la ea îndeajuns de repede.

Îmi făcusem tot planul în minte. Imediat cum aveam s-o găsesc, mai întâi mă gândeam s-o strâng al naibii de tare în brațe, apoi s-o iau de mâini și s-o duc în locul în care aștepta mama. Pe urmă, să așteptăm la ieșire, pentru ca, atunci când aveați să terminați, ea să fie prima pe care s-o vedeți.

Știam cât urma să fii de fericită la vederea ei. Niciunul din noi nu fusese cu adevărat fericit în cei doi ani de când ne fusese luată, iar asta era șansa noastră. În definitiv, se spune că Disneyland e locul cel mai fericit de pe pământ și, pentru prima dată, începeam să cred și eu asta.

„Hope!", am țipat, făcându-mi mâinile pâlnie la gură. Alergam deja de câteva minute, încercând să ascult, poate-i mai auzeam vocea. Mă striga, apoi îi strigam și eu numele, și asta a durat parcă o veșnicie, până când m-a apucat cineva de braț și m-a smucit, oprindu-mă pe loc. Mama și-a azvârlit brațele pe după gâtul meu și m-a ținut strâns, dar eu m-am zbătut să scap din îmbrățișarea ei.

„Dean, nu se poate să fugi așa!", mi-a zis. Se lăsase în genunchi și mă zgâlțâia de umeri, privindu-mă disperată în ochi. „Am crezut că te-am pierdut."

M-am desprins de ea și am încercat să fug mai departe spre Hope, dar mama nu mi-a dat drumul, m-a ținut de umeri în continuare.

„Stai pe loc!", a strigat nedumerită, neștiind de ce voiam să fug de ea.

Am privit-o, cuprins de panică, și am scuturat viguros din cap, străduindu-mă să-mi recapăt suflul și să găsesc cuvintele.

„E... am zis, arătând în direcția în care voiam să fug. E Hope, mamă! Am găsit-o pe Hope! Trebuie să ajungem la ea, până n-o pierd iar."

Tristețea i-a umbrit imediat ochii și am știut că nu mă credea.

„Dean", a șoptit ea clătinând înțelegătoare din cap. „Dragul meu."

Îi părea rău pentru mine. Nu mă credea, fiindcă nu era prima dată când aveam impresia că am găsit-o. Dar știam că nu mă înșelam de data aia. Știam.

„Dean!", a strigat Hope încă o dată. „Unde ești?" Acum era mult mai aproape și, după cum îi suna vocea, mi-am dat seama că plângea. Mama și-a întors fulgerător privirea spre direcția vocii și mi-am dat seama că auzise și ea strigătul.

„Trebuie s-o găsim, mamă", am implorat-o. „E ea. E Hope."

Mama atunci m-a privit în ochi și i-am zărit teama în ei. A încuviințat și m-a luat de mână.

„Hope?", a țipat ea, cercetând mulțimea cu privirea. Acum o strigam amândoi și-mi aduc aminte că, la un moment dat, m-am uitat la

mama, în timp ce mă ajuta s-o caut. În clipa aia, am iubit-o mai mult ca oricând, pentru că ea chiar m-a crezut.

Am auzit amândoi iarăși vocea care mă striga pe nume, dar de data asta era mult mai aproape. Mama s-a uitat la mine, făcând ochii mari. Am rupt-o amândoi la fugă spre locul din care auziserăm vocea lui Hope. Ne-am făcut loc prin mulțime și... atunci am văzut-o. Era cu spatele la noi și stătea singură.

„Dean!", a țipat din nou.

Eu și mama încremeniserăm. Nu ne venea să credem. Ea era chiar în fața noastră, căutându-mă. După doi ani în care n-am știut cine a luat-o sau unde era, o găsiserăm, în sfârșit. Am dat să înaintez, dar m-am pomenit deodată îmbrâncit într-o parte de un adolescent care se repezea spre ea. Când a ajuns, a apucat-o de braț și a întors-o cu fața spre noi.

„Ashley! Slavă Domnului!", a zis trăgând-o spre el.

„Dean", i-a răspuns ea băiatului, aruncându-și brațele după gâtul lui. „M-am rătăcit."

El a ridicat-o în brațe.

„Știu, surioară. Îmi pare foarte rău. Acum ești în siguranță."

Ea și-a desprins fața brăzdată de lacrimi de pieptul lui și a întors capul spre noi.

Nu era Hope.

Nu era nicidecum Hope.

Iar eu nu eram acel Dean pe care-l căuta.

Mama atunci m-a strâns de mână și s-a lăsat pe vine în fața mea.

„Îmi pare foarte rău, Dean", mi-a zis. „Și eu am crezut că era ea."

Un hohot mi-a țâșnit din piept și am plâns, am plâns al naibii de rău, Les. Mama și-a încolăcit brațele în jurul meu și a început și ea să plângă, fiindcă nu cred să fi știut că unui băiat de opt ani i se poate frânge inima în asemenea hal.

Dar eram zdrobit. Inima mi s-a frânt iar în ziua aia.
Și n-am mai vrut să aud în viața mea numele Dean.
H

Capitolul șaisprezece

Cobor practic în salturi treptele, până în bucătărie. E a doua zi de luni a anului școlar și doar gândindu-mă la atitudinea mea de când m-am trezit, săptămâna trecută pe vremea asta, prin comparație cu cea de acum, îmi vine să râd. Nici într-un milion de ani nu mi-aș fi închipuit c-o să fiu atât de mistuit de gândul la o fată. Din clipa în care am plecat din casa ei, sâmbătă seara, n-am făcut altceva decât să mănânc, să respir și să dorm cu ea în minte.

— Și cum ți se pare Sky? mă întreabă mama.

Stă la masa din bucătărie, luându-și micul dejun și citind ziarul. Mă miră faptul că i-a ținut minte numele. Nu i l-am pomenit decât o dată. Închid ușa frigiderului și mă îndrept spre bar.

— E o fată grozavă, îi răspund. Îmi place mult de tot.

Mama lasă jos ziarul și-și lungește gâtul spre mine.

— *Fată?* repetă ea, arcuindu-și o sprânceană.

Nu înțeleg ce-o nedumerește. O fixez cu privirea, până când o văd că scutură din cap și izbucnește în râs.

— Of, Dumnezeule mare! exclamă ea. Ai brodit-o!

Tot nu mă prind.

— Cum adică? M-ai întrebat cum mi se pare Sky, iar eu ți-am răspuns.

Acum mama râde și mai abitir.

— Am zis *școala*, Holder. Te-am întrebat cum ți se pare *școala*.

A!

Poate că, *într-adevăr*, am brodit-o.

— Ia mai taci, o reped, râzând rușinat.

Se oprește din râs și-și ia din nou ziarul, ținându-l în fața ei. Îmi iau apa și ghiozdanul și pornesc spre ușă.

— Ei? mă întreabă. Cum ți se pare *școala*?

Îmi dau ochii peste cap.

— Merge, îi răspund, ieșind de-a-ndăratelea din bucătărie. Dar tot mai mult îmi place Sky.

Ajung la mașină și-mi arunc ghiozdanul înăuntru. Păcat că nu m-am gândit să-i propun s-o iau de acasă în dimineața asta, dar după ce ne-am petrecut cea mai mare parte a zilei de duminică trimițându-ne reciproc mesaje, am căzut de acord s-o luăm mai încet. Am hotărât să nu alergăm împreună dimineața. Ea a zis că ar fi prea mult, prea repede, iar eu vreau, fără îndoială, să-i respect ritmul, așa că am fost de acord. Totuși, nu pot să neg că m-a dezamăgit puțin hotărârea ei de a alerga singură. Eu aș vrea să-i fiu în preajmă în fiecare secundă a zilei, dar mai știu și că are dreptate. Am petrecut un weekend împreună și deja simt că m-am legat de ea la un nivel mult mai profund decât de oricare altă fată cu care am fost. E o senzație plăcută, dar, în același timp, mă și sperie al naibii de tare.

Înainte să ies cu mașina de pe alee, scot telefonul și-i scriu.

Nu știu dacă orgoliul tău are nevoie să fie dezumflat pe ziua de azi. O să judec singur când o să ajung în sfârșit să te văd peste cincisprezece minute.

Las jos telefonul și pornesc în marșarier pe alee. Când ajung la primul indicator de oprire, iau telefonul și-i scriu iar.

Paisprezece minute.

Rămân cu telefonul în mână și-i trimit un nou mesaj după încă un minut.

Treisprezece minute.

Și tot așa, în fiecare minut, până când ajung în parcarea școlii și se epuizează toate minutele.

Când ajung în dreptul clasei, mă zgâiesc prin geamul ușii. Stă în fundul sălii, lângă un loc convenabil de gol. Pulsul mi se accelerează un pic doar văzând-o. Deschid ușa, intru, și un zâmbet îi luminează brusc fața imediat ce mă vede.

Ajung în capătul sălii și dau să-mi las ghiozdanul pe banca neocupată în același timp în care un băiat încearcă să-și pună lucrurile tot acolo. Îl privesc, mă privește, după care amândoi întoarcem capul spre Sky, fiindcă nu vreau să-i fac vânt ăluia până când nu-mi dă ea permisiunea.

— Se pare că avem o situație complicată aici, băieți, zice ea cu un zâmbet adorabil, după care privește paharul cu cafea pe care-l ține în mână băiatul de lângă mine. Observ că mormonul i-a adus reginei ofranda de cafea. Cât se poate de impresionant, zice, întorcându-și privirea spre mine și arcuindu-și o sprânceană. Dorești să-ți dezvălui propria ofrandă, tinere incurabil, ca să pot hotărî cine-mi va ține companie astăzi pe tronul din clasă?

Mă tachinează. Și-mi place la nebunie. Dacă stau să mă gândesc, ăsta probabil e tipul cu care a stat la masa de prânz toată săptămâna. O singură privire aruncată pantofilor și pantalonilor lui, în nuanțe de roz aprins, mă eliberează de orice grijă că ar putea să constituie o concurență.

Îmi iau ghiozdanul și-i las lui locul.

— Din câte se pare, cineva are nevoie azi de un mesaj distrugător, zic așezându-mă în banca din fața ei.

— Felicitări, seniore, îi zice ea tipului cu cafeaua. Ești alesul reginei pe ziua de azi. Stai jos. A fost un weekend de pomină.

Tipul se așază, dar o examinează cu o privire curioasă. E limpede, după înfățișarea lui, că n-are habar ce s-a petrecut între mine și Sky în weekendul ăsta.

— Breckin, el e Holder, zice Sky. Holder nu e iubitul meu, dar dacă-l prind că încearcă să bată recordul de cel mai grozav prim sărut cu altă fată, foarte curând o să fie non-iubitul meu *fără suflare.*

A, nu-ți face griji, iubito. N-am de gând nici măcar să încerc să bat recordul cu alta, în afară de tine.

Îi zâmbesc.

— Asemenea.

— Holder, ți-l prezint pe Breckin, adaugă, gesticulând spre el. Breckin e noul meu cel mai bun și cel mai bun prieten dintotdeauna și din toată lumea largă.

Dacă e cel mai bun prieten al lui Sky, atunci sunt destul de sigur că e pe cale să devină al doilea cel mai bun prieten al meu. Îi întind mâna. Breckin mi-o strânge cu precauție, după care întoarce capul spre Sky și o întreabă, cu voce scăzută:

— Dar *non-iubitul* tău are cunoștință de faptul că sunt mormon?

Sky zâmbește și face semn că da.

— S-a dovedit că Holder nu are absolut nimic împotriva mormonilor. Are ceva doar împotriva nemernicilor.

Breckin râde, în timp ce eu încă mă străduiesc să înțeleg dacă mormon înseamnă chiar mormon în cazul de față, fiindcă sună ca o exprimare codificată pentru cu totul altceva.

— Ei bine, dacă așa stă treaba, bun-venit în alianța noastră, îmi zice Breckin.

Privesc spre paharul cu cafea din fața lui. Dacă mormon înseamnă mormon, atunci ar fi de preferat să fie decofeinizată.

— Credeam că mormonii n-au voie să bea cafea, îi zic, dar Breckin ridică din umeri.

— M-am hotărât să încalc regula asta în dimineața în care m-am trezit că sunt gay.

Izbucnesc în râs. Cred că mormonul ăsta îmi place.

Sky se lasă pe spătarul scaunului și-mi zâmbește. E bine să primești apreciere din partea singurului prieten pe care, după toate aparențele, îl are ea pe-aici. Domnul Mulligan intră în clasă, așa că mă aplec spre Sky, înainte ca el să-și înceapă prelegerea.

— Mă aștepți după oră?

Ea zâmbește și face semn că da.

*

Când ajungem la dulăpiorul ei, îl găsim din nou căptușit cu bilețele adezive.

Jigodiile.

Le rup, le fac cocoloș și le arunc pe podea, ca de fiecare dată când trec pe lângă dulăpiorul ei. Ea face schimbul de cărți, după care se întoarce cu fața spre mine.

— Te-ai tuns, constată.

Nici prin gând nu-mi trece să mărturisesc cât e de greu să găsești o frizerie deschisă duminica.

— Mda. O gagică nu mai înceta cu văicărelile pe tema asta. Era de-a dreptul enervantă.

— Îmi place cum îți stă.

— Bun.

Îmi zâmbește, strângându-și cărțile la piept. Mă gândesc fără încetare la seara de sâmbătă și la cum aș da orice ca să fiu în clipa asta iar în camera ei. De ce naiba n-am sărutat-o? Fir-ar să fie, azi o sărut. După ore. Sau *în timpul* orelor, dacă reușesc să mă descurc. Sau chiar acum.

— Cred că ar fi timpul să mergem la ore, zice privind peste umărul meu.

— Mhî, o aprob.

Într-adevăr, probabil că ar fi timpul să mergem la ore, dar cum *nu* am următoarea oră comună cu ea, chiar nu mă grăbesc să mă duc în clasă.

Mai stă un pic să mă privească. Timp suficient pentru mine ca să-mi întocmesc un plan în minte. Știu că e luni, dar vreau s-o scot în oraș diseară. În felul ăsta, va trebui s-o conduc până acasă. Și-atunci, imediat cum ajungem la ușă, o sărut de-o înnebunesc, timp de cel puțin o jumătate de oră, așa cum trebuia să fac sâmbătă seara.

Se desprinde de dulăpior și dă să plece, dar o apuc de braț și o trag înapoi. O împing cu spatele de ușa dulapului și-i blochez calea cu brațele, făcând-o să icnească.

Am tulburat-o din nou.

Ridic mâna și o strecor sub bărbia ei, apoi îmi plimb degetul mare pe buza de jos. Îi simt iar pieptul tresăltând peste al meu și respirația desfășurându-se într-o succesiune mai rapidă.

— Îmi pare rău că nu te-am sărutat sâmbătă seara, șoptesc, cu ochii pe gura ei.

Își depărtează buzele și-mi plimb mai departe degetul pe ele.

— Așa, stau tot timpul să-mi imaginez ce gust ai, adaug.

Îmi apăs degetul pe centrul buzelor ei și, cu o mișcare rapidă, mă aplec și o sărut. Mă retrag la fel de repede, fiindcă genul ăsta de șicană mă cam omoară. Ea ține ochii închiși, dar îi dau drumul și mă îndepărtez.

Sunt foarte convins că tocmai am devenit maestrul voinței, fiindcă să mă îndepărtez de gura aia a fost unul dintre cele mai grele lucruri din câte am făcut vreodată.

★

— Salut, păsărică, îmi zice Daniel, sărind peste rând și oprindu-se în fața mea.

— Păsărică?

Oftez și clatin din cap. Jur că nu știu de unde-o scoate toate astea.

— Păi, nu-ți place când îți spun incurabil. Sau labă tristă. Sau fofoloancă. Sau...

— Ai putea să-mi spui doar Holder.

— Tot restul lumii îți spune Holder, iar eu urăsc tot restul lumii, așa că nu. N-aș putea, ripostează el, luând două tăvi goale și dându-mi mie una.

Face semn cu capul spre masa lui Sky.

— Prin urmare, sper că a meritat să mă lași cu buza umflată sâmbătă seara pentru țâțe fierte de colo.

— Sky o cheamă, îl corectez eu.

— Ei bine, eu nu pot să-i spun Sky. Tot restul lumii îi spune Sky, iar eu urăsc tot restul lumii, așa că...

Izbucnesc în râs.

— Ei bine, atunci lui Valerie de ce-i spui pe numele *ei*?

Se răsucește brusc spre mine.

— Cine e Valerie? mă întreabă, privindu-mă ca pe un țicnit.

— *Val*? Fosta ta iubită? Sau actuala ta iubită, ce-o fi.

— Nu, frate, zice Daniel râzând. N-o cheamă Valerie, ci Tessa.

Ce mama naibii?

— Eu îi zic Val, fiindcă e prescurtarea de la Valium și mereu îi spun că ar avea nevoie să ia porcării din alea cu găleata. N-am mințit când am zis că e nebună, naibii.

— Dar îi spui *cuiva* pe numele adevărat?

Îmi cumpănește pentru o clipă întrebarea, după care mă privește nedumerit.

— De ce-aș face una ca asta?

Mă las păgubaș.

— Azi o să stau cu Sky, îl anunț. Vrei să stai cu noi?

Daniel scutură din cap.

— Nț. Val e într-o zi bună, așa că vreau să profit de asta, îmi zice luându-și restul de la casieră. Pe mai târziu, pupincuristule.

Într-un fel, mă simt ușurat că vrea să stea cu Val. Nu știu dacă sunt pregătit încă să-i administrez lui Sky o doză de Daniel. Plătesc mâncarea și pornesc spre masa lor. Când ajung, am impresia că Sky îi oferă lui Breckin o relatare în rezumat a weekendului nostru. Breckin mă vede că vin în spatele ei, dar îmi face cu ochiul și nu-i dă de știre că o aud.

— A venit la mine acasă vineri și, după vreo câteva neînțelegeri, am ajuns până la urmă să ne înțelegem asupra faptului că ne-am înțeles greșit unul pe altul. Pe urmă am stat să coacem prăjituri, eu i-am citit câteva porcării, după care el a plecat acasă. A mai venit și sâmbătă seara și mi-a gătit. Pe urmă am mers amândoi în camera mea și...

Las jos tava lângă a ei și mă așez.

— Continuă, îi zic. Tare mult vreau să aud ce-am făcut pe urmă.

Mă fulgeră cu un zâmbet când îmi vede tava lângă a ei, după care își dă ochii peste cap și se întoarce spre Breckin.

— Și pe urmă am bătut recordul pentru cel mai grozav prim sărut din istoria primelor săruturi, fără ca măcar să ne sărutăm.

— Impresionant, încuviințează Breckin.

— A fost un weekend chinuitor de plicticos, îi explic.

Breckin mă săgetează cu o privire de parcă ar vrea să mă ia la șuturi pentru că am insultat-o pe Sky. Tocmai a primit multe puncte pentru asta.

— Holder adoră plictiseala, îl lămurește Sky.

O spune în sensul frumos.

Breckin își ia furculița și-și plimbă privirea de la unul la celălalt.

— Nu există multe lucruri capabile să mă deruteze, însă voi doi sunteți o excepție.

Nu e singurul derutat de noi doi. Și eu sunt total derutat de noi doi. Niciodată nu m-am mai simțit atât de în largul meu cu o fată și nici măcar nu suntem împreună. Nici măcar nu ne-am sărutat. Cu toate că i-am dat un *non*-sărut al naibii de strașnic. Simplul gând la asta îmi stârnește neliniștea.

— Ești ocupată diseară?

— Posibil, răspunde, ștergându-se la gură cu șervețelul și zâmbind.

Îi fac cu ochiul, știind că e felul ei încăpățânat de a spune că nu e ocupată.

— Ce ți-a citit, mizeria aia pe care ți-am împrumutat-o eu? se interesează Breckin.

— Mizerie? repet eu râzând. Nu *cred* c-a fost o mizerie, dar n-am prins mai nimic din carte, din cauză că aveam mintea un pic altundeva.

Sky mă plesnește cu palma peste braț.

— M-ai lăsat să-ți citesc timp de trei ore și nici măcar n-ai fost atent?

Îmi arunc brațul pe după umerii ei și-o trag spre mine, apoi o sărut pe tâmplă.

— Ți-am mai zis că am fost atent, îi șoptesc la ureche. Doar că nu și la cuvintele care-ți ieșeau din gură.

Mă întorc spre Breckin.

— Totuși, am prins câte ceva. Nu e o carte rea. N-aș fi crezut vreodată c-o să mă intereseze un roman de dragoste, dar sunt curios cum o să iasă gagiul ăla din rahat.

Breckin mă aprobă și dezvăluie o parte din intrigă. Începem să discutăm despre carte, dar nu pot să nu observ cât de tăcută e Sky în tot timpul cât vorbesc cu Breckin. O tot privesc, dar e cu gândurile în altă parte, exact ca sâmbătă seara, în bucătăria ei, când tot așa fusese. După un timp în care nu scoate o vorbă și nici măcar nu ia vreo înghițitură de mâncare, încep să mă îngrijorez, ca nu cumva să fie ceva în neregulă.

— Te simți bine? o întreb întorcându-mă spre ea.

Nici măcar nu clipește. Pocnesc din degete în fața ei.

— Sky, zic ceva mai tare, și privirea i se smucește în sfârșit spre mine, dovadă că s-a trezit la realitate. Unde-ai plecat? o întreb, îngrijorat.

Zâmbește, dar pare stânjenită de faptul că a fost pe altă lume. Întind mâna și-i cuprind obrazul în palmă, mângâind-o liniștitor cu degetul mare.

— Ar fi cazul să termini cu disparițiile astea. Mă cam sperii, așa, un pic.

— Scuze, îmi răspunde ridicând din umeri. Îmi pierd ușor concentrarea.

Zâmbește și-mi ia mâna de pe fața ei, strângând-o ca să mă liniștească.

— Serios, n-am nimic.

Îmi cobor privirea spre mâna ei, care acum o ține pe a mea. Văd jumătatea familiară a unei inimioare din argint atârnându-i de sub mânecă, așa că-i întorc imediat mâna și-i răsucesc încheietura într-o parte și-n cealaltă.

Ea poartă brățara lui Les.

De ce *naiba* poartă brățara lui Les?

— De unde o ai? o întreb, privind în continuare brățara despre care sunt al naibii de sigur că n-ar fi trebuit să fie la încheietura ei în clipa asta.

Își privește mâna și ridică din umeri, ca și cum n-ar fi mare scofală.

Ridică din umeri? Doar atât?

Ridică din umeri de parcă i s-ar rupe de faptul că tocmai m-a lăsat fără aer. Cum e posibil să poarte brățara asta? E brățara lui Les. Ultima oară când am văzut brățara asta era la încheietura lui Les.

— De unde o ai? repet, pe un ton mai poruncitor.

Acum mă privește cu ochii unei persoane îngrozite de cel din fața ei. Îmi dau seama c-o țin prea strâns de încheietură, așa că-i dau drumul, exact în clipa în care își trage și ea mâna.

— Crezi c-o am de la vreun tip? mă întreabă derutată.

Nu, nu *cred* că e de la un tip. *Dumnezeule.* Nu cred absolut deloc așa ceva. Ceea ce *cred* e că poartă brățara surorii mele care a murit și că refuză să-mi spună de unde o are. Nu se poate să ridice din umeri și să stea așa, purtându-se de parcă ar fi o coincidență, pentru că brățara asta e confecționată manual și nu mai există decât o singură altă brățară ca ea în toată lumea asta afurisită. Așa că, dacă nu cumva e Hope, atunci a ajuns cumva să poarte brățara lui Les și vreau să știu de ce mama naibii o poartă!

Dacă nu cumva e Hope.

Adevărul mă izbește în plin și cred c-o să mi se facă rău. *Nu, nu, nu.*

— Holder, intervine Breckin, mișcându-se mai în față. Ia-o mai ușor, omule.

Nu, nu, nu. Nu se poate să fie brățara lui Hope. Cum ar putea s-o mai aibă, după atât timp? Cuvintele ei de sâmbătă seara îmi năvălesc în minte.

„Singurul lucru pe care-l am de dinainte să mă adopte Karen e o podoabă și habar n-am de unde o fi."

Mă aplec în față, rugându-mă ca brățara asta să nu fie podoaba la care se referise.

— Cine ți-a dat nenorocita asta de brățară, Sky?

Icnește, încă neputând să-mi dea un răspuns. Nu poate să-mi răspundă, deoarece chiar nu știe. Mă privește de parcă aș fi zdrobit-o și, naiba să mă ia... cred că asta am făcut.

Știu că n-are habar despre ceea ce-mi trece mie prin minte în clipa asta, dar cum aș putea măcar începe să-i spun? Cum naiba să-i explic că poate ea nu știe de unde e brățara de la încheietura ei, dar eu *știu*? Cum să-i spun că brățara provine de la Les? De la cea mai bună prietenă a ei, de care nici măcar nu-și amintește? Și cum să-i mărturisesc că a primit brățara asta cu doar câteva minute înainte ca eu să plec de lângă ea? Cu câteva minute înainte ca întreaga ei viață să-i fie smulsă de sub picioare?

Nu *pot* să-i spun. Nu pot să-i spun, pentru că ea, sincer, nu-și amintește deloc de mine, nici de Les și nici de cum a primit brățara asta nenorocită. Dacă mă uit la ea, cred că nici de Hope nu-și amintește. Nu-și amintește nici măcar de *ea*. Sâmbătă seara mi-a zis că n-are nicio amintire despre viața ei înainte de Karen.

Cum e posibil să nu-și aducă aminte? Cum e posibil să nu-și aducă aminte că a fost furată din propria casă? De lângă cea mai bună prietenă a ei?

Cum e posibil să nu-și amintească de *mine*?

Închid ochii și-mi întorc privirea de la ea. Mă apăs cu palmele pe frunte și inspir adânc. Trebuie să mă calmez. În clipa asta, o îngrozesc, ceea ce e ultimul lucru pe care mi l-aș dori. Mă iau cu mâinile de ceafă, ca să le țin ocupate și să nu dau cu pumnii în masă.

Ea e Hope. Sky e Hope și Hope e Sky și „Mama mă-sii!"

Nu vreau s-o spun cu voce tare, deoarece știu c-o înspăimânt. Dar ăsta e tot calmul de care sunt capabil în clipa de față. Trebuie să ies de-aici. Trebuie să-mi dau seama cum naiba pot să-i explic.

Mă ridic și mă reped spre ieșirea din sala de mese, înainte să mai fac sau să mai spun ceva. Imediat cum ies pe ușă și rămân singur pe coridor, mă prăbușesc peste dulăpiorul cel mai apropiat și-mi duc mâinile tremurătoare la față.

— Mama mă-sii, mama mă-sii, mama mă-sii!

Capitolul șaptesprezece

Les,

Iartă-mă că n-am găsit-o mai devreme. Nu mă pot abține să mă întreb dacă asta ar fi schimbat ceva. Îmi pare foarte rău.

H

Capitolul optsprezece

Les,

Totuși, ea încă are brățara ta. Asta trebuie să însemne ceva pentru tine.

H

Capitolul nouăsprezece

Les,

Nu știu ce să fac. Au trecut deja mai mult de șase ore și mă tot străduiesc să-mi dau seama dacă să mă duc la ea acasă și să-i spun tot sau să-i mai las ceva timp.

Cred c-o să-i mai las ceva timp. Am nevoie să analizez toate astea.

H

Capitolul douăzeci

Les,

Dar dacă aș suna-o pe Karen și i-aș explica ei totul? Sky pare să aibă o relație bună cu ea. Karen și-ar putea da seama de ceea ce e de făcut.

H

Capitolul douăzeci și unu

Les,

Fir-ar să fie. Dar dacă tocmai Karen e cea care a făcut-o?

H

Capitolul douăzeci și doi

Les,

Dacă i-aș spune mamei? Aș putea să-i spun mamei, iar ea ar putea să-și dea seama de ceea ce trebuie să facem sau dacă e nevoie să sunăm la poliție. E avocat. Sunt sigur că are de-a face cu chestii din astea mai tot timpul.

H

Capitolul douăzeci și trei

Les,

Nu pot să-i spun mamei. Mama e specializată pe drepturile de proprietate intelectuală. N-ar ști mai mult decât mine ce e de făcut.

H

Capitolul douăzeci și patru

Les,

E aproape miezul nopții. Douăsprezece ore de când las situația asta să continue, fără să-i dau nici măcar o explicație pentru ceea ce s-a întâmplat azi la prânz. Doamne, sper că n-am făcut-o să plângă.

H

Capitolul douăzeci și cinci

Les,

Ea probabil că doarme acum. O să-i spun mâine-dimineață. Ea aleargă în fiecare dimineață, așa că o să apar pur și simplu și o să alerg cu ea, după care o să-i spun. O să vedem noi ce-o să facem după aceea.

H

Capitolul douăzeci și șase

Les,
Nu pot să dorm.
Nu pot să cred că am găsit-o.
H

Capitolul douăzeci și șapte

Les,

De ce crezi tu că-și spune Sky?

Era un lucru pe care-l făceam când eram mici. Am făcut-o numai de câteva ori, fiindcă a fost luată la scurt timp după asta. Dar ea plângea tot timpul și eu nu suportam, așa că ne întindeam pe alee și priveam cerul și o țineam de deget. Îmi aduc aminte, aveam impresia că e vulgar să ții o fată de mână, așa că, în loc de asta, o țineam de degetul mic. Pentru că, deși eram mic și era vulgar să țin o fată de mână, eu chiar voiam s-o țin de mână.

Îi spuneam că, atunci când e tristă, să se uite la cer, iar ea mereu îmi promitea că așa o să facă. Și acum iat-o. Și numele ei e Sky.

E trei dimineața. Nimic din toate astea n-are sens. Mă culc și eu acum.

H

Capitolul douăzeci și opt

Les,

Ei bine, am alergat cu ea. Oarecum. Mai degrabă, părea că am alergat după ea. Nu m-am putut învrednici să vorbesc cu ea imediat ce mi-am făcut apariția. Iar pe urmă, după ce am alergat, eram amândoi atât de epuizați, încât doar ne-am prăbușit pe iarbă.

Speram ca incidentul de ieri de la cantină să declanșeze în ea vreun fel de amintire. Speram ca azi, când aveam să ajung la ea, să știe exact ce m-a dat peste cap în asemenea hal ieri. Voiam să-mi spună că și-a amintit, ca să nu fiu eu nevoit să-i explic.

Cum faci să-i spui cuiva așa ceva, Les? Cum să-i spun că mama care a crescut-o ar putea foarte bine să fie cea care a furat-o de lângă noi?

Dacă spun ceva, viața ei se schimbă pentru totdeauna. Iar ei îi place viața de acum. Îi place să alerge și să citească și să facă prăjituri și... fir-ar să fie de viață.

Fir-ar să fie de viață.

Până acum n-avea sens, dar... toată povestea cu internetul? Cu mama care nu voia ca ea să aibă telefon? Karen a fost. Karen a luat-o, naibii, și face tot posibilul ca să se asigure că Sky nu află.

Nu știu ce să fac. Știu că nu pot să stau în preajma ei acum. Nici gând să pot fi lângă ea și să mă prefac că totul e bine, mersi, când nu e așa. Dar nici n-am cum să-i spun adevărul, pentru că i-aș întoarce lumea cu susul în jos.

Nu știu ce ar fi mai dureros. Să nu mă mai apropii de ea, ca să nu afle, sau să-i spun adevărul și să-i distrug încă o dată viața.

H

Capitolul douăzeci și opt și jumătate

Les,

E joi seara. N-am mai vorbit cu ea de luni. Nici măcar s-o privesc nu pot, fiindcă doare prea rău. Tot nu știu ce să fac și, cu cât las ca situația asta să se prelungească mai mult, cu atât mai nemernic par. Dar, de fiecare dată când reușesc să-mi adun curajul necesar ca să vorbesc cu ea, habar n-am ce-aș putea să spun. I-am promis că totdeauna o să fiu sincer cu ea, iar asta e o situație în care nu pot să fiu sincer cu ea.

Am încercat să-mi închipui de ce-ar face Karen așa ceva, dar n-am găsit nici măcar o scuză valabilă în toată lumea asta care să poată justifica răpirea unui copil. M-am gândit chiar la posibilitatea ca tatăl lui Hope chiar să n-o fi vrut și să fi dat-o spre adopție. Dar știu că ipoteza asta nu e adevărată, fiindcă el a făcut tot ce i-a stat în puteri ca s-o găsească, luni de-a rândul.

Pur și simplu, nu pot să-mi dau seama. Nici măcar nu știu dacă e nevoie. Până când am dat buzna în viața ei, acum două săptămâni, era fericită. Dacă nu mă îndepărtez acum, o să-i distrug totul.

Ce ironie, nu-i așa? M-am îndepărtat de ea acum treisprezece ani și i-am distrus viața. Acum, dacă mă hotărăsc să nu mă îndepărtez de ea, îi distrug viața încă o dată.

Asta nu face decât să demonstreze că tot ceea ce fac e fără speranță. Al naibii de fără speranță.

H

Capitolul douăzeci și nouă

— Salut, bolovane. O punem diseară? mă întreabă Daniel, venind spre dulăpiorul meu.

Ultimul lucru de care aș avea chef diseară ar fi să ies. Știu că probabil Daniel ar reuși să-mi mai abată gândurile de la ea, cu toate tâmpeniile care-i ies pe gură, dar eu nu vreau, de fapt, să-mi abat gândurile de la ea. N-am mai vorbit cu ea de lunea trecută și singurul lucru care mi se pare tentant, în afară de a sta cu ea, e să mă scald de unul singur în autocompătimire.

— Poate mâine. N-am chef să fac nimic astă-seară.

Daniel se sprijină cu cotul de dulap și-și lasă capul în jos, aplecându-se spre mine.

— Chiar ești fătălău, îmi zice. Nici măcar nu te-ai cuplat cu gagica. Termină naibii cu asta și...

Se oprește și privește peste umărul meu.

— Tu ce naiba de problemă mai ai, bulache?

Vorbește cu cineva care e acum în spatele meu. Iar după felul în care o spune nu poate să însemne decât că e Grayson. Temându-mă că urmează să încasez un pumn pe la spate, mă răsucesc pe călcâie.

Nu e Grayson.

Breckin e în fața mea și nu pare să fie prea încântat de asta.

— Salut, îi zic.

— Trebuie să stau de vorbă cu tine, îmi zice.

Știu că vrea să vorbim despre Sky, iar eu chiar nu vreau să vorbesc despre Sky. Nici cu Breckin, nici cu Daniel, nici măcar cu

Sky. Nimeni nu înțelege nimic despre nimic și, pe bune acum, nici nu e treaba nimănui.

— 'Pare rău, Breckin. Chiar nu sunt în dispoziție să vorbesc despre ea.

Breckin face repede un pas înainte și eu fac repede un pas înapoi, fiindcă nu mă așteptam să se repeadă așa la mine. Acum sunt cu spatele lipit de dulap, iar Daniel râde. Probabil, din cauză că Breckin e cu vreo 25 de kilograme bune mai ușor decât mine și cu destui centimetri mai scund, așa că se întreabă, probabil, de ce naiba nu l-am trântit încă în fund pe Breckin.

— Chiar mi se rupe de dispoziția ta, fiindcă și eu sunt într-o dispoziție destul de împuțită, Holder. Nu tu ai fost nevoit să culegi țăndările lui Sky toată săptămâna. Nu știu ce naiba s-a întâmplat luni la masă, dar a fost suficient ca să-mi arate că nu-mi placi. Nu-mi placi niciun pic, naibii, și habar n-am ce-o vedea Sky la tine... pentru că, știi ce i-ai făcut? Cum ai dus-o de nas zile în șir, după care ai plecat pur și simplu, ca și cum ți-ai fi pierdut timpul cu ea?

Breckin scutură din cap, încă spumegând de furie. Privirea îi coboară spre brațul meu. Spre tatuaj.

— Îmi pare rău pentru tine, zice oftând.

Apoi trage aer în piept, ca să se calmeze, și-și ridică încet privirea spre mine.

— Îmi pare rău pentru tine, pentru că oameni ca ea nu întâlnești decât o singură dată în viață. Ea merită pe cineva care să-și dea seama de asta. Pe cineva care s-o aprecieze. Pe cineva care n-ar fi niciodată capabil să...

Scutură iar din cap, privindu-mă dezamăgit.

— Pe cineva care n-ar fi niciodată capabil să-i zdrobească speranța, după care să plece, pur și simplu.

Breckin face un pas înapoi după ce termină, iar Daniel îmi aruncă privirea aia. Privirea care indică faptul că e gata să pornească una dintre celebrele lui încăierări. Înainte de a putea măcar să-i spun lui Daniel să se potolească, el se avântă deja spre Breckin. Mă interpun repede între ei și-l împing pe Daniel în dulap cu brațul, pe care-l țin apoi apăsat pe pieptul lui.

— Termină, îi zic, ținându-l pe loc.

— Lasă-l să mă lovească, strigă Breckin din spatele meu. Sau, chiar mai bine, de ce nu mă lovești tu, Holder? I-ai dovedit luni lui Sky ce dur ești tu. Hai, poftește!

Îi dau drumul lui Daniel și fac stânga împrejur spre Breckin. Ultimul lucru pe care l-aș vrea ar fi să dau în el. De ce să-l lovesc, când tot ce mi-a zis a fost adevărul absolut? E furios pe mine pentru cum m-am purtat cu Sky. E furios și o apără, iar eu habar n-am cum aș putea să-i spun cât de mult înseamnă pentru mine să știu că ea îl are pe el.

Mă întorc și-mi deschid dulăpiorul, după care îmi iau ghiozdanul și cheile mașinii. Daniel mă urmărește îndeaproape cu privirea, întrebându-se în sinea lui de ce nu-l pocnesc pe Breckin. Când ajung iar față-n față cu Breckin, văd că mă privește la fel de derutat ca Daniel. Dau să plec, dar mă opresc când ajung în dreptul lui Breckin.

— Sunt bucuros că te are pe tine, Breckin, îi zic.

Nu-mi răspunde. Îmi salt ghiozdanul pe umăr și plec.

Capitolul douăzeci și nouă și jumătate

Les,

N-am vorbit cu ea de două săptămâni. Mă mai duc la școală totuși, pentru că nu-mi pot imagina gândul de a nu o vedea în fiecare zi. Dar o urmăresc numai de la distanță. Urăsc faptul că pare tristă acum.

Am sperat că, după faptele mele de lunea trecută din sala de mese, o să rămână supărată pe mine, fie chiar și numai un pic. Dar când m-am hotărât să nu-mi mai permit întoarcerea în viața ei, am sperat ca supărarea s-o ajute să mă uite mai repede. Numai că ea nu pare supărată. Pare doar zdrobită, iar asta mă distruge.

În weekend am făcut o listă cu argumentele pro și contra spunerii adevărului despre cine e în realitate. O să ți le împărtășesc, ca să-mi înțelegi mai bine hotărârea, fiindcă știu că n-are niciun sens.

Argumente pro ca să-i spun adevărul lui Sky:

** Familia ei merită să știe ce s-a întâmplat cu ea și că e teafără.*

** Ea merită să știe ce s-a întâmplat.*

Argumente contra să-i spun adevărul lui Sky:

** Adevărul îi va distruge viața pe care o are acum.*

** Când eram mici, niciodată nu mi s-a părut că ar fi fericită, însă acum pare fericită. S-o readuc cu forța la o viață de care nici măcar nu-și amintește nu mi se pare că ar fi alegerea corectă.*

** Dac-ar afla că am știut tot timpul cine e, nu m-ar ierta niciodată pentru că i-am ascuns adevărul.*

** Din câte știu, ea crede că ziua ei de naștere e săptămâna viitoare, dar mai sunt câteva luni până să împlinească într-adevăr optsprezece* *ani. Dacă află acum, hotărârea privind ce se va întâmpla cu ea va fi luată de tatăl ei și de justiția statului. Când e să afle adevărul, vreau să aibă vârsta suficientă ca să poată lua singură hotărârile despre ce urmează să se întâmple cu viața ei.*

Oricât n-aș vrea să cred că autoarea faptei ar fi Karen, mă întreb: dar dacă e ea? Dacă adevărul iese la iveală, Karen o să fie pedepsită. Iar chestia asta probabil ar fi trebuit inclusă la argumentele pro, dar nu cred că trimiterea ei la închisoare ar fi în vreun fel ceva benefic pentru Sky.

Așa că, după cum vezi, argumentele contra au ieșit câștigătoare, motiv pentru care m-am hotărât să nu-i spun adevărul. În orice caz, nu încă. După ce m-am hotărât că n-o să-i spun ce s-a întâmplat cu ea în copilărie, m-am mai gândit și dacă ar fi o idee bună ca măcar să încerc să-i cer iertare pentru ce s-a întâmplat în ziua aia la prânz. M-am gândit că aș putea cumva să păstrez secretul până când o să termine liceul; și, între timp, am putea să fim împreună. Îmi doresc să fiu cu ea mai mult decât orice, dar sunt și destule motive pentru care n-ar trebui să fiu.

Argumente pro ca să fiu cu Sky:

** Mi-e dor de ea, naibii, mi-e dor de comentariile ei brutale, de râsul ei, de zâmbetul ei, de încruntarea ei, de fursecurile ei, de negresele ei, de sărutul ei. (Chiar dacă pe cel din urmă nu l-am avut niciodată cu adevărat. Știu că mi-ar fi fost dor de el dacă l-aș fi avut.)*

** N-ar mai fi atât de zdrobită dacă i-aș cere iertare. Am putea să ne întoarcem în punctul în care rămăseserăm, iar eu aș putea să mă prefac că ea n-ar fi Hope. Ar fi o cruzime, dar cel puțin ea ar fi fericită.*

Argumente contra să fiu cu Sky:

** Fiind în preajma ei, aș putea să-i activez memoria. Nu sunt convins că aș fi pregătit să-și amintească de mine, deocamdată.*

** Când o să afle adevărul, o să mă urască pentru că am înșelat-o. Măcar, dacă n-am să fiu cu ea, ar putea să aprecieze faptul că n-am mințit-o, atunci când am lăsat-o să se îndrăgostească de mine.*

** Dacă stau cu ea, oricât de puțin timp, știu c-o să mă scap. O să-i spun Hope, sau o să zic ceva despre copilăria noastră, sau o să vorbesc prea mult despre tine, iar asta ar putea să-i declanșeze amintirea.*

** Cum aș putea să i-o prezint vreodată mamei? Sunt destul de convins că, la cât timp și-a petrecut Hope în casa noastră, mama ar recunoaște-o imediat.*

** O să fac eu ceva ca s-o dau în bară. Asta pare să fie singura constantă din viața mea. S-o dau în bară față de tine și față de Hope.*

** Dacă ies complet din viața ei, poate să-și ducă mai departe viața satisfăcătoare pe care a dus-o în ultimii treisprezece ani.*

** Dacă rămân, inevitabil voi fi nevoit să-i spun adevărul. Și, oricâtă nevoie ar avea, probabil, să afle adevărul, i-ar întoarce viața pe dos. N-aș putea să văd așa ceva, Les. Pur și simplu, n-aș putea.*

Așadar, le ai aici pe toate, negru pe alb. N-o să-i spun adevărul și n-o s-o las să mă ierte. O să-i fie mai bine fără mine. O să-i fie mai bine dacă trecutul rămâne trecut, iar eu rămân la distanță de ea.

H

Capitolul treizeci

Iau sacoșa de pe podeaua mașinii și mă duc la ușă, după care sun. Nu știu dacă e o idee bună. De fapt, știu că nu e o idee bună. Dar, dintr-un motiv oarecare, am încredere în el să facă asta pentru mine.

Ușa se deschide și o femeie, mai mult ca sigur mama lui, apare în prag.

— Breckin e acasă? o întreb.

Femeia începe din creștetul capului, apoi îmi parcurge în jos tot corpul, oprindu-se la pantofi. Nu e genul de examinare de care are parte un bărbat din partea unei femei care vrea să știe cu cine are de-a face. E o examinare dezaprobatoare.

— Breckin nu așteaptă vizite, răspunde ea cu răceală.

Așa. La obstacolul ăsta nu m-am așteptat.

— E în regulă, mamă, îl aud pe Breckin, după care ușa se deschide mai mult. N-a venit pentru latura mea gay.

Mama lui Breckin pufnește, apoi își dă ochii peste cap și pleacă, în timp ce eu mă forțez să-mi stăpânesc râsul. Breckin stă acum în locul ei, cercetându-mă cu o privire dezaprobatoare, exact cum procedase ea.

— Ce vrei?

Îmi mut greutatea de pe un picior pe celălalt, simțindu-mă cam stânjenit de cât de puțin bine-venit sunt în casa asta.

— Două lucruri vreau, îi răspund. În primul rând, am venit ca să-mi cer iertare. Dar, în același timp, am venit să-ți cer un serviciu.

Breckin își arcuiește o sprânceană.

— I-am spus maică-mii că n-ai venit pentru latura mea gay, Holder. Așa că, n-ai decât, cere-ți iertare, dar eu nu-ți fac niciun serviciu.

Râd. Îmi place mult faptul că poate să fie atât de supărat, dar și să se ironizeze pe el însuși, în același timp. Numai Les era în stare de așa ceva.

— Pot să intru? îl întreb. Mă simt al naibii de stânjenit în clipa de față pe verandă și chiar nu vreau să port discuția asta în pragul unei uși.

Breckin face un pas înapoi și deschide ușa mai larg.

— Ar fi cazul să fie un cadou pentru iertare, îmi zice arătând spre sacoșa din mâna mea.

Nu privește înapoi, nici nu mă invită să-l urmez, ci doar se îndreaptă spre hol, așa că închid ușa după mine, arunc o privire în jur, după care pornesc în urma lui. Deschide ușa camerei lui și intru. Îmi arată un scaun.

— Stai acolo, zice pe un ton ferm.

El se duce să se așeze pe marginea patului, cu fața spre mine. Mă așez fără grabă pe scaun, iar el își sprijină coatele pe genunchi și-și împreunează palmele în față, privindu-mă drept în ochi.

— Să înțeleg că după asta o să-i ceri iertare și lui Sky? După ce pleci de-aici? Pentru că față de ea chiar trebuie să-ți ceri iertare.

Pun sacoșa jos, la picioarele mele, și mă las pe spătarul scaunului.

— Ești foarte protector cu ea, nu-i așa?

Breckin ridică din umeri, indiferent.

— Păi, la atâția nemernici care se poartă oribil cu ea, *cineva* trebuie să-i ducă grija.

Strâng din buze și încuviințez, dar nu spun nimic deocamdată. El mă fixează cu privirea pentru un timp, mai mult ca sigur încercând să deducă motivul vizitei mele. Răsuflu zgomotos, după care încep cu ceea ce am de spus.

— Ascultă, Breckin. Probabil că n-o să pară foarte logic ce spun, dar ascultă-mă, bine?

Breckin își îndreaptă spinarea și, în același timp, își dă ochii peste cap.

— Te rog, spune-mi că ai de gând să-mi explici ce naiba s-a întâmplat în cantina aia. Am încercat să-ți analizăm comportamentul de cel puțin zece ori, dar tot n-am găsit nicio noimă.

Scutur din cap.

— Nu pot să-ți spun ce s-a întâmplat, Breckin. Nu pot. Tot ce pot să-ți spun e că Sky înseamnă pentru mine mai mult decât ai putea să înțelegi vreodată. Am stricat totul și e prea târziu ca să mă mai întorc și să dreg situația. Nu vreau iertarea ei, pentru că n-o merit. Știm amândoi că ei îi e mai bine fără mine. Dar simțeam nevoia să vin aici și să-mi cer iertare față de tine, pentru că știu, doar văzându-te, cât de mult ții la ea. Mă omoară gândul că am rănit-o, dar știu că, rănind-o pe ea, te rănesc și pe tine, indirect. Așa că iartă-mă.

Îl fixez în continuare cu privirea. Își înclină ușor capul și-și ronțăie buza de jos, în timp ce mă studiază.

— Ziua ei e sâmbăta viitoare, îi zic ridicând sacoșa. I-am adus asta și vreau să i-l dai tu. Nu vreau să știe că e de la mine. Spune-i doar că e din partea ta. Știu că o să-i placă.

Scot din sacoșă un e-reader și i-l arunc. Îl prinde și se uită la el.

Îl studiază timp de câteva minute, după care îl întoarce și cercetează partea din spate. Apoi îl aruncă pe pat, lângă el, își împreunează din nou mâinile și privește în jos. Aștept să vorbească, fiindcă eu am spus tot ce-am avut de zis.

— Pot să zic și eu un singur lucru? mă întreabă ridicându-și privirea.

Încuviințez. Mi-am închipuit că ar avea mult mai mult decât un *singur* lucru de zis, după tot ce-a fost.

— Cred că ceea ce m-a enervat cel mai mult e faptul că-mi plăcea s-o văd cu tine, îmi zice. Mi-a plăcut s-o văd cât de fericită era în ziua aia. Și chiar dacă a fost vorba doar despre o jumătate de oră, cât te-am văzut împreună cu ea, la prânz, înainte să pleci și să dispari naibii, zice fluturându-și mâna prin aer, mi s-a părut, pur și simplu, că era ceva *potrivit*. Păreai potrivit pentru ea, iar ea părea potrivită pentru tine și... Nu știu, Holder. Ce spui chiar n-are nicio logică. N-a avut nicio logică să te îndepărtezi de ea în ziua aia și sigur n-ai nicio logică acum. Dar îmi dau seama că ții la ea. Doar că nu te înțeleg. Nu te înțeleg deloc și asta mă enervează la culme, pentru că, dacă există pe lumea asta un lucru la care să mă pricep, atunci ăla e să-i înțeleg pe oameni.

N-am numărat în timp ce vorbea, dar sunt destul de sigur că n-a fost doar un singur lucru.

— Poți doar să ai încredere în faptul că țin cu adevărat la ea? îl întreb. Vreau ce e mai bun pentru ea și, deși mă omoară gândul că nu eu sunt ceea ce e mai bun pentru ea, vreau s-o văd fericită.

Breckin zâmbește, după care întinde mâna și ia e-readerul.

— Ei bine, cred că după ce-o să-i dau cadoul ăsta minunat, pe care mi-am cheltuit economiile de-o viață, o să uite complet de Dean Holder. Sunt destul de convins că totul o să fie numai rumeguș și raze de soare de îndată ce-o să se cufunde în cărțile pe care urmează să i le încarc aici.

Zâmbesc, chiar dacă habar n-am ce vrea să spună prin rumeguș și raze de soare[1].

---

[1] Referire la *Mare Tranquilitatis*, de Katja Millay, în care protagonistul, Josh, e pasionat de tâmplărie (de aici, rumegușul) și o alintă pe iubita lui, Nastya, cu apelativul Rază de Soare.

Capitolul treizeci și jumătate

Les,

Breckin e destul de fain. Ți-ar fi plăcut. M-am dus vineri seară acasă la el și i-am dat cadoul pe care-l cumpărasem pentru Sky. Am discutat situația ceva timp și nu cred că mai vrea să-mi rupă oasele. Nu că ar și putea. Dar asta-i ceea ce mi-a întărit respectul față de el. Faptul că era atât de furios, încât ar fi vrut să se bată cu mine, chiar dacă știa că n-are nici cea mai mică șansă să iasă învingător.

Nu prea știam cum va fi vizita mea la el, dar am ajuns să stau până aproape de miezul nopții. Eu n-am fost niciodată pasionat de jocurile video, dar am jucat Modern Warfare și a fost plăcut să-mi las mintea să mai ia o pauză, pentru un timp. Deși nu sunt sigur că ar fi luat cine știe ce pauză, fiindcă Breckin a ținut morțiș să-mi atragă atenția asupra a cât de mult am vorbit despre Sky. El nu înțelege de ce nu vreau să-mi cer iertare față de ea, dacă e atât de evident că țin la ea. Din nefericire, nu pot să-i explic, așa că n-o să înțeleagă niciodată. Dar pe el pare să nu-l deranjeze.

Amândoi am fost de acord că n-ar fi bine să afle Sky despre discuția noastră. Nu vreau să se supere pe Breckin, deși acum mă simt de parcă aș înșela-o cumva, fiind prieten cu el. Dar pot să te asigur, Les, n-am fost acolo pentru latura lui gay.

H

Capitolul treizeci și unu

— Ce-ai vrea să facem? îl întreb.

— Nu-mi pasă ce facem, răspunde Daniel.

— Nici mie.

Suntem pe aleea din fața casei lui. Eu stau pe spate, pe scaunul meu, cu piciorul proptit de bord. El e în aceeași poziție, pe scaunul șoferului, numai că o mână îi atârnă neglijent pe volan și-și ține capul pe tetieră. Privește pe geam și e neobișnuit de distant.

— Ce e cu tine? îl întreb.

Privind în continuare pe geam, oftează adânc, depresiv.

— Iar am terminat-o cu Val, îmi zice dezamăgit. E nebună. E al naibii de nebună.

— Dar nu pentru asta o iubeai?

— Da, dar tot pentru asta *n-o* iubesc, răspunde el, lăsându-și piciorul să cadă pe podea și trăgându-și scaunul mai în față. Hai să ne cărăm de-aici.

Ambalează motorul și începe să dea înapoi pe alee. Eu îmi pun centura și-mi las ochelarii de soare de pe creștet pe ochi.

— Ce-ai vrea să facem?

— Nu-mi pasă ce facem, zice el.

— Nici mie.

*

— Breckin e acasă? o întreb pe maică-sa, care acum îl examinează din prag pe Daniel, la fel cum mă examinase pe mine vinerea trecută.

— Ei, văd că devii un musafir regulat, îmi zice mama lui Breckin.

Doar că în vocea ei nu e nici urmă de umor și, sincer să fiu, mă cam intimidează.

Rămânem tăcuți timp de mai multe secunde stânjenitoare, dar ea tot nu ne invită să intrăm. Daniel își înclină capul spre al meu.

— Ține-mă. Mi-e frică.

Ușa se deschide mai larg și Breckin apare lângă mama lui, care se întoarce și pleacă. Acum el e cel care-l cercetează pe Daniel cu o privire bănuitoare.

— Categoric *ție* nu-ți fac niciun serviciu, îi zice.

Daniel își întoarce fața spre mine, aruncându-mi o privire întrebătoare.

— E vineri seara și tu mă aduci acasă la bulache? mă întreabă, clătinând dezamăgit din cap. Ce naiba s-a întâmplat cu noi? Ce naiba ne-au *făcut* afurisitele astea?

Cu privirea îndreptată spre Breckin, fac cu capul un semn compătimitor în direcția lui Daniel.

— Necazuri cu fetele. M-am gândit că un pic de Modern Warfare ar putea prinde bine.

Breckin oftează, își dă ochii peste cap, apoi se trage deoparte, ca să ne lase să intrăm. Ajungem înăuntru și Breckin închide ușa după noi, apoi se oprește în fața lui Daniel.

— O dată dacă-mi mai spui bulache, noul meu al doilea cel mai bun prieten din toată lumea largă o să-ți rupă oasele.

Daniel zâmbește cu gura până la urechi, apoi aruncă o privire spre mine. Urmează una dintre conversațiile noastre tăcute, în care el îmi zice că băiatul ăsta nu e rău deloc. Zâmbesc, fiind total de acord cu el.

*

— Hai să lămurim lucrurile, zice Breckin, încercând să clarifice mărturisirea pe care tocmai a făcut-o Daniel. Nici măcar nu știi cum *arăta* fata?

— Habar n-am, răspunde Daniel, cu un zâmbet lăudăros.

— Cum o chema? întreb eu.

Ridică din umeri.

— Habar n-am.

Breckin lasă jos telecomanda jocului și întoarce capul spre Daniel.

— Și cum naiba ai ajuns în debaraua îngrijitorului cu ea?

Chipul lui Daniel e încă scăldat de un rânjet infatuat. La cât pare de mândru de asta, mă șochează faptul că e prima dată când o aud.

— E o poveste nostimă, pe bune, zice. Anul trecut n-am avut niciodată ora a cincea. A fost o eroare din partea celor de la administrație, dar n-am vrut să le atrag atenția. În fiecare zi, la ora a cincea, în timp ce toți ceilalți se duceau la cursurile lor programate, eu mă ascundeam în debaraua îngrijitorului și trăgeam un pui de somn. În partea aia a culoarului nu se făcea curat decât după ore, așa că nimeni nu trecea vreodată pe acolo.

Ne privește pe rând, apoi continuă.

— Cred c-a fost acum șase sau șapte luni, imediat înainte de sfârșitul anului școlar. Eu tocmai trăgeam un pui de somn, ca de obicei la ora a cincea, și deodată cineva deschide ușa, se strecoară înăuntru și se împiedică de mine. N-am putut să văd cine era, pentru că totdeauna țineam lumina stinsă, dar a aterizat drept peste mine. Eram în poziția aia de-a dreptul compromițătoare, iar ea mirosea foarte bine și nu cântărea prea mult, așa că nu m-a deranjat aterizarea ei pe mine. Mi-am înfășurat brațele în jurul ei și n-am încercat deloc s-o dau jos de pe mine, fiindcă mă simțeam al naibii de bine. Totuși, ea plângea, adaugă, pierzându-și o parte din entuziasmul din ochi.

Se lasă pe spătarul scaunului și continuă.

— Am întrebat-o ce-a pățit și mi-a zis doar: „Îi urăsc". Am întrebat-o pe cine urăște și a zis: „Pe toată lumea. Urăsc pe toată lumea". Felul în care a spus-o a fost sfâșietor și mi-era milă de ea, iar respirația îi mirosea al naibii de frumos și știam exact ce voia să spună, pentru că și eu urăsc pe toată lumea. Așa că am rămas cu brațele înfășurate în jurul ei și i-am zis: „Și eu îi urăsc pe toți, Cenușăreaso." Suntem încă în...

— Stai, stai, stai, intervine Breckin, întrerupându-l. I-ai zis Cenușăreasa? De ce naiba?

Daniel ridică din umeri.

— Eram în debaraua unui îngrijitor. Nu știam cum o cheamă și erau peste tot mopuri și mături și rahaturi și mi-a adus aminte de Cenușăreasa, bine? Ia mai lasă-mă!

— Dar de ce să-i spui *în vreun fel*? insistă Breckin, neînțelegând predilecția lui Daniel pentru porecle date la întâmplare.

Daniel își dă ochii peste cap.

— Pentru că nu-i știam afurisitul de *nume*, Einstein! Și nu mă mai întrerupe, abia acum ajung la partea cea mai bună, zice aplecându-se din nou în față. Așa că i-am zis: „Și eu urăsc pe toată lumea, Cenușăreaso". Eram încă în aceeași poziție și era întuneric și, sincer să fiu, era de-a dreptul ispititor. Știți, să n-ai habar cine e, nici cum arată. Oarecum misterios. Și atunci ea râde și se apleacă și mă sărută. Evident că-i răspund la sărut, fiindcă deja terminasem cu somnul și mai aveam un sfert de oră de pierdut. Așa că ne-am sărutat până la sfârșitul orei. Asta-i tot ce am făcut. N-am mai spus niciun cuvânt și nici n-am făcut altceva decât să ne sărutăm.

Când s-a sunat, ea a sărit în picioare și a ieșit. Nici măcar n-am văzut cum arăta.

Privește în podea, zâmbind. Sincer, niciodată nu l-am mai văzut să vorbească așa despre o fată. Nici măcar despre Val.

— Dar parcă spuseseși că a fost cea mai bună partidă de sex din viața ta, îi atrage atenția Breckin, readucându-ne în punctul de pornire al întregii conversații.

Pe chipul lui Daniel apare iar același rânjet lăudăros.

— A fost. Se pare că n-am fost greu de găsit după asta. A apărut iar după o săptămână. Lumina era stinsă, ca de fiecare dată, așa că a intrat și a închis ușa după ea. A zis: „Ești aici, copile?" Felul în care mi-a zis „copile" m-a făcut să cred că poate era o profesoară și aș minți dac-aș spune că ideea asta nu m-a stârnit. Și una duce la alta și hai să zicem doar că i-am devenit Făt-Frumos pentru restul orei. Iar *asta* a fost cea mai bună partidă de sex din viața mea.

Eu și Breckin râdem în hohote.

— Așadar, cine era? îl întreb.

Daniel ridică din umeri.

— N-am aflat niciodată. După asta n-a mai apărut și, în câteva săptămâni, s-a terminat școala. Pe urmă, am cunoscut-o pe Val și viața mea s-a dus de-a dura.

Răsuflă zgomotos, după care întoarce capul spre Breckin.

— E o manifestare de rasism din partea mea dacă nu prea vreau să aud de partidele tale gay de sex?

Breckin râde și azvârle cu telecomanda în Daniel.

— Rasism nu e termenul corect, găgăuță. Homofob și discriminator, da. Și e de înțeles. Oricum nu-ți spuneam.

Atunci Daniel se întoarce spre mine.

— Nici n-am nevoie să ghicesc despre cine o să spui că a fost cea mai tare, îmi zice. La cum te-a dărâmat Sky acum, cred că e destul de clar.

Scutur din cap.

— Ei bine, te înșeli, fiindcă nu numai că n-am făcut sex cu ea, dar nici măcar nu ne-am sărutat vreodată.

Daniel râde, dar Breckin nu, și nici eu, ceea ce-i închide repede gura lui Daniel.

— Te rog, spune-mi că glumești.

Scutur din cap.

Daniel se ridică și-și azvârle telecomanda pe pat.

— Cum naiba de n-ai sărutat-o? mă întreabă ridicând tonul. Pentru că, la cum te-ai comportat luna asta, m-ai făcut să cred că e iubirea vieții tale, ce naiba!

— Și de ce pari să fii enervat de asta? îl întreb ridicând capul.

— Pe bune? ripostează el dându-și ochii peste cap.

Se apropie cu pași apăsați de mine și se apleacă în față, punându-și mâinile de-o parte și de cealaltă a scaunului meu.

— Pentru că ești o *mămăligă*. M-Ă-M-Ă-L-I-G-Ă.

Ia mâinile de pe scaun și face un pas înapoi.

— *Dumnezeule*, Holder. Și mie chiar îmi părea rău pentru tine. Înghite-o, frate. Du-te acasă la ea și sărut-o naibii odată și permite-ți să fii și tu fericit în sfârșit.

Se lasă să cadă pe pat și înhață telecomanda. Breckin zâmbește crispat și ridică din umeri.

— Nu prea-mi place prietenul tău, dar în privința asta are mare dreptate. Eu tot nu înțeleg de ce te-ai supărat așa și ai plecat, dar singura cale de a te reabilita în fața ei e să *nu* stai departe.

Și, cu asta, se întoarce spre televizor, iar eu rămân să mă holbez la ei doi, complet amuțit.

La cum vorbesc ei, pare atât de simplu... Ei fac ca totul să pară ușor, de parcă n-ar atârna în balanță întreaga ei viață. Habar n-au despre ce mama naibii vorbesc.

— Du-mă acasă, îi cer lui Daniel. Nu mai vreau să stau aici.

Ies din camera lui Breckin și-mi continui drumul până în mașina lui Daniel.

Capitolul treizeci și doi

Les,

Tuturor le place să-și dea cu părerea, nu-i așa? Daniel și Breckin habar n-au prin ce-am trecut eu. Prin ce-a trecut fiecare dintre noi.

Dă-o naibii. Nici n-am chef să-ți povestesc despre asta.

H

Închid caietul și-l fixez cu privirea. De ce naiba mai scriu în el? De ce naiba îmi mai bat capul, când ea e *moartă*? Azvârl caietul cât colo prin cameră. Se izbește de perete și cade pe podea. Arunc și pixul după caiet, apoi înșfac și perna de sub cap și o azvârl și pe ea.

— Fir-ar să fie, mormăi iritat.

Mă enervează Daniel, el crede că viața mea e foarte simplă. Mă enervează Breckin, el tot mai crede că ar trebui să-mi cer iertare față de ea, de parcă asta ar rezolva totul. Mă enervează că încă îi scriu lui Les, chiar dacă e moartă. Ea n-are cum să-mi citească scrisorile. N-o să le citească niciodată. Nu fac decât să pun pe hârtie toate rahaturile prin care trec, fără vreun alt motiv decât acela că nu există nicio persoană afurisită pe lume în clipa asta cu care să pot vorbi.

Mă întind, dar mă enervez iar și dau cu pumnii în pat, fiindcă perna aia afurisită e tocmai în partea cealaltă a camerei. Mă ridic și mă duc s-o înhaț. Privesc caietul de dedesubt, desfăcut pe podea.

Perna îmi cade din mână.

Genunchii îmi cad pe podea.

Degetele strâng caietul care rămăsese deschis chiar la ultima pagină.

Răsfoiesc frenetic filele pline de caligrafia lui Les, până când găsesc locul din care încep cuvintele. De îndată ce zăresc primele vorbe înscrise în susul paginii, inima mi se oprește brusc.

Dragă Holder,

Dacă ajungi să citești asta, să știi că-mi pare foarte, foar...

Închid caietul și-l arunc.

Mi-a scris o scrisoare?

O scrisoare nenorocită de *sinucigaș*?

Nu pot să respir. Dumnezeule, nu pot să respir. Mă ridic și trag de fereastră, apoi scot capul pe ea. Inspir adânc, dar tot nu e aer destul. Nu e destul aer și nu pot să respir. Închid fereastra și cobor în goană treptele, sărind peste mai multe odată. Trec pe lângă mama, care face ochii mari văzându-mă atât de grăbit.

— Holder, e miezul nopții! Unde te...

— Să alerg! urlu, după care trântesc ușa în urma mea.

Și asta și fac. Alerg. Alerg drept spre casa lui Sky, fiindcă ea e singura pe lumea asta care mă poate ajuta să respir din nou.

Capitolul treizeci și trei

În ultimele câteva săptămâni, am făcut tot ce mi-a stat în puteri ca s-o evit, dar mi-am consumat pentru asta până și ultimul dram de voință, iar acum nu mai pot. M-am gândit că, stând departe de ea, arăt că sunt puternic, numai că depărtarea de ea mă face să fiu mai slab decât am fost vreodată. Știu că n-ar trebui să fiu aici și știu că ea nu mă vrea aici, dar trebuie s-o văd. Trebuie s-o aud, trebuie s-o ating, trebuie s-o simt iar cu corpul meu, pentru că weekendul petrecut împreună a fost singurul moment, de când m-am îndepărtat de ea, acum treisprezece ani, când chiar am privit *înainte*.

Până atunci n-am mai privit niciodată înainte. Totdeauna am privit înapoi. Mă gândesc mult prea mult la trecut, mă gândesc la ceea ce ar fi trebuit să fac și la tot ce am greșit, dar nici măcar o dată în viață n-am privit înainte. Prezența ei alături de mine m-a determinat să mă gândesc la ziua de mâine și la cea de poimâine și la cele de după și la anul viitor și la infinit. Am nevoie de asta în clipa de față, pentru că, dacă n-o mai țin în brațe încă o dată... mi-e teamă c-o să privesc iarăși înapoi și că trecutul o să mă înghită complet.

Mă prind cu mâinile de pervazul ferestrei și închid ochii. Inspir de mai multe ori, într-o încercare de a-mi calma pulsul și tremurul care-mi afectează acum mâinile.

Detest faptul că-și lasă mereu fereastra descuiată. O împing și dau deoparte draperiile, după care mă cațăr și intru. Mă gândesc dacă să spun ceva, ca să știe că sunt în camera ei, dar nici nu vreau s-o sperii, dacă doarme.

Mă întorc să închid fereastra și mă îndrept spre patul ei, apoi mă așez ușurel. E cu spatele spre mine, așa că ridic pătura și mă strecor încetișor lângă ea. O simt cum devine imediat rigidă și-și duce mâinile la față. Îmi dau seama că e trează și știu că știe că eu sunt cel care i s-a furișat în pat, dar faptul că asta o îngrozește mă dărâmă total.

Îi e frică de mine. Nu mă așteptam deloc ca frica să fie reacția ei. Mânia, da. Aș prefera de o mie de ori să fie mânioasă pe mine în clipa asta decât înfricoșată.

Deocamdată, nu-mi cere să plec și nu cred c-aș putea pleca, chiar dacă mi-ar cere-o. Am nevoie s-o simt în brațele mele, așa că mă apropii și-mi strecor mâna pe sub perna ei. O încolăcesc cu celălalt braț și-mi strecor degetele printre ale ei, după care îmi îngrop fața în scobitura gâtului. Parfumul ei și atingerea pielii și senzația pulsului pe mâinile noastre e exact ceea ce-mi trebuie, în seara asta mai mult ca oricând simt doar nevoia să știu că nu sunt singur, chiar dacă ea n-are idee cât de mult mă ajută faptul că-mi permite s-o țin în brațe.

O sărut ușor pe tâmplă și o trag mai aproape de mine. Nu merit să fiu iar în patul ei, după tot ce a pătimit din cauza mea. În clipa asta, ea îmi permite să fiu aici. Nu vreau să mă gândesc la ce-ar putea să se întâmple în următoarele câteva minute. Nu vreau să mă gândesc la ceea ce s-a întâmplat în trecut. Nu privesc nici înainte, nici înapoi. Nu fac decât s-o țin în brațe și să mă gândesc la asta. Acum. La ea.

N-a zis nimic de aproape jumătate de oră, dar nici eu. Nu-mi cer iertare față de ea, fiindcă nu-i merit iertarea și nu pentru asta am venit. Nu pot să-i explic ce s-a întâmplat în ziua aia la masa de prânz, pentru că nu vreau încă să știe. Habar n-am ce-aș putea să spun, așa că doar o țin în brațe. O sărut pe păr și-i mulțumesc în gând pentru că m-a ajutat să respir din nou.

Îndoi brațul și o strâng ceva mai tare. Mă străduiesc să nu mă nărui chiar acum. Mă străduiesc din răsputeri. Ea inspiră adânc, după care îmi șoptește primele cuvinte după aproape o lună.

— Sunt foarte supărată pe tine.

Închid ochii strâns și-mi apăs cu disperare buzele pe pielea ei.

— Știu, Sky, șoptesc, strecurându-mi mâna sub ea ca s-o trag mai aproape. Știu.

Își petrece degetele printre ale mele și-mi strânge mâna. N-a făcut decât să-mi strângă mâna, însă gestul ăsta mărunt valorează pentru mine, în clipa de față, mai mult decât orice aș putea eu să-i ofer în schimb. Faptul că mă liniștește, fie și aproape imperceptibil, e mai mult decât merit eu de la ea.

Îmi lipesc buzele de umărul ei și o sărut ușor.

— Știu, șoptesc din nou, în timp ce continui s-o sărut pe gât.

Ea reacționează la atingerile și la săruturile mele și-mi doresc să rămân aici pe vecie. Îmi doresc să pot opri timpul. Vreau să pot îngheța trecutul și viitorul și să mă concentrez pentru totdeauna doar la clipa asta în care sunt cu ea.

Întinde mâna spre ceafa mea și mă apasă mai tare pe gâtul ei. Mă vrea aici. Are nevoie să fiu aici, la fel de mult pe cât am eu nevoie să fiu aici, și simplul fapt că știu asta îmi ajunge ca să pot opri timpul, măcar pentru puțină vreme.

Mă ridic pe pat lângă ea și o trag cu blândețe de umăr până când o fac să stea întinsă pe spate, cu ochii spre mine. Îi dau deoparte părul răvășit de pe față și o privesc. Atât de mult mi-a lipsit și atât de tare mă tem c-o să-și revină și o să-mi ceară să plec... Dumnezeule, cât de mult mi-a lipsit! Cum de-am putut să gândesc că îndepărtarea de ea ne-ar face bine *amândurora*?

— Știu că ești supărată pe mine, îi zic coborând cu mâna spre gâtul ei. Am nevoie ca tu să fii supărată pe mine, Sky. Dar cred că am și mai mare nevoie să mă mai vrei aici, cu tine.

Ea continuă să mă privească în ochi. Înclină ușor capul. Îmi apropii fruntea de a ei și-i cuprind fața în mâini, iar ea îmi face la fel.

— *Sunt* supărată pe tine, Holder, îmi răspunde. Cu toate astea, oricât de supărată aș fi fost, n-am încetat nici pentru o secundă să-mi doresc ca tu să fii aici, cu mine.

Cuvintele ei mă lasă fără aer și, în același timp, îmi umplu complet plămânii la loc cu oxigen. Ea mă vrea aici, iar asta e cea mai a naibii de plăcută senzație din lume.

— *Dumnezeule*, Sky. Dac-ai ști cât de mult mi-ai lipsit...

O simt ca pe colacul meu de salvare și mai simt că, dacă n-o sărut imediat, o să mor.

Îmi aplec capul și-mi lipesc gura de a ei. Amândoi inspirăm adânc în clipa în care ni se întâlnesc buzele. Îmi încolăcește gâtul cu brațele și mă trage spre ea, primindu-mă cu bun venit înapoi în viața ei. Gurile noastre se apasă cu disperare între ele, însă buzele sunt complet nemișcate și amândoi încercăm să mai tragem aer în piept. Mă retrag foarte puțin, fiindcă prezența ei sub mine și a gurii care se lipește de bunăvoie de a mea sunt senzații care mă copleșesc total. În toți cei optsprezece ani de viață ai mei, nimic nu mi s-a părut atât de aproape de perfecțiune. Imediat cum îmi desprind buzele de ale ei, mă privește în ochi și-și încolăcește brațele mai strâns de gâtul meu. Se ridică puțin și-și duce gura la loc spre a mea. De data asta, ea mă sărută pe *mine*, desfăcându-mi ușor buzele cu ale ei. În clipa în care ni se întâlnesc limbile, geme și o împing la loc pe pat, sărutând-o *eu* de data asta.

În următoarele câteva minute, ne pierdem complet în ceea ce pare să fie perfecțiunea în stare pură. Timpul s-a oprit complet și singurul meu gând, în timp ce ne sărutăm, e că asta e ceea ce-i salvează pe oameni. Momente ca astea, cu oameni ca ea, sunt ceea ce face să merite toate suferințele. Momente ca astea sunt cele care-i fac pe oameni să privească înainte și nu-mi vine să cred că le-am lăsat să-mi scape timp de o lună întreagă. Ea e mântuirea mea. Ea e Speranța mea.

Și n-o să mă mai îndepărtez de ea niciodată.

*

Aud ușa de la camera ei închizându-se, deci știu c-o să vină și o să mă găsească în bucătărie, pregătindu-i micul dejun. Încă nu i-am explicat ce naiba a fost ceea ce i-am făcut în luna care a trecut și nu sunt sigur că aș putea, dar o să fac tot posibilul ca s-o determin să accepte asta, fără s-o las să mă ierte. Indiferent de ceea ce s-a întâmplat între noi azi-noapte, tot nu-i merit iertarea și, sincer vorbind, ea nu e genul de fată care să se împace cu porcăriile pe care i le-am făcut. Dacă m-ar ierta, simt că și-ar compromite propria tărie. Și nu vreau să mai compromită nimic din ceea ce e al ei, de dragul meu.

Știu că e în spatele meu. Înainte ca tot ceea ce am făcut să-i reapară în minte, încerc să-i explic faptul că sunt din nou ca la mine acasă în bucătăria ei.

— Am plecat devreme azi-dimineață, îi zic, încă stând cu spatele la ea, fiindcă mă temeam să nu intre mama ta și să creadă că încerc să te las însărcinată. Pe urmă, când m-am dus să alerg, am trecut din nou pe lângă casa ta și mi-am dat seama că mașina ei nici nu e aici; atunci mi-am amintit ce mi-ai zis, că are zilele alea de târg în ultimul weekend din fiecare lună. Așa că m-am hotărât să cumpăr câte ceva, fiindcă voiam să-ți gătesc eu micul dejun. Am mai cumpărat mâncare și pentru prânz, și pentru cină, dar poate că azi ar trebui să luăm fiecare masă la vremea ei.

Mă întorc cu fața spre ea și nu știu dacă e din cauză că ultimele săptămâni mi le-am petrecut nevoit să stau departe de ea sau altceva, dar e cea mai frumoasă imagine pe care mi-au căzut ochii vreodată. O privesc din cap până-n picioare, recunoscând că e prima dată în viață când mă îndrăgostesc de un obiect vestimentar. Ce naiba o vrea să facă din mine?

— La mulți ani, îi zic pe un ton nonșalant, străduindu-mă să nu-i arăt chiar cât sunt de tulburat când o văd îmbrăcată așa. Chiar îmi place rochia asta. Am cumpărat lapte adevărat, vrei?

Iau un pahar, torn lapte în el, apoi îl împing spre ea. O văd că examinează laptele cu prudență, dar nu-i las timp să bea. Văzând buzele astea și gura asta și... *mama mă-sii.*

— Am nevoie să te sărut. Atât de perfect a fost azi-noapte, încât mi-a fost frică să nu fi visat toată chestia.

Mă așteptam să se împotrivească, dar nu e cazul. Dimpotrivă, sunt întâmpinat cu o totală nerăbdare. Mă apucă de tricou cu amândouă mâinile și mă sărută, la rândul ei. Să știu că încă mă vrea după tot ceea ce i-am făcut, asta mă face s-o apreciez chiar și mai mult. Și să știu că încă am o șansă cu ea?

Că încă am ocazia s-o sărut așa?

Aproape că e prea mult.

Mă desprind de ea și fac un pas înapoi, zâmbind.

— Nț. N-am visat.

Mă întorc din nou spre aragaz, ca să-mi abat atenția de la gura ei atât timp cât e nevoie să fac mâncarea. Sunt atât de multe lucruri pe care simt nevoia să i le spun, dar nici măcar nu știu de unde sau cum să încep. Umplu farfuriile și mă duc cu ele la bar, unde s-a așezat deja.

— Avem voie să jucăm Cercetarea la cină, chiar dacă suntem la ora micului dejun? o întreb.

Ea încuviințează.

— Doar dacă pun eu prima întrebare.

Nu zâmbește. Nu mi-a mai zâmbit de mai mult de o lună. Și urăsc faptul că eu sunt motivul pentru care ea nu mai zâmbește.

Îmi las jos furculița pe farfurie și-mi împreunez mâinile sub bărbie.

— Eu mă gândeam chiar să-ți las *ție* toate întrebările.

— Nu am nevoie să-mi răspunzi decât la una, zice ea.

Oftez, știind bine că are nevoie nu doar de un răspuns. Însă faptul că vrea să-i răspund numai la o întrebare mă face să cred c-o să mă întrebe despre brățară. Iar asta e acea întrebare la care încă nu sunt dispus să dau răspunsul.

Se apleacă în față, iar eu mă pregătesc sufletește pentru întrebarea ei.

— De când consumi droguri, Holder?

Ridic imediat capul spre ea, fiindcă nu m-am așteptat absolut deloc ca asta să fie întrebarea. A picat așa, total din senin, încât continui s-o fixez cu privirea, însă îmi vine să râd de cât de hazardată a fost. Poate c-ar trebui să mă deranjeze faptul că purtarea mea a condus-o spre o idee atât de absurdă, dar, în loc de asta, nu simt decât ușurare.

Mă străduiesc. Mă străduiesc din greu să nu râd, însă furia din ochii ei e adorabilă. E adorabilă și frumoasă și sinceră și sunt atât de *liniștit*. Sunt nevoit să-mi întorc privirea de la ea, fiindcă mă străduiesc al naibii de mult să-mi stăpânesc zâmbetul. Ea e atât de serioasă și de directă în clipa asta, dar... fir-ar să fie. Nu pot.

Zâmbetul meu își face loc în sfârșit și chiar izbucnesc în râs. Văd cum crește furia în ochii ei, dar asta nu mă face decât să râd și mai tare.

— *Droguri?*

Încerc să mă opresc, dar cu cât mă gândesc mai mult la amploarea efectului produs de asta asupra noastră în toată luna trecută, cu atât îmi vine să râd și mai tare.

— Tu crezi că sunt *drogat*?

Expresia ei nu se schimbă deloc. E enervată. Îmi țin respirația, încercând să-mi opresc hohotele de râs, până când reușesc să îmi recapăt o înfățișare serioasă. Mă aplec în față și-i iau mâna într-a mea, privind-o drept în ochi.

— Nu iau droguri, Sky. Pe cuvântul meu. Nu știu ce te-a făcut să crezi una ca asta, dar îți jur că nu iau.

— Atunci ce naiba e în neregulă la tine? mă întreabă răstit.

Fir-ar să fie. Îmi face rău înfățișarea asta a ei. E îndurerată. Dezamăgită. Epuizată. Nu știu la care parte din comportamentul meu inexplicabil, imprevizibil s-o referi, dar, sincer, habar n-am cum să-i răspund. Ce e în neregulă la mine? Ce *nu* e în neregulă la mine?

— N-ai putea să te exprimi ceva mai puțin vag? îi zic.

Ridică din umeri.

— Sigur că da. Ce s-a întâmplat atunci între noi și de ce te comporți de parcă n-ar fi fost nimic?

Fir-ar să fie. Asta cam doare. Are impresia că am vârât sub preș tot ceea ce s-a întâmplat între noi? Aș vrea să-i spun totul. Aș vrea să-i spun cât de mult înseamnă pentru mine și că luna asta a fost una dintre cele mai grele din viața mea. Aș vrea să-i povestesc despre mine, și despre Les, și despre ea, și despre cât de al naibii de rău mă doare că ea nu-și aduce aminte. Cum e posibil să uite o parte atât de semnificativă din viața ei?

Dar poate că eu și Les n-am fost atât de semnificativi pentru ea pe cât am crezut. Îmi privesc brațul. Trasez cu vârful degetului literele H și O și P și E, dorindu-mi ca ea să-și amintească. Dar, pe de altă parte, dacă și-ar aminti... și-ar da seama și de semnificația din spatele tatuajului. Ar înțelege că pe ea am dezamăgit-o. Și-ar aminti că tot ce i s-a întâmplat în viață în ultimii treisprezece ani e rezultatul direct al faptei mele.

O privesc în ochi și-i răspund, cu cea mai mare sinceritate pe care mi-o pot permite față de ea:

— N-am vrut să te dezamăgesc, Sky. I-am dezamăgit pe toți cei care m-au iubit vreodată, în viața mea, și, după prânzul din ziua aia, am știut că te-am dezamăgit și pe tine. Așa că... Te-am părăsit înainte să poți începe și tu să mă iubești. Altminteri, orice efort aș fi făcut încercând să nu te dezamăgesc ar fi fost fără speranță.

Ochii i se înnegurează de dezamăgire. Știu că iarăși m-am exprimat cam vag, dar nu pot să-i spun totul. Nu acum. Nu, până când nu știu c-o să fie bine pentru ea.

— De ce n-ai putut s-o spui și gata, Holder? De ce n-ai putut să-ți ceri iertare?

Durerea din glasul ei îmi strânge inima ca o gheară. O privesc drept în ochi, ca să înțeleagă cât de important e pentru mine să nu accepte niciodată felul în care m-am comportat cu ea.

— Nu-mi cer iertare față de tine... fiindcă nu vreau ca tu să mă ierți.

Închide imediat ochii și strânge din pleoape, străduindu-se să-ți rețină lacrimile. Nimic din ce-aș putea spune n-ar fi în măsură s-o facă să se simtă mai bine în legătură cu ceea ce s-a petrecut între noi. Îi las mâna și mă ridic, după care mă duc până la ea și o salt în brațe. O așez pe bar, astfel încât să fim cu ochii la același nivel. Chiar dacă n-o să creadă cuvintele ieșite din gura mea, am nevoie să mă simtă. Am nevoie să vadă sinceritatea din ochii mei și franchețea din vocea mea, astfel încât să știe că n-am vrut s-o rănesc. N-am vrut decât s-o apăr de astfel de sentimente, dar n-am reușit decât să înrăutățesc situația.

— Am dat-o în bară. Am dat-o în bară nu o dată cu tine, știu asta. Dar, crede-mă, ce s-a întâmplat la prânz, în ziua aia, n-a fost din cauza geloziei, sau a furiei, sau a orice te-ar putea înfricoșa vreodată. Mi-aș dori să-ți pot explica tot ce s-a întâmplat, dar nu pot. Într-o zi, o voi face, dar nu pot chiar acum și am nevoie ca tu să accepți asta. Te rog. Și nu-mi cer iertare față de tine, pentru că nu vreau să uiți ce s-a întâmplat și nu trebuie să mă ierți niciodată pentru asta. Niciodată. Niciodată să nu-mi găsești scuze, Sky.

Îmi soarbe fiecare cuvânt și ador asta la ea. Mă aplec și o sărut, după care mă retrag și continui să spun ceea ce trebuie spus, cât timp mai e dispusă să mă asculte.

— Mi-am impus mie însumi să mă țin la distanță de tine și să te las să fii supărată pe mine, pentru că, într-adevăr, am prea multe probleme pe care încă nu mă simt pregătit să ți le împărtășesc. Și m-am străduit cât am putut să mă țin departe, dar nu pot. Nu sunt îndeajuns de puternic, încât să tăgăduiesc mai departe ce avem și ce-am putea avea. Și, mai știi ieri, în sala de mese, când îl îmbrățișai pe Breckin și râdeai cu el? Mi-a făcut tare bine să te văd bucuroasă, Sky. Dar și să-mi doresc cu înverșunare să fiu eu cel care te face să râzi așa. Mă sfâșia pe dinăuntru impresia ta, că nu mi-ar păsa de noi doi sau că weekendul petrecut cu tine n-ar fi însemnat cel mai grozav din câte am avut vreodată în viața mea. Pentru că, da, îmi pasă și a fost cel mai grozav. Fir-ar să fie, a fost cel mai grozav weekend din istoria tuturor weekendurilor!

Îmi cobor mâinile pe părul ei până la baza gâtului și-i mângâi bărbia cu degetele mari. Am nevoie să respir ca să mă calmez pentru ceea ce urmează să spun, fiindcă nu vreau s-o sperii. Nu vreau decât să fiu sincer cu ea.

— Asta mă distrugea, Sky, îi zic cu o voce scăzută. Mă distrugea, fiindcă nu voiam să mai treacă încă o zi fără ca tu să știi ce simt pentru tine. Și nu sunt pregătit să-ți spun că m-am îndrăgostit de tine, fiindcă nu e așa. Nu încă. Dar oricare ar fi sentimentul... e mai mult decât simpla dorință. E cu mult mai mult. Iar în ultimele câteva săptămâni am tot încercat să-l deslușesc. Am încercat să-mi dau seama de ce nu există vreun alt termen care să-l descrie. Vreau să-ți spun exact ce simt, dar nu există în tot dicționarul măcar un blestemat de cuvânt care să descrie sentimentul dintre a dori și a iubi. Și totuși, eu am nevoie de cuvântul ăsta. Am nevoie de el, pentru că am nevoie ca tu să mă auzi spunându-l.

O sărut iar și mă dau înapoi, dar văd că tot mă privește neîncrezătoare. O mai sărut o dată, și încă o dată, zăbovind după fiecare sărut, sperând c-o să reacționeze în vreun fel. Nu-mi pasă dacă-mi trage o palmă sau mă sărută și ea sau îmi spune că mă iubește. Vreau doar să accepte tot ceea ce i-am spus. Totuși, ea doar mă fixează cu privirea, iar asta mă face să fiu al naibii de agitat.

— Spune ceva, o implor.

Ea continuă să mă privească îndelung. Încerc să aștept răbdător. Ea e mereu răbdătoare cu mine, chiar dacă e foarte iute de spirit. Ce n-aș da să fie un pic mai iute și în clipa asta! Am nevoie de o reacție din partea ei.

Ceva. Orice.

— Trăire, șoptește în cele din urmă.

Nu asta mă așteptam să aud din gura ei, dar tot e ceva. Râd și clatin din cap, nedumerit de ce vrea să spună.

— *Ce?*

— Trăiesc. Dacă faci o combinație dintre doresc și iubesc, obții trăiesc[1]. Poți să folosești cuvântul ăsta.

Nu numai că m-a înțeles și nu numai că-mi zâmbește, dar reușește, cumva, să-mi ofere acel cuvânt unic pe care l-am căutat încă din clipa în care am dat cu ochii de ea în magazin.

N-o merit. Nu merit înțelegerea ei și sunt al naibii de convins că nu merit felul în care-mi face să se simtă inima. Râd și o iau în brațe, apropiindu-mi gura de a ei.

— Te trăiesc, Sky, îi zic, cu buzele atingându-le pe ale ei. Te *trăiesc* foarte mult.

Și, oricât de perfect ar suna cuvântul, oricât de perfect ar descrie stadiul în care suntem, tot știu că e o minciună.

Nu numai că o trăiesc. O *iubesc*. O iubesc de când eram copii.

---

[1] În original, termenii întrebuințați sunt *like* şi *love*, respectiv *live*.

Capitolul treizeci și patru

Les,

Eu nu citesc scrisoarea aia. N-o s-o citesc niciodată. În vecii vecilor. Și am terminat-o cu scrisul în caietul ăsta nenorocit. Așa că, presupun, am terminat-o și cu scrisorile pentru tine.

H

Capitolul treizeci și cinci

Sună telefonul și, până să pot spune măcar alo, Daniel începe deja să vorbească.

— Tu și cu țâțe fierte ați vrea să veniți pe-aici diseară și să vedeți un film cu mine și cu Val?

— Credeam c-ai terminat-o cu Val.

— Azi nu, răspunde Daniel.

— Nu știu dac-o fi o idee bună, zic.

Am auzit destule despre Val ca să nu fiu sigur că m-aș simți împăcat cu gândul de a o duce pe Sky acolo. Suntem împreună de numai două săptămâni.

— Dar *e* o idee bună, ripostează Daniel. Părinții mei pleacă la opt. Să fiți aici la opt zero unu.

Închide brusc, așa că-i scriu un mesaj lui Sky.

Vrei să vedem diseară un film împreună cu Daniel și cu Val?

Apăs pe trimitere și azvârl telefonul pe pat. Mă duc la șifonier, ca să-mi inspectez variantele de tricouri, dar îmi aduc aminte că nu prea am cine știe ce variante de tricouri. Înșfac unul la nimereală și mi-l trag peste cap, tocmai când aud că sosește răspunsul lui Sky.

Cu două condiții (via Karen): trebuie să fiu acasă până la miezul nopții și n-ai voie să mă lași însărcinată.

Râd și-i scriu din nou.

La cât ești de plictisitoare, sunt convins c-o să fii acasă în mai puțin de o oră.

Asta înseamnă că tot o să încerci să mă lași însărcinată?

Al naibii de sigur.

Râd cu voce tare.

Da, chiar a scris *râd cu voce tare.*

Iar eu *chiar* lol, după care îmi vâr telefonul în buzunar și mă îndrept spre mașină.

*

N-am stat niciodată de vorbă ca lumea până acum cu Val, iar seara asta nu face excepție. Eu și Sky stăm pe canapea, în fața televizorului, în subsolul lui Daniel. Daniel și Val stau pe fotoliu și se giugiulesc de-a binelea, ceea ce mă face să mă întreb de ce-o mai fi vrut Daniel să venim și noi aici, la urma urmei, dacă asta-i tot ce vor ei să facă.

Eu și Sky îi privim, incomodați. E greu să fii atent la televizor când se aud atâtea sorbituri.

În clipa în care mâna lui Daniel începe să alunece în sus pe sub bluza lui Val, arunc cu telecomanda în ei, nimerindu-l pe Daniel în genunchi. El tresare și ridică o mână ca să-mi expedieze un bobârnac prin aer, dar fără să se dezlipească nici pentru o clipă de gura lui Val. Totuși, reușește cumva să se uite la mine, așa că-i transmit fără vorbe s-o scoată naibii din subsolul lui sau să-și scoată naibii mâna din bluza ei.

Daniel se ridică, iar Val e acum înfășurată în jurul lui. Nu scot o vorbă cât timp el o duce sus, pe scară, până în camera lui.

— *Mulțumesc*, îmi zice Sky, răsuflând ușurată. Eram pe cale să dau cu ceva în ei.

Stă ghemuită lângă mine pe canapea, cu capul pe umărul meu. Îmi schimb poziția ca să stăm mai comod și ne întoarcem amândoi privirile spre ecranul televizorului. Dar știu că nu prea suntem atenți la el, fiindcă energia din încăpere s-a modificat total din clipa plecării lui Daniel și a lui Val. Noi doi n-am mai avut astfel de momente de intimitate de când am început să fim oficial împreună, acum două săptămâni.

Îi țin mâna într-a mea, strânse una de cealaltă, sprijinite pe coapsa ei. Nu e îmbrăcată cu rochia care m-a făcut să mă topesc de tot prima dată când am văzut-o în ea, dar *e* îmbrăcată cu o rochie. Și ador rochia asta la fel de mult ca pe cealaltă.

Totuși, aș fi preferat să se îmbrace în blugi. Am auzit-o fără să vreau pe Les discutând cu una dintre prietenele ei, odată, pe când aveam șaisprezece ani. Se pregăteau să meargă la o întâlnire la dublu, iar prietena îi explica lui Les regulile vestimentare pentru „giugiuleală". Zicea că, dacă Les vrea numai să-l sărute pe tip, era necesar să se îmbrace în blugi, pentru că așa e mai puțin probabil ca mâna băiatului să se strecoare unde n-ar trebui. Pe urmă, i-a spus lui Les că, dacă are de gând să treacă la faza următoare, atunci o fustă sau o rochie reprezintă alegerea potrivită. *Acces ușor*, a zis. Îmi amintesc că, după ce am auzit discuția asta, am așteptat în living, să văd ce vestimentație alege Les. Când am văzut-o coborând pe scară într-o fustă, am dus-o imediat înapoi în camera ei și am pus-o să se schimbe într-o pereche de blugi.

Aș fi preferat ca și Sky să fi fost îmbrăcată în blugi acum, fiindcă încep să-mi transpire palmele și știu că ea poate să-mi simtă pulsul, care s-a accelerat. Rochia ei mă face să cred că ar vrea să ducă totul cu un pas mai departe în seara asta și nu pot deloc să-mi scot din minte gândul ăsta. Sunt al naibii de sigur că *vreau* să fac pasul următor, dar dacă Sky n-o cunoaște regulile vestimentare pentru „giugiuleală"? Dacă s-a îmbrăcat cu rochia asta doar așa, de chichi? Dacă o fi ales-o cumva din cauză că i s-a stricat mașina de spălat și toți blugii ei erau murdari? Dacă o fi rămas cu rochia asta din cauză că n-o fi avut timp să se schimbe în blugi până când am ajuns eu acasă la ea? Dacă o avea rochia asta pe ea fiindcă o fi fost la cine știe ce biserică la care se țin slujbe sâmbăta?

Aș vrea să știu ce i-o trece prin minte în clipa asta. Îmi las capul pe spătarul canapelei și-mi înghit nodul enorm din gât înainte de a vorbi.

— Îmi place rochia ta, îi zic.

Iese mai degrabă ca o șoaptă răgușită, pentru că gâtul îmi e foarte slăbit acum, după cât m-am gândit la ea. Dar am impresia că i-a plăcut felul în care am spus-o, fiindcă își lasă capul într-o parte și mă privește, apoi își coboară încet ochii spre gura mea. Datorită unghiului în care stă, nici măcar n-avem nevoie să schimbăm poziția ca să ne sărutăm. Gura ei e incredibil de aproape, practic deasupra gurii mele. Dar niciunul din noi nu profită de asta. *Încă.*

— Mulțumesc, șoptește ea, și dulceața răsuflării care-i însoțește cuvintele îmi izbește gura, încălzindu-mă tot, începând din interior.

Tensiunea e acum atât de densă, încât nici nu mai pot să inspir aerul.

— Cu plăcere, îi răspund tot în șoaptă, privindu-i gura la fel de concentrat pe cât mi-o privește și ea.

Pe moment, nu mai spunem nimic, doar ne privim în tăcere. Ea își mișcă buzele ca să le umezească, iar eu sunt sigur că asta m-a făcut să murmur în barbă un „mama mă-sii de viață".

Îi face plăcere să constate în ce hal m-a tulburat, fiindcă zâmbește larg.

— Vrei să ne giugiulim? șoptește.

O, cum naiba să nu!

Buzele mele îi astupă gura chiar înainte să-și poată sfârși propoziția. Îmi duc mâinile spre mijlocul ei și o trag spre mine, până când ajunge să stea pe mine.

Să stea pe mine. *În. Rochia. Asta.*

O țin strâns de șolduri, în timp ce mâinile ei îmi urcă încet până pe gât și-mi pătrund în păr. Felul în care-mi apasă pieptul cu al ei îmi face capul să se învârtă și simt că singurul lucru care l-ar putea opri ar fi s-o trag și mai aproape și s-o sărut și mai apăsat. Așa că asta și fac. Îmi iau mâinile de pe șoldurile ei și le urc pe spate, aducând-o mai aproape, lipind-o de mine atât de strâns, încât geme și mă trage de păr. Îmi țin o mână pe fundul ei, lăsând-o să se miște în ritmul fluent al mișcărilor ei, pe când cu mâna cealaltă urc pe spinare, până când o strecor în părul ei. Îi trag gura și mai adânc într-a mea, îndreptându-mi poziția și aplecându-mă în față, astfel încât acum nu mai ating canapeaua cu spinarea, iar buzele noastre se strivesc între ele cât se poate de tare. Numai că asta doar îmi face capul să se învârtă mai rău, așa că ne sărutăm și mai repede, iar ea geme și mai tare, iar eu o apuc din nou de șolduri și-o fac să se miște atât de bine spre mine, încât sunt destul de convins că urmează să aibă parte de o repetare a ceea ce i-am făcut în prima seară în care ne-am giugiulit.

Încă nu vreau așa ceva, din cauză că e îmbrăcată cu rochia asta și e absolut uluitoare și nici măcar nu profit de ocazie. O prind de umeri și o îndepărtez de mine, lăsându-mă să cad pe spate pe canapea.

Amândoi gâfâim după aer. Amândoi zâmbim. Amândoi ne privim de parcă ar fi cea mai grozavă noapte din viață, fiindcă e numai zece seara și ne-au mai rămas fix două ore pentru asta. Îi iau mâinile de pe umeri și-i cuprind fața în mâini, după care o trag încetișor înapoi spre gura mea. Îmi schimb poziția mâinilor ca să-i preiau greutatea și mă ridic, după care o las jos pe canapea. Trec deasupra, proptindu-mi un genunchi între picioarele ei și pe celălalt alături.

Încep să am impresia că Daniel și-a ales canapeaua asta supradimensionată în același fel în care-și aleg fetele îmbrăcămintea pentru giugiuleală. Pentru că e o canapea perfectă pentru așa ceva.

Încep sărutându-i bărbia, apoi cobor pe gât și spre zona în care se termină rochia și începe decolteul. Îmi las mâna să lunece pe rochia ei, de-a lungul corpului, până când ajung la piept. Mângâi materialul cu mâna și simt sânul întărindu-se sub degetele mele.

Doamne, Dumnezeule, al naibii ce-mi *place* seara asta!

Scoțând un geamăt, îi strâng un pic mai tare sânul, făcând-o să geamă și ea, să-și arcuiască spinarea și să se îndese tot mai mult în palma mea. Îi iau în stăpânire gura cu a mea și o sărut în continuare, până când suntem nevoiți să ne întrerupem, ca să luăm aer. Îmi lipesc obrazul de al ei.

Buzele îmi sunt chiar lângă urechea ei.

— Sky? șoptesc.

Ea trage aer în piept grăbită.

— Da?

Trag și eu aer în piept, dar mai lent.

— Te trăiesc.

Expiră.

— Și eu te trăiesc pe *tine*, Dean Holder.

Expir.

Și inspir.

Și expir.

Repet în minte propoziția: *Te trăiesc* pe tine, *Dean Holder.*

E prima oară când o aud spunându-mi Dean.

E și prima oară când mi se întâmplă să-mi simt inima străpunsă de un cuvânt.

Ridic capul de pe obrazul ei și o privesc.

— Îți mulțumesc, îi zic, și ea zâmbește.

— Pentru ce?

Pentru că trăiești, răspund în sinea mea.

— Pentru că ești tu, răspund cu voce tare.

Zâmbetul îi dispare treptat și jur că în clipa asta privește dincolo de ochii mei, drept în suflet.

— Mă pricep să fiu eu, îmi zice. Mai ales atunci când sunt cu tine.

O privesc timp de câteva secunde, după care sunt nevoit să-mi las din nou obrazul pe al ei. Vreau s-o sărut, dar îmi țin obrazul strâns apăsat de al ei, pentru că nu vreau să-mi vadă lacrimile din ochi.

Nu vreau să vadă cât de mult mă doare să știu că poate să fie atât de aproape de mine... și totuși, nu știu de ce, să nu-și *amintească* de mine.

Capitolul treizeci și cinci și jumătate

Dragă voi toți care sunteți morți și nu sunteți Les, pentru că lui Les nu-i mai scriu scrisori.

Am iubit-o pe Hope de când eram mici.

Dar știți ce s-a întâmplat astă-seară?

Astă-seară m-am îndrăgostit de Sky.

H

Capitolul treizeci și șase

Les,

Știu, am zis că n-o să-ți mai scriu. Taci! Tot n-o să mai scriu în caietul ăla, fiindcă nu vreau să mă ating de el, știind că scrisoarea de la tine e acolo. Nu pot s-o citesc, așa că am cumpărat un caiet nou. Am rezolvat problema. Acum trebuie să te pun la curent.

Sunt împreună cu Sky de o lună deja. Ea încă nu-și amintește deloc de mine, sau de tine, sau de noi toți, din vremea copilăriei. Mă tot pomenesc la un pas să mă dau de gol, dar, din fericire, încă n-am făcut-o.

Îți amintești de tipul din cauza căruia am fost arestat anul trecut pentru că l-am rupt în bătaie? Ăla care spunea porcării despre tine? Ei bine, fratele lui mi-a spus azi, în sfârșit, ceva. Am tot așteptat ca el... sau altcineva, mă rog, să aducă subiectul în discuție, încă din ziua în care m-am întors la școală. N-ar fi fost nimic dacă m-ar fi înfruntat, dar n-a fost așa. A înțeles să se folosească de Sky și de Breckin, ba chiar și de tine, ca o cale de a se răzbuna pe mine. A început să-mi spună porcării despre ei la masa de prânz și, martor mi-e Dumnezeu, Les, aș fi vrut să-l trosnesc la fel de rău ca pe frate-său. La drept vorbind, probabil că l-aș fi trosnit mai rău decât pe frate-său, dacă n-ar fi fost Sky de față.

Ea și-a dat seama ce-mi umbla prin minte și m-a scos imediat din situația aia, luându-mă cu forța afară din sala de mese. Când am ajuns în parcare, la mașina mea, pur și simplu am cedat nervos de-a binelea în fața ei. A fost de parcă întregul an trecut din viața mea mi-ar fi tras în repetate rânduri pumni în burtă și m-ar fi obligat să scot totul la lumină. I-am explicat lui Sky tot ce simțeam și, pentru prima oară de când s-a întâmplat... am recunoscut, atât față de mine însumi, cât și cu voce tare, că eu am fost cel care a greșit. Și am mai recunoscut, tot pentru prima oară, că și tu ai greșit. I-am spus lui Sky cât de supărat am fost pe tine. Cât de furios am fost din clipa în care am intrat în camera ta și te-am găsit, fără viață, în pat. Am fost foarte supărat pe tine, Les, din foarte multe motive.

Dar ceea ce m-a enervat mai rău decât orice a fost faptul că nu te-ai gândit nici pentru o clipă la ce-aș simți eu atunci când te-aș găsi. Știai că eu aveam să fiu cel care te găsește și, știind asta, tu tot te-ai sinucis?

Oricum, n-am putut să suport gândul că ai făcut așa ceva, știind că nu vei fi singura care moare. Am fost foarte supărat, din cauză că m-ai lăsat și pe mine să mor.

Sky are dreptate. Trebuie să mă eliberez de vinovăție. Dar, până când Sky nu va afla adevărul, nu cred că voi putea să mă iert pe mine însumi. Nu mă simt pregătit nici măcar să te iert pe tine.

H

Capitolul treizeci și șapte

N-am adus-o până acum acasă la mine, chiar dacă suntem împreună de o lună deja. Hope și-a petrecut foarte mult timp în casa noastră pe vremea copilăriei, așa că mă neliniștește gândul că mama o s-o recunoască și o să-i spună ceva, când o s-o vadă. Așa că, până când Sky nu află adevărul despre trecutul ei, nu vreau să risc să afle de la altcineva decât de la mine.

Nu vreau ca Sky să creadă că nu-mi doresc să facă parte din viața mea, din cauză că n-o las să vină acasă la mine, sau să-mi cunoască familia, așa că am profitat de ocazie și am adus-o aici în seara asta, știind că mama n-o să fie acasă. Și chiar dacă suntem în sfârșit singuri și ne sărutăm pe patul meu, simt că e ceva în neregulă. Seara n-a început bine, iar sentimentele de vinovăție pentru tot ce s-a întâmplat până în momentul de față îmi domină mintea, chiar dacă mi-am închipuit că mintea îmi va fi concentrată asupra momentului.

Toată ziua, ea a fost distantă și trebuia să știu că a fost, cumva, din vina mea. După ce am plecat din galeria de artă, unde am mers ca să-i susținem pe Breckin și pe Max, iubitul lui, ea abia dacă mi-a adresat două cuvinte. M-am întrebat dacă o avea ceva de-a face cu noaptea trecută și, mai mult ca sigur, avea *totul* de-a face cu noaptea trecută.

După petrecerea de Halloween de ieri, de la firma de avocatură la care lucrează mama, unde poate că am băut pe furiș prea multe pahare, sau poate că nu, m-am dus acasă la Sky și m-am strecurat înăuntru pe fereastră. Totul a decurs bine și am adormit amândoi, doar că m-am trezit și am văzut-o zguduită de un plâns isteric. Plângea și tremura, așa cum n-am văzut vreodată pe cineva să reacționeze la un coșmar.

Niciodată.

M-am speriat rău de tot. În principal, fiindcă nu știam cum s-o ajut, dar și din cauză că nu mi-am dat seama unde sunt, când m-am trezit lângă ea. Eram încă un pic cam amețit de băutură și-mi aminteam prea puține chiar despre cum plecasem de-acasă și cum mă strecurasem în camera ei. M-a speriat gândul că am fost incoerent în timp ce eram cu ea. M-a speriat posibilitatea să fi lăsat să-mi scape ceva despre trecutul ei. Am ținut-o în brațe până când s-a oprit din plâns, dar pe urmă am plecat, fiindcă simțeam încă efectele alcoolului și chiar nu voiam să spun ceva care să strice totul.

Cu toate astea, se pare că am spus, pentru că, mai devreme, când eram la parter, ea a zis ceva despre Hope. I-a pronunțat numele, iar asta m-a năucit total. Mi-a tăiat respirația. Și, dacă nu m-aș fi străduit al naibii de strașnic să mă port ca și cum n-aș ști despre ce vorbește, aș fi fost dărâmat complet.

Dar am lăsat-o să-mi explice și, din câte se pare, mi s-au adeverit temerile privitoare la prezența lângă ea în timp ce nu eram pe deplin coerent. Se pare că am mormăit numele lui Hope, în loc de Sky, și toată ziua de ieri ea a suferit din cauza asta. A avut impresia că Hope e cu totul altcineva, și gândul că ea ar crede despre mine că aș vrea, sau aș dori, sau chiar aș năzui la altă fată, îmi frânge inima de-a binelea.

Așa că, în clipa de față, fac tot ce pot ca să-i demonstrez că ea e singura fată la care mă gândesc.

Numai ea.

O sărut, sprijinit în mâini și-n genunchi, încercând să evit să-i las impresia că am adus-o aici pentru altceva decât numai ca să ne petrecem ceva timp împreună.

Numai că *iar* e îmbrăcată într-o rochie.

După alea două ore din subsolul casei lui Daniel, cred că am rămas amândoi destul de impresionați de cât de bine s-au împrietenit mâinile mele și rochia ei. De asemenea, am fost destul de impresionați de cât de bine s-au împrietenit mâinile mele și ceea ce avea *sub* rochie.

Dar acum, iată, e îmbrăcată din nou în rochie. Și acum două săptămâni am mai trecut de vreo câteva premiere, pe canapeaua aia. Atât de multe, încât nu-mi prea mai rămâne decât o singură premieră de care să trecem în seara asta, iar faptul că ea o știe, și că *eu* o știu, și că tot s-a îmbrăcat în rochie, îmi învălmășește mintea și-mi accelerează bătăile inimii.

Nu mă ajută prea mult nici faptul că, înainte să ajungem aici, în dormitor, ne-am giugiulit pe scară, iar ea a scăpat informația că e virgină. Știam deja că e virgină, dar simplul fapt că ea s-a gândit la asta în timp ce o sărutam, într-atât încât chiar s-o spună cu voce tare, m-a dus la concluzia că a vrut doar să mă avertizeze, pentru când vom ajunge în acel punct.

Și am impresia că ea e în acel punct, tocmai de-aia a simțit nevoia să limpezească apele când eram jos, ca să nu mai aibă nevoie s-o spună când chiar aveam să ajungem în acel punct.

În punctul în care e ea chiar acum.

În punctul în care le mulțumesc îngerilor și zeilor și păsărilor și albinelor și Pruncului Isus pentru faptul că e îmbrăcată cu rochia asta. Dacă există vreun lucru care să-mi aline sentimentul de vinovăție și să-mi permită concentrarea exclusiv asupra ei în momentul de față, acela e rochia ei.

— Mama mă-sii, Sky, îi zic sărutând-o înnebunit. Dumnezeule, ești incredibilă. Mersi pentru că porți rochia asta. Chiar...

O sărut pe bărbie, coborând până când îi ating gâtul cu buzele.

— Chiar îmi place. Rochia ta.

O sărut în continuare pe gât, și ea își înclină capul pe spate, înlesnindu-mi accesul. Îmi duc mâna la coapsa ei și o strecor pe sub rochie. Când ajung sus de tot, îmi doresc cu disperare să merg mai departe. Dar faptul că m-a lăsat o dată acolo nu înseamnă că mi-e permis și acum.

Totuși, se pare că e, din moment ce ea își răsucește mai mult corpul spre mine, dirijându-mi mâna să meargă mai departe în direcția în care se îndrepta. Mâna ei urcă pe spinarea mea chiar când degetele mele întâlnesc tivul chiloților ei. Mi le strecor pe sub tiv și încep să trag, și, în același timp, ea trage în sus de tricoul meu.

Vrea să mi-l tragă peste cap, așa că sunt nevoit să-mi iau mâna. O strâng de coapsă, nevrând să mă retrag de-acolo, dar în mod sigur vreau la fel de mult ca ea să dispară tricoul de pe mine.

De îndată ce mă ridic în genunchi, îndepărtându-mă de ea, scâncește. Sunetul mă face să zâmbesc și, după ce rămân fără tricou, mă aplec în față și-i sărut colțul gurii. Îmi duc mâna spre fața ei și o mângâi pe frunte, urmărindu-i reacțiile. Știu că suntem pe cale să trecem de premiera cea mai importantă dintre toate și vreau să memorez toate amănuntele acestui moment. Vreau să-mi amintesc exact cum arată, întinsă sub mine. Vreau să-mi amintesc exact sunetele din clipa în care voi fi înăuntrul ei. Vreau să-mi amintesc ce gust are și cum o simt și cum...

— Holder, zice ea cu suflarea tăiată.

— Sky, zic eu imitând-o.

Nu știu ce-o vrea să spună, dar, indiferent ce-ar fi, poate să mai aștepte câteva secunde, pentru că simt nevoia s-o sărut iar. Îmi las capul în jos și-i depărtez buzele, făcând ca limbile să ni se întâlnească. Ne sărutăm fără grabă, iar eu îi memorez fiecare centimetru al gurii.

— Holder, zice din nou, desprinzându-și gura de a mea.

Îmi pune mâna pe obraz și mă privește drept în ochi.

— Vreau. În seara asta. Chiar acum.

Chiar acum. A zis *chiar acum.* Foarte frumos, fiindcă, printr-o întâmplare convenabilă, n-am alte obligații programate chiar acum. Aș putea chiar acum.

— Sky... zic, vrând să mă asigur că n-o spune doar ca să-mi fac mie pe plac. Nu trebuie neapărat. Țin ca tu să fii absolut sigură că asta vrei. Bine? Nu vreau să te grăbesc cu nimic.

Zâmbește, plimbându-și unghiile pe brațele mele, în sus și-n jos.

— Știu asta. Dar îți spun că vreau. N-am mai vrut-o cu nimeni până acum, dar o vreau acum, cu tine.

Nu există în mintea mea nici urmă de îndoială: o vreau. O vreau *chiar acum* și e evident că mă vrea și ea. Dar nu mă pot împiedica să mă simt vinovat știind că încă o mint. Nu i-am spus adevărul despre noi și simt că, dac-ar fi știut, n-ar mai fi luat hotărârea asta.

Tocmai mă pregătesc să mă desprind de ea, dar îmi pune o mână pe obraz și se ridică de pe pat până când îmi atinge buzele cu ale ei.

— Aici nu e vorba că spun *da*, Holder. Aici e vorba că spun *te rog*.

La ce mă gândeam adineaori? La ceva legat de așteptare?

Dă-o naibii.

Buzele ni se ciocnesc și scot un geamăt, împingând-o la loc pe pat.

— Chiar o facem? o întreb, fiindcă nu prea-mi vine să cred.

— Da, răspunde râzând. Chiar o facem. N-am mai fost atât de sigură de ceva de când mă știu.

Mâna mea își reia poziția și începe să-i tragă chiloții în jos.

— Am nevoie doar să-mi promiți ceva mai întâi, îmi zice.

Îmi retrag mâna, crezând că poate vrea să mă roage s-o luăm mai încet.

— Orice vrei.

Îmi apucă mâna și mi-o pune exact unde fusese, pe șoldul ei.

— Vreau s-o fac, îmi zice, privindu-mă în ochi cu hotărâre, dar numai dacă-mi promiți c-o să batem recordul pentru cea mai bună premieră din istoria premierelor.

Zâmbesc. *Al naibii de clar.*

— Când e vorba despre tine și despre mine, Sky... niciodată n-o să fie mai puțin de-atât.

Îmi strecor brațul sub spinarea ei și o ridic. Îmi vâr degetele pe sub bretelele rochiei, apoi le fac să alunece încet pe brațele ei. Își strânge mâna din părul meu în pumn, lipindu-și obrazul de al meu, în timp ce buzele mele îi întâlnesc umărul. Degetele mele țin încă bretelele.

— O dau jos.

Face semn din cap că da și apuc materialul din dreptul taliei, începând să-i ridic rochia peste cap. După ce rămâne de tot fără ea, o așez din nou pe pat. Deschide ochii. Îi studiez cu privirea tot trupul, plimbându-mi mâna în jos pe braț și continuând pe abdomen, oprindu-mă pe curbura șoldului. Las ca tot ceea ce văd să-mi pătrundă adânc în memorie, fiindcă asta e tot ce vreau cel mai mult să țin minte. Vreau să-mi amintesc exact cum arată în clipa în care-mi dăruiește o parte din inima ei.

— Fir-ar să fie, Sky, șoptesc, plimbându-mi mâinile pe pielea ei.

Mă aplec și o sărut ușor pe abdomen.

— Ești incredibilă.

Îmi urmăresc cu privirea mâna în timp ce-i alunecă pe trup. O privesc cum urcă pe abdomenul ei și-i întâlnește sânii. Îmi privesc degetul mare dispărând pe sub sutien. De îndată ce ajunge toată mâna sub sutien, ea își încolăcește picioarele de mijlocul meu. Gem, dorindu-mi în clipa asta să fi avut mai multe mâini, pentru că astea două vor să fie peste tot, în același timp. Și nu vreau să existe niciun fel de material textil în calea lor.

Mă întind și-i dau jos chiloții, după care îi scot sutienul. O sărut fără întrerupere, chiar și când îmi las corpul să lunece jos de pe pat, ca să-mi scot și restul hainelor de pe mine. Apoi mă urc înapoi în pat, cu ea. Mă pun deasupra ei.

Imediat cum ajung să mă lipesc de ea, mă izbește revelația că n-am trăit și nici n-am simțit ceva asemănător în viața mea. Așa ar trebui să fie când oamenii trec de premieră. Exact așa ar trebui să se simtă, și e ceva incredibil.

Mă întind peste pat și scot un prezervativ din sertarul noptierei. Nu ne-am oprit din sărutat nici măcar pentru o secundă, dar simt nevoia să-i văd chipul, simt nevoia să văd că mă vrea înăuntrul ei la fel de mult pe cât vreau eu să *fiu* înăuntrul ei.

Înșfac prezervativul și mă ridic în genunchi. Desfac ambalajul, dar înainte să mi-l pun, o privesc. Ține ochii închiși strâns și sprâncenele împreunate.

— Sky? șoptesc.

Vreau să deschidă ochii. Am nevoie doar de o ultimă privire din partea ei ca să fiu sigur, dar ea nu deschide ochii. Mă las iar deasupra ei și o mângâi pe obraz.

— Iubito. Deschide ochii.

Buzele încep să-i tremure și-și ridică brațele, acoperindu-și ochii cu ele.

— Dă-te jos de pe mine, șoptește.

Inima îmi tresare, fiindcă nu știu cu ce-am greșit. Am făcut tot ce-am putut ca să fie bine, dar e clar că ceva a fost greșit pe undeva și habar n-am unde. Mă ridic în genunchi și mă depărtez de ea, tocmai în clipa în care e zguduită de un hohot violent de plâns. Se răsucește pe o parte și-și îmbrățișează trupul cu brațele.

— *Te rog*, zice printre hohotele de plâns.

— Sky, m-am oprit, îi zic mângâind-o pe braț.

Ea îmi dă la o parte mâna și începe să tremure din tot corpul. Buzele i se mișcă și rostesc ceva, dar eu nu înțeleg ce spun. Mă aplec în față, străduindu-mă să aud ce încearcă să-mi zică.

— Douăzeci și opt, douăzeci și nouă, treizeci, treizeci și una...

Numără într-o succesiune rapidă, plângând isteric, ghemuindu-se pe pat.

— Sky! zic ceva mai tare, încercând s-o fac să se oprească.

Nu știu ce naiba s-a întâmplat sau ce-am făcut, dar asta nu e ea și începe să mă sperie. Reacționează de parcă nici n-aș fi aici. Încerc să-i iau brațul de la ochi, ca să se uite la mine, dar îmi dă peste mână, plângând isterică.

— Fir-ar a naibii de treabă, Sky! urlu disperat.

O trag iar de braț, dar se împotrivește. Nu știu ce să fac, nu-mi dau seama de ce nu vrea să iasă din starea asta, așa că o ridic în brațe și o strâng la pieptul meu. Încă numără și plânge și am impresia că s-ar putea să fiu și eu în pragul plânsului, fiindcă ea își pierde luciditatea, iar eu habar n-am cum aș putea s-o ajut. O legăn înainte și înapoi și-i dau la o parte părul care-i cade peste față, străduindu-mă s-o fac să iasă din starea asta, însă ea plânge în continuare. Trag cearșaful și-l înfășor în jurul nostru, apoi o sărut pe tâmplă.

— Îmi pare rău, șoptesc, neștiind ce să mai fac.

Deschide ochii și mă privește, cu întreaga ei ființă mistuită de frică.

— Îmi pare rău, Sky, îi zic, încă neștiind ce n-a fost în regulă sau de ce e îngrozită de mine acum. Îmi pare foarte rău.

O legăn în continuare, încă neînțelegând ce anume i-a provocat reacția, dar niciodată n-am văzut ochi mai îngroziți și habar n-am cum naiba s-o liniștesc.

— Ce s-a întâmplat? strigă, încă privindu-mă cu ochii plini de frică.

S-a isterizat de-a binelea și nici măcar nu-și aduce aminte?

— Nu știu, îi răspund clătinând din cap. Doar că ai început să numeri, și să plângi, și să tremuri, iar eu tot încercam să te fac să încetezi, Sky. Dar tu nu voiai. Erai îngrozită. Ce-am făcut?

Spune-mi, pentru că, să ştii, îmi pare foarte rău. Îmi pare foarte, foarte rău. Ce naiba am făcut?

Clatină şi ea din cap, neştiind ce să-mi răspundă. Mă distruge faptul că nu ştiu dacă am greşit cu ceva, încât să-i forţez creierul atât de profund să piardă contactul cu realitatea.

Închid ochii şi-mi lipesc fruntea de a ei.

— Îmi pare foarte rău. N-ar fi trebuit în niciun caz să las lucrurile să meargă atât de departe. Nu ştiu ce naiba s-a întâmplat adineaori, dar îmi dau seama că tu nu eşti încă pregătită, da?

Încuviinţează, încă ţinându-se strâns de mine.

— Aşadar, n-am făcut... n-am făcut nimic? mă întreabă cu un glas timid.

Mă simt descurajat, dându-mi seama, odată cu vorbele astea ale ei, că, indiferent ce-aş încerca să fac ca s-o protejez, tot există ceva care o sfâşie în bucăţi. Şi-a pierdut total cumpătul, aşa cum n-am mai văzut niciodată pe cineva, şi n-am avut nicio putere ca s-o trezesc. Îi cuprind obrajii cu palmele.

— Unde-ai plecat, Sky?

Mă priveşte dezorientată şi clatină din cap.

— Sunt chiar aici. Ascult.

— Nu, mă refeream la mai devreme. Unde-ai fost? Nu erai aici, cu mine, fiindcă nu, nu s-a întâmplat nimic. Vedeam pe faţa ta că e ceva în neregulă, aşa că n-am făcut nimic. Dar acum tu trebuie să te gândeşti îndelung şi intens unde ai fost, în mintea asta a ta, pentru că erai panicată. Erai isterică şi am nevoie să ştiu ce te-a făcut să pleci, ca să mă pot asigura că n-o să se mai întâmple niciodată.

O strâng cu putere în braţe, apoi o sărut pe frunte. Ştiu că probabil are nevoie acum să-şi recapete contactul cu realitatea, aşa că mă ridic şi-mi trag pe mine blugii şi tricoul, după care o ajut să-şi îmbrace rochia.

— Mă duc să-ţi aduc puţină apă. Revin imediat.

Mă aplec spre ea, neștiind sigur dacă măcar vrea să fiu acum lângă ea, dar o sărut pe buze ca s-o liniștesc.

Ies din camera mea și mă duc direct în bucătărie. Imediat cum îmi pun coatele pe masa de lucru, îmi îngrop fața între palme și-mi adun fiecare strop de voință ca să nu cedez nervos. Inspir adânc de mai multe ori, expirând încă și mai profund, sperând că pot să fiu tare pentru ea. Dar, când o văd atât de neajutorată și știu că n-am putut să fac nimic ca să-i fiu de folos...

Niciodată n-am mai fost atât de dezamăgit de mine însumi.

Capitolul treizeci și opt

Încă stau rezemat de masa de lucru din bucătărie, cu capul în mâini, când aud o ușă închizându-se sus. Am coborât de câteva minute deja și nu vreau să creadă c-o evit, așa că urc la loc. Caut în camera mea și în baie, dar nu e în niciuna din aceste încăperi. Îmi opresc privirea pe ușa camerei lui Les și ezit câteva clipe înainte să întind mâna și să răsucesc mânerul.

Stă pe patul lui Les, ținând o fotografie în mâini.

— Ce faci? o întreb.

Nu-mi dau seama ce caută aici. Eu nu vreau să fiu în camera asta și vreau ca ea să vină înapoi cu mine în camera mea.

— Căutam baia, îmi răspunde încet. Iartă-mă. Doar simțeam nevoia să am câteva clipe...

Încuviințez, fiindcă, din câte se pare, și eu am avut nevoie de câteva clipe. Privesc în jur prin încăpere. N-am mai pus piciorul aici din ziua în care am găsit caietul. Blugii lui Les sunt tot în mijlocul camerei, exact unde i-a lăsat.

— N-a mai fost nimeni aici? De când a...

— Nu, mă grăbesc să-i răspund, nevrând s-o aud terminându-și fraza. Ce rost ar fi avut? Ea s-a dus.

Încuviințează, apoi pune la loc pe noptieră fotografia.

— Era împreună cu el?

Întrebarea ei mă descumpănește pentru o clipă, dar apoi îmi dau seama că, probabil, a văzut o fotografie cu Les și Grayson împreună. Eu nu i-am spus niciodată că au fost cuplați. Trebuia să-i fi spus.

Pătrund în dormitorul lui Les pentru prima oară după mai mult de un an. Mă duc spre pat și mă așez lângă Sky. Îmi rotesc lent privirea prin cameră, întrebându-mă de ce ne-am gândit, eu și mama, că ar fi mai bine să închidem ușa după ce a murit, în loc să ne descotorosim de lucrurile ei. Presupun că niciunul din noi nu e încă pregătit să treacă peste pierderea ei.

Arunc o privire spre Sky și văd că încă e cu ochii pe fotografia înrămată de pe noptiera lui Les. O cuprind cu brațul de umeri și o trag spre mine. Ea îmi pune o mână pe piept și-mi strânge tricoul în pumn.

— El a lăsat-o cu o seară înainte ca ea să-și ia viața, îi răspund, doar ca să-i dau o explicație.

Chiar n-aș vrea să discut despre asta, dar singurul alt subiect rămas de discutat ar fi ce s-a întâmplat adineaori în patul meu și știu că, mai mult ca sigur, Sky mai are nevoie de un pic de răgaz înainte de a aborda subiectul ăsta.

— Crezi că din cauza lui a făcut-o? De-aia îl urăști atât?

Scutur din cap.

— L-am urât dinainte s-o rupă cu ea. El i-a făcut o grămadă de porcării, Sky. Și nu, nu cred că din cauza lui a făcut-o. Cred că e posibil să fi fost factorul decisiv într-o hotărâre pe care ea a vrut de multă vreme s-o ia. Avusese probleme cu mult înainte să apară Grayson în peisaj. Așa că nu, nu-l socotesc pe el vinovat. Niciodată nu l-am socotit.

O iau de mână și mă ridic, pentru că, sincer, nu vreau să mai vorbesc despre asta. Crezusem că pot, dar nu e cazul.

— Haide. Nu vreau să mai stau aici.

Se ridică și pornim amândoi spre ușă, dar când ajungem își smulge mâna, așa că întorc capul. O văd privind o fotografie cu mine și cu Les, de când eram copii.

Zâmbește spre fotografie, dar mi se accelerează imediat pulsul când îmi dau seama că ne vede, pe mine și pe Les, așa cum arătam când eram mici. Ne vede exact așa cum ne cunoscuse ea. Nu vreau să-și aducă aminte. Dacă s-ar întâmpla să aibă până și cea mai mică revenire a memoriei acum, ar putea începe să pună întrebări. Și ultimul lucru care i-ar trebui, după criza pe care tocmai a avut-o, ar fi să afle adevărul.

Închide ochii pentru câteva secunde și expresia de pe fața ei îmi mai accelerează puțin pulsul.

— Te simți bine? o întreb, încercând să-i iau fotografia din mâini.

O smucește imediat înapoi și-și ridică privirea spre mine.

E cel dintâi semn de recunoaștere pe care-l zăresc pe fața ei și simt cum mă ofilesc tot.

Reușesc să fac un pas spre ea, însă ea imediat face un pas înapoi. Continuă să privească fotografia, apoi ridică ochii spre mine, iar eu nu vreau decât să pun mâna pe poza înrămată și s-o arunc naibii prin cameră și s-o scot pe ea de-aici, dar presimt că e prea târziu.

Își duce mâna la gură și-și înăbușă un hohot de plâns. Mă privește de parcă ar vrea să spună ceva, dar nu poate să vorbească.

— Sky, nu, șoptesc.

— Cum e posibil? întreabă, îndurerată, privind din nou fotografia. E un leagăn acolo. Și o fântână. Și... motanul vostru. A căzut în fântână și n-a mai putut ieși. Holder, eu cunosc livingul ăla. Livingul are pereții verzi, iar în bucătărie e un blat din marmură care era mult prea înalt pentru noi și... mama ta. Prenumele mamei tale e Beth.

Torentul de cuvinte se oprește pentru câteva clipe și ochii ei mă săgetează.

— Holder... mă întreabă trăgând aer în piept, nu-i așa că Beth e prenumele mamei tale?

Nu astă-seară, nu astă-seară. Dumnezeule, ea n-are *nevoie* de așa ceva astă-seară.

— Sky...

Mă privește cu o înfățișare distrusă. Apoi se repede pe lângă mine, traversează holul și intră în baie, unde trântește ușa în urma ei. Mă duc după ea și încerc să deschid ușa, dar deja a încuiat-o.

— Sky, deschide ușa. Te rog.

Nimic. Nu deschide ușa și nu spune nimic.

— Te rog. Trebuie să discutăm și nu pot să vorbesc așa, prin ușă. Te rog, deschide.

Mai trec câteva secunde fără ca ea să deschidă. Mă apuc cu mâinile de cadrul ușii și aștept. E prea târziu să mai dau înapoi acum. Tot ce pot să fac e să aștept până când va fi pregătită să audă adevărul.

Se deschide ușa și ea mă privește, acum cu ochii plini de furie, în loc de frică.

— Cine e Hope? întreabă cu o voce de-abia șoptită.

Cum să i-o spun? Cum să-i dau răspunsul la întrebarea asta? Pentru că, imediat cum i-l voi da, voi fi nevoit să privesc cum se prăbușește lumea întreagă în jurul ei.

— Cine naiba e Hope? repetă, mai tare de data asta.

Nu pot. Nu pot să-i spun. O să mă urască și asta o să mă distrugă.

Ochii i se umplu de lacrimi.

— Eu sunt? întreabă cu o voce de-abia auzită. Holder... eu sunt Hope?

Un șuvoi de aer îmi țâșnește din plămâni și simt că lacrimile îl urmează. Privesc spre tavan, încercând să le opresc. Închid ochii și-mi apăs fruntea pe braț, inspirând aerul care va învălui vocea ce rostește singurul cuvânt capabil s-o distrugă din nou.

— Da.

Face ochii mari, dar rămâne pe loc, clătinând încet din cap. Nici nu pot să-mi imaginez ce-o fi în mintea ei acum.

Dintr-odată, țâșnește pe lângă mine pe hol.

— Sky, așteaptă puțin, urlu în timp ce ea coboară treptele două câte două.

Mă reped după ea, încercând s-o prind înainte să plece. Când ajunge la ultima treaptă, se prăbușește pe podea.

— Sky!

Mă las să cad în genunchi și o iau în brațe, dar ea se zbate. Nu pot s-o las să plece. Are nevoie să afle și restul adevărului, înainte de a pleca de-aici.

— Afară, șoptește ea. Am nevoie să ajung afară. Te rog, Holder.

Știu cum e să simți atât de stringent nevoia de aer. Îi dau drumul și o privesc în ochi.

— Să nu fugi, Sky. Du-te afară, dar, te rog, nu pleca. Trebuie să stăm de vorbă.

Încuviințează și o ajut să se ridice. Iese din casă și se oprește în curtea din față, unde își lasă capul pe spate și privește stelele.

Sus pe cer.

O urmăresc din ochi tot timpul, fără să-mi doresc altceva mai mult decât s-o țin în brațe. Dar știu că e ultimul lucru pe care l-ar vrea ea acum. Știe că am mințit-o și are tot dreptul să mă urască.

După un timp, se întoarce în sfârșit și intră înapoi în casă. Trece pe lângă mine fără să mă privească și se duce direct în bucătărie. Scoate din frigider o sticlă cu apă și o deschide, bând câteva înghițituri zdravene înainte de a-mi căuta privirea.

— Du-mă acasă, îmi zice.

O scot de-aici, dar acasă n-o duc.

*

Acum suntem la aeroport. Nu mi-a venit în minte un alt loc suficient de liniștit în care s-o duc și am refuzat s-o duc înapoi acasă înainte ca ea să mă întrebe despre tot ce are nevoie să afle. Pe drumul încoace, singura întrebare pe care mi-a pus-o, sincer să fiu, a fost de ce mi-am făcut tatuajul. I-am răspuns același lucru ca data trecută când m-a întrebat, numai că de data asta cred că a și înțeles cu adevărat.

— Ești pregătită pentru răspunsuri? o întreb.

Sunt deja câteva minute de când privim, tăcuți, stelele. Eu doar încerc să-i dau o șansă de a se liniști. De a-și limpezi mintea.

— Sunt pregătită, dacă tu chiar ai de gând să răspunzi sincer de data asta, îmi zice cu o voce întretăiată de furie.

Mă întorc spre ea și durerea din ochii ei e la fel de vizibilă ca stelele de pe cer. Mă ridic într-un cot și o privesc.

În urmă cu puțin timp o priveam de deasupra, în același fel, memorându-i fiecare detaliu. În momentul acela, când eram în patul meu, o priveam cu nespus de multă speranță. Simțeam că e a mea și că eu sunt al ei și că momentul acela și senzația aceea aveau să dăinuie pentru totdeauna. Acum însă, privind-o din aceeași poziție... simt că totul e pe cale să se sfârșească.

Îmi apropii mâna de fața ei și o ating.

— Am nevoie să te sărut.

Scutură din cap.

— Nu, răspunde hotărâtă.

Simt că astă-seară e sfârșitul poveștii noastre și că, dacă nu mă lasă s-o mai sărut o dată, o să mor.

— Am nevoie să te sărut, îi zic încă o dată. Te rog, Sky. Mi-e teamă că, după ce-o să-ți spun ceea ce trebuie să-ți spun... n-o să mai am niciodată ocazia să te sărut.

Îi cuprind cu mai multă hotărâre fața cu palmele și o apropii de mine.

— *Te rog.*

Ochii ei îi caută cu disperare pe ai mei, poate ca să vadă dacă există vreo frântură de adevăr în spatele cuvintelor mele. Nu spune nimic. Doar face un aproape imperceptibil semn de încuviințare din cap, dar îmi e suficient. Mă aplec și-mi lipesc ferm buzele de ale ei. Mă apucă de antebraț cu o mână și-și întredeschide buzele, permițându-mi s-o sărut mai intim.

Continuăm să ne sărutăm timp de câteva minute, fiindcă nu știu dacă vreunul din noi ar fi deja dispus să înfrunte adevărul. Mă ridic în genunchi, fără să mă desprind din sărut, și mă urc deasupra ei. Își trece mâna prin părul meu și se oprește la ceafă, de unde mă trage spre ea, îmboldindu-mă tot mai aproape.

Începe să-mi strângă tricoul în pumni, dar deodată un strigăt îi țâșnește din gât. Îmi lipesc buzele de obrazul ei și o sărut ușor, apoi mi le apropii de ureche.

— Îmi pare foarte rău, îi zic în șoaptă, ținând-o cu mâna liberă. Îmi pare foarte rău. N-am vrut să afli.

Mă împinge de pe ea și se ridică în șezut. Își strânge genunchii la piept și-și îngroapă fața între ei.

— Nu vreau decât să vorbești, Holder. De când ne cunoaștem, ți-am pus toate întrebările pe care ți le-aș putea pune vreodată. Am nevoie să-mi răspunzi acum la ele, ca să mă pot întoarce acasă, zice cu o voce obosită.

Îi mângâi părul și-i dau răspunsurile de care are nevoie.

— N-am fost sigur că tu ești Hope când te-am văzut prima oară. Prea mă obișnuisem s-o văd în absolut toate necunoscutele de vârsta noastră, încât renunțasem la încercările de a o mai găsi încă de acum câțiva ani. Dar când te-am văzut în magazin și te-am privit în ochi... am avut sentimentul că, într-adevăr, tu ești ea. Pe urmă, când mi-ai arătat actul tău de identitate și mi-am dat seama că nu ești Hope, m-am simțit ridicol. A fost, într-un fel, acea sonerie pentru trezire de care aveam nevoie, ca să las, în sfârșit, amintirea ei să dispară.

O privesc în ochi și povestesc mai departe.

— Am fost vecini timp de un an, cu tine și cu tatăl tău. Tu, eu și Les... eram cei mai buni prieteni. Totuși, e foarte greu să-ți amintești chipul cuiva după atâta vreme. M-am gândit ca ai putea să fii Hope, dar în același timp mi-am zis că, dacă într-adevăr ai fi ea, n-aș mai avea îndoieli în privința asta. Am crezut că, dac-ar fi s-o mai văd vreodată, mi-aș da seama sigur că ea e. În ziua aia, după ce am ajuns acasă de la magazin, am intrat imediat pe internet să-ți caut numele. N-am reușit să găsesc nimic despre tine, nici măcar pe Facebook. Am căutat timp de o oră întreagă și am ajuns să mă enervez într-atât, încât m-am gândit să ies să alerg ca să mă calmez. Când am trecut de colț și te-am văzut stând chiar în fața casei mele, mi s-a tăiat respirația. Doar stăteai acolo, sleită și epuizată de cât alergaseși, și... Dumnezeule, Sky! Erai atât de frumoasă... Încă nu știam sigur dacă ești Hope sau nu, dar în momentul acela întrebarea îmi dispăruse total din minte. Nu mă mai interesa cine erai: doar simțeam nevoia să te cunosc. După timpul petrecut cu tine toată săptămâna, nu m-am putut abține să vin acasă la tine în seara aia de vineri. N-am venit cu gândul să-ți scormonesc în trecut și nici măcar cu speranța că s-ar putea întâmpla ceva între noi. Am venit acasă la tine pentru că am vrut să mă cunoști așa cum sunt în realitate, nu din ce ai auzit de la toți ceilalți. Iar după ce-am petrecut mai mult timp cu tine în seara aia, nu m-am mai putut gândi la altceva decât la cum să fac ca să pot petrece și mai mult timp cu tine. N-am cunoscut niciodată pe cineva care să mă captiveze într-atât. Încă mă întrebam dacă o fi posibil... ca tu să fii ea. Curiozitatea mi-a devenit și mai mare după ce mi-ai spus că ai fost adoptată, dar și atunci m-am gândit că ar putea să fie o coincidență. Dar pe urmă, când ți-am văzut brățara...

Pentru ceea ce urmează am nevoie să mă privească în ochi, așa că-i ridic bărbia și o fac să se uite la mine.

— Am simțit că mi se frânge inima, Sky. Nu voiam ca tu să fii ea. Îmi doream ca tu să-mi fi spus că ai primit brățara de la prietena ta, sau că ai găsit-o, sau că ai cumpărat-o. După atâția ani irosiți, căutându-te în fiecare chip pe care-l priveam, în sfârșit, te găsisem... iar asta m-a distrus. Nu voiam ca tu să fii Hope. Nu voiam decât să fii tu.

Clatină din cap.

— Dar de ce nu mi-ai spus? Cât de greu putea să-ți fie să recunoști că ne-am cunoscut mai demult? Nu înțeleg de ce ai mințit în privința asta.

Dumnezeule, cât e de greu!

— Ce-ți mai amintești despre adopția ta?

— Nu mare lucru, îmi răspunde clătinând din cap. Știu că am fost la orfelinat, după ce m-a dat tatăl meu. Știu că m-a adoptat Karen și că ne-am mutat aici, din alt stat, când aveam cinci ani. În afară de asta și de câteva amintiri răzlețe, nu mai știu nimic.

Tot nu înțelege. Asta nu e nicidecum ce-și amintește *ea*. E ceea ce i s-a *spus*. Mă ridic de lângă ea și mă așez drept în fața ei. O apuc de umeri.

— Toate astea sunt chestiile pe care ți le-a spus Karen. Eu vreau să știu ce-ți amintești tu. Ce-ți amintești tu, Sky?

Își desprinde privirea de a mea, încercând să se gândească. După ce-și dă seama că nu găsește nimic, mă privește iar.

— Nimic. Cele mai vechi amintiri ale mele sunt cu Karen. Singurul lucru de care-mi aduc aminte din perioada de dinaintea lui Karen e că am primit brățara asta, dar numai pentru c-o mai am și acum, ceea ce a făcut ca amintirea să-mi rămână fixată. Totuși, nici nu mai știam prea bine cine mi-a dat-o.

Mă aplec și o sărut pe frunte, știind că următoarele cuvinte pe care le voi rosti vor fi cuvintele pe care ea n-ar vrea să le audă. Ca și cum și-ar da seama cât de mult sufăr, își încolăcește brațele de gâtul meu și mi se urcă pe genunchi, ținându-se strâns de mine.

O cuprind și eu cu brațele, fără să înțeleg prea bine cum de poate să simtă pornirea de a mă consola în clipa asta.

— Hai, zi, îmi șoptește. Zi că ți-ai fi dorit să nu fii nevoit să-mi spui.

Îmi aplec capul spre al ei, închizând ochii strâns. Ea crede că vrea să știe adevărul, dar nu e așa. Dac-ar simți ce efect o să aibă asupra ei, n-ar mai vrea să-l știe.

— Hai, spune-mi, Holder.

Oftez, după care mă desprind de ea.

— În ziua în care ți-a dăruit Les brățara asta, plângeai. Îmi amintesc fiecare amănunt, de parcă s-ar fi întâmplat ieri. Stăteai în curtea ta, cu spatele spre casă. Ne-am așezat și noi lângă tine, eu și Les, și am rămas mult timp, dar tu tot nu te-ai oprit din plâns. După ce ți-a dat brățara, ea a plecat acasă la noi, dar eu n-am putut să mă clintesc. Nu voiam să te las singură acolo, gândindu-mă că s-ar putea să fii iarăși supărată pe tatăl tău. Mereu plângeai din cauza lui, iar asta mă făcea să-l urăsc. Nu-mi amintesc nimic despre el, în afară de faptul că-l uram din suflet pentru că te făcea să plângi așa. N-aveam decât șase ani, așa că nu știam niciodată ce să-ți spun când plângeai. Am impresia că-n ziua aia ți-am spus ceva de genul: „N-ai grijă..."

— El n-o să trăiască veșnic, îmi completează ea fraza. Îmi amintesc ziua aia. Cum mi-a dat Les brățara și cum mi-ai zis tu că el n-o să trăiască veșnic. Sunt două lucruri pe care mi le-am amintit tot timpul. Doar că n-am știut că tu ai fost.

— Mda, așa ți-am zis, încuviințez, punându-i mâinile pe obraji. Iar atunci am făcut un lucru pe care l-am regretat în fiecare zi a vieții mele.

— Holder, zice ea scuturând din cap, tu n-ai făcut nimic. Doar ai plecat acasă.

— Exact, confirm eu. M-am dus acasă, chiar dacă știam că trebuia să fi rămas cu tine pe iarbă. M-am oprit în curtea din fața casei mele și te-am privit cum plângeai cu capul între brațele tale, când ar fi trebuit să plângi între ale mele. N-am făcut altceva decât să stau acolo... și să privesc cum se oprea mașina lângă trotuar. Am văzut lăsându-se în jos geamul din dreapta și am auzit cum te-a strigat cineva pe nume. Am văzut cum ți-ai ridicat privirea spre mașină și cum te-ai șters la ochi. Te-ai ridicat, ți-ai scuturat de praf pantalonașii scurți, după care te-ai dus spre mașină. Te-am văzut cum te-ai urcat în ea și-am știut că, indiferent ce s-ar fi întâmplat, n-ar fi trebuit să stau acolo și doar să privesc. Dar n-am făcut altceva, deși trebuia să fiu alături de tine. Asta nu s-ar fi întâmplat niciodată, dac-aș fi rămas atunci alături de tine.

Inspiră adânc.

— *Ce* nu s-ar fi întâmplat niciodată?

Îi mângâi pomeții cu degetul mare și o privesc cât pot de calm, deoarece știu că urmează să aibă nevoie de alinare.

— Te-au luat. Nu știu cine o fi fost în mașina aia, dar te-a luat de lângă tatăl tău, de lângă mine, de lângă Les. Ai lipsit timp de treisprezece ani, Hope.

Capitolul treizeci și nouă. Capitolul treizeci și nouă și jumătate. Capitolul treizeci și nouă și trei sferturi

Închide ochii și-și lasă capul pe umărul meu. Mă strânge mai tare, așa că o strâng și eu. Aștept. Aștept să absoarbă tot ce-a aflat. Aștept lacrimile. Aștept sfâșierea, fiindcă știu sigur c-o să urmeze.

Rămânem așa, în tăcere, timp de mai multe minute, însă lacrimile nu mai vin. Încep să mă întreb dac-o fi conștientizat măcar tot ce i-am spus adineaori.

— Spune ceva, o implor.

Ea nu scoate un sunet. Nici măcar nu se clintește. Lipsa ei de reacție începe să mă îngrijoreze, așa că o prind cu mâna de ceafă și-mi apropii capul de al ei.

— *Te rog*. Spune ceva.

Își ridică încet capul de pe umărul meu și mă privește cu ochii uscați.

— Mi-ai zis Hope. Să nu-mi mai zici așa. Nu așa mă numesc.

Nici nu mi-am dat seama că i-am zis așa.

— Iartă-mă, Sky.

Văd cum îi apare răceala în ochi. Se dă jos de pe mine, apoi se ridică.

— Nu-mi mai zice nici așa.

Mă ridic și eu și încerc s-o prind de mâini, dar și le smucește și se întoarce spre mașină. Nu prea m-am gândit la ce-aș putea să fac sau să spun, după ce avea să afle, în sfârșit, adevărul de la mine. Nu sunt deloc pregătit pentru ce-o să urmeze, indiferent ce-o fi.

— Am nevoie de o pauză dintre capitole, îmi zice, continuându-și drumul.

— Nici măcar nu știu ce-o însemna asta, răspund, urmând-o îndeaproape.

Ce-o avea ea nevoie e mai mult decât o simplă pauză dintre capitole. Ea are nevoie de o pauză dintre capitole într-o pauză dintre capitole într-o pauză dintre capitole. Nu sunt în stare să-mi închipui cât de dezorientată trebuie să fie în clipa asta.

Merge în continuare, așa că o apuc de braț, dar se smucește imediat. Se răsucește spre mine și mă privește cu ochii mari, plini de teamă și de derută. Începe să respire profund, ca și cum ar încerca să-și stăvilească un atac de panică. Nu știu ce să-i spun, dar știu că nu vrea s-o ating într-un astfel de moment.

Face doi pași iuți spre mine, se ridică pe vârfuri și mă prinde cu mâinile de obraji. Își apasă hotărâtă buzele pe ale mele și mă sărută cu disperare, dar nu găsesc resurse în mine ca să-i răspund la sărut. Știu că e speriată și derutată în clipa asta și că face orice, numai să nu se gândească la asta.

Se desprinde când își dă seama că nu-i răspund la sărut, după care întinde mâna și-mi trage o palmă.

Situația prin care trece ea acum e, mai mult ca sigur, mai traumatizantă și mai emoționantă decât orice ar putea trăi cineva într-o viață, cu excepția morții. Încerc să-mi amintesc asta când îmi mai trage o palmă, după care își proptește mâinile în pieptul meu și mă îmbrâncește. Panica pune complet stăpânire pe ea, țipă, mă lovește, și singurul lucru pe care mai pot să-l fac e s-o răsucesc pe loc și s-o strâng la pieptul meu. O cuprind din spate cu brațele și-mi lipesc buzele de urechea ei.

— Respiră, îi șoptesc. Calmează-te, Sky. Știu că ești derutată și speriată, dar sunt aici. Sunt chiar aici. Tu doar respiră.

O țin așa timp de câteva minute, dându-i răgaz ca să-și adune gândurile. Știu că are întrebări. Am doar nevoie ca mintea ei să ajungă în punctul în care poate să reziste la toate răspunsurile.

— Aveai de gând să-mi spui vreodată cine sunt? mă întreabă, după ce se desprinde de mine. Dacă nu mi-aș fi amintit niciodată? Mi-ai fi spus? Ți-era teamă c-o să te părăsesc și n-o să mai apuci să mi-o tragi? De-asta m-ai mințit tot timpul?

Întrebările pe care tocmai mi le-a pus au însemnat, toate, cele mai mari temeri ale mele. Mi-a fost foarte teamă că n-o să înțeleagă motivele pentru care nu i-am spus adevărul.

— Nu. N-a fost așa. Nu e așa. Nu ți-am spus din cauză că mi-era frică de ce ți s-ar putea întâmpla. Dacă aș face un denunț, ai fi luată de la Karen. Mai mult ca sigur, pe ea ar aresta-o, iar pe tine te-ar trimite înapoi să locuiești cu tatăl tău până când ai împlini optsprezece ani. Asta vrei să se-ntâmple? Știu că o iubești pe Karen și că ești fericită aici. Nu vreau să-ți stric totul.

Clatină din cap și râde, dar e un râs deprimant.

— Mai întâi de toate, îmi zice, n-ar putea s-o trimită pe Karen la închisoare, fiindcă pot să-ți garantez că ea nu știe nimic despre asta. În al doilea rând, am împlinit optsprezece ani în septembrie. Dacă vârsta mea ar fi fost motivul pentru lipsa sincerității tale, ai fi putut să-mi spui până acum.

Privesc în pământ, fiindcă e prea greu să mă uit în ochii ei.

— Sky, mai sunt foarte multe lucruri pe care încă trebuie să ți le explic. Ziua ta de naștere n-a fost în septembrie. Tu te-ai născut pe 7 mai. O să ai optsprezece ani abia peste încă șase luni. Cât despre Karen...

Fac un pas spre ea și o apuc de amândouă mâinile.

— Ea sigur știe, Sky. *Sigur*. Gândește-te bine. Cine altcineva ar fi putut să facă una ca asta?

Imediat cum termin de vorbit, își smucește mâinile și face un pas înapoi, de parcă aș fi insultat-o.

— Du-mă acasă, zice clătinând din cap, cu un aer de neîncredere. Nu vreau să mai aud nimic. Nu vreau să mai știu nimic în seara asta.

Încerc din nou s-o iau de mâini, dar mă plesnește.

— DU-MĂ ACASĂ!

*

Stăm în mașină, pe aleea din fața casei lui Sky. Pe drum, am pus-o să-mi promită că n-o să-i spună nimic lui Karen. A făgăduit că n-o să spună nimic până mâine, când o să vorbim din nou, dar mie tot nu-mi place gândul c-o s-o las aici, în starea în care e.

Deschide portiera, dar o apuc de mână.

— Stai, îi zic, și ea se oprește. O să fii bine în seara asta?

Oftează și se lasă să cadă la loc pe scaunul din dreapta.

— *Cum?* îmi răspunde cu o voce înfrântă. Cum aș mai putea să fiu bine după seara asta?

Îi împing cu degetul părul după ureche. Nu vreau s-o las așa. Vreau s-o asigur că de data asta n-o să plec de lângă ea.

— Mă omoară gândul ăsta... că te las să pleci așa, îi zic. Nu vreau să te las singură. Pot să mă întorc peste o oră?

Scutură din cap în semn de refuz.

— Nu pot, îmi răspunde cu o voce firavă. Mi-e prea greu acum să te știu în preajmă. Am nevoie doar să mă gândesc. Ne vedem mâine, bine?

Încuviințez, după care îmi retrag mâna și o pun pe volan. Oricât de mult m-ar durea, trebuie să-i dau ceea ce-și dorește acum. Știu că are nevoie de timp ca să analizeze toate lucrurile care-i ocupă mintea. Cinstit să fiu, cred că și eu am nevoie de timp pentru a-mi limpezi gândurile.

Capitolul patruzeci

Les,

Ea știe.

Și nu-mi vine să cred că am fost în stare s-o las acasă la ea și să plec. Nu-mi pasă că nu vrea să fiu acum în preajma ei. Nici de-al naibii nu pot s-o las așa, singură. Aș fi vrut să fii aici, în clipa asta, fiindcă nu știu ce naiba fac.

H

Sar ca ars când o aud țipând lângă mine, pe patul ei. Gâfâie, disperată după aer.

Alt coșmar.

— Ce naiba cauți aici? mă întreabă.

Arunc o privire spre ceasul de la mână, apoi mă frec la ochi. Încerc să delimitez tot ce a fost real în ultimele câteva ore de ceea ce a fost doar vis.

Din nefericire, *totul* a fost real.

Îi pun o mână pe picior și mă târăsc mai aproape de ea. Îi văd groaza din ochi.

— Nu puteam să te las. Am vrut doar să mă asigur că ești bine.

Îmi strecor mâna la ceafa ei și-i simt pulsul zvâcnind în palma mea.

— Ce-ți mai bate inima! Ești speriată.

Mă privește cu ochii mari. Pieptul îi tresaltă, iar frica pe care o emană mă distruge. Își duce mâna spre a mea și mi-o strânge.

— Holder... îmi amintesc.

O întorc imediat cu fața spre mine și o forțez să mă privească în ochi.

— Ce-ți amintești? o întreb, așteptându-i, agitat, răspunsul.

Începe să scuture din cap, nevrând să-mi răspundă. Totuși, trebuie s-o aud spunându-mi. Trebuie să știu ce-și amintește. Dau din cap, convingând-o fără vorbe să continue. Inspiră adânc.

— Karen a fost cea din mașină. Ea a făcut-o. Ea a fost cea care m-a luat.

Exact ceea ce n-aș fi vrut să-și aducă aminte.

— Știu, îi zic, strângând-o în brațe. Știu.

Se agață de tricoul meu și o strâng mai tare, dar o împing mai încolo când aud că se deschide ușa dormitorului.

— Sky? se aude vocea lui Karen, care ne privește din cadrul ușii.

Mă privește, încercând să-și dea seama ce caut aici, după care își întoarce atenția spre Sky.

— Sky? Ce... ce faci?

Sky se întoarce spre mine și mă privește în ochi cu disperare.

— Ia-mă de-aici, mă imploră în șoaptă. Te rog.

Încuviințez, după care mă ridic și mă duc spre șifonierul ei. Nu știu unde vrea să se ducă, dar știu că are nevoie de îmbrăcăminte. Găsesc pe raftul de sus o geantă de voiaj. O iau și o pun pe pat.

— Aruncă-ți câteva haine aici. Eu mă duc să-ți iau ce-ți trebuie din baie.

Dă aprobator din cap și se îndreaptă spre șifonier, în timp ce eu mă duc la baie să adun lucrurile de care ar putea să aibă nevoie. Karen se roagă de ea să nu plece. Cu mâinile pline, ies din baie și o găsesc pe Karen ținându-și palmele pe umerii lui Sky.

— Ce faci? Ce ți s-a întâmplat? Nu te las să pleci cu el.

Înaintez, ocolind-o pe Karen și încercând să rămân cât se poate de calm, de dragul tuturor.

— Karen, te-aș sfătui să-i dai drumul, îi zic.

Karen se răsucește spre mine, șocată de cuvintele mele.

— Tu *n-o* s-o iei de-aici. Dacă faci chiar și un pas în afara casei cu ea, chem poliția.

Nu spun nimic. Nu sunt convins că Sky vrea ca ea să știe că a aflat adevărul, așa că fac tot ce pot ca să-mi înfrânez pornirea de a-i spune lui Karen tot ce-mi stă pe limbă încă din clipa în care mi-am dat seama că ea e răspunzătoare pentru toate. Închid fermoarul genții și întind mâna spre Sky.

— Ești gata?

Ea face semn din cap că da.

— Să știi că nu glumesc! urlă Karen. Chem poliția! N-ai niciun drept s-o iei de-aici!

Sky îmi vâră mâna în buzunar și-mi scoate de acolo telefonul, cu care se îndreaptă spre Karen.

— Poftim, îi zice. Cheamă poliția.

O pune la încercare. Rotițele i se învârt la fel de repede ca ale mele. Speră că poate dovedi nevinovăția lui Karen în toată povestea asta. Mă doare inima pentru ea, știind că, în realitate, Karen nu e nevinovată. Asta nu poate să se sfârșească decât rău.

Karen refuză să ia telefonul, așa că Sky o apucă de mână și-i îndeasă telefonul în palmă.

— Cheamă-i! Cheamă poliția, mamă! *Te rog*, zice Sky, depărtându-și sprâncenele și implorând-o cu disperare, pentru o ultimă dată. Te rog, șoptește ea.

Nu mai suport s-o văd pe Sky îndurând toate astea nici măcar o clipă, așa că o iau de mână și o duc spre fereastră, după care o ajut să iasă pe ea.

Capitolul patruzeci și unu

Ridic capul de pe pernă și-mi acopăr imediat ochii. Soarele după-amiezii e prea strălucitor, dureros de strălucitor. Îmi scot brațul de sub ea și mă ridic fără zgomot din pat.

Am reușit cumva să parcurg tot drumul până la Austin azi-noapte. Cred că n-aș mai fi putut rămâne treaz nici măcar un minut, așa că am oprit la cel dintâi hotel întâlnit în cale. Se făcuse deja ziuă când am ajuns în sfârșit în cameră, așa că am făcut duș pe rând, după care ne-am prăbușit în pat. Ea doarme de șase ore și știu cât de multă nevoie are de așa ceva.

Îi dau la o parte cu blândețe părul căzut peste obraz, mă aplec și i-l sărut. Ea își scoate brațul afară de sub pătură și îndreaptă spre mine o privire obosită.

— Bună, șoptește, reușind cumva să și zâmbească, în ciuda tuturor emoțiilor prin care a trecut.

— Șșt, îi zic, nevrând să se trezească încă. Eu o să plec un pic ca să iau ceva de mâncare. Te trezesc când mă întorc, bine?

Face semn din cap că da și închide ochii, apoi se întoarce pe o parte.

*

După ce terminăm de mâncat, ea se duce spre pat și se încalță.

— Unde pleci? o întreb.

Își leagă șireturile și se ridică, cuprinzându-mă de gât.

— Vreau să ies la o plimbare, îmi zice. Și vreau să vii cu mine. Sunt gata să încep cu întrebările.

O sărut repede, iau cheia și mă îndrept spre ușă.

— Atunci, să mergem.

Până la urmă, ne ducem în curtea interioară a hotelului și ne așezăm într-una dintre căsuțele din lemn. O iau în brațe.

— Vrei să-ți povestesc ce-mi aduc eu aminte? Sau ai întrebări concrete?

— Și una, și alta, zice ea. Dar vreau să-ți ascult mai întâi povestea.

O sărut pe tâmplă, apoi îmi las capul pe al ei și privim amândoi în gol prin curtea hotelului.

— Trebuie să înțelegi cât de ireal mi se pare mie totul, Sky. M-am gândit la ce ți s-a întâmplat în absolut fiecare zi din ultimii treisprezece ani. Și când mă gândesc că am trăit la doar trei kilometri distanță de tine, timp de șapte dintre cei treisprezece ani! Încă mi-e greu să conștientizez chestia asta. Iar acum, că te am în sfârșit aici și-ți povestesc tot ce s-a întâmplat...

Oftez, amintindu-mi ziua aia.

— După ce-a plecat mașina, am intrat în casă și i-am spus lui Les că ai plecat cu cineva. Ea m-a tot întrebat cu cine, dar n-am știut să-i spun. Mama era în bucătărie, așa că m-am dus să-i zic și ei. Numai că ea nu mi-a dat cine știe ce atenție. Pregătea masa, iar noi nu eram decât niște copii. Se obișnuise să nu plece urechea la noi. În plus, eu tot nu știam precis dacă se întâmplase ceva ce n-ar fi trebuit să se-ntâmple, așa că nu eram panicat sau cine știe cum. Ea mi-a zis doar să mă duc afară și să mă joc cu Les. După cât era de nonșalantă, m-a făcut să cred că nu se petrecuse nimic nelalocul lui. Având șase ani, eram convins că adulții știu totul, așa că n-am mai zis nimic despre asta. Am plecat cu Les la joacă și au mai trecut două ore până când a ieșit tatăl tău din casă, strigându-te. Imediat cum l-am auzit că te strigă, am înghețat. Am rămas încremenit în mijlocul curții, privindu-l cum stătea pe verandă și te striga. Abia atunci am știut că el habar n-avea că tu ai plecat cu cineva. Am știut că făcusem o greșeală.

— Holder, mă întrerupe ea. Erai doar un băiețel.

Mda. Un băiețel îndeajuns de mare ca să știe diferența dintre bine și rău.

— Tatăl tău a venit până în curtea noastră și m-a întrebat dacă știu unde ești.

Aici urmează partea cea mai grea pentru mine. Aici e punctul în care mi-am dat seama ce greșeală îngrozitoare făcusem.

— Sky, tu trebuie să înțelegi un lucru. Mie îmi era frică de tatăl tău. Aveam doar șase ani și știam că făcusem o greșeală îngrozitoare lăsându-te singură. Și deodată mă pomenesc cu tatăl tău, șeful poliției, privindu-mă de la înălțimea lui, cu pistolul vizibil la centură. Am intrat în panică. Am dat fuga în casă și m-am dus direct în camera mea, unde m-am încuiat pe dinăuntru. El și cu mama mi-au tot bubuit în ușă timp de o jumătate de oră, însă eram prea speriat ca să deschid și să recunosc de față cu ei că știam ce s-a întâmplat. Reacția mea i-a neliniștit pe amândoi, așa că el a cerut imediat ajutoare prin stație. Când am auzit mașinile poliției oprind în fața casei, am crezut că veniseră după mine. Încă nu înțelegeam ce ți se întâmplase. Până să mă convingă mama să ies din cameră, trecuseră deja trei ore de când plecaseși cu mașina aia.

Își dă seama cât de rău mă doare să vorbesc despre asta. Își scoate o mână din mâneca bluzei și o pune într-a mea.

— M-au dus la secție și m-au interogat ore în șir. Voiau să știe dacă am reținut numărul de înmatriculare, ce marcă avea mașina care te-a luat, cum arăta persoana, ce anume ți-a zis. Sky, eu nu știam nimic. Nu reușeam să-mi amintesc nici măcar culoarea mașinii. Tot ce puteam să le descriu exact era cu ce fuseseși îmbrăcată, fiindcă doar pe tine te puteam vizualiza în minte. Tatăl tău era furios pe mine. L-am auzit răcnind pe holul secției că, dacă măcar aș fi spus cuiva imediat ce se întâmplase, ar fi fost în măsură să te găsească. Dădea vina pe mine. Când un ofițer de poliție te învinuiește pentru că și-a pierdut fata din cauza ta, ai tendința să crezi că știe ce spune. Les l-a auzit și ea urlând, așa că și ea a crezut că numai eu am fost de vină. Zile întregi n-a mai vrut nici măcar să stea de vorbă cu mine. Timp de șase ani, trăiserăm în lumea asta perfectă, în care adulții au totdeauna dreptate, iar oamenilor buni nu li se întâmplă lucruri rele. După care, în decurs de numai un minut, cineva te ia de lângă noi și tot ce crezuserăm noi că știam se dovedește doar o imagine falsă despre viață, confecționată de părinți pentru noi. În ziua aia, ne-am dat seama că până și adulții fac lucruri oribile. Iar copiii mai și dispar. Cei mai buni prieteni îți sunt luați de lângă tine și nici măcar nu poți să știi dacă mai trăiesc sau nu. Am urmărit în permanență știrile, așteptând noi relatări. Săptămâni de-a rândul ți-au arătat fotografia la televizor, cerându-le tuturor indicii. Fotografia cea mai recentă pe care o aveau cu tine fusese făcută imediat înainte ca mama ta să moară, adică pe când aveai doar trei ani. Îmi amintesc că asta mă enervase și mă făcuse să mă întreb cum de era posibil să fi trecut aproape doi ani fără să-ți fi făcut cineva măcar o fotografie mai actuală. Arătau fotografii cu casa voastră, iar câteodată și cu a noastră. Din când în când, pomeneau și despre băiatul vecinilor, care văzuse întâmplarea, dar nu putea să-și amintească niciun amănunt. Mi-aduc aminte de o seară... ultima seară în care ne-a mai lăsat mama să vedem știrile la televizor... unul dintre reporteri a arătat o imagine panoramică a caselor noastre. A amintit despre unicul martor, dar s-a referit la mine ca la „*Băiatul care și-a pierdut Speranța*". Asta a înfuriat-o atât de rău pe mama, încât a ieșit repede afară și a început să țipe la reporteri, cerându-le să ne lase în pace. Să mă lase pe mine în pace. Tata a trebuit s-o ia pe sus ca s-o aducă înapoi înăuntru.

Trag aer în piept și povestesc mai departe.

— Părinții mei au făcut tot posibilul ca viața noastră să fie cât mai normală. După vreo două luni, reporterii au încetat să apară. În sfârșit, au dispărut și interminabilele drumuri până la secția de poliție pentru alte și alte interogatorii. Lucrurile au început să revină la normal pentru toată lumea din cartier. Pentru toată lumea, mai puțin pentru mine și pentru Les. Ne simțeam de parcă, odată cu Hope a noastră, ne-ar fi fost luate toate speranțele.

Când termin, oftează și rămâne tăcută pentru un timp.

— Atâția ani mi-am urât tatăl pentru că a renunțat la mine, zice. Nu pot să cred că ea a fost în stare să mă ia de la el. Cum a putut să facă una ca asta? Cum ar putea *cineva* să facă una ca asta?

— Nu știu, fată dragă.

Își îndreaptă spinarea și mă privește în ochi.

— Am nevoie să văd casa, îmi zice. Aș fi vrut să am mai multe amintiri, însă n-am deloc, și acum îmi e greu. Abia dacă pot să-mi mai amintesc câte ceva foarte vag, cu atât mai puțin despre el. Nu vreau decât să trecem pe-acolo. Am nevoie s-o văd.

— Chiar acum?

— Da, vreau să ajung până nu se întunecă.

Capitolul patruzeci și doi

N-ar fi trebuit s-o las să vină aici. Imediat cum am oprit în fața casei, mi-am dat seama, doar privind-o, că n-o să-i fie de ajuns. Și, cum era de așteptat, a coborât din mașină și a cerut să vadă casa pe dinăuntru. Am încercat s-o conving că nu e bine, dar mai mult de-atât n-am putut să fac.

Acum stau în dreptul ferestrei, așteptând-o. N-aș fi vrut să fie înăuntru în clipa asta, dar am văzut limpede că nu se putea altfel. Mă reazem de casă, sperând c-o să se grăbească, naibii. Nu pare să fie acasă vreunul dintre vecini, dar asta nu înseamnă că tatăl ei n-ar putea să apară dintr-o clipă în alta.

Mă uit la pământul de sub picioarele mele, apoi arunc o privire peste umăr, spre casă. Ăsta e exact locul în care a stat Hope, când am plecat de lângă ea acum treisprezece ani. Închid ochii și-mi sprijin capul de peretele casei. Nu m-aș fi așteptat să mă întorc vreodată aici cu ea.

Deschid ochii brusc și-mi îndrept spinarea în clipa în care aud zgomot de ceva spart venit dinspre camera ei, urmat de țipete. Nu mai stau să mă întreb ce naiba s-o petrece acolo. O iau la goană.

Intru pe ușa din spate și traversez în fugă holul, până când ajung lângă ea, în fosta ei cameră. E zguduită de un plâns isteric și aruncă lucruri peste tot, așa că o cuprind imediat în brațe de la spate, ca s-o potolesc. Habar n-am ce naiba o fi declanșat toate astea, dar și mai puțin știu cum aș putea s-o fac să înceteze. Se smucește disperată, încercând să scape din strânsoarea mea, însă o ţin și mai strașnic.

— Încetează, îi zic la ureche.

E încă agitată și trebuie s-o calmez, până n-o aude cineva.

— Nu mă atinge! țipă ea.

Își înfige unghiile în mine, dar nu cedez nici măcar pentru o clipă. Până la urmă, obosește și se lasă învinsă de cine știe ce o fi pus stăpânire acum pe mintea ei. Se lasă moale în brațele mele și-mi dau seama că trebuie s-o scot de-aici, dar nu pot s-o las să reacționeze așa după ce ajungem afară.

Slăbesc strânsoarea și o întorc cu fața spre mine. Se prăbușește la pieptul meu, hohotind de plâns, strângându-mi tricoul în pumni în timp ce încearcă să se controleze. Mă aplec spre urechea ei.

— Sky. Trebuie neapărat să pleci de-aici. Imediat.

Încerc să fiu tare pentru ea, dar în același timp am nevoie să-și dea seama că prezența ei aici e o greșeală. Mai ales după ce tocmai a devastat întreaga cameră. El o să știe sigur că a fost cineva aici, deci trebuie să plecăm.

O iau în brațe și o scot afară din cameră. Își ține fața ascunsă la pieptul meu în timp ce ieșim din casă și până când ajungem la mașină. Mă întind spre bancheta din spate și-i dau geaca mea.

— Uite, șterge-te de sânge cu asta. Eu mă întorc înăuntru să mai dreg ce pot.

O privesc timp de câteva secunde, ca să fiu sigur că n-o să mai aibă vreun nou atac de panică, după care închid portiera și mă duc înapoi în camera ei. Aranjez tot ce pot, însă oglinda spartă nu prea poate fi acoperită. Sper doar că tatăl ei nu intră prea des în camera asta. Dacă aș putea să fac astfel încât nimic din afara camerei ăsteia să nu pară deranjat, ar putea trece și săptămâni până ca el să observe oglinda.

Aștern pătura la loc pe pat, agăț draperiile cum trebuie, după care ies din casă. Când ajung la mașină, doar vederea ei e suficientă ca să-mi înmoaie picioarele, aproape cât să cad în genunchi.

Nu mai e ea.

E speriată. Zdrobită. Tremură și plânge, iar eu mă întreb pentru prima oară dacă vreuna dintre hotărârile pe care le-am luat în decursul ultimelor douăzeci și patru de ore o fi fost înțeleaptă.

Pornesc motorul și demarez din fața casei, dorindu-mi să n-o mai văd și să nu mă mai gândesc la ea niciodată. Sper al naibii de tare ca nici Sky să nu o mai vadă. Îi pun mâna pe capul pe care și-l ține între genunchi. Îmi strecor degetele în părul ei și nu-mi mai mișc mâna de acolo pe tot drumul spre hotel. Ea trebuie să știe că sunt aici. Că, indiferent ce-o simți acum, nu e singură. Dac-am învățat ceva din faptul că am pierdut-o acum atâția ani sau din ceea ce s-a întâmplat cu Les, asta e că nu vreau s-o las niciodată să se mai simtă singură.

*

Odată ajunși în camera de hotel, o ajut să se urce în pat, după care iau o cârpă umedă și mă întorc să-i examinez rănile.

— Sunt doar câteva zgârieturi, o anunț. Nimic prea adânc.

Îmi scot pantofii și mă sui în pat lângă ea. Trag pătura peste noi și o las să plângă cu capul pe pieptul meu.

Durata plânsului ei și disperarea cu care se ține de mine mă fac să mă urăsc pentru că am permis să i se întâmple așa ceva. Am fost neglijent noaptea trecută, fiindcă nu mi-a dat prin cap s-o țin la distanță de camera lui Les. N-ar mai fi trecut prin toate astea acum, dacă n-ar fi văzut fotografia. Nu s-ar mai fi întors niciodată în casa aia.

Își ridică ochii spre mine și-i văd cât sunt de triști. Îi șterg lacrimile și-mi aplec gura spre a ei, sărutând-o ușor.

— Îmi pare rău, îi zic. În ruptul capului n-ar fi trebuit să te las înăuntru.

— Holder, tu n-ai greșit cu nimic. Nu te mai scuza atât.

— Nu trebuia să te duc până acolo, insist eu, scuturând din cap. Ai prea multe de îndurat după ce tocmai ai descoperit totul.

Se ridică într-un cot.

— Nu faptul că am fost acolo a însemnat prea mult. Prea mult a fost ceea ce mi-am amintit. Tu n-aveai cum să împiedici ce mi-a făcut tatăl meu. Încetează să te mai socotești vinovat pentru tot ce li se întâmplă rău oamenilor din preajma ta.

Ce i-a făcut tatăl ei? Îi strecor o mână sub cap.

— Ce tot spui? Ce ți-a făcut el?

Închide ochii și-și lasă capul să cadă pe pieptul meu, începând iar să plângă. Răspunsul pe care refuză să mi-l dea acum îmi sfâșie inima de tot.

— Nu, Sky, șoptesc. Nu.

Sunt copleșit de mai multe sentimente diferite în același timp. Niciodată nu mi-am dorit să zdrobesc pe cineva așa cum aș vrea să-l zdrobesc pe nemernicul de taică-său și, dacă ea n-ar avea nevoie acum să-i fiu alături, aș fi deja în drum spre casa lui.

Închid ochii, dar nu pot să-mi scot din minte imaginea ei, de când era micuță. Chiar dacă eram doar un băiețel, îmi dădeam seama că era distrusă, și a fost prima persoană pentru care am simțit imboldul de a o proteja. Iar acum, ghemuită la pieptul meu, plângând... singurul lucru pe care-mi doresc să-l fac e s-o apăr de el, dar nu pot. N-am cum s-o apăr de amintirile care-i inundă mintea acum, deși aș da orice, numai să pot.

Se agață de tricoul meu și continuă să hohotească. O țin cât pot de strâns, conștient de faptul că n-am ce să fac ca să-i alung suferința, așa că o țin în brațe, exact cum obișnuiam s-o țin pe Les. Nu vreau să-i mai dau drumul niciodată.

Ea continuă să plângă, iar eu continui s-o țin în brațe și mă străduiesc din răsputeri să fiu tare pentru ea, dar simt c-o să cedez. Faptul că știu ce i s-a întâmplat și tot ce a fost nevoită să îndure mă înnebunește de-a binelea și habar n-am cum de mai reușește ea să rămână întreagă.

După mai multe minute, plânsul începe să i se mai domolească, dar tot nu încetează. Într-un târziu, se ridică de pe pieptul meu, după care se urcă peste mine. Închide ochii și-și lipește buzele de ale mele, apoi încearcă imediat să-mi scoată tricoul. Habar n-am de ce-o face asta, așa că o răstorn pe spate.

— Ce faci? o întreb.

Mă prinde cu mâna de ceafă și mă trage din nou spre gura ei. Oricât de mult mi-ar plăcea s-o sărut, acum chiar nu mi se pare ceva potrivit. Când mă apucă iar cu mâinile de tricou, i le dau la o parte.

— Termină, îi zic. De ce faci toate astea?

Îmi aruncă o privire plină de disperare.

— Fă dragoste cu mine.

Ce mama naibii?

Mă dau imediat jos de pe pat și încep să mă plimb prin cameră. Nu știu nici măcar cum naiba să reacționez la așa ceva, mai ales după ce tocmai și-a amintit de tatăl ei.

— Sky, nu pot să fac asta, îi zic, oprindu-mă ca s-o privesc. Nici măcar nu-mi dau seama de ce mi-o ceri tocmai acum.

Se târăște spre marginea patului, aproape de locul în care m-am oprit eu, se ridică în genunchi și mă apucă de tricou.

— Te rog, zice. Te rog, Holder. Am nevoie de asta.

Fac un pas înapoi, cât să nu mai poată ajunge la mine.

— Eu n-o să fac așa ceva, Sky. *Noi* n-o să facem așa ceva. Ești sub influența șocului sau nu știu... Nici nu știu ce să zic în clipa asta.

Se prăbușește la loc pe pat și începe să plângă din nou.

Fir-ar să fie. Nu știu cum s-o ajut. Sunt total nepregătit pentru așa ceva.

— *Te rog*, zice iar, privindu-mă în ochi.

Vocea ei, dar și suferința care se resimte în ea mă distrug, începând din interior. Își coboară privirea spre mâinile pe care le ține în poală.

— Holder... el e singurul care mi-a făcut-o vreodată, îmi zice, după care își ridică din nou privirea spre mine. Am nevoie ca tu să-i iei și asta, *Te rog*.

Dacă am mai avut suflet înainte să aud cuvintele astea, atunci tocmai s-a sfâșiat în două. Ochii mi se umplu de lacrimi și sufăr pentru ea. Sufăr atât de mult pentru ea, fiindcă nu mai vreau să fie vreodată nevoită să se gândească la nemernicul ăla.

— *Te rog*, Holder, zice încă o dată.

Fir-ar a naibii de treabă.

Nu știu ce să fac sau cum să mă descurc în situația asta. Dac-o refuz, o rănesc și mai tare. Dacă o să consimt s-o ajut făcând ceea ce-mi cere, nu știu dac-o să mă mai pot ierta vreodată.

Mă privește din pat, complet distrusă. Ochii ei care imploră îmi așteaptă hotărârea. Și chiar dacă niciuna din variante n-ar putea fi alegerea mea în mod normal, mă hotărăsc să merg pe ceea ce crede ea că-i trebuie acum. Dacă s-ar putea să fac schimb de vieți cu ea, aș face într-o clipă, doar să nu mai fie vreodată nevoită să simtă ceea ce simte. Aș face orice ca să-i alin suferința.

Orice.

Mă duc spre ea și mă las în genunchi pe podea. O trag pe marginea patului, îi scot tricoul, după care mi-l scot și pe-al meu. O ridic în brațe, o duc până la capul patului și o așez ușor. Mă las deasupra ei și-i șterg din nou lacrimile.

— Bine, îi zic.

Îmi dau seama că, mai mult ca sigur, ea vrea să termine odată cu asta. Nicio șansă ca momentul să fie ceea ce ar trebui. Iau portofelul și scot din el un prezervativ, după care îmi dau jos pantalonii, privind-o cu atenție tot timpul. Nu vreau să mai intre în panică, așa cum s-a întâmplat azi-noapte, așa că aștept să zăresc orice indiciu care să trădeze că s-ar fi răzgândit. A trecut prin destule. Eu vreau doar să fac orice-mi stă în puteri ca s-o ajut, iar dacă asta o va ajuta, atunci asta voi face.

O sărut în tot timpul cât o dezbrac. Nici măcar nu încerc să pară ceva romantic. Încerc doar să mă gândesc la ea, așa cum pot, ca să termin mai repede cu asta.

După ce termin cu dezbrăcatul, îmi pun prezervativul și mă urc deasupra ei.

— Sky, zic, rugându-mă în sinea mea să-mi ceară să mă opresc.

Nu vreau să fie în felul ăsta pentru ea.

Deschide ochii și scutură din cap.

— Nu, nu mai sta să te gândești. Fă-o și gata, Holder.

Vocea ei e complet lipsită de emoție. Închid ochii și-mi îngrop fața în gâtul ei.

— Pur și simplu, nu știu cum să iau toate astea. Nu știu dacă n-o fi o greșeală sau dacă într-adevăr de asta ai nevoie. Mi-e teamă că, dacă o fac, o să-ți îngreunez și mai mult situația.

Își încolăcește strâns brațele de gâtul meu și începe iar să plângă. În loc să-mi dea drumul, nu face decât să mă tragă mai tare spre ea și să-și ridice șoldurile, implorându-mă fără cuvinte să merg mai departe.

O sărut pe tâmplă, după care îi dau ceea ce are nevoie. În clipa în care pătrund în ea, lacrimile îmi țâșnesc din ochi. Ea nu scoate niciun sunet. Doar se ține strâns încolăcită de mine, iar eu mă mișc mai departe, străduindu-mă cu disperare să nu mă gândesc la cât de altfel aș fi vrut să fie momentul ăsta.

Încerc să nu mă gândesc la faptul că mă simt ca și cum aș profita de ea, odată cu fiecare mișcare.

Încerc să nu mă gândesc că asta mă face să mă simt cu nimic mai presus decât tatăl ei.

Gândul ăsta mă face să încremenesc. Încă sunt în ea, dar nu mai pot să mă mișc. Nu pot să-i mai fac una ca asta nici pentru o secundă.

Mă desprind de gâtul ei și o privesc, după care mă dau jos de tot de pe ea. Mă așez pe marginea patului și mă iau cu mâinile de păr.

— Nu pot s-o fac, îi zic. Simt că nu e bine, Sky. Simt că nu e bine, din cauză că tu ești atât de minunată, iar eu regret absolut fiecare secundă afurisită din toată chestia asta!

Mă ridic și arunc prezervativul folosit în coșul de gunoi, mă îmbrac la loc și pornesc spre ușă, știind că o las baltă din nou.

Ies din hotel și, imediat cum ajung în parcare, scot un urlet de neputință. Patrulez pe trotuar pentru un timp, încercând să-mi dau seama ce e de făcut. Mă întorc și izbesc cu pumnul în clădire, de mai multe ori, după care mă las să cad peste zidul din cărămidă, întrebându-mă cum naiba de am lăsat-o să ajungă aici. Cum naiba am permis să se ajungă într-un punct ca ăsta? Ultimele douăzeci și patru de ore din viața mea au însemnat un uriaș, un colosal eșec.

Și iată-mă acum, îndepărtându-mă iarăși de ea. Făcând ceea ce știu eu mai bine. Lăsând-o cu totul singură.

Din dorința de a-mi îndrepta măcar una dintre hotărârile greșite, mă întorc imediat în camera de hotel. Când ajung înăuntru, ea e în baie, așa că mă așez pe pat și-mi scot tricoul, înfășurându-mi cu el mâna acum sângerândă.

Ușa băii se deschide, ea iese, dar se oprește brusc, tocmai când îmi ridic privirea spre ea. Dă cu ochii de mâna mea și se repede instantaneu spre mine, desfășurându-mi tricoul ca să mi-o examineze.

— Holder, ce-ai făcut? mă întreabă, sucindu-mi mâna pe-o parte și pe cealaltă.

— N-am nimic, îi răspund înfășurând-o la loc.

Mă ridic și-o privesc, întrebându-mă cum naiba poate să-și facă griji pentru mine în clipa asta.

— Îmi pare foarte rău, zice încet. N-ar fi trebuit să-ți cer așa ceva. Doar simțeam nevoia să...

Dumnezeule. Ea îmi cere *mie* iertare?

— Taci, o întrerup, cuprinzându-i obrajii cu mâinile. N-ai absolut niciun motiv pentru care să te scuzi. Mai devreme, n-am plecat din cauză că m-aș fi supărat pe tine. Am plecat pentru că eram supărat pe mine.

Încuviințează, după care se desprinde de mine și se duce spre pat.

— Nu-i nimic, îmi zice ridicând pătura de pe pat. Nu trebuia să mă aștept c-o să mă vrei în felul ăsta, chiar acum. A fost o greșeală și o dovadă de egoism din partea mea și ceva mult prea deplasat ca să-ți cer să faci asta și chiar îmi pare rău.

Se suie în pat și-și trage pătura peste ea.

Încerc să-i analizez cuvintele, dar nu mi se pare c-ar avea vreo noimă. N-am simțit nicidecum așa ceva despre ceea ce mi-a cerut să fac. De unde naiba i-or fi venit gândurile astea nebunești în cap, la urma urmei?

— Tu crezi că am o problemă cu asta din cauză că nu te *vreau*?

Mă apropii de pat și îngenunchez lângă ea.

— Sky, eu am o problemă cu asta din cauză că tot ce ți s-a întâmplat îmi zdrobește, naibii, inima și pentru că n-am nici cea mai mică idee despre cum aș putea să te ajut.

Mă urc în pat și o fac să se ridice în capul oaselor, lângă mine.

— Vreau să fiu alături de tine și să te ajut să treci prin toate astea, dar fiecare cuvânt care îmi iese pe gură mi se pare nepotrivit. De fiecare dată când te ating sau când te sărut mi-e teamă că tu nu mă vrei. Acum îmi ceri să mă culc cu tine, pentru că vrei să-i iei lui chestia asta, iar eu te înțeleg. Înțeleg în totalitate unde vrei să ajungi, dar asta nu mă ajută să fac dragoste cu tine, când tu nici măcar nu poți să mă privești în ochi. Mă doare atât de rău, pentru că tu nu meriți să fie așa. Tu nu meriți viața asta și nu există măcar un afurisit de lucru pe care să-l pot face ca să ți-o îmbunătățesc. Vreau să-ți fac viața mai bună, dar nu pot și mă simt peste măsură de neputincios.

O iau în brațe, iar ea își încolăcește picioarele în jurul meu, agățându-se de fiecare cuvânt pe care-l rostesc.

— Și chiar dacă m-am oprit, nici n-ar fi trebuit să încep fără să-ți spun mai întâi cât de mult te iubesc. Te iubesc nespus de mult. Și nu merit să te ating până când tu n-o să știi, ca pe un lucru de necontestat, că te ating pentru că te iubesc și nicidecum din oricare alt motiv.

Îmi lipesc cu disperare buzele de ale ei, simțind nevoia să știe că nu spun nimic altceva decât adevărul. În fiecare cuvânt rostit și în fiecare atingere a mea nu e nimic altceva decât sinceritate.

Se desprinde și mă sărută pe bărbie, pe frunte și pe obraz, apoi din nou pe gură.

— Și eu te iubesc, îmi spune, dovedindu-mi faptul că și cuvintele reprezintă o însușire pentru care te poți îndrăgosti de cineva.

Dar eu nu mă mai îndrăgostesc de ea bucată cu bucată. Sunt îndrăgostit de fata asta în întregul ei. De fiecare bucățică din ea.

— Nu știu ce m-aș fi făcut acum, dacă nu te-aș fi avut pe tine, Holder. Te iubesc atât de mult și-mi pare atât de rău... Aș fi vrut ca tu să fii primul pentru mine și-mi pare rău pentru că el ți-a luat asta...

Scutur din cap cu hotărâre și îi opresc vorbele cu un sărut.

— Să nu mai spui asta niciodată, îi zic. Să nu mai *gândești* asta niciodată. Tatăl tău ți-a luat premiera asta într-un mod de neconceput, dar pot să-ți garantez că asta-i tot ce ți-a luat. Pentru că tu ești foarte puternică, Sky. Ești minunată, și nostimă, și inteligentă, și frumoasă, și foarte puternică, și curajoasă. Ce ți-a făcut el nu-ți răpește nimic din tot ce ai tu mai bun. I-ai supraviețuit o dată și o să-i supraviețuiești iar. Știi că așa e.

Îmi pun mâna pe pieptul ei, în dreptul inimii, după care i-o iau pe-a ei și-o așez în dreptul inimii mele. Mă aplec puțin, astfel încât ochii să ne fie la același nivel, asigurându-mă că e complet conștientă de momentul ăsta cu mine.

— Dă-le naibii de premiere, Sky. Singurele care contează pentru mine, cu tine, sunt eternitățile.

Răsuflă ușurată, după care mă sărută al naibii de pătimaș. Îi cuprind capul între mâini și o fac să se întindă pe pat, urcându-mă deasupra.

— Te iubesc, îi zic, cu buzele lipite de ale ei. Te iubesc de multă vreme, dar pur și simplu n-am putut să ți-o spun. Nu mi se părea corect să-mi spui că mă iubești și tu în timp ce-ți ascundeam atâtea.

Începe iar să plângă, dar și zâmbește, în același timp.

— Nu cred că ți-ai fi putut alege un moment mai bun ca să-mi spui că mă iubești decât seara asta, îmi zice. Mă bucur că ai așteptat.

Mă aplec și o sărut. O sărut așa cum merită să fie sărutată. O îmbrățișez așa cum merită să fie îmbrățișată. Și mă pregătesc s-o iubesc așa cum merită să fie iubită. Îi dezleg halatul cu care s-a înfășurat și-mi plimb mâna pe abdomenul ei.

— *Doamne*, cât te iubesc, îi zic în timp ce-mi cobor mâna spre mijlocul ei, pe șold și apoi pe coapsă.

O simt cum se încordează, așa că mă retrag puțin, ca s-o privesc.

— Ține minte... Te ating pentru că te iubesc. Nu există alt motiv.

Încuviințează și închide ochii, moment în care observ cum începe să i se risipească anxietatea. Îi închid halatul la loc și-i pun o mână pe obraz.

— Deschide ochii, îi zic.

Îi deschide și sunt plini de lacrimi.

— Plângi?

Face semn din cap că da și-mi zâmbește.

— Nu-i nimic. Sunt lacrimi din cele bune.

O privesc în tăcere, încercând să-mi dau seama dacă e cazul s-o facem acum. Vreau să-i arăt cât de mult o iubesc și vreau să șterg ce s-a întâmplat între noi acum o oră, pentru că n-ar fi trebuit să se întâmple niciodată. Vreau să îndrept lucrurile față de ea. Viața a fost mereu urâtă pentru ea, dar merită să vadă cât de frumoasă poate să fie.

— Eu vreau să fac dragoste cu tine, Sky, îi zic, strecurându-mi degetele printre ale ei. Și cred că vrei și tu. Dar e nevoie să înțelegi ceva, mai întâi.

Mă aplec să-i sărut o lacrimă nou apărută.

— Știu cât ți-e de greu să-ți permiți să simți. Foarte mult timp, te-ai antrenat să-ți blochezi senzațiile și sentimentele, de fiecare dată când se atingea cineva de tine. Dar vreau să știi că nu ceea ce ți-a făcut tatăl tău, fizic vorbind, e ceea ce te-a rănit, pe când erai mică. De fapt, tot ce i-a făcut credinței tale în el a fost ceea ce ți-a frânt inima. Ai suferit unul dintre cele mai îngrozitoare lucruri prin care poate trece un copil, din vina eroului tău... a celui pe care-l considerai un idol... și nici pe departe nu pot să-mi imaginez cum trebuie să te fi simțit. Dar ține minte că lucrurile pe care ți le-a făcut el n-au *absolut* nicio legătură cu noi doi, când suntem așa, împreună. Când te ating, te ating pentru că vreau să te fac fericită. Când te sărut, te sărut pentru că ai cea mai incredibilă gură din câte am văzut vreodată, și știi că nu mă pot abține s-o sărut. Iar când fac dragoste cu tine... exact asta fac. Fac dragoste cu tine, pentru că sunt îndrăgostit de tine. Conotațiile negative pe care le-ai asociat toată viața cu atingerile fizice nu sunt valabile și pentru mine. Nu sunt valabile pentru *noi*. Eu te ating pentru că te iubesc și nicidecum din oricare alt motiv. Te iubesc, închei, sărutând-o ușor.

Mă sărută mai apăsat ca oricând, trăgându-mă spre ea, pe pat. Ne sărutăm în continuare, mă lasă în continuare să-i explorez fiecare părticică a trupului cu gura și cu mâinile. Când sunt pregătit, după ce mi-am pus un prezervativ nou, o privesc și o văd că se uită la mine, în sfârșit, cu o înfățișare senină. Iubirea pe care o citesc în ochii ei în clipa asta e un sentiment imposibil de confundat, dar tot vreau s-o aud spunând-o cu voce tare.

— Spune-mi că mă iubești.

Mă strânge și mai tare, privindu-mă cu intensitate.

— Te iubesc, Holder. *Foarte* mult, îmi zice cu o voce hotărâtă. Și, doar ca să știi... la fel te iubea și Hope.

De îndată ce-i ies cuvintele astea de pe buze, mă simt total copleșit de un sentiment de seninătate. Pentru prima oară din clipa în care mi-a fost luată, înțeleg în sfârșit ce înseamnă iertarea.

— Aș vrea să poți simți și tu ce mi-ai făcut acum, îi zic, acaparându-i gura cu a mea.

În același timp, îmi copleșește total și inima.

Capitolul patruzeci și trei

Când îmi deschid telefonul, mesajele încep să curgă șuvoi. Câteva de la Breckin, câteva de la mama. Sunt și apeluri ratate de pe numărul lui Sky, așa că nu pot să presupun decât că sunt de la Karen. Totuși, nu ascult niciun mesaj vocal. Știu că toți sunt îngrijorați pentru noi, mai ales Karen. Încă nu-mi dau seama precis cum se încadrează în peisaj fapta ei, dar îmi vine greu să cred că tot ceea ce a făcut ar fi provenit din intenții necurate.

Sky se foiește în pat, întorcându-se pe cealaltă parte. O privesc, apoi mă aplec ca s-o sărut, însă ea întoarce fața și ajung să-i sărut numai obrazul.

— Halena de dimineață, mormăie, dându-se jos din pat și îndreptându-se spre baie.

În timp ce face duș, mă uit la ceas. Peste o oră trebuie să predăm camera, așa că mă hotărăsc să strâng lucrurile.

După ce aproape am terminat de făcut bagajele, iese și ea din baie.

— Ce faci? mă întreabă.

— Nu putem să stăm aici la infinit, Sky. Trebuie să vedem ce vrei să faci mai departe.

Se repede spre mine.

— Dar... dar încă nu știu. Nici măcar nu am unde să mă duc.

Vocea îi e plină de panică, așa că mă apropii de ea, ca s-o potolesc.

— Mă ai pe mine, Sky. Liniștește-te. Putem să ne întoarcem la mine acasă și să ne gândim la toate. În plus, încă suntem amândoi la școală. Nu se poate să nu ne mai ducem așa, dintr-odată, și, în mod sigur, nu putem să locuim într-un hotel pentru tot restul vieții.

— Încă o zi. Te rog, hai să mai stăm doar o zi, după care plecăm. Trebuie să încerc să înțeleg totul și, pentru asta, am nevoie să mă mai duc o dată acolo.

Nu știu cum de poate să-i treacă prin cap gândul de a se mai duce o dată în casa aia. N-are nevoie de absolut nimic de acolo.

— Nici gând. Nu te las să mai treci iar prin asta. Tu nu te mai întorci acolo.

— Dar am nevoie de asta, Holder, insistă pe un ton rugător. Îți jur că n-o să mai cobor din mașină. Îți jur. Dar am nevoie să mai văd o dată casa înainte să plecăm. Mi-am amintit foarte multe când am fost acolo. Nu vreau decât să-mi recapăt încă vreo câteva amintiri, înainte să mă duci înapoi la Karen și să trebuiască să hotărăsc ce am de făcut.

Dumnezeule, nu se lasă! Încep să patrulez prin cameră, încercând să-mi dau seama cum aș putea să-i scot ideea asta din cap.

— Te rog, repetă ea.

Uf! Știe că n-am cum să refuz vocea asta.

— Foarte bine, mormăi. Ți-am promis c-o să fac orice simți tu că ți-ar fi necesar. Dar să știi că nu mai pun toate hainele astea pe umerașe.

Ea începe să râdă și se repede spre mine, aruncându-și brațele pe după gâtul meu.

— Ești cel mai bun și mai înțelegător iubit din toată lumea largă.

Suspin în timp ce-i răspund la îmbrățișare.

— Ba nu, nu sunt. Sunt cel mai *oropsit* iubit din toată lumea largă.

*

Stăm în mașina mea, vizavi de fosta ei casă. Strâng volanul în mâini cu atâta putere, încât mi-e teamă c-o să-l rup. Tatăl ei tocmai și-a oprit mașina pe aleea din fața casei și, oricât de furios și de revoltat aș fi fost vreodată în viață, niciodată n-am simțit cu adevărat imboldul de a omorî pe cineva până acum. Simpla lui vedere îmi întoarce stomacul pe dos și-mi face sângele să clocotească. Duc mâna spre cheia din contact, conștient de faptul că n-are cum să iasă ceva bun din asta dacă nu pornesc chiar acum.

— Nu pleca, îmi zice Sky, luându-mi mâna de pe cheie. Am nevoie să-l văd cum arată.

Oftez și mă las la loc pe spătar. Ar trebui să se grăbească și să obțină ceea ce vrea, pentru că e de rău. E de rău, rău, rău.

— O, Doamne! o aud șoptind.

Mă întorc spre ea, vrând să știu ce a determinat-o să exclame așa.

— Nu-i nimic, îmi spune. Numai că mi se pare... cunoscut. N-aveam în minte absolut nicio imagine a lui, dar, dac-ar fi fost să-l întâlnesc pe stradă, sigur mi-aș fi dat seama cine e.

Îl privim cum termină de vorbit la telefonul mobil și apoi se duce spre cutia de scrisori.

— Ți-ajunge? o întreb.

Pentru că nu mai pot să stau aici nici măcar o secundă fără să sar din mașina asta și să-l snopesc în bătaie.

— Aproape, îmi răspunde, lungindu-se peste scaun ca să vadă mai bine.

Nu pot să înțeleg de ce-ar mai vrea să-l vadă. Nu pot să înțeleg cum de nu sare din mașină ca să-i smulgă testiculele, fiindcă ăsta e singurul impuls care mă străbate în clipa de față.

După ce tatăl ei dispare, în sfârșit, în casă, mă întorc spre ea.

— Acum? o întreb, și ea încuviințează.

— Mda, acum putem să plecăm.

Răsucesc cheia din contact și ambalez motorul, după care privesc, cuprins de oroare, cum ea deschide portiera și coboară repede din mașină.

Ce mama naibii?

Opresc motorul și deschid portiera, pornind în fugă după ea. Traversez în urma ei toată curtea din față și abia când ajung la jumătatea treptelor verandei reușesc s-o prind în brațe. O ridic și mă întorc cu ea spre mașină. Încearcă să se zbată, mă lovește cu picioarele, iar eu fac tot ce-mi stă în puteri ca să ajung cât mai departe de casă, astfel încât el să n-o audă.

— Ce naiba îți închipui că faci? mă răstesc printre dinți.

— Dă-mi drumul imediat, Holder, sau încep să țip! Îți jur pe Dumnezeu c-o să țip!

Îi dau drumul din brațe și o întorc cu fața spre mine. O apuc cu mâinile de umeri și o scutur, încercând s-o readuc, naibii, cu picioarele pe pământ, cât de cât.

— Nu face asta, Sky. Nu trebuie să mai dai ochii cu el, după tot ce ți-a făcut. Vreau să-ți mai acorzi puțin timp.

Mă privește și începe să clatine din cap.

— Trebuie să aflu dacă-i mai face asta și alteia. Trebuie să aflu dacă mai are și alți copii. Nu pot să-l las așa, știindu-l de ce e capabil. Trebuie să-l văd. Trebuie să vorbesc cu el. Am nevoie să știu că nu mai e același, înainte de a-mi permite să mă urc înapoi în mașina aia și să plec.

Îi cuprind fața între mâini, încercând s-o conving cu frumosul.

— Nu face asta. Nu încă. Putem să dăm vreo câteva telefoane. O să găsim mai întâi tot ce se poate afla pe internet. Te rog, Sky.

O întorc spre mașină. Oftează și se hotărăște în sfârșit să cedeze, pornind spre mașină alături de mine.

— E vreo problemă pe-aici?

Ne răsucim amândoi pe călcâie când îi auzim vocea. Stă la picioarele treptelor verandei, examinându-mă cu atenție. Dacă n-ar fi trebuit, la propriu, s-o țin pe Sky ca să nu se prăbușească, m-aș fi repezit acum la el.

— Domnișoară, tânărul acesta te supără?

O simt cum se lasă moale în brațele mele în clipa în care el i se adresează direct. O strâng la piept.

— Hai să mergem, îi spun în șoaptă, întorcându-mă cu ea în brațe spre mașină.

Trebuie s-o îndepărtez imediat de el. Trebuie s-o urc în mașină.

— Stai! urlă el.

Sky încremenește auzindu-i vocea, dar eu încerc în continuare s-o îndrum spre mașină.

— Întoarceți-vă cu fața!

În momentul ăsta, nu pot s-o mai fac pe Sky să înainteze și chiar nu găsesc o cale de ieșire din situația asta. Încep să mă întorc încet, împreună cu ea, ținând-o cu brațul. Îmi întâlnește privirea și văd în ochii ei mai multă groază decât mi-aș fi imaginat vreodată că poate simți cineva.

— Joacă-ți rolul, îi șoptesc la ureche. E posibil să nu te recunoască.

Ea încuviințează. Acum suntem amândoi cu fața spre tatăl ei. Nu mă preocupă faptul că ar putea să mă recunoască. În afară de ziua în care a dispărut Hope, el n-a vorbit niciodată cu mine. Doar sper al naibii de tare că n-o s-o recunoască pe ea, deși știu că nu sunt șanse. Un părinte își recunoaște propriul copil, indiferent de cât timp nu l-a mai văzut.

Se îndreaptă spre noi și, pe măsură ce se apropie, zăresc tot mai mult în ochii lui revelația. O recunoaște.

Fir-ar să fie.

Se oprește la câțiva pași distanță de noi și încearcă s-o privească în ochi, dar ea se lipește de mine și-și lasă capul în jos.

— *Prințeso?* zice el.

Ea începe să-mi alunece din brațe. O privesc. Și-a dat ochii peste cap și se prăbușește. O strâng bine cu brațul și-o ridic de tot, ca să fie cu picioarele pe pământ și s-o pot ține mai bine. Trebuie s-o iau de-aici imediat.

Îmi strecor mâinile pe sub brațele ei și încerc s-o iau pe sus. Tatăl ei se apropie și o apucă de mâini, vrând să mă ajute.

— Să nu dea naiba s-o atingi! răcnesc.

El face imediat câțiva pași înapoi, privindu-mă șocat.

O privesc din nou și-i pun o mână pe frunte, străduindu-mă s-o readuc la realitate.

— Sky, deschide ochii. Te rog.

Pleoapele îi flutură și se ridică. Mă privește.

— Nu-i nimic, o liniștesc eu. Doar ai leșinat. Acum vreau să te ridici. Trebuie să plecăm.

O pun pe picioare și o sprijin de mine. Îi las câteva clipe ca să-și recapete puterile. Între timp, taică-său a ajuns chiar în fața ei.

— Tu ești, îi zice, fixând-o cu privirea.

Se uită în treacăt la mine, apoi revine la Sky.

— Hope? Mă mai ții minte? o întreabă, cu ochii plini de lacrimi.

— Hai să mergem, o îndemn pe Sky, încercând s-o trag după mine.

Ea sigur știe cât de mult mă străduiesc să-mi înfrânez pornirea de a-l ataca în clipa asta.

— Trebuie. Să. Plecăm.

Ea se împotrivește, iar taică-său mai face un pas spre ea, așa că o trag înapoi cu un pas.

— Hope, mă mai ții minte? întreabă el din nou.

Sky se încordează din tot corpul.

— Cum aș fi putut să te *uit*? se răstește la el.

Taică-său inspiră precipitat.

— Tu ești, zice agitându-și mâna pe lângă corp. Trăiești. Ești bine.

Își scoate stația de emisie-recepție, dar fac un pas în față și i-o zbor din mână, înainte să poată raporta ceva.

— Eu n-aș vrea să afle cineva că ea e aici, dac-aș fi în locul tău, îi zic. Mă îndoiesc că ți-ai dori să apară pe prima pagină a ziarelor adevărul că ești un pervers nenorocit.

Tot sângele i se scurge din obraji.

— Ce? întreabă privind spre Sky și scuturând din cap. Hope, nu știu cine te-o fi luat de aici... dar te-a mințit. Ți-a spus despre mine lucruri neadevărate.

Mai face un pas înainte, obligându-mă din nou s-o trag pe Sky cu un pas înapoi.

— Cine te-a luat, Hope? Cine a fost?

Ea clatină din cap, apoi face un pas spre el, încrezătoare.

— Îmi amintesc tot ce mi-ai făcut, îi zice. Și, dacă obțin ceea ce m-a făcut să vin până aici, îți jur c-o să plec și n-o să mai auzi niciodată de mine.

El scutură din cap, nevrând să creadă că ea își amintește. O privește atent, timp de un minut. Știu că e la fel de descumpănit ca și noi.

— Ce anume vrei? o întreabă.

— Răspunsuri, zice Sky. Și mai vreau tot ce ți-a mai rămas din lucrurile mamei.

Îmi caută mâna cu care o țin de mijloc și mi-o strânge. E înfricoșată.

Tatăl ei îmi aruncă o privire, apoi își întoarce ochii spre ea.

— Putem să discutăm înăuntru, îi propune cu voce scăzută.

Privește agitat în jur, spre vecini, ca să fie sigur că nu sunt martori. Faptul că se uită după eventualii martori îmi aprinde un uriaș semnal de alarmă. N-ai de unde să știi de ce poate fi capabil unul ca el.

— Lasă arma aici, îi cer.

Ezită puțin, după care își scoate pistolul din tocul de la șold și-l pune jos pe verandă.

— Amândouă, zic eu.

El se apleacă, îşi scoate și pistolul de la gleznă, punându-l jos pe verandă, apoi intră în casă.

Înainte să intre, o răsucesc pe Sky cu fața la mine.

— Eu o să rămân chiar aici, cu ușa deschisă. N-am încredere în el. Să nu te duci mai departe de living.

Încuviințează și o sărut repede, după care o urmăresc cu privirea cum se întoarce și pătrunde în living. Se duce să se așeze pe canapea, privindu-l prudentă fără încetare.

— Înainte să spui ceva, începe el să vorbească, ridicându-și privirea spre ea, trebuie să știi că te-am iubit și că am regretat ceea ce am făcut în fiecare secundă a vieții mele.

— Vreau să știu de ce-ai făcut-o, îi cere ea.

El se lasă pe spătarul scaunului și se freacă la ochi.

— Nu știu, îi răspunde. După ce-a murit mama ta, am început din nou să beau vârtos. Abia după un an s-a întâmplat să mă îmbăt foarte rău într-o seară și să mă trezesc a doua zi de dimineață conștient că am făcut ceva îngrozitor. Am sperat că n-a fost decât un coșmar oribil, dar, când am venit să te trezesc în dimineața aia, erai... altfel. Nu mai erai aceeași fetiță fericită ca de obicei. Peste noapte, te transformaseși cumva într-o persoană căreia îi era groază de mine. Mă uram pe mine însumi. Nici măcar nu știam precis ce ți-am făcut, din cauză că eram prea beat ca să-mi mai aduc aminte, dar oricum îmi dădeam seama că fusese ceva îngrozitor și-mi pare foarte, foarte rău pentru asta. Nu s-a mai întâmplat și a doua oară și am făcut tot posibilul să-mi răscumpăr vina față de tine. Ți-am cumpărat tot timpul cadouri și ți-am dat orice-ți doreai. N-aș fi vrut să-ți amintești noaptea aia.

Sky se prinde cu mâinile de genunchi și-mi dau seama, după cum se străduiește să respire, că face tot ce-i stă în puteri ca să-și păstreze calmul.

— S-a întâmplat noapte... după noapte... după noapte, zice cu o voce care mă determină să mă duc repede spre canapea și să mă așez în genunchi lângă ea.

O cuprind de mijloc și o apuc de braț, ca s-o susțin.

— Mi-era frică să mă duc la culcare, continuă ea, și mi-era frică să mă trezesc și mi-era frică să fac o baie și mi-era frică să vorbesc cu tine. Nu eram o fetiță înfricoșată de monștrii din dulap sau de sub pat. Mie îmi era frică de monstrul care ar fi trebuit să mă iubească! Tu ar fi trebuit să mă aperi de cei ca tine!

Suferința din glasul ei e sfâșietoare. Vreau s-o scot cât mai urgent de-aici. Nu vreau să mai fie nevoită să-l audă.

— Mai ai și alți copii? îl întreabă.

El își lasă capul în jos și-și apasă fruntea cu palma, dar nu-i răspunde.

— Mai *ai*? țipă ea.

— Nu, răspunde el scuturând din cap. Nu m-am recăsătorit, după mama ta.

— Sunt singura căreia i-ai făcut-o?

El rămâne cu privirea ațintită spre podea, continuând să evite răspunsurile.

— Îmi ești dator cu adevărul, insistă ea, cu o voce mai calmă acum. I-ai mai făcut asta altcuiva, înainte să mi-o faci mie?

Urmează o tăcere prelungită. El stă cu ochii în jos, incapabil să recunoască adevărul. Ea îl fixează cu privirea, așteptând să primească tot ceea ce a determinat-o să vină aici.

După tăcerea asta îndelungată, ea dă să se ridice.

— Nu sunt probleme, mă asigură.

N-aș vrea să-i dau drumul, dar trebuie s-o las să rezolve problema așa cum vrea.

Se duce spre el și îngenunchează în fața lui.

— Eram bolnavă, începe ea să spună. Eram cu mama... eram amândouă în patul meu și tu te-ai întors de la serviciu. Ea stătuse trează din cauza mea toată noaptea și era obosită, așa că tu i-ai zis să se ducă să se odihnească.

El o privește în ochi, cu aerul unui tată cuprins de remușcări. Nu știu cum de e posibil.

— M-ai ținut în brațe în noaptea aia, așa cum trebuie să-și țină un tată fiica. Și mi-ai cântat. Îmi amintesc că obișnuiai să-mi cânți ceva despre raza ta de speranță. Înainte de moartea mamei... Înainte de a fi nevoit să înduri suferința asta... nu mi-ai făcut și atunci lucrurile alea, nu?

Scutură din cap și-i atinge obrazul cu degetele.

Simt un imbold puternic de a-i rupe mâna, exact cum am fost tentat să i-o rup lui Grayson, de atâtea ori. Numai că, de data asta, nu vreau să mă limitez la mână. Vreau să-i rup și gâtul și să-i smulg testiculele și...

— Nu, Hope, îi răspunde. Te-am iubit atât de mult... Și te iubesc și-acum. V-am iubit, pe tine și pe mama ta, mai mult decât viața însăși, dar când a murit ea... partea cea bună din mine a murit tot atunci.

— Îmi pare rău că a trebuit să treci prin toate astea, îi spune ea, fără prea multă compasiune. Știu că ai iubit-o. Îmi amintesc. Dar asta nu înseamnă că mi-e mai ușor să găsesc în sufletul meu iertarea pentru ce-ai făcut. Nu știu din ce motiv ceea ce ai tu pe dinăuntru e atât de diferit de ce au alți oameni... până într-atât, încât să-ți permiți să faci ce mi-ai făcut mie. Dar, în ciuda a ceea ce mi-ai făcut, știu că mă iubești. Și, oricât de greu mi-ar fi s-o recunosc... să știi că te-am iubit și eu, odată. Am iubit toate părțile bune din tine.

Se ridică și face un pas înapoi.

— Știu că nu ești rău în totalitate. *Știu* asta. Dar, dacă mă iubești, așa cum zici... dacă ai iubit-o pe mama *cât de cât*... atunci o să faci tot ce-ți stă în puteri ca să mă ajuți să mă vindec. Măcar atâta lucru îmi datorezi. Tot ce vreau e să fii sincer, ca să pot pleca de-aici cu ceva care să semene a pace. Numai pentru asta sunt aici, înțelegi? Nu vreau decât pace.

Tatăl ei plânge acum. Ea se întoarce lângă mine și pot să spun cu toată sinceritatea că sunt de-a dreptul uimit de ea. Mă uimește cât e de hotărâtă. De puternică. De curajoasă. Îmi las mâna să alunece în jos pe brațul ei, până la degetul mic, pe care i-l încolăcesc cu al meu. Ea mi-l strânge cu putere, ca răspuns.

Tatăl ei oftează din rărunchi, apoi își ridică din nou privirea spre ea.

— Când am început să beau... s-a întâmplat o singură dată. Am făcut ceva cu sora mea mai mică... dar asta a fost o singură dată. A fost cu mulți ani înainte s-o cunosc pe mama ta.

Sky răsuflă prelung.

— Dar *după* mine? I-ai mai făcut-o și altcuiva, după ce am fost eu răpită?

Răspunsul e evident, după fața lui mistuită de remușcări.

— Cu cine? Câte?

El scutură încet din cap.

— A fost doar una. M-am lăsat de băut acum câțiva ani și nu m-am mai atins de nimeni de atunci. Îți jur. Au fost numai trei, și alea în momentele cele mai grele ale vieții mele. Când sunt treaz, pot să-mi țin sub control instinctele. De-asta nici nu mai beau.

— Cine a fost? insistă Sky.

El își smucește capul spre dreapta, indicând casa de alături.

Casa în care am locuit eu.

Casa în care am locuit împreună cu Les.

După aceea nu mai aud niciun cuvânt din ce spune el.

Capitolul patruzeci și patru

Ai zice că descoperirea cadavrului surorii mele a fost cel mai rău lucru care mi s-a întâmplat vreodată.

Dar nu. Cel mai rău lucru care mi s-a întâmplat vreodată a fost mai târziu, în aceeași noapte, când a trebuit să-i spun mamei că fiica ei a murit.

Îmi aduc aminte cum am luat-o pe Les pe genunchi, făcând tot posibilul să înțeleg ceva din ceea ce se întâmplase. Încercam să înțeleg de ce nu reacționează. De ce nu respiră, de ce nu vorbește, de ce nu râde. Pur și simplu, n-avea sens ca o persoană să fi fost aici, cu un minut în urmă, iar în minutul imediat următor să nu mai fie. Pur și simplu... să *nu* mai fie.

Nu știu cât timp am ținut-o așa. Poate să fi fost câteva secunde. Poate să fi fost câteva minute. Ce naiba, eram atât de năucit, încât puteau să fi fost chiar și ore. Știu doar că încă o țineam în brațe când am auzit ușa de la intrare trântindu-se.

Îmi amintesc că am intrat în panică, știind ce avea să urmeze. Trebuia să mă duc jos și să-mi privesc mama în ochi. Trebuia să-i spun că fiica ei a murit.

Nu mai știu cum am făcut. Nu știu cum i-am dat drumul lui Les, ca să mă pot ridica. Nu știu nici măcar cum am mai găsit puterea de a sta în picioare. Când am ajuns în capătul de sus al scării, mama și Brian își scoteau gecile. El o lua pe a ei și se pregătea să o atârne în cuier. Mama și-a ridicat privirea spre mine și mi-a zâmbit, dar zâmbetul i-a pierit imediat.

Am început să cobor treptele spre ea. Îmi simțeam trupul foarte slăbit. Coboram încet. Treaptă cu treaptă. Fără să-mi dezlipesc privirea de la ea.

Nu știu dacă o fi fost vorba despre intuiția maternă sau dacă și-o fi putut da seama de ceea ce se întâmplase doar după expresia feței mele, dar a început să clatine din cap și să se dea înapoi din fața mea.

Am început să plâng, iar ea a început să se panicheze și a continuat să se dea înapoi din fața mea, până când a ajuns cu spatele proptit de ușa de la intrare. Brian își plimba privirea de la unul la celălalt, fără să înțeleagă câtuși de puțin ce se întâmpla.

Mama s-a întors și a apucat cu mâinile tocul ușii, lipindu-și apăsat obrazul de lemnul ei și închizând ochii. De parcă ar fi încercat să mă închidă în altă lume. Dacă mă închidea, nu mai era nevoită să înfrunte adevărul.

Întregul trup îi era torturat de suferință și plângea atât de amarnic, încât nu se auzea nici măcar un sunet. Îmi aduc aminte că am ajuns pe ultima treaptă, privind-o de acolo. Privind cum dădea un înțeles cu totul nou cuvântului *distrus*. Am crezut cu adevărat, în momentul acela, că termenul *distrus* ar trebui rezervat pentru mame.

Acum nu mai cred asta.

Termenul *distrus* ar trebui rezervat și pentru frați.

*

— Les, șoptesc, întorcându-mă cu spatele la Sky și la tatăl ei. Of, Doamne, nu!

Îmi apăs capul de tocul ușii, apucându-mă cu ambele mâini de ceafă. Încep să plâng atât de amarnic, încât nici măcar nu pot să scot vreun sunet. Mă doare pieptul, mă doare gâtul, însă inima îmi e total nimicită.

Sky se apropie din spatele meu. Mă învăluie în brațele ei și încearcă să mă consoleze așa cum poate, dar n-o simt. Nu pot s-o simt și nu mai pot să simt cât sunt de distrus, pentru că nu mai simt decât imensitatea asta copleșitoare de ură și de furie. Mă străduiesc să-mi înfrânez pornirea de a mă arunca asupra lui, dar nu cred că am suficient autocontrol. Îmi încolăcesc brațul în jurul lui Sky și o trag spre mine, sperând că prezența ei o să mă calmeze, dar nu se-ntâmplă așa. Singurul lucru care m-ar putea calma ar fi să știu că individul din spatele meu nu mai respiră.

El e motivul. El e motivul pentru *tot*.

El e motivul pentru care Les nu mai e printre noi. El e cel care i-a zdrobit sufletul lui Hope. El e motivul pentru care mama a cunoscut semnificația cuvântului *distrus*. Nemernicul ăsta e cel care i-a răpit surorii mele tăria de a trăi, așa că-l vreau mort. Numai că vreau să moară de mâna mea.

Îmi iau brațul de pe Sky și o împing deoparte. Mă întorc spre tatăl ei, numai că ea se strecoară între noi, privindu-mă cu ochi care imploră, împingându-mi pieptul cu palmele. Știe ce am de gând să fac cu el și încearcă să mă împingă afară pe ușă. O îmbrâncesc din drumul meu, fiindcă nu știu de ce sunt capabil în clipa de față și nu vreau să pățească și ea ceva.

Fac un pas spre el, dar îl văd cum se apleacă în spatele canapelei, după care se întoarce repede, cu un pistol în mână. Sincer vorbind, nu mi-ar fi păsat nici măcar de faptul că e înarmat, însă instinctul meu protector se activează atunci când mă gândesc la Sky, așa că mă opresc. Își duce stația la gură cu mâna liberă, ținându-și în permanență arma îndreptată spre mine în timp ce vorbește.

— Ofițer căzut pe Oak Street, la numărul treizeci și cinci douăzeci și doi.

Cuvintele lui mi se înregistrează imediat în minte și-mi dau seama de ceea ce se pregătește să facă.

Nu.

Nu, nu, nu.

Nu în fața lui Sky.

Întoarce gura pistolului spre el și o privește pe Sky.

— Îmi pare foarte rău, Prințeso, șoptește.

Închid ochii și întind mâinile spre ea chiar în clipa în care el apasă pe trăgaci. Îi acopăr ochii, dar ea începe să țipe, isterizată. Îmi dă la o parte mâna de la ochii ei, exact când el se prăbușește pe podea, ceea ce o face să țipe și mai tare.

Îi astup gura cu palma și o trag imediat spre ieșire. E prea isterizată în clipa asta ca s-o pot duce pe brațe, așa că doar o trag după mine.

Singurul gând care-mi răzbate prin minte în momentul ăsta e că trebuie să ajungem în mașină. Trebuie s-o ștergem naibii, înainte de a afla cineva că am fost aici. Pentru că, dacă află cineva că am fost aici, lumea lui Sky nu va mai fi niciodată aceeași.

Când ajungem la mașină, o lipesc cu spinarea de portiera din dreapta, astupându-i în continuare gura cu palma și privind-o stăruitor în ochi.

— Termină, îi zic. Trebuie să încetezi cu țipatul. Imediat.

Încuviințează cu mișcări energice, făcând ochii mari.

— Ai auzit? o întreb, încercând s-o fac să înțeleagă consecințele a ceea ce s-ar putea întâmpla dacă nu plecăm chiar în clipa asta. Alea sunt sirene de poliție, Sky. Or să fie aici în mai puțin de un minut. Acum eu o să-mi iau mâna și vreau ca tu să te urci în mașină și să fii cât poți de calmă, pentru că trebuie neapărat să dispărem de-aici.

Încuviințează din nou, așa că-mi iau mâna de la gura ei și o împing grăbit în mașină. Mă reped spre portiera din cealaltă parte și mă urc, ambalez motorul și demarez. Ea se apleacă în față și-și lasă capul între genunchi. Murmură întruna „Nu, nu, nu” pe toată durata drumului spre hotel.

Capitolul patruzeci și cinci

Imediat cum ajungem înapoi în camera noastră de hotel, o duc spre pat. E cufundată într-unul dintre momentele alea în care e total absentă, dar nu fac nimic ca s-o scot din starea asta. Probabil că e cel mai bine pentru ea să rămână așa pentru un timp.

Îmi trag peste cap tricoul, care acum e plin de sânge. Îmi scot pantofii, ciorapii și blugii și arunc totul deoparte. Apoi mă apropii de Sky, care încă stă în picioare acolo unde am lăsat-o, și-i scot geaca. Și ea e plină de sânge peste tot, așa că încerc să mă grăbesc, ca s-o pot duce la duș, să se spele. În sfârșit, se întoarce cu fața spre mine, dar are o înfățișare absentă. Îi pun geaca pe scaunul de lângă noi, după care îi trag tricoul peste cap.

Întind mâna spre nasturele blugilor și-l deschei, apoi încep să-i trag în jos. Când ajung pe podea, ea tot nu se mișcă. Îmi ridic privirea spre ea.

— Acum vreau să-ți ridici picioarele, îi zic.

Mă privește și se sprijină cu mâinile de umerii mei, ridicând pe rând câte un picior și lăsându-mă să-i scot blugii. O simt că-și trece degetele prin părul meu. Îi arunc pantalonii deoparte și o privesc din nou. Clatină din cap, privindu-și mâinile, cu care-și masează înnebunită abdomenul. Și-l mânjește tot cu sângele tatălui ei, încercând să-l șteargă. Gâfâie după aer, încearcă să țipe, dar nu se aude niciun sunet. Mă ridic și o iau imediat pe sus, ducând-o în grabă la duș. Trebuie s-o curăț mai repede, până nu-și pierde complet stăpânirea de sine.

O așez jos în cabina de duș și deschid robinetul. De îndată ce vine apa caldă, trag perdeaua și-i iau mâinile de pe abdomen, după care o împing sub șuvoiul de apă.

Imediat cum apa începe să-i stropească fața, icnește și ochii încep să i se limpezească.

Iau săpunul și un burete, le frec împreună sub apa care curge, apoi mă întorc și încep să-i șterg sângele de pe față.

— Șșt, îi șoptesc, privind-o fix în ochi. Ți-l curăț, da?

Închide ochii, iar eu îi spăl, sârguincios, toate petele de sânge de pe față. Când, în sfârșit, rămâne curată, întind mâna în spatele ei, ca să-i scot elasticul care-i prinde părul în coadă.

— Uită-te la mine, Sky, îi zic.

Deschide ochii, iar eu îi pun ușor mâna pe umăr, cu un gest liniștitor.

— Acum o să-ți scot sutienul, bine? Trebuie să te spăl pe cap și nu vreau să ți-l pătez cu ceva.

Face ochii mari la auzul cuvintelor mele, dar imediat își scoate brațele prin bretelele sutienului, pe care și-l dă jos cu o mișcare repezită.

— Fă-l să dispară, îmi cere grăbită, referindu-se la sângele din părul ei. Fă ce faci, numai *ia-l* de pe mine.

O apuc iar de încheieturi și-i înfășor brațele în jurul meu.

— Îl iau eu. Tu doar ține-te de mine și încearcă să te relaxezi. Mă ocup eu de tot.

Torn șampon în palme și-i frec părul cu el. E nevoie să-l spăl de mai multe ori până când apa rămâne, în sfârșit, curată. După ce termin cu spălatul ei, încep să-mi spăl și eu părul. Fac tot ce pot, fără să am posibilitatea de a mă vedea, așa că nu știu dacă am spălat tot ce trebuia. N-aș fi vrut să-i cer ajutorul, dar trebuie să mă asigur că m-am curățat bine.

— Sky, vreau să te asiguri că l-am luat pe tot, bine? Am nevoie să-mi ștergi tot ce mi-a scăpat mie.

Încuviințează și-mi ia buretele din mână. Îmi examinează părul și spatele și umerii, după care, în cele din urmă, mă freacă deasupra urechii.

Ia buretele de pe mine și-l privește, trecându-l pe sub apă.

— S-a dus de tot, șoptește.

Îi iau buretele din mână și-l arunc pe marginea căzii.

S-a dus de tot, repet în sinea mea.

O cuprind în brațe și închid ochii. Le simt cum se adună. Întrebările. Amintirile. Toate serile în care am ținut-o în brațe pe Les, în timp ce plângea, iar eu habar n-aveam ce-i făcuse el. Habar n-aveam prin ce trecuse ea.

Îl urăsc. Urăsc, naibii, faptul că a scăpat nepedepsit atât timp. A scăpat nepedepsit pentru ceea ce i-a făcut lui Sky, pentru ceea ce i-a făcut surorii lui, pentru ceea ce i-a făcut lui Les. Iar cel mai rău dintre toate e faptul că nu mai trăiește, ca să am posibilitatea de a-l omorî.

Sky își ridică privirea spre mine și văd că ochii ei sunt plini de compasiune. Pentru o clipă, nu înțeleg de ce, dar abia pe urmă îmi dau seama că plâng... iar ea se întristează pentru mine la fel de mult pe cât m-am întristat eu pentru ea. Umerii încep să i se zguduie și, deodată, un hohot de plâns scapă de sub control. Se plesnește cu palma peste gură și închide ochii strâns.

O strâng la pieptul meu și o sărut pe tâmplă.

— Holder, îmi pare foarte rău, strigă printre hohote. Of, Doamne, cât de rău îmi pare!

O strâng mai tare în brațe și-mi lipesc obrazul de creștetul ei. Închid ochii și plâng. Plâng pentru ea. Plâng pentru Les. Plâng pentru mine.

Își încolăcește brațele pe după umerii mei, ținându-mă strâns, apoi își lipește buzele de gâtul meu.

— Îmi pare atât de rău... zice încetișor. El nu s-ar fi atins niciodată de ea dacă eu...

O apuc de brațe și o îndepărtez puțin de mine, atât cât s-o pot privi în ochi.

— Să nu îndrăznești să mai spui așa ceva vreodată, îi zic, cuprinzându-i strâns obrajii între palme. Niciodată nu vreau să te aud cerându-ți iertare pentru orice din ce a făcut omul ăla. M-ai auzit? Nu ești tu de vină, Sky. Jură-mi că n-o să te mai lași în vecii vecilor frământată de vreun gând ca ăsta.

— Îți jur, încuviințează ea.

N-o slăbesc din ochi, având nevoie să fiu sigur că-mi spune adevărul. Fata asta n-a făcut nimic care să justifice gestul de a-și cere iertare și nu vreau să mai gândească așa niciodată.

Își azvârle brațele pe după gâtul meu și lacrimile curg din ochii amândurora. Ne ținem strâns în brațe unul pe celălalt. Cu disperare. Mă sărută de mai multe ori pe gât, dorindu-și să mă liniștească în singurul mod pe care-l cunoaște.

Mă aplec cu buzele până pe umărul ei și o sărut, la rândul meu. Mă strânge și mai tare în brațe și o las să mă strângă. O las să mă strângă cât poate ea de tare. O sărut în continuare pe gât, și ea mă sărută în continuate pe gât, fiecare din noi apropiindu-se de gura celuilalt. Dar, înainte de a ajunge la buzele ei, mă dau puțin înapoi și o privesc în ochi. Mă privește și ea și, pentru prima dată în viață, pot să spun cu toată sinceritatea că am găsit singura persoană din lumea asta capabilă să-mi înțeleagă sentimentul de vinovăție. Singura persoană capabilă să-mi înțeleagă suferința. Singura persoană care acceptă că sunt cine sunt.

Până nu demult, crezusem că partea cea mai bună din mine a murit odată cu Les, numai că partea cea mai bună din mine stă chiar aici, în fața mea.

Cu o mișcare rapidă, îmi ciocnesc buzele de ale ei și o apuc de păr. O împing în peretele cabinei de duș și o sărut cu atâta convingere, încât știu sigur că nu se va mai putea îndoi niciodată, nici măcar pentru o clipă, de cât de mult o iubesc. Îmi las mâinile să alunece în jos pe coapsele ei și o ridic, până când își încolăcește picioarele în jurul mijlocului meu.

Mă lipesc strâns de ea și o sărut în continuare, dorindu-mi s-o simt pe ea, și nu suferința care încearcă să pună stăpânire pe mine. Nu vreau nimic altceva decât să fiu o parte din ea în momentul ăsta și să las ca orice altceva din viețile noastre să se risipească precum fumul.

— Spune-mi că e bine, îi zic, dezlipindu-mi buzele de ale ei și căutându-i privirea. Spune-mi că e bine dacă vreau să fiu acum înăuntrul tău, pentru că, după ce am trecut azi prin atâtea, mi se pare nepotrivit să te doresc în asemenea hal.

Își aruncă iar brațele pe după gâtul meu și mă apucă de păr, trăgându-mi gura înapoi spre a ei, arătându-mi că are nevoie de asta la fel de mult ca mine. Gemând, o desprind de peretele cabinei de duș, o scot afară din baie și o duc în cameră. O întind pe pat, îi apuc chiloții și-i trag în jos. Îmi reped buzele spre ale ei în timp ce-mi scot boxerii, care acum sunt uzi leoarcă. Singurul lucru la care mai pot acum să mă gândesc e cât de multă nevoie am să fiu înăuntrul ei. Mă desprind de ea doar cât să-mi pun prezervativul, după care o prind de șolduri și o trag spre marginea patului. Îi ridic un picior pe lângă mine și-mi strecor celălalt braț sub umărul ei.

Mă privește și o privesc și eu. O apuc de gambă și de umăr, continuând s-o privesc în ochi, după care pătrund în ea. În clipa în care ajung înăuntru, nu mi se pare suficient. Îmi lipesc buzele de ale ei și încerc să-mi dau seama ce anume îi lipsește momentului. Mă mișc în continuare, intrând și ieșind, din ce în ce mai frenetic odată cu fiecare zvâcnet, străduindu-mă cu disperare să ajung la o senzație despre care nici nu știu dacă există. Își destinde trupul sub mine, urmându-mi mișcările, permițându-mi să dețin controlul.

Numai că eu nu vreau așa ceva acum.

Asta e problema cu mine.

Mintea îmi e atât de istovită și de epuizată și inima mă doare prea rău acum. Am nevoie doar ca ea să mă ajute să-mi dau seama cum pot înceta să fac pe eroul, măcar o dată.

Mă ridic de pe ea și mă privește, dar fără să mă întrebe de ce mi-am încetinit considerabil mișcările. Își apropie mâinile de fața mea și-și trece delicat degetele peste ochii mei, peste buze și peste obraji. Mă întorc cu gura spre mâna ei și-i sărut căușul palmei, după care mă las să cad peste ea, oprindu-mă complet. Nu-mi iau privirea de la ea. O trag spre mine, apoi o fac să se ridice, în timp ce mă ridic în picioare. Sunt încă în ea, iar ea e încolăcită în jurul meu, așa că mă întorc cu spatele la pat și mă preling pe podea. Mă aplec în față și-i sărut ușor buza de jos, apoi toată gura.

Îi pun o mână pe obraz și pe cealaltă o las pe șold. Încep să mă mișc sub ea, ghidând-o încet cu mâna, vrând să preia controlul. Am nevoie să vrea să mă aline așa cum vreau eu mereu s-o alin.

— Știi ce simt pentru tine, șoptesc privind-o în ochi. Știi cât de mult te iubesc. Știi că aș face orice îmi stă în puteri ca să-ți alung suferința, da?

Încuviințează, fără să-și desprindă privirea de a mea, nici măcar pentru o secundă.

— Am al naibii de mare nevoie de asta acum din partea ta, Sky. Am nevoie să știu că mă iubești la fel.

Expresia feței i se îndulcește și ochii i se umplu de compasiune. Își înlănțuie degetele cu ale mele și le pune peste inimile noastre. Îmi mângâie mâna cu degetul mare și se ridică puțin, după care se lasă să lunece la loc peste mine.

Incredibila senzație care-mi năvălește prin tot trupul îmi face capul să se prăbușească pe salteaua din spatele meu. Gem, incapabil să-mi țin ochii deschiși.

— Deschide ochii, îmi cere în șoaptă, continuând să se miște deasupra mea. Vreau să mă privești.

Ridic capul și o privesc. E cel mai ușor lucru care mi s-a cerut vreodată, fiindcă e al naibii de frumoasă în clipa asta.

— Să nu mai privești în altă parte, îmi zice, săltându-se.

Când coboară la loc peste mine, cu greu pot să-mi mai țin capul ridicat. Mai ales când îi scapă un geamăt printre buze și-mi strânge mâinile și mai tare.

— Mai ții minte prima dată când m-ai sărutat? mă întreabă. Clipa aia, când buzele tale le-au atins pe-ale mele? În seara aia, mi-ai furat o bucată din inimă.

Și tu ai furat o parte din a mea.

— Dar prima dată când mi-ai zis că mă trăiești, pentru că nu erai încă pregătit să-mi spui că mă iubești? Cuvintele alea mi-au mai furat o bucată din inimă.

Și totuși, te iubeam. Te iubeam foarte mult.

Îmi desfac palma și o lipesc pe pieptul ei, în dreptul inimii.

— Dar noaptea în care am descoperit că eu sunt Hope? Ți-am zis că voiam să fiu singură în camera mea. Când m-am trezit și te-am văzut în patul meu, mi-a venit să plâng, Holder. Mi-a venit să plâng, din cauză că aveam atât de mare nevoie de tine acolo. Am știut, în momentul ăla, că sunt îndrăgostită de tine. Mă îndrăgostisem de felul în care mă iubeai. Când ți-ai încolăcit brațele în jurul meu și m-ai strâns cu ele, am știut că, indiferent ce s-ar întâmpla cu viața mea, tu însemni pentru mine acasă. În noaptea aia mi-ai furat cea mai mare bucată din inimă.

Nu ți-am furat-o. Mi-ai dăruit-o tu.

Își apleacă gura spre a mea, iar eu îmi las capul să cadă la loc pe saltea și-i dau voie să mă sărute.

— Lasă-i deschiși, șoptește, desprinzându-și buzele de ale mele.

Fac ce-mi cere și reușesc cumva să deschid iar ochii, privind drept în ai ei.

— Vreau să-i ții deschiși... fiindcă am nevoie să mă vezi cum îți dăruiesc chiar și ultima bucată din inima mea.

În momentul ăsta. Chiar acum. Aproape că merită fiecare dram de suferință pe care am îndurat-o vreodată.

O strâng mai tare de mâini și mă arcuiesc spre ea, dar n-o sărut. Ne apropiem atât cât putem și ținem ochii deschiși până în ultima secundă. Până când ea mă mistuie complet, eu o mistui complet și habar n-am unde se sfârșește iubirea mea și unde începe a ei.

Imediat cum încep să tremur și să gem sub ea, îmi cade capul pe saltea și, de data asta, mă lasă să închid ochii. Continuă să se miște deasupra mea, până când eu rămân complet inert.

Îi las inimii un răgaz de o secundă ca să se calmeze, apoi ridic capul și o privesc. Îmi retrag mâinile din ale ei și i le strecor prin părul de la ceafă. Buzele ni se întâlnesc și o sărut, împingând-o de pe mine pe podea, dedesubtul meu. Îmi strecor mâna între noi și-mi desfac palma pe abdomenul ei, apoi o cobor lent până când găsesc locul exact care face ca sunetul meu preferat să-i scape printre buze. Îi sorb absolut toate gemetele și răsuflările care-i părăsesc buzele. Și o las să țină ochii închiși, dar îi țin deschiși pe-ai mei și o privesc cum fură absolut ultima bucățică din inima *mea.*

Capitolul patruzeci și șase

Les,

Sunt atât de multe lucruri pe care vreau să ți le spun, dar nu știu nici măcar cum să încep.

Nici nu era posibil să iasă mai bine toate pentru Sky. Acum s-a întors acasă la Karen, unde-i e locul.

Karen n-ar fi putut să-i facă vreun rău lui Sky, am știut asta. Am putut să-mi dau seama, chiar din puținul timp petrecut cu ele, că în realitate Karen o iubea la fel de mult pe cât o iubeam eu. S-a dovedit că am avut dreptate. Karen a luat-o pe Sky de la tatăl ei, fiindcă știa ce-i făcea el. Karen era sora lui... Mătușa lui Sky. Și ea a trecut prin absolut toate chinurile prin care a trecut Sky. A luat-o de acolo pentru că, pur și simplu, n-a putut să stea deoparte și să-i permită lui să-și facă mendrele mai departe. Acum, când Sky cunoaște întregul adevăr, s-a hotărât să stea cu Karen. Karen și-a riscat întreaga viață pentru fata asta. Și-a riscat întregul viitor și niciodată n-aș putea să-i mulțumesc îndeajuns.

I-am spus asta lui Sky și o să ți-o spun și ție. Singurul lucru pe care aș fi dorit să-l facă altfel ar fi fost să te fi luat și pe tine.

N-am știut, Les. N-am avut habar ce ți-a făcut și-mi pare foarte rău.

O să-ți povestesc mai multe mâine, dar în seara asta am simțit doar nevoia să-ți spun că te iubesc.

H

Capitolul patruzeci și șapte

Halloween fericit. Chiar sper că te vei hotărî să îmbraci și ceva sexy, măcar o dată.

Apăs pe trimitere și pun telefonul pe noptieră, după care mă dau jos din pat. Am plecat de la Sky abia după patru dimineața, după care m-am dus acasă și i-am scris un mesaj lui Les, înainte de culcare. Au fost zile și nopți cu somn puțin și emoții multe.

Mă duc la șifonier și-mi iau un tricou, pe care mi-l trag peste cap. Telefonul îmi zbârnâie, așa că mă duc să citesc mesajul.

Bună, Holder. Sunt Karen. Încă nu i-am restituit telefonul lui Sky, dar o să-i transmit mesajul. Sau nu.

Of, fir-ar să fie. Râd și-i răspund la mesaj lui Karen.

lol... scuze. Dar, dacă tot ți-am scris, cum se simte azi?

Aștept răspunsul, dar nu durează mult.

E bine. A trecut prin foarte multe și știu că o să-i ia timp. Dar e fata cea mai vitează din câte cunosc, așa că am încredere deplină în ea.

Zâmbesc și-i scriu iar.

Mda. Îmi amintește oarecum de mama ei.

Îmi răspunde cu o inimioară. Pun telefonul pe pat și mă așez lângă el. Îl ridic din nou și caut prin agendă, până când dau de numărul tatălui meu.

Salut, tată. Mi-e dor de tine. Mă gândesc să vin în vizită la voi cu iubita mea în vacanța de Ziua Recunoștinței. Vreau s-o

cunoști. Spune-i Pamelei că promit să nu mă ating de canapeaua ei.

Apăs pe trimitere, dar îmi dau seama că nu e suficient, așa că-i mai trimit un mesaj.

Și să știi că-mi pare rău. Chiar îmi pare rău.

Las jos telefonul și privesc prin cameră spre caietul care zace încă pe podea, acolo unde l-am aruncat. Cel care cuprinde majoritatea scrisorilor mele pentru Les.

Tot n-aș vrea să citesc ce-a scris ea, dar simt că-i datorez asta. Mă ridic și mă duc după el. Mă aplec și-l ridic și, în același timp, mă las jos pe podea. Mă reazem de perete și-mi ridic genunchii la piept, apoi deschid caietul și răsfoiesc până spre sfârșitul lui.

Capitolul patruzeci și șapte și jumătate

Dragă Holder,

Dacă ajungi să citești asta, să știi că-mi pare foarte, foarte rău. Pentru că, dac-o citești, atunci știu ce rău ți-am făcut.

Dar eu chiar sper să nu găsești niciodată scrisoarea asta. Oricine va găsi caietul sper să nu-l considere de cine știe ce folos și să-l arunce, fiindcă nu vreau să-ți frâng inima. Dar am foarte mare nevoie să-ți spun ceea ce n-aș fi fost în stare să-ți zic față în față, așa că o fac aici, în schimb.

O să încep cu ceea ce s-a întâmplat când eram copii. Cu Hope.

Știu cât de mult te-ai învinuit din cauză că ai plecat de lângă ea. Dar trebuie să înțelegi că n-ai fost singurul, Holder. Și eu am plecat de lângă ea. Și noi am făcut ceea ce ar fi făcut oricare alt copil în situația aia. Aveai încredere în faptul că adulții din viața ei făceau ceea ce trebuie pentru ea. De unde-ai fi putut să anticipezi ce urma să se întâmple atunci când s-a dus spre mașina aia? N-aveai de unde, așa că nu te mai gândi că ai fi putut schimba ceva. N-ai fi putut și, sincer vorbind, nici n-ar fi trebuit. Faptul că Hope s-a urcat în mașina aia a fost cel mai bun lucru care i s-a întâmplat vreodată.

La câteva săptămâni după ce a fost luată, tatăl ei m-a întrebat dacă nu vreau să-l ajut să facă niște anunțuri. Normal că am vrut să-l ajut. Aș fi făcut orice ne-ar fi putut ajuta s-o readucem pe Hope lângă noi.

Când am intrat în casa lui, am simțit că e ceva în neregulă. M-a dus în camera ei. Mi-a zis că materialele pentru anunțuri sunt în camera lui Hope. Apoi a închis ușa după noi și mi-a distrus complet viața.

A continuat așa ani întregi după asta. A continuat până în ziua în care n-am mai putut să suport și i-am spus, în sfârșit, mamei.

Ea s-a dus imediat la poliție. În aceeași zi, am fost examinată de un psihoterapeut și mărturisirea mea a fost înregistrată. Aveam nouă sau zece ani, așa că nu-mi amintesc prea multe despre asta. Îmi amintesc doar că săptămânile treceau, iar mama și tata au fost nevoiți să se ducă la secția de poliție de mai multe ori. În tot timpul în care s-au petrecut chestiile astea, tatăl lui Hope nu s-a întors niciodată acasă.

Am aflat mai târziu că fusese arestat. Ancheta a fost dusă până la capăt și a ajuns chiar în fața tribunalului. Îmi amintesc ziua în care mama a venit acasă și m-a anunțat că ne mutăm. Tata n-a putut să-și părăsească serviciul, iar ea a refuzat să rămânem în Austin, așa că ne-am mutat cu ea. Nu știu dacă ai aflat, dar ei au încercat să rezolve situația. Tata a încercat să-și găsească un serviciu cu care să ne poată întreține în noul nostru oraș, dar n-a reușit. Cred că, până la urmă, au ajuns la concluzia că ar fi mai ușor dacă s-ar despărți. Poate că amândoi s-au învinuit unul pe celălalt pentru ceea ce mi s-a întâmplat.

Acum, când privesc în urmă toate ședințele de terapie prin care m-a pus mama să trec, îmi pare foarte rău că n-a simțit nevoia să meargă și ea la un psihoterapeut. Totdeauna m-am întrebat dacă nu cumva căsnicia lor ar fi fost salvată, în cazul în care ar fi discutat cu cineva despre asta. Dar, pe de altă parte, eu am fost la ședințe de terapie atâția ani și e clar că nu m-au salvat. Mi-aș fi dorit să mă fi putut salva și poate că ar fi reușit, dac-aș fi știut cum să le pun în aplicare. Într-adevăr, m-au ajutat cumva timp de câțiva ani, dar nu m-au salvat de mine însămi, ori de câte ori trebuia să închid ochii, noaptea. Și, oricât a încercat mama să mă salveze, nici ea n-a putut. Eu nu căutam să fiu salvată.

Eu nu voiam decât să fiu lăsată în pace.

Am aflat, după câțiva ani, că tatăl lui Hope n-a trebuit să plătească niciodată pentru ceea ce mi-a făcut. Pentru ceea ce i-a făcut lui Hope. A fost extrem de priceput să manipuleze și a făcut astfel încât să pară că eu îl consideram vinovat pentru dispariția lui Hope și că asta a fost metoda mea de a mă răzbuna pe el. Întreaga comunitate i-a ținut partea. Nu le venea să creadă că poate cineva să acuze un om de o faptă atât de crudă, după ce i-a fost răpită fiica.

Așa că a scăpat nepedepsit. A fost liber să facă orice poftește, iar eu m-am simțit ca și cum am fost închisă în iad pentru eternitate.

Mama n-a vrut ca tu să afli ce mi s-a întâmplat. S-a temut de efectul pe care l-ar fi avut vestea asupra ta. Am văzut amândouă cât te-ai învinuit pentru ceea ce s-a întâmplat cu Hope, așa că ea n-a vrut să te vadă suferind și mai mult.

Nici eu n-am vrut să te văd.

Acum urmează partea cea mai grea a scrisorii. Îmi e foarte greu s-o spun, fiindcă am adunat atâtea remușcări din cauza asta. În fiecare zi, când îți vedeam suferința în ochi, știam că, dacă doar ți-aș fi mărturisit ceea ce urmează să-ți spun acum, te-aș fi eliberat de atâtea chinuri.

Dar n-am putut. N-am reușit să găsesc o modalitate prin care să-ți spun că Hope trăiește. Că e bine și că eu și mama am văzut-o o dată, acum vreo trei ani.

Aveam paisprezece ani și merseserăm să mâncăm într-un restaurant, doar eu și mama. Tocmai mă dusesem să iau ceva de băut, când mi-am ridicat privirea și am văzut-o intrând pe ușă împreună cu o femeie.

M-am întors la mama și știu că probabil arătam palidă ca o fantomă, fiindcă ea s-a aplecat peste masă și m-a prins de mână.

„Lesslie, ce-ai pățit, draga mea?"

N-am putut să spun nimic. Nu puteam decât să mă holbez la Hope. Mama s-a întors într-acolo și, în clipa în care a dat cu ochii de ea, a știut că ea e. Amândouă am rămas mute de uimire.

Chelnerița le-a condus la o masă aflată chiar lângă a noastră. Eu și mama stăteam și ne holbam la ea. Hope a aruncat o privire spre mine când s-a așezat, după care a întors capul în altă parte, ca și cum nici măcar nu m-ar fi recunoscut. Am simțit că mi se frânge inima când am văzut că nu mă recunoaște. Cred că am și început să plâng în momentul acela. Eram atât de copleșită de emoție și nu știam ce să fac. Am început să-mi fac de lucru cu brățara de la încheietură și i-am șoptit numele, doar ca să văd dacă mă aude și se întoarce din nou cu fața spre mine.

Ea nu m-a auzit, însă femeia care era cu ea, da. Și-a răsucit brusc capul spre noi, cu o panică absolută în ochi. Asta m-a derutat. A derutat-o și pe mama.

Femeia s-a uitat la Hope. „Am impresia că am lăsat cuptorul aprins", a zis ridicându-se. „Trebuie să plecăm." Hope a părut nedumerită, dar s-a ridicat și ea. Mama ei a grăbit-o spre ieșirea din restaurant. Acela a fost momentul în care mama s-a ridicat și s-a repezit după ele. Am făcut și eu același lucru.

Când am ajuns toate afară, femeia a urcat-o grăbită pe Hope în mașină, după care a închis imediat portiera de pe partea ei. Eu și mama am ajuns în spatele ei și, imediat cum s-a întors cu fața spre mama, am văzut că femeii i-au apărut lacrimi în ochi.

„Vă rog", a zis femeia.

După asta n-a adăugat nimic. Mama a privit-o îndelung, fără să spună nici ea nimic. Eu doar stăteam acolo, încercând să înțeleg ce se întâmpla.

„De ce-ați luat-o?", a întrebat-o mama, până la urmă.

Femeia a început să plângă și tot scutura din cap.

„Vă rog", a spus ea printre hohote. „Nu se poate să se întoarcă la el. Vă rog, nu-i faceți una ca asta. Vă rog, vă rog, vă rog."

Mama a încuviințat. A făcut un pas înainte și i-a pus femeii o mână pe umăr, ca s-o liniștească.

„N-aveți nicio grijă", a zis mama. „Nicio grijă."

S-a uitat la mine și i s-au umplut ochii de lacrimi, după care s-a întors din nou spre femeie.

„Și eu aș face orice ar fi nevoie ca să-mi protejez fata."

Femeia a privit-o nedumerită pe mama. Îmi dau seama că n-a înțeles exact cât de multe știa mama, dar i-a înțeles sinceritatea. Și-a lăsat capul pe spate și a răsuflat ușurată. „Vă mulțumesc", a zis, îndepărtându-se de noi. „Vă mulțumesc." Apoi a deschis portiera și s-a urcat în mașină, după care au plecat.

Nu știu unde stă. N-am aflat niciodată numele femeii și n-am aflat nici numele pe care-l poartă acum Hope. Tot din ziua aia am încetat să port brățara, fiindcă știam, în adâncul sufletului, că ea n-are nevoie să fie găsită. În schimb, aveam nevoie s-o știi tu, Holder. Am nevoie să știi că trăiește și că e bine și că atunci, în ziua aia, când ai plecat de lângă ea, ai făcut cel mai bun lucru posibil pentru binele ei.

Cât despre mine, mă rog... Eu sunt o cauză pierdută. Ultimii opt sau nouă ani mi i-am petrecut trăind în acest coșmar permanent și, pur și simplu, am obosit. Ședințele de terapie și medicația m-au ajutat să-mi amorțesc durerea, însă amorțeala e ceea ce nu mai vreau să suport, Holder. De-asta am de gând să fac ceea ce am nevoie să fac, și asta e ceea ce te-a adus să-mi citești scrisoarea. Am obosit, sunt epuizată și sătulă să trăiesc o viață pe care chiar nu mai vreau s-o trăiesc. Am obosit să mă prefac fericită pentru tine, fiindcă nu sunt fericită. De absolut fiecare dată când zâmbesc, am sentimentul că te mint, dar nu știu cum aș putea să trăiesc în oricare alt fel. Și sunt conștientă de faptul că, atunci când o s-o fac, o să-ți frâng inima. Știu că o să-i distrug pe mama și pe tata. Și mai știu că tu o să mă urăști.

Și totuși, chiar știind toate astea, nu pot să mă răzgândesc. Nu-mi mai pasă de nimic, așa că mi-e greu să empatizez cu ceea ce veți trăi după ce eu nu voi mai fi. Nu-mi mai amintesc cum e să-ți pese suficient de viață, încât gândul la moarte să te poată distruge. În consecință, vreau să știi că îmi pare rău, dar n-am încotro.

Am fost dezamăgită de prea multe ori în viața asta și, ca să fiu cât se poate de sinceră, m-am săturat să pierd speranța.

Te iubesc mai mult decât știi.

Les

P.S. Sper că nu te vei apuca vreodată să crezi că am mers până la capăt cu asta din cauză că m-ai fi dezamăgit tu în vreun fel. În toate serile alea în care m-ai ținut în brațe și doar m-ai lăsat să plâng... habar n-ai de câte ori m-ai salvat deja.

Capitolul patruzeci și opt

Las caietul să cadă pe podea.
Și plâng.

Capitolul patruzeci și nouă

Intru în cabinetul mamei și o găsesc vorbind la telefon. Își ridică privirea când închid ușa după mine. Mă apropii de biroul ei, îi iau receptorul de la ureche și închid.

— Ai *știut*? o întreb. Ai știut ce i-a făcut nemernicul ăla lui Les?

Îmi șterg ochii cu dosul palmei, în timp ce ea se ridică de pe scaun și observ că și ochii ei se umplu de lacrimi.

— Ai știut ce i-a făcut lui Hope? Și ai știut că Hope trăiește și că e bine? Ai știut tot?

Mama clatină din cap și în ochi îi apare frica. Nu poate să-și dea seama dacă sunt furios, sau dacă mi-am pierdut mințile, sau dacă sunt pe cale să intru în panică.

— Holder... începe ea. N-am putut să-ți spunem. Am știut ce efect ar avea asupra ta dacă ai afla ce i s-a întâmplat surorii tale.

Mă prăbușesc pe un scaun, incapabil să mă mai țin pe picioare nici măcar o secundă. Ea ocolește biroul și se lasă în genunchi în fața mea.

— Îmi pare foarte rău, Holder. Te rog, nu mă urî. Îmi pare foarte rău.

Plânge și mă privește cu atât de mult regret și cu atâta dorință de a fi iertată... Îmi regăsesc imediat puterea de a mă ridica și de a o ridica și pe ea odată cu mine.

— Dumnezeule, nu, îi zic, aruncându-mi brațele pe după gâtul ei. Mamă, chiar mă bucur că știi. Mă simt foarte alinat să știu că

Les te-a avut alături când a trecut prin toate alea. Cât despre Hope, știi ceva?

Mă desprind de ea și o privesc în ochi.

— E *Sky*, mamă. Hope e Sky și e bine și o iubesc. O iubesc atât de mult și n-am știut cum să ți-o spun, fiindcă mi-era foarte teamă c-o s-o recunoști.

Face ochii mari și se dă înapoi, lăsându-se să cadă pe scaunul ei.

— Iubita ta? Iubita ta e Hope?

Încuviințez, dându-mi seama că nimic din ceea ce spun nu are vreo noimă pentru ea.

— Îți amintești când am cunoscut-o pe Sky la magazin, acum câteva luni? Am recunoscut-o. Am crezut că e Hope, dar apoi m-am gândit că nu e. După care m-am îndrăgostit, naibii, de ea, mamă. Habar n-am cum aș putea să-ți povestesc prin ce porcării am trecut săptămâna asta.

Probabil că vorbesc mai repede decât ar putea ea să înțeleagă. Mă așez pe un scaun față în față cu ea și-l trag mai aproape, după care mă aplec și o prind de mâini.

— Ea e bine. Eu sunt bine. Sunt *mai mult* decât bine. Și știu că tu ai făcut tot ce ai putut pentru Les, mamă. Sper că știi și tu asta. Ai făcut tot ce ai putut, dar uneori nici măcar toată dragostea din lume a mamelor și a fraților nu e suficientă ca să scoată pe cineva din propriul coșmar. Trebuie doar să acceptăm faptul că lucrurile sunt așa cum sunt, iar toate remușcările și regretele din lume n-au cum să schimbe asta.

Mama începe să plângă în hohote. O cuprind în brațe și o țin așa.

Capitolul patruzeci și nouă și jumătate

Eu și Sky ne-am luat liber de la școală în ultimele două zile ale săptămânii. Ne-am zis că deja am lipsit timp de trei zile, ce mai înseamnă două în plus? Pe lângă asta, Karen a vrut să stea cu ochii pe Sky mai îndeaproape toată săptămâna. E îngrijorată de cât de mult ar putea s-o afecteze toate întâmplările.

Am fost de acord s-o las liberă pe Sky pentru câteva zile, dar ceea ce nu știe Karen e că fereastra camerei lui Sky cunoaște în continuare un trafic regulat în toiul nopții. Efectuat numai de mine.

Mi-am petrecut ultimele câteva zile adâncit în discuții cu mama. Ea a vrut să afle tot ce știu despre Les și despre Hope și, desigur, a vrut să știe ce s-a întâmplat în weekendul trecut, când am fost în Austin. Pe urmă, a vrut să afle totul despre relația mea cu Sky, așa că am pus-o la curent. După care a zis că vrea s-o întâlnească.

Așa că, iată-ne. Sky tocmai a intrat în casă și mama a luat-o în brațe de cum a văzut-o. A început să plângă aproape instantaneu, ceea ce, de asemenea, a făcut-o și pe Sky să lăcrimeze un pic. Acum stau amândouă pe hol și mama nu mai vrea să-i dea drumul.

— Nu vreau să întrerup bucuria revederii, le zic. Dar, dacă nu-i dai drumul, mamă, s-ar putea s-o sperii.

Mama râde și se smiorcăie, dar se desprinde de Sky.

— Ești foarte frumoasă, îi zice zâmbindu-i, apoi se întoarce spre mine. E frumoasă, Holder.

— Mda, merge, zic ridicând din umeri.

Sky râde și mă plesnește peste braț.

— Ai uitat? Insultele sunt amuzante doar sub formă de SMS.

O iau de mână și o trag spre mine.

— Tu nu ești frumoasă, Sky, îi șoptesc la ureche. Tu ești incredibilă.

Ca răspuns, își încolăcește brațele în jurul meu.

— Nici tu nu arăți prea rău, îmi zice.

Mama o ia de mână și o trage de lângă mine, conducând-o în living, unde începe s-o bombardeze cu întrebări. Apreciez totuși că n-o întreabă despre situația ei sau despre trecut. Îi pune numai întrebări normale, despre ce specializare vrea să aleagă când o să meargă la facultate și despre *unde* are de gând să meargă la facultate. Le las pe amândouă în living să-și continue conversația, în timp ce eu mă duc în garaj să iau câteva cutii. Am mai discutat și înainte cu mama despre faptul că ar trebui să golim camera lui Les. Acum, când o am și pe Sky aici, cred că mama chiar va fi în stare să ducă planul până la capăt.

Mă întorc în living și le întind câte o cutie fiecăreia.

— Haideți, le zic pornind înainte pe scară. Avem o cameră de pus la punct.

Ne petrecem restul după-amiezii golind camera lui Les. Punem fotografiile și tot ce însemna ceva pentru ea într-o cutie, pe urmă îi punem toate hainele în alte cutii, pe care să le ducem la Goodwill. Iau ambele caiete, le înfășor în perechea de blugi care a zăcut pe podea timp de mai mult de un an și le pun într-o cutie. O cutie pe care o păstrez eu.

După ce terminăm cu camera, mama și Sky se duc jos. Eu stivuiesc cutiile pe hol, după care mă întorc să închid ușa. Dar, înainte s-o închid de tot, îmi îndrept privirea spre pat. Și n-o mai văd murind încă o dată. O văd zâmbind.

Capitolul patruzeci și nouă și trei sferturi

— Parcă a zis că nu se duce în weekendul ăsta, îi spun lui Sky în timp ce intrăm în casa ei.

— Eu m-am rugat de ea să se ducă. S-a lipit de mine atâtea zile, de parcă ar fi fost dată cu clei, și i-am zis că, dacă nu se duce la chestia aia cu talciocurile, o să fug de-acasă.

Ne ducem în camera lui Sky și închid ușa după mine.

— Așadar, asta înseamnă că pot să te las însărcinată astă-seară?

Se întoarce cu fața spre mine, după care ridică din umeri.

— Bănuiesc că am putea să exersăm, zice zâmbind.

Ceea ce și facem. Exersăm de cel puțin trei ori înainte de miezul nopții.

*

Stăm întinși pe patul ei, încâlciți sub cearșaf. Ea ridică mâinile noastre împreunate și le studiază.

— Îmi aduc aminte, să știi, îmi zice încet.

Îmi înclin capul până când îl atinge pe al ei, pe pernă.

— Ce-ți aduci aminte?

Își trage degetele, după care și-l încolăcește pe cel mic de al meu.

— Asta, șoptește. Mi-aduc aminte prima oară când m-ai ținut așa de mână. Și-mi amintesc tot ce mi-ai spus în seara aia.

Închid ochii și inspir adânc.

— Nu la mult timp după ce m-a adus aici, Karen mi-a cerut să-mi uit fostul nume și toate relele care l-au însoțit. Așa că m-am gândit la tine... și i-am zis că vreau să mi se spună Sky.

Se ridică într-un cot și mă privește.

— Tu ai fost totdeauna aici, să știi. Chiar și când nu puteam să-mi amintesc... ai fost totdeauna aici.

Îi îndes șuvițele de păr după ureche, apoi mă retrag puțin.

— Te iubesc foarte mult, Sky.

— Și eu te iubesc, Holder.

Îmi scot brațul de sub ea și o fac să se întoarcă pe spate, fiindcă e rândul meu s-o privesc de deasupra.

— Vrei să-mi faci un serviciu?

Încuviințează.

— De acum încolo, vreau să-mi spui Dean.

Capitolul final

Les,

A trecut ceva timp. Am dat azi peste scrisorile astea, fiindcă aveam nevoie de cutii ca să-mi fac bagajele pentru facultate. Am dat și peste perechea de blugi care a zăcut pe podeaua camerei tale timp de mai mult de un an. I-am aruncat eu în coșul pentru rufe, în locul tău. N-ai pentru ce.

Așadar... mda. Facultate. Eu. Eu, mergând la facultate. Destul de fain, hm?

Eu mai am o lună până plec, însă Sky e deja acolo de vreo două luni. A primit multe puncte în plus din perioada în care a învățat în particular, așa că a plecat imediat după terminarea liceului, ca să aibă un avans față de mine.

E foarte ambițioasă.

Totuși, nu sunt îngrijorat, fiindcă am de gând s-o surclasez imediat cum ajung acolo. Mi-am pus la punct un plan malefic bine elaborat. Ori de câte ori o prind că învață sau că-și face temele, îi șoptesc la ureche ceva sexy sau îi arăt pistruii. Atunci o să fie foarte tulburată și distrasă și o să rămână în urmă cu temele și o să pice examenele, iar eu o să-mi iau primul licența și victoria o să fie a mea!

Sau poate că doar o s-o las pe ea să învingă. Îmi cam place s-o las să câștige uneori.

Mi-e foarte dor de ea, dar o să fim din nou în același oraș peste mai puțin de o lună.

Într-un oraș fără părinți.

Într-un oraș fără oră limită de ajuns acasă.

Și, dac-o să am vreun cuvânt de spus, ea o să aibă un șifonier plin cu nimic altceva decât rochii.

Fir-ar să fie. Acum, dacă stau să mă gândesc, cred că până la urmă s-ar putea să picăm amândoi examenele.

De când ți-am scris ultima dată, s-au întâmplat foarte multe, dar, pe de altă parte, nu s-a întâmplat nimic. În comparație cu primele câteva luni de la întoarcerea mea în oraș, după ce am stat la tata, în Austin, restul anului a fost destul de banal. De îndată ce Sky a aflat adevărul, Karen a ridicat restricțiile legate de tehnologia modernă. Eu i-am luat un iPhone de ziua ei de naștere adevărată, are acum și laptop, așa că putem să ne vedem în fiecare seară pe Skype.

Ador Skype. Mult de tot. Zic și eu.

Mama și tata sunt bine. Tata n-a pus doi și cu doi laolaltă când a cunoscut-o pe Sky, dar nici nu mă așteptam prea mult s-o recunoască, în definitiv. El n-a fost prea mult timp în preajma ei când eram copii, fiindcă muncea foarte mult. Totuși, o iubește. Cât despre mama? Dumnezeule mare, Les! Mama nu se mai satură de ea. Mă cam sperie să văd cât de apropiate au devenit, dar e și bine. E bine pentru mama. Cred că prezența lui Sky, ca parte din familia noastră, a ajutat-o să-și mai aline din mâhnirea pe care încă o resimte din cauza morții tale.

Și da, toți o resimțim încă. Toți cei care te-au iubit o resimt încă. Și chiar dacă eu nu-ți mai retrăiesc moartea de fiecare dată, tot îmi e al naibii de dor de tine. Îmi lipsești foarte mult. Mai ales când se întâmplă câte o chestie care știu că ți s-ar părea amuzantă. Mă pomenesc râzând și, dintr-odată, îmi dau seama că sunt singurul care râde și mă izbește gândul că mă așteptasem să râzi și tu. Îmi lipsesc râsetele tale.

Aș putea să vorbesc întruna despre toate lucrurile care-mi lipsesc din cauza ta, până într-atât, încât să încep iar să-mi plâng de milă. Dar am învățat, în decursul anului care a trecut, ce înseamnă cu adevărat să poți simți lipsa cuiva. Ca să simți lipsa cuiva, asta înseamnă, în primul rând, că ai beneficiat de privilegiul de a avea pe acel sau pe acea cineva ca parte din viața ta.

Iar dacă cei șaptesprezece ani petrecuți împreună cu tine nu par nici pe departe să însemne timp destul în viața unui om, tot sunt cu șaptesprezece ani mai mult decât în cazul oamenilor care nu te-au cunoscut deloc. Așa că, dacă privesc din unghiul ăsta... cam sunt al naibii de norocos.

Sunt cel mai norocos frate din toate timpurile și din toată lumea largă.

Acum o să-mi trăiesc viața, Les. O viață pe care chiar pot s-o aștept cu nerăbdare; sincer să fiu, n-am crezut niciodată c-o să pot spune asta. Dar, pe de altă parte, am crezut cu toată sinceritatea c-o să fiu totdeauna fără speranță, numai că găsesc speranța în fiecare zi.

Iar uneori o găsesc și seara... pe Skype.

Te iubesc.

Dean

Mulțumiri

Mai întâi de toate, un enorm mulțumesc lui Griffin Peterson pentru că a înfrumusețat coperta cărții *Speranța pierdută*. Bunătatea și modestia îți sunt foarte apreciate, atât de mine, cât și de cititori. De asemenea, vreau să le mulțumesc încă o dată tuturor bloggerilor, pentru sprijinul lor permanent. Fără voi, cărțile acestea n-ar putea să existe.

În timp ce scriam, atât *Hopeless. Fără speranță*, cât și *Speranța pierdută*, nu m-am așteptat niciodată la genul de sprijin și de colaborare pe care l-am primit din partea cititorilor. Foarte mulți dintre voi mi-ați împărtășit poveștile voastre și v-ați găsit timp ca să-mi aduceți la cunoștință cum v-au ajutat cărțile acestea să învingeți în propriile lupte și „pauze dintre capitole". Pentru asta, le mulțumesc absolut tuturor celor care au luat legătura cu mine. De-asta continui să scriu... pentru că voi continuați să mă sprijiniți.

La Editura EPICA au apărut:

Zece lucruri pe care le-am făcut (și probabil n-ar fi trebuit)
de Sarah Mlynowski

Probabilitatea statistică de a te îndrăgosti la prima vedere
de Jennifer E. Smith

Uite, așa arată fericirea
de Jennifer E. Smith

Salut, rămas-bun și tot ce se întâmplă între ele
de Jennifer E. Smith

E ușor să te iubesc
de Tammara Webber

E ușor să mă rănești
de Tammara Webber

Anna și sărutul franțuzesc
de Stephanie Perkins

Lola și băiatul de treabă din vecini
de Stephanie Perkins

Isla și Fericirea până la adânci bătrânețí
de Stephanie Perkins

Dragostea mea mi-a dăruit
coord. Stephanie Perkins

Zile și nopți de vară
coord. Stephanie Perkins

Destine la limită
de Katie McGarry

Îndrăznește să iubești
de Katie McGarry

Cu el pentru totdeauna
de Katie McGarry

Mare Tranquillitatis
de Katja Millay

Hopeless / Fără speranță
de Colleen Hoover

Slam. Din dragoste pentru Layken
de Colleen Hoover

Nume de cod: Verity
de Elizabeth Wein

Iubire
de Katie Cotugno

Printre tonuri cenușii
de Ruta Sepetys

O mare de lacrimi
de Ruta Sepetys

Cum am devenit populară
de Maya van Wagenen

Începutul tuturor lucrurilor
de Robyn Schneider

Marea călătorie a lui Amy și Roger
de Morgan Matson

Girl Online
de Zoe Sugg

Girl Online în turneu
de Zoe Sugg

Girl Online pe cont propriu
de Zoe Sugg

Cerul e pretutindeni
de Jandy Nelson

Îți voi dărui soarele
de Jandy Nelson

Duff — Desemnată Urâțica și doloFana din gașca Fetelor
de Kody Keplinger

Flower
de Elisabeth Craft și Shea Olsen

Ascultă-ți inima
de Sarah Dessen

Sfântul tuturor celor văzute și nevăzute
de Sarah Dessen

Magia lucrurilor simple
de Estelle Laure

Urgia și zorile
de Renée Ahdieh

Trandafirul și hangerul
de Renée Ahdieh

Dumplin'
de Julie Murphy

Love & Gelato. Vacanță la Florența
de Jenna Evans Welch

Ce se întâmplă cu noi
de Huntley Fitzpatrick

Singura amintire a Florei Banks
de Emily Barr

Sub soarele nopții
de Trish Cook

Suflete pereche
de Tom Ellen și Lucy Ivison

26 Kisses și un Happy-end
de Anna Michaels

În colecția EpicWave au apărut:

Născută din fum și os
de Laini Taylor

Vremuri de sânge și străluciri de stele
de Laini Taylor

Visuri de îngeri și monștri
de Laini Taylor

Și am privit cu toții spre cer...
de Tommy Wallach

Cu toții suntem făcuți din molecule
de Susin Nielsen

Simon și Planul Homo Sapiens
de Becky Albertalli

Etajul o mie
de Katharine McGee

Cinder
de Marissa Meyer

**În colecția EpicLove,
adresată tinerilor peste șaptesprezece ani, au apărut:**

Te aștept
de J. Lynn / Jennifer L.Armentrout

Te doresc
de J. Lynn / Jennifer L.Armentrout

Rămâi cu mine
de J. Lynn / Jennifer L.Armentrout

Lasă-mă să te iubesc
de J. Lynn / Jennifer L.Armentrout

Mă pierd în tine...
de Jasinda Wilder

Mă regăsesc în noi...
de Jasinda Wilder

Răniți
de Jasinda Wilder

Intimidare
de Penelope Douglas

Rivali
de Penelope Douglas

Descătușare
de Penelope Douglas

Ugly love — Despre fața urâtă a iubirii
de Colleen Hoover

Vocea lui Archer
de Mia Sheridan

Zece respirații scurte
de K.A. Tucker

O minciună nevinovată
de K.A. Tucker

În patru secunde ai pierdut totul
de K.A. Tucker

Callie & Kayden. Așa cum e scris în stele
de Jessica Sorensen

Pentru comenzi şi informaţii vă rugăm contactaţi:
Editura EPICA
Str. Vasile Lucaciu, nr. 115, sector 3
Bucureşti, cod poştal 030693
Tel.: 031 0699705
E-mail: vanzari@edituraepica.ro
office@edituraepica.ro
Magazinul virtual şi blog:
www.edituraepica.ro

ISBN: 978-606-8754-55-0

9 786068 754550

Format: 16/54x84
Coli tipo: 22

Tipărit la
Tipografia *ARTPRINT*